CRS010

Carry On

預言之子

I

—餘燼森林—

蘭波・羅威
Rainbow Rowell
朱崇旻——譯

高寶書版集團

獻給菈蒂（Laddie）與蘿西（Rosey）——

願你們以自己的實力戰鬥，

鍛造屬於自己的羽翼。

第一部

BOOK ONE

1

賽門

我獨自走去公車站。

每次離開，他們都會為了我的各種文件忙成一團。一整個夏天我們連走路去一趟特易購超市都得找人陪，只差沒跟女王申請權限了——結果到了秋天，我只要跟兒童之家簽退就可以走了。

「他讀的是『特別』的學校。」我準備離開時，辦公室裡的其中一個女職員對同事這麼說。她們坐在強化壓克力圍起來的櫃檯內側，我從壓克力板的洞口把文件推回去給她。「是青少年重犯讀的學校喔。」她小聲說。

另一個女人頭也不抬。

我從來不在同一所福利之家住超過一次，可是每到九月謠言還是滿天飛。

第一次是大法師帶著我去學校，那年我十一歲，結果到了下一年，他就說我可以自己去華特福了。

「賽門，你都屠過龍了，走一段路和換幾次公車應該不成問題。」

我不是故意殺那頭龍的，牠當時應該沒有要傷害我的意思。（我偶爾還會夢到牠，夢到火焰從內部吞噬牠，就像一張紙被菸頭燒穿的洞吞食那樣。）

我走到公車站，邊等第一段公車邊吃薄荷口味的 Aero 巧克力。那之後還有第二段公車，然後是火車。

在火車上坐好以後，我把背包放到腿上，雙腳架在對面的座位上，試著小睡一下——但後面幾排有個男人直勾勾地盯著我，我感覺到他的視線爬上我的後頸。

可能是變態，也可能是警察。

或者，也可能是知道有不少勢力願意花錢買我的人頭，正伺機行動的骨金獵人……（「是『賞金獵人』啦。」第一次和他們戰鬥時，我對潘妮洛普說。「不對，是『骨金獵人』。」她回道，「如果成功抓到你，你的骨頭和牙齒就歸他們。」）

我換了一節車廂，放棄睡午覺的念頭。越是接近華特福，我心裡就越靜不下來，每年都會考慮跳車用法術一路飆回學校。就算可能會把自己搞昏迷，那個想法還是很誘人。

我是可以對火車施「動作快」沒錯，但即使在最理想的情況下那句咒語也不見得能成功，而且我每學期初施的法術都特別容易失控。理論上，我應該要在暑假練習施咒，趁沒人看到的時候練一些簡單的小咒語，開夜燈或把蘋果變成橘子之類的。

「用咒語扣釦子啊、綁鞋帶啊，」波西貝夫老師這麼建議，「那之類的小法術。」

「可是我身上的衣服就只有一個釦子啊。」我對她說。她低頭看著我的牛仔褲，我不由自主地紅了臉。

「那就用你的魔法做家事。」她說。「洗碗、擦餐具之類的。」

我懶得告訴波西貝夫老師，其實我暑假吃的飯都是裝在免洗餐盤上，吃飯也是用塑膠餐具（只有叉子和湯匙，連刀也用不上）。

我今年暑假也都懶得練魔法。

太無聊了，而且也沒意義，連一點幫助也沒有。就算練習了，我也不會變成厲害的魔法師，只會暴走而已……

沒有人知道我的魔法為什麼長這樣，不是像其他人說的什麼溪流，而是每次都像他媽的炸彈。

「不知道耶，」我問起魔法是什麼感覺時，潘妮洛普曾這麼對我說，「可能像是我體內的一口井吧，井深到我看不見底，也無法想像那個底。不過我不是用水桶取水，而是想像自己把水抽上來，然後只要我保持專注，足量的魔法就會在那裡供我取用。」

潘妮洛普總是很專注，而且她很強。

阿嘉莎就沒那麼強了，至少沒有潘妮洛普厲害。還有，阿嘉莎不喜歡聊她的魔法。

但有一年聖誕節，我讓她熬夜熬到腦子累得無法正常思考了，那時她告訴我，施咒的感覺就像用一塊肌肉出力，然後持續出力。「就像跳舞的前交叉式，」她說，「這樣說你聽得懂嗎？」

我搖搖頭。

她當時躺在火爐前的狼皮毯上，像隻漂亮的小貓一樣蜷著身體。「那是芭蕾舞的動作。」她說。「對我來說，施咒的感覺就像讓身體盡量維持同一個姿勢。」

貝茨對我說過，他的魔法就像點燃火柴或扣動板機。

他不是故意對我透露這些的。那是我們五年級的事了，當時我們在森林裡和奇美拉戰鬥，被牠困在了角落，貝茨沒有獨自和牠戰鬥的力量。（拜託，連「大法師」都沒有獨自對抗奇美拉的力量好嗎。）

「雪諾，快點！」貝茨對我喊道。「幹，快點解放啊。快！」

「沒辦法。」我試著解釋。「又不是你要我解放就能解放。」

「明明就是。」

「我沒辦法直接打開開關。」我說。

「你『試試看』啊。」

「幹，就說『沒辦法』了。」我邊說邊揮劍——我十五歲時已經很擅長用劍了——但是奇美拉並沒有實體。（唉，我的運氣就是這麼差，才剛學會用劍，敵人就全都變成煙啊霧啊那些沒有形體的東西。）

「閉上眼睛，點燃火柴。」貝茨對我說。我們兩個都盡量躲在岩石後面，貝茨幾乎是用唱的施了一句又一句咒語。

「什麼？」

「我母親以前是這麼說的。」他說。「在你心中點亮火柴，然後輕輕對火絨吹氣。」

貝茨那傢伙對火焰情有獨鍾，我都很好奇自己怎麼還沒被他烤焦，或被他綁上火刑柱燒死。

我們還在讀三年級時，他常威脅要幫我辦維京人葬禮。「你知道維京人是怎麼辦葬禮的嗎，雪諾？他們都把人跟木柴一起點燃，然後把整個火堆放到海上漂。你的葬禮就辦在黑潭吧，可以把你那些沒教養的凡人朋友都叫來看。」

「去死啦。」我每次都努力無視他。

我沒交過凡人朋友，有教養、沒教養的都一樣。

凡俗世界的所有人都盡量和我保持距離，潘妮洛普說那是因為他們能隱隱感覺到我的力量，所以會本能地避開我，就像狗避免和主人對上眼那樣。（我不是他們的主人啦——不是那個意思好嗎。）

我對魔法師的影響就完全相反，他們愛死魔法的氣味了，要讓他們討厭我可不容易。

只有貝茨例外，他對我免疫，也許是因為我們當了七年的室友，他對我的魔法比較有抗性吧。

和奇美拉對戰的那一晚，貝茨一直對我大吼大叫，最後我直接暴走了。

幾個小時過後，我們一起在焦黑的坑洞裡醒來，原本被我們用來當遮蔽物的岩石變成了塵土，奇美拉則是連塵土都不剩，可能是灰飛煙滅了吧。

貝茨怪我燒了他的眉毛，不過我怎麼看都覺得他好端端的，根本就毫髮無傷。嘖，不意外。

2

賽門

每到暑假，我都不讓自己去想華特福的事。

在華特福的第一學年過後，十二歲的我花了一整個夏天的時間想念它。我整天想著自己在學校認識的所有人——潘妮洛普、阿嘉莎、大法師，想著校園與塔樓，下午茶，甜點，**魔法**。還有「我」有魔法這件事。

我整天想著華特福魔法學校，整天作白日夢，最後甚至產生了那一切都是場白日夢的感覺，開始懷疑那全部都是我窮極無聊時幻想出來的東西。

就像小時候，我常幻想長大會成為足球選手，或幻想我爸媽——我的親生爸媽——會回來接我……

在我的想像中，我爸是足球員，我媽是漂亮的名模，他們告訴我說他們以前年紀太輕，爸爸必須顧事業，所以不得不把我送去福利之家。

「可是賽門，我們一直都很想你。」他們會這麼對我說。**「我們一直都在找你。」**然後，他們會帶我回家，我從此就住在他們的豪宅裡。

足球明星的豪宅……魔法寄宿學校……

放到了日光下，這兩件事感覺都是天馬行空的狂想。（尤其當你一覺醒來，發現房間裡還有另外七個沒人要的小孩的時候。）

第一年暑假，我對華特福的回憶被我蹂躪得面目全非，沒想到我的車馬費和各種文件在秋天寄來了，還有一封大法師寫的信……

是真的。那全都是真的。

所以到了隔年暑假，我在華特福的第二學年結束之後，我完全不讓自己想任何跟魔法有關的事，就這麼過了好幾個月。我把自己和魔法完全隔開，不讓自己去想念它或渴望它。

我決定讓魔法世界在九月像一份大驚喜一樣回到我的生命中——前提是它會回來。（結果它真的回來了，目前都還沒缺席過。）

大法師以前說過，說不定哪天可以讓我在華特福過暑假——甚至是和他一起過暑假。至於他夏天都去哪，我也不曉得。

但後來，他覺得我還是每年花一些時間和凡人相處比較好，這樣才能和凡人的語言保持聯繫，還有避免腦子遲鈍。**「賽門，你要讓苦難琢磨你的劍刃。」**

我還以為他是指我的法師之劍，後來才發現他指的是我。

「我」就是劍刃，我就是大法師的劍。在兒童之家度過的暑假有沒有讓我變得銳利一點，我是不知道啦……我只知道在凡俗世界過暑假會讓我更飢餓，讓我深深渴望華特福，那就像——就像對生命的渴望。

貝茨那邊的人——都是些有錢的古老世家——認為只有他們真正瞭解魔法，只有他們有資格使用魔法。

但沒有任何人像我這麼**深愛**魔法。

其他魔法師——無論是同學或他們的家長——都不曾體驗過沒有魔法的生活。

只有我懂這種感覺。

所以，我會竭盡全力確保自己還有魔法這個家可回。

不在學校時我會盡量不去想它，但今年暑假，那幾乎是不可能的任務。

上個學年發生了那麼多事件，沒想到大法師還會關心學期結束、放暑假這種小事。戰爭都開打了，哪有人會喊暫停，讓小朋友回家過暑假的？

更何況，我已經「不是」小朋友了，照法律規定，我十六歲就能離開福利之家，自己在外面租房子，要在倫敦租一間公寓也可以。（錢不是問題，我有一整個行李袋的矮精靈金幣，只有在你把黃金拿給其他魔法師的時候，它才會消失。）

結果大法師還是一如往常地把我送到新的兒童之家，過了這麼多年，他還是沒讓我離開兒童福利體系，好像我待在兒童之家就不會有危險一樣。凡庸完全可以直接召喚我啊——上學期末，他不就把我和潘妮洛普弄到他那邊去了嗎？

「他竟然可以『召喚』你？」才剛逃離凡庸，潘妮劈頭就問。「而且還是跨水體召喚？賽門，這不可能，沒有這種先例啊。」

「那等他下次把我當廢柴松鼠惡魔召喚過去，」我說，「我就這麼跟他說！」

潘妮洛普運氣很差，我被召走的當下她正好抓著我的手臂，結果就一起被抓過去了。我們兩個能活著逃走，完全是多虧了她的聰明機智。

「賽門。」那天，在我們終於搭上回華特福的火車時，她對我說，「我是認真的。」

「他媽的齊格飛與羅伊[1]，潘妮，我當然知道事情很嚴重，他竟然知道我的底細——連『我』都不知道自己的底細了，凡庸卻對我瞭若指掌。」

「我們怎麼到現在還對他一無所知，」她氣呼呼地說，「他明明是那麼……」

1 齊格飛與羅伊（Siegfried & Roy），美國魔術師演藝人員雙人組。

「鬼鬼祟祟。」我接著說，「他不就叫『鬼祟的凡庸』嗎。」

「賽門，別開玩笑了，這真的很嚴重。」

「我知道啦，潘妮。」

等到終於回到華特福，大法師聽完我們的解釋，確保我們沒受傷之後，就讓我們各自回去了。他就這樣……叫我們回家了。

沒道理啊。

所以呢，我今年暑假當然沒辦法不去想華特福的事，一直想著上學期發生的一切，「可能」發生的一切，還有我可能失去的一切……這些想法一直在我腦子裡燜燒。

不過，我還是不讓自己多想「好」的部分，這樣說你應該懂吧？一直去想好的東西，你只會思念到瘋掉。

我用一張清單列出自己最想念的東西，一直到離華特福只剩一小時車程，我才讓自己在腦子裡一樣一樣地去想。這就像是慢慢走進冷水泳池、慢慢適應一樣，不過這樣說不太對，應該是反過來——我是在慢慢適應好東西，免得自己一下子承受不了。

我從十二歲那年開始列好東西清單，現在好像該劃掉其中幾項了，可是這並沒有你想像中那麼容易。

總之，我現在離學校差不多剩一個小時了，於是把額頭抵著列車車窗，在腦中拿出清單。

我想念的華特福：

一、酸櫻桃司康

在就讀華特福以前，我從沒吃過櫻桃司康。就算是吃司康，我也只吃過葡萄乾口味，比較常吃到的是原味，而且一定是從店裡買回去之後在烤箱裡放太久，結果乾得要命的那種司康。

華特福每天都有現烤的櫻桃司康，你可以當早餐吃，下午還可以當下午茶吃。我們每天課程結束後在食堂吃下午茶，在那之後是社團、足球與寫功課的時間。

我都和潘妮洛普還有阿嘉莎一起吃下午茶，每次都只有我在吃司康。「賽門，再過兩個小時就要吃晚餐了耶。」這麼多年來，阿嘉莎總是會「嘖嘖」幾聲對我說。潘妮洛普曾試著計算我進華特福之後吃過幾個司康，但還沒算出答案就無聊到放棄了。

反正桌上擺著司康，我就照吃不誤。它們又鬆又軟，還有點鹹鹹的，我有時候做夢都會夢到。

二、潘妮洛普

清單上的第二項以前是「烤牛肉」，不過我在幾年前決定食物只能放一項，不然清單就會變成《孤雛淚》電影裡的食物之歌，我想著想著就會餓到肚子痛。

其實阿嘉莎是我的女朋友，好像應該排在潘妮洛普前面，但當初是潘妮洛普先排上清單的。開學第一週，她就在咒語課上交了我這個朋友。

剛認識她的時候，我不知該作何感想——她是個淺棕色皮膚、鮮紅色頭髮、身材胖胖的小女孩，右手戴著巨大的紫色戒指，臉上還戴著有稜有角的眼鏡，彷彿要打扮成女巫參加變裝派對。她努力幫我完成課堂任務，至於我呢，我好像一直愣愣地盯著她。

「我知道你是賽門．雪諾。」她說，「我媽說過你會來華特福，她說你很強，應該比我還強。我叫潘妮洛普．班思。」

「我都不知道妳這樣的人可以叫潘妮洛普。」我傻傻地說。（我那年說的每一句話都蠢得要命。）

她皺起鼻子，「那你說，『像我這樣』的人應該叫什麼名字？」

「不知道。」我確實不知道，我認識一些長相和她相似的女孩子，都叫珊比或艾迪蒂這種印度名字，而且她們沒有一個人有紅頭髮。「珊比？」

「像我這樣的人愛取什麼名字就取什麼名字。」潘妮洛普說。

「喔。」我說，「是啊，對不起。」

「而且我們愛把頭髮染成什麼顏色也是我們的自由。」她一甩紅馬尾，轉回去看老師發的功課。

「就算我是你朋友，你也不可以一直盯著看，很沒禮貌耶。」

「我們是朋友喔？」我滿頭問號。

「我不是在幫你做功課嗎？」

也是，她剛幫我把足球縮成了彈珠大小。

「我還以為妳是覺得我笨才來幫我。」我說。

「大家都很笨啊。」她回道，「我是喜歡你才來幫你好不好。」

我後來才得知，她是在試用新咒語的時候不小心把頭髮變成了紅色，但她那一整年都沒有染回來，第二年還試著染了藍髮。

潘妮洛普的媽媽是印度人，爸爸是英國人——其實他們都是英國人，媽媽家從好幾代以前就移民到倫敦了。她後來告訴我，她爸媽要她在學校離我遠一點。「我媽說沒有人知道你是從哪來的，你可能是危險人物。」

「那妳怎麼不聽她的？」我問她。

「因為沒有人知道你是從哪來的，你可能是危險人物啊，賽門！」

「妳的求生本能也太糟糕了吧。」

「而且，我覺得你很可憐。」她說，「你連魔杖都拿反了。」

就算叫自己不要想念潘妮，我還是每年暑假都很想她。大法師不准任何人在暑假期間寫信或打電話給我，但潘妮還是會想辦法聯絡我，有一次還附身在店裡那個總是忘記戴假牙的老頭子身上，直接用他的身體對我說話。能和她聊天是很好啦，可是那個畫面實在太恐怖了，我對她說以後發生緊急事件再這樣聯繫我，拜託別再隨便附身別人了。

三、足球場

我已經不像以前那麼常踢足球了。我沒有厲害到可以參加校隊，而且我總是會捲進什麼陰謀詭計，或是替大法師出任務，要加入球隊也很難。（該死的凡庸心情好就能把你召喚走，你是要怎麼守門啦。）

話雖這麼說，我還是可以偶爾踢踢球，而且球場真的很棒，草地完美無瑕。那是校園裡唯一一塊平地，附近還有幾棵樹，你可以舒舒服服地坐在樹蔭下看比賽……

至於貝茲呢，他當然是我們校隊的選手了。可惡。

他在球場上和平時一樣，強壯、優雅，而且他媽的凶殘。

四、我的制服

這是我在十二歲那年放到清單上的。你要知道，第一次拿到制服時，那可是我第一次穿上完全合身的衣服、第一次穿上西裝外套和領帶，我突然覺得自己長高了、打扮得像上流社會的人……結果呢，下一秒就看到貝茲走進我們的寢室，他不但比我高，還比全校所有人都上流。

華特福有八個年級，一二年級穿條紋西裝外套（兩種色調的紫色和兩種色調的綠色）、深灰色長褲、綠色毛衣，還有紅領帶。

學校規定七年級以下的學生在在校園裡都要戴平頂硬草帽——這其實只是在測試你的「乖乖別動」咒

語夠不夠強。（每次都是潘妮用咒語幫我把帽子黏好，要是交給我自己來，我可能就得戴著帽子睡覺了。）

每年秋天，一進寢室就會有一套全新的制服在床上等我，每次都乾乾淨淨、燙得整整齊齊，而且無論我長得多高、身材變了多少，衣服的剪裁總是能完美地貼合我的身體。

高年級生——我現在就是——穿的是白色滾邊的綠西裝外套，要的話可以穿紅色毛衣，甚至是披風。我是沒穿過披風啦，感覺我穿了只會覺得自己很蠢，但潘妮很喜歡披風，說是穿了覺得自己像史蒂薇．妮克斯[2]。

我喜歡學校制服，喜歡知道自己每天要穿什麼的感覺。明年從華特福畢業以後，我還真不知道自己該穿什麼……

我原本想加入魔法士團的，他們也有自己的制服，融合了羅賓漢跟軍情六處的風格。但是，大法師說那不是我該走的道路。

他都是這樣對我說話的。**「賽門，那不是你該走的道路，你的宿命在他方。」**

他要我過與眾不同的生活，和其他人接受不同的訓練、上特別的課程，他要不是華特福的校長、要不是覺得華特福對我來說最安全，甚至可能不會讓我去華特福讀書。

我要是問大法師我畢業後該穿什麼，他搞不好會把我打扮成超級英雄……

但我畢業以後才不會拿「該穿什麼」這種問題問別人，都已經十八歲了，我會自己挑衣服。不然就是請潘妮幫忙。

五、我的寢室

其實應該是「我們」的寢室才對，但我想念的並不是「和貝茨當室友」這一部分。

---

2 史蒂薇．妮克斯（Stevie Nicks），美國歌手及詞曲作家，被視為搖滾女王。

在華特福，一年級會分配寢室和室友，那之後就不會再換了，在畢業以前都不必把東西打包帶回家或把牆上的海報拆下來。

和一個滿腦子想殺我，從「十一歲」就滿腦子想殺我的人共用寢室，實在是……只能說是糟糕透頂吧？

但熔爐在把我和貝茲分到一起之後可能是覺得抱歉（不是「真的」抱歉啦，熔爐應該沒有知覺和感情），所以把華特福最好的寢室分給了我們。

我們住在靠近校園外圍的伶人宿舍，這是幢四層樓半的石造建築，我們的寢室就在最上層類似角塔的位置，可以俯瞰護城河。塔樓太小了，沒辦法分隔成兩間房間，卻還是比其他的學生寢室大，而且它以前是教職員宿舍，所以我們有自己的套房衛浴。

其實和貝茲共用廁所還挺不錯的，他喜歡整個早上霸著浴室不出來，但他很愛乾淨，也不喜歡讓我碰他的東西，所以他的瓶瓶罐罐都不會亂擺。潘妮洛普說我們的浴室有杉木跟佛手柑的香味，那想必是貝茲的功勞了，總之絕對不會是我。

我也很想知道潘妮是怎麼進出我們寢室的——女生不准進男宿，男生也不准進女宿——可能是用戒指吧，我看過她用戒指解開一座山洞的封印，你要說那東西有什麼神奇的功能我都不會太訝異。

六、大法師

大法師也是我在十二歲那年放上清單的，我有好幾次都想把他刪掉。

像是我六年級時，他幾乎無視了我一整年，我每次想找他談話，他都說他有要事在身。

就算是現在，他有時候還是會對我說這句。我知道他是校長，除了校長以外還是巫師集會的首領，所以技術上來說他負責管整個魔法世界。他又不是我爸，他和我沒有任何關係……

可是對我來說，他是最接近親人的存在了。

當初就是大法師到凡俗世界找我，（試著）對我說明了我的身分。他到現在還是會替我著想，有時候連我都不會注意到他對我的關心，還有，他有時間理我、跟我好好對話的時候，我總是覺得很踏實。有他在身邊，我的戰鬥表現就比較好，想事情也想得比較清楚，就好像有他在的時候，我幾乎能相信他一再告訴我的話——我是魔法世界有史以來最強大的魔法師。

我幾乎能相信，我擁有那麼多力量其實是「好事」，至少總有一天會是如此。我很想相信自己總有一天會成為有用的人，用力量解決問題，而不是頻頻製造問題。

暑期有權限聯絡我的人，就只有大法師一個。

七、魔法

這裡指的不是「我的」魔法，畢竟我的魔法一直都在我體內，而且老實說，它不算是能讓我安心的東西。

不在華特福的時候，我會懷念「有魔法」的生活。我喜歡日常生活中的魔法，喜歡看到別人在走廊上和課堂上施咒，還有讓一盤香腸蹦蹦跳跳地傳到晚餐桌的另一頭。

魔法世界其實不算是世界，我們沒有城市，就連魔法社區也沒有，魔法師從以前就一直和凡人共處。根據潘妮洛普媽媽的說法，這樣比較安全，這樣我們才不會走得離世上其他人太遠。她說妖精就是走得太遠了，他們受夠了和其他人與生物相處，到森林裡待了幾個世紀，結果就找不到回凡俗世界的路了。

除了和親戚同住以外，魔法師只有在華特福讀書時才會住在一起。魔法世界還是有一些社交俱樂部啊、派對啊、年會之類的活動，不過只有華特福學生會每天相處，所以最近兩三年大家都在瘋狂找伴。潘妮說，如果不在華特福找到以後的配偶，那你可能得一輩子單身——不然就是三十幾歲了還在那邊參加英國魔法界的聯誼旅行團。

我是不知道潘妮在擔心什麼啦，她從四年級那年就交了個美國男友（他是來華特福的交換學生）。麥卡喜歡打棒球，他的臉對稱到可以用來召喚惡魔。潘妮在家的時候會和他視訊聊天，學期間麥卡幾乎天天寫信給她。

「是這樣說沒錯，」潘妮對我說，「但他是『美國人』嘛，他們對婚姻的看法和我們不一樣，他搞不好在耶魯大學遇到哪個漂亮的凡人就會甩了我。我媽說啊，我們就是因為沒想清楚就隨便跟美國人結婚，魔法才會不停流失。」

我很常引用潘妮的話，她也很常引用她媽媽的話。

她們兩個都是在杞人憂天啦，麥卡是個好人，他一定會娶潘妮洛普的，然後他就會要潘妮跟他回家。我們該擔心的是「這件事」才對吧。

總之……

魔法。我不在華特福的時候，很想念魔法。

我獨自一人時，魔法是我自己一個人的祕密，我自己一個人的負擔。

但在華特福，魔法就只是我們呼吸的空氣，它不會讓我跟身邊的人格格不入，而是會讓我成為大團體的一分子。

八、厄本與山羊

我從二年級開始幫牧羊人厄本照顧山羊群，那段時期我最愛和山羊待在一起了。（貝茨知道了以後還幫我大肆宣傳。）

厄本是全華特福最好的人，她比老師們年輕，而以一個決定花一輩子照顧山羊的人來說，她的法力實在是強得不可思議。

「強不強有什麼關係嗎？」厄本老是說，「又不是長得高就非得打籃球不可。」

「妳是說『籃球』嗎？」（厄本在華特福住久了，跟世界有點脫節。）

「沒差啦。我又不是軍人，不能說我會打人就一定要把打架當飯吃啊。」

大法師說，我們每一個身具魔法之人都是軍人。

他說老派作風就是這麼危險，魔法師都各過各的生活，愛做什麼都沒人管，人人把魔法當成玩具或特權，沒有人認真保護它。

厄本沒有養牧羊犬，而是用木杖趕羊，我看過她一揮手就讓整群山羊轉向。她教過我怎麼把山羊一隻一隻拉回來、怎麼讓牠們同時覺得跑太遠了。

有一年春天，她還讓我幫忙接生小羊呢……

我現在不太有時間陪厄本了。

不過我還是把她和山羊群留在想念的清單上，偶爾花個一兩分鐘想想他們。

九、搖曳之森

這個應該刪掉。

幹，搖曳之森可以去死一死了。

十、阿嘉莎

阿嘉莎好像也該刪掉了。

我越來越接近華特福，再過幾分鐘就到站了，等一下應該會有人從學校過來接我……

我以前都把阿嘉莎留到最後，整個夏天都不去想她，等快到華特福再讓她出現在腦子裡，這樣我就不用整個暑假都在想「哪有像她這麼好的人，一定有許」，還有「我是不是配不上她」。

但現在……唉，說不定她這麼好的人和我在一起，還「真的」有許。

上學期，我和潘妮被凡庸抓走之前，我在搖曳之森看到阿嘉莎和貝茨。我可能從以前就隱隱感覺到他們之間有什麼，卻從沒想過她會那樣背叛我——我從沒想過她會越過「那條線」。

看到她和貝茨在一起之後，我根本沒機會對她說什麼，因為我忙著被綁架和逃命，那之後就到了暑假，我又不能和任何人聯絡。所以現在，我也不知道是什麼狀況……已經不知道阿嘉莎和我是什麼關係了。

我連自己有沒有想念她都不確定。

3

賽門

列車到站了卻沒有人來接我，至少，我沒看到熟悉的面孔——倒是有個一臉無聊的計程車司機，拿著一塊寫著「雪諾」兩個字的厚紙板。

「我就是。」聽我這麼說，他一臉懷疑。沒穿制服時，我看上去不太像讀公立學校的紈褲子弟，我的頭髮太短——我每年會在學期末理平頭——腳上穿著便宜的球鞋，整體也沒有那種無聊的調調，一雙眼睛一直東看西看，就是靜不下來。

「就是我啦。」我故意擺出一臉凶樣，重複道，「想看我的證件啊？」

他嘆了口氣，放下牌子。「兄弟，你想被載去鳥不生蛋的地方就請便，你開心就好。」

我坐到計程車後座，把背包放在旁邊的空位上，司機發動引擎、開啟收音機。我閉上眼睛。就算在狀況好的日子，我坐汽車後座也容易暈車，更何況今天的狀況稱不上好，我心裡忐忑不安，而且一整天只吃了一條巧克力和一包起司洋蔥口味的洋芋片。

——就快到了。

這是我最後一次在秋天回華特福了，雖然以後還是會返校，但以後就不會是這種回家的感覺了。

廣播電臺開始放《風中殘燭[3]》，司機跟著唱了起來。

「風中殘燭」是相當危險的咒語，男同學都說你可以用這句幫自己加強「精力」……嗯，你懂的。

3 《風中殘燭（Candle in the wind）》，英國知名搖滾創作歌手艾爾頓．強（Elton John）的代表作之一。

問題是，如果不小心強調了錯誤的字，你可能會引起無法撲熄的火。是真正的火焰喔。就算有必要我也不會試這句咒語，我從以前就不太擅長雙關。

汽車開過路上的坑洞，我整個人往前一晃，扶著前面的椅背撐起身體。

「繫好安全帶，安靜坐穩！」司機罵道。

我繫上安全帶，看向窗外的風景，我們已經出了城市、進到鄉間了。我吞了吞口水，往後轉了轉肩膀。

計程車司機繼續唱歌，唱得更大聲了：「不知該何去何從啊——」他唱得不亦樂乎，我才想叫他「安靜坐穩」咧。

我們又開過坑洞，我差點一頭撞上車頂。我們開在泥土道路上，平常去華特福不是走這條路啊。

我看向後照鏡裡的司機，情況不太對勁——他一身深綠色皮膚，嘴唇和鮮肉一樣紅。

我又看向坐在我前面的他，他就只是個尋常司機，滿口亂牙、被撞扁的鼻子，高唱著艾爾頓·強的歌。

又看看鏡子：綠皮膚，紅嘴唇，和歌星一樣英俊的臉。**哥布林。**

我沒等他行動就先一隻手放在腰側，開始低聲念法師之劍的召喚咒。法師之劍是一把隱形的武器——其實也不是隱形，在你念出咒語之前，它根本就不存在，直到咒語出口才會出現。

哥布林聽到我念咒，我們在鏡子裡對上眼，他笑著把手伸進外套。

貝茲要是在這裡，想必能列出好幾句適用的咒語，這時候應該有很多效果不錯的法文咒語可以用。不過法師之劍出現在手中的瞬間，我直接咬牙橫劈過汽車駕駛座，連著頭靠一起砍下哥布林的頭。效果不錯吧。

他繼續開了片刻，接著方向盤瘋狂轉動。幸好前座和後座之間沒有隔板，我解開安全帶、撲到前座（跳過哥布林的頭原本的位置），抓住方向盤。他的腳應該還踩著油門，我們已經偏離道路了，還在不停加速。

我試著把車子轉回路上，但我其實不會開車。我把方向盤猛往左轉，計程車左側直接重重撞上路邊的木籬，安全氣囊在我面前爆開，我整個人往後飛，車子還在往前撞，好像是撞到更多更多的籬笆。

我從沒想過自己的死法會是「這樣」……

我還沒想到自救的方法，計程車就停了下來。

我半癱在腳踏墊上，剛剛頭撞到了窗戶和座椅。等之後把這件事告訴潘妮時，我一定要跳過解開安全帶的部分。

我舉起一條手臂，拉了下門把，車門一開，我就整個人滾倒在草地上。我們似乎撞破圍籬後衝到草地上了，汽車引擎還沒熄火，我呻吟著爬起來，一隻手從駕駛座窗戶伸進去轉鑰匙。

車內的畫面真的很壯觀，安全氣囊上到處是血，還有屍體，還有我。

我在哥布林的外套口袋找了一下，除了一包口香糖和一把地毯刀，什麼都沒有。這感覺不像是凡庸謀畫的行動，空氣中沒有他那種乾癟的感覺；我深深吸一口氣，再確認一次。

既然不是凡庸搞的鬼，那就只是普通的復仇了。自從我幫助巫師集會把哥布林趕出艾塞克斯郡（他們喜歡在夜店廁所吃喝醉酒的人，大法師擔心當地俚語絕跡），他們就對我懷恨在心，據說成功手刃我的哥布林就可以當王。

看樣子，這隻哥布林再也別想戴王冠了。我的劍卡在副駕駛座上，我把它拔出來，讓它消失在我腰邊。我這才想到背包還在車上，所以拿起背包，把滿手鮮血抹在灰色的運動褲上，然後打開背包找出魔杖。總不能把東西丟著不管嘛，而且現場也沒什麼值得保留的證據。

我用魔杖指著計程車，感覺到魔法爬到皮膚表面。「幫個忙吧。」我小聲說，「頑垢一乾二淨！」

我親眼見識過潘妮洛普用這句咒語清理各種無可名狀的東西，但我使出來的效果就只有清掉褲子上的一點血跡。好吧，有總比沒有好。

魔法累積在我的手臂上，法力濃厚到手指開始發抖了。「配合一點嘛。」我邊說邊用魔杖一指，「清光光！」

魔杖和指尖噴出火星。

「幹，可以不要這樣嗎……」我甩了甩手腕，又用魔杖指著車子。我注意到哥布林的頭，它躺在我腳邊的草地上，又恢復原本的綠色了。哥布林這種妖孽還真帥。（不過大部分的妖孽不是身材很好嗎？）

「應該是剛把司機吃下肚的關係吧。」我邊說邊把頭往車子的方向踢，手臂感覺快燒起來了。

「人間蒸發！」我大喊。

我感覺到一股熱流從地面傳到指尖，計程車立刻消失。頭也消失了。籬笆也消失了。馬路也……

一小時後，我滿身是汗、乾硬的哥布林血以及安全氣囊的粉末，終於遠遠看到華特福的校舍了。（消失的只是泥土道路的一部分而已，反正那本來就算不上道路嘛。我沿著泥土路走回大馬路，再順著馬路走到了學校。）

凡人都以為華特福是招生規定特別嚴格的寄宿學校，其實他們猜的也沒錯。校園被施了各種魅咒，我聽厄本說過，魔法師會在開發新咒語的同時不停對學校施咒，形成層層相疊的保護力。凡人看到華特福，會被鋪天蓋地的魔法刺得眼睛痠痛。

我走向高聳的鐵門——門上寫著「華特福學校」幾個大字——一隻手搭在鐵柵上，讓大門感應我的法力。

以前光是這樣就夠了，只要你是魔法師，大門就會為你敞開。大門橫板上甚至還有兩句銘文：魔法使我們遺世獨立；願我們彼此永不分離。

「這是立意良善沒錯，」大法師對巫師集會提議加強防衛時，這麼說道，「但事關學校的安危，我們還是別太執著於六百年前刻在大門上的話。如果有人來我家作客，我可不會指望他們遵守我繡在靠枕上的指示。」

那次集會會議我也有參加，潘妮洛普與阿嘉莎也在場。（大法師要我們出席，讓其他人看看他們該保護的是什麼東西。**「是孩子啊！是我們世界的未來！」**）我沒有專心聽他們辯論，心思飄到了很遠的地方，開始思考大法師真正的家在什麼地方、他會不會哪天邀請我去作客。我很難想像他住在一般的房子裡，更不用說在家裡擺靠枕了；他在華特福有宿舍可以用，不過他經常不在學校，一出門就是好幾個星期。我小時候還以為大法師不在學校的時候都住在森林裡，整天吃些莓果和堅果，晚上睡在獾的窩裡。

華特福大門與外牆的防衛每年都會加強。

魔法士團的其中一個人——是潘妮洛普的哥哥，普瑞莫——在門內站崗，他應該對自己分配到的工作很不爽吧，大法師團隊上的其他人都在他的辦公室討論戰略，就只有普瑞莫在門口登記新生。他走到我面前。

「普瑞，最近過得還好嗎？」

「我倒是想問『你』呢……」

我低頭看著自己身上血淋淋的T恤，「哥布林。」

普瑞莫點點頭，用魔杖指著我低聲念了句清潔咒。他和潘妮同樣強大，甚至咕噥幾句就能施咒。

我討厭被別人施清潔咒，感覺自己像是不愛乾淨的小屁孩。「謝啦。」我還是對他道謝，準備從他身旁走過。

普瑞莫伸出手臂攔住我。「等一下。」他一面說，一面舉起魔杖，指著我的額頭。「這是新規定，大法師說凡庸會戴著你的臉到處跑。」

我皺了下眉頭，但沒有遠離他的魔杖。「那不是應該保密嗎？」

「是啊。」他說，「我們要保護你，就是該知道祕密。」

「如果我是凡庸，」我說，「那你早就被我吃掉了。」

「說不定這就是大法師的計畫。」普瑞莫說，「至少這麼一來，我們就確定是他了。」他放下魔杖，「可以了，你進去吧。」

「潘妮洛普來了嗎？」

他聳聳肩，「我又不是妹妹的守護者。」

我一時間以為他在強調那句話，用魔法施咒，結果他只是轉過身，靠上了大門。

大草坪上沒有人，我應該最早返校的學生之一。既然草地上空無一人，我就跑了起來，驚飛了躲在草地上的一群燕子，牠們「嘰嘰喳喳」地在我周圍起飛。我繼續往前跑——穿過草皮、越過吊橋、又經過一面牆、跑進第二和第三道鐵門。

華特福從一五〇〇年代起就在這裡了，它的結構像一座城池，牆外是原野與樹林，牆內是建築物與庭院。到了晚上，吊橋會被拉上來，沒有東西能越過護城河進入內層鐵門。

我一直跑一直跑，一路跑到伶人宿舍頂樓，累得靠在寢室門前。我拔出法師之劍，割破大拇指的皮膚，把拇指按在石磚上。離開好幾個月後回來，我其實可以用法術讓房間重新認識我，不過用血還是最快、最有效，反正貝茨不在，不會聞到血腥味。我含著拇指，燦笑著推開門。

我的寢室。過幾天，它又會變回「我們」的寢室了，但它現在是我一個人的。我走到窗前，使勁打開一扇窗戶，現在進到了室內，外頭的新鮮空氣聞起來更甜了。我繼續含著拇指打開另一扇窗，看著塵埃在微風與陽光下飛旋，然後躺倒在我的床上。

這張床墊很老了，裡頭塞滿羽毛，從以前就被人用咒語維護到了現在——我陷了進去。**梅林啊。**梅林、摩根和瑪土撒拉啊，終於回來了。回來的感覺真好。

二年級學年初，第一次回到華特福時，我直接爬上床，像小孩子一樣放聲痛哭。貝茨走進房間的時候，我還沒哭完。**「你怎麼『已經』在哭了啊？」**他凶神惡煞地說。**「都毀了我惹哭你的計畫。」**

現在，我閉上眼睛，吸飽了空氣中的氣味。

羽毛。灰塵。薰衣草。

護城河的水氣。

還有一種有點辛辣的味道，貝茨說是狼魚的氣味。（別跟貝茨提狼魚的事，他恨死狼魚了，有時還會從窗戶探出頭、對護城河吐口水，就是要跟牠們過不去。）

假如他現在也在，那我肯定除了他高級的香皂味以外什麼都聞不到……我深吸一口氣，試著捕捉杉木香皂的氣味。

房門震動一下，我一躍而起，一隻手伸到腰邊召喚法師之劍。這已經是我今天第三次召喚它了，是不是以後都別收起來算了？我什麼咒語都念不好，就只有法師之劍的召喚咒每次都成功，可能是因為這段咒語和其他咒語不一樣，比較像在宣誓：「為正義，為勇氣，為守護弱小，為面對強者。以魔法與智慧與善良之名。」

它其實不一定會出現。

法師之劍是我的，但實際上它不屬於任何人，只會為它信任的人現身。

劍柄在我手中成形，我把劍舉到肩膀的高度——就在這時，潘妮洛普推開了房門。

我放下劍，「妳不該有辦法進來的。」

她聳聳肩，撲倒在貝茨的床上。

我感覺自己露出了笑容，「妳連宿舍大門都不該有辦法進來。」

潘妮洛普又聳聳肩，把貝茨的枕頭推到頭下面。

「要是讓貝茨發現妳碰了他的床，」我說，「他一定會宰了妳。」

「他大可試試。」

我用特定的動作轉手腕，法師之劍消失了。

「你這個樣子也太悽慘了吧。」她說。

「來學校的路上遇到了哥布林。」

「他們就不能『投票』選出下一任哥布林王嗎？」她說得輕描淡寫，但我知道她是在打量我。她上次看到我時，我簡直是一綑咒語和破布，我上次看到潘妮時，情況亂成一團……

當時我們剛從凡庸手上逃回華特福，結業典禮舉行到一半，我們就風風火火地闖進白教堂——老師正在頒八年全勤獎給艾斯佩斯，被我們硬生生打斷了，艾斯佩斯真可憐。我全身都在淌血（而且是從毛孔流血，沒有人說得出原因），潘妮在哭，她的家人都在場——大家的家人都在場——結果她媽媽開始對大法師尖叫怒罵：**「你看看他們——都是『你』的錯！」**普瑞莫擠到他們中間，開始大聲回罵。其他人以為凡庸馬上就要跟在我和潘妮身後殺進來了，大家紛紛舉著魔杖逃出教堂。這比我平時學期末的混亂嚴重一百倍，感覺比混亂還糟糕，感覺就像是一切的終結。

然後，潘妮洛普媽媽直接用法術把全家人變去別地方，連普瑞莫也被帶走了。（他們應該只是回車上而已，但還是很戲劇化。）

那之後，我就沒再和潘妮說上話了。

現在，我心裡有一部分想把她從頭到腳檢查一遍，確認她完好無缺——不過潘妮最討厭別人大驚小怪了，她媽媽還真是生了一個跟自己截然相反的女兒。

「賽門，別跟我打招呼。」她曾經對我說。**「因爲打過招呼以後就得說再見了，我最受不了離別了。」**

我的制服平攤在床尾，我開始一件一件收起來。新的灰色長褲，新的綠紫條紋領帶……後方傳來潘妮洛普大大一聲嘆息，我走回床邊，面向她癱倒，努力克制臉上大大的笑容。

她噘著嘴，整張臉皺成一團。

「不是才剛回來嗎，有什麼好不爽的？」我問她。

「**翠鈴**。」她氣鼓鼓地說。翠鈴是她的室友，潘妮說她寧可和十幾個心懷鬼胎的邪惡吸血鬼共用寢室，也不要翠鈴當她的室友。是真的，她說隨時歡迎我跟她交換。

「她哪裡惹到妳了？」

「她回來了。」

「妳以為她不會回來嗎？」

潘妮調整了貝茨的枕頭。「她每年回來都比以前還要狂躁。她把頭髮變成蒲公英種子，結果全被一陣風吹走了，她又在那邊哭。」

我忍不住偷笑。「我要幫翠鈴說句公道話，」我說，「她畢竟有一半的小精靈血統，小精靈都有點狂躁嘛。」

「她自己也很清楚，而且我跟你發誓，她絕對是把自己的出身當藉口，在那邊瘋瘋癲癲的。我沒辦法再和她相處一年了啦，你哪天就會發現我把她整顆頭變成蒲公英，一口氣吹散。」

我吞下又一口笑聲，努力克制自己的燦笑。魔蛇啊！我真的好久沒和她這樣聊天了。「這是妳在學校的最後一年了，」我說，「妳可以的。」

潘妮的眼神變得十分認真。「這是『我們』的最後一年了。」她說，「你猜猜看明年暑假要做什麼？」

「做什麼？」

「跟我一起過。」

笑容終於擺脫了控制，出現在臉上。「要一起去獵殺凡庸嗎？」

「管他什麼凡庸。」她說。

我們一起大笑，但我還是忍不住扮了個苦臉，畢竟凡庸長得和我一模一樣，就像十一歲時的我。（要不是潘妮也看到他了，我會以為那都是自己的幻覺。）

我全身一抖。

潘妮看到了。「你太瘦了。」

「是運動衣顯瘦。」

「那就換衣服啊。」她已經換上了灰色的制服褶裙和紅毛衣。「去吧，」她說，「快到下午茶時間了。」

我又笑了一下之後跳下床，抓起一條牛仔褲和一件紫色的「華特福長曲棍球」運動衫。（阿嘉莎是長曲棍球隊的隊員。）

我經過貝茨的床往浴室走去的時候，潘妮拉住我的手臂。「又見到你了，真好。」她小聲說。

我又忍不住露出大大的微笑。真是的，潘妮老是害我臉頰痠痛。「別大驚小怪嘛。」我小聲回道。

4

潘妮洛普

太瘦了。他看上去太瘦了。不只是瘦，還有種……很勉強的感覺。

賽門就是這樣，在華特福吃幾個月的烤牛肉之後，他的氣色就會好起來了。（除了烤牛肉以外，還有約克郡布丁、加了太多牛奶的奶茶。還有肥滋滋的香腸。還有奶油司康三明治。）他肩膀寬闊、鼻型也寬，所以瘦下來時顴骨特別明顯，給人一種皮包骨的印象。

我已經習慣每年秋天看到消瘦的他了，但這次——今天——狀況比平時嚴重。

他的臉似乎乾裂了，眼眶也很紅，眼睛周圍的皮膚顯得粗糙且微微脫皮。他的手也發紅，握緊拳頭時，指關節白得特別明顯。就連他的笑容也不忍直視，太大、太紅的笑容和他的臉不相襯。

我沒辦法對上他的視線。他經過時，我拉住他的衣袖，但還好他沒有停下來，否則我可能就再也不會放開了。我也許會抓住他、抱住他，用咒語把我們帶到其他地方，離華特福越遠越好。我們可以等一切都結束了再回來，讓大法師、碧漆家、凡庸和其他想戰鬥的各方勢力自己開打，先把他們的戰爭打完再說。我和賽門可以在安克拉治租一間公寓，或去卡薩布蘭卡、布拉格，哪裡都好。

我可以整天讀書寫作，他可以吃飽睡、睡飽吃，這樣我們都能活到十九歲，甚至是二十歲。

我真的很想帶他離開——若不是相信只有他能扭轉戰局，我早就帶他一走了之了。

如果我把賽門偷走，保護他……

那我們回來時，魔法世界可能已經不復存在了。

5

賽門

食堂裡除了我們以外，幾乎沒有人。

潘妮洛普坐在桌子上，腳踩著椅子。（她喜歡裝出不在乎別人眼光的樣子。）食堂另一邊有幾個一二年級生在和家長一起喝下午茶，我注意到那些小孩子和他們的爸媽在偷看我。過幾個星期，小孩子就會習慣看到我了，不過這是他們爸媽難得可以看好看滿的機會。

大多數魔法師都知道我是誰，連我都還不曉得自己會來華特福的時候，他們就知道我以後會來讀書了。有一段和我有關的預言——好吧，其實有好幾個人都說了類似的預言——說是會有個超強魔法師來幫大家解決所有的問題。

一者將招致終結。
一者將使其殞落。
願曠世之力崛起，
拯救吾等於水火。

最強的法師。天選之子。曠世之力。

他們說的那傢伙理論上就是我。就算到現在，我想一想還是感覺很怪，但也沒辦法否定他們。沒人擁有像我這種力量，雖然我有時候控制不了，也無法把它用在我想要的地方，它仍然是我的力量。

我剛來華特福那時候，人們好像已經放棄從前的預言了，也有人懷疑最強的法師已經來了又走了，結果沒有任何人發現。

應該沒有任何人想到天選之子會是凡俗世界出身，從小和凡人生活在一起。

從沒有過出身凡人家庭的魔法師。

但我一定是凡人的小孩吧，哪有魔法師不要自己家孩子的？潘妮說，魔法世界沒有孤兒這種東西，魔法太珍貴了，大家都會想盡辦法保護孩子。

大法師第一次來接我的時候，並沒有對我解釋這些，我還不知道自己是史上第一個擁有魔法的凡人，不曉得自己是大家見過最強的魔法師。當時，我也不知道有不少魔法師——尤其是大法師的敵人——以為我是他隨便捏造的政治工具，是個理了平頭、穿著寬鬆牛仔褲、看上去像十一歲男孩的特洛伊木馬。

剛來華特福那陣子，一些古老世家的人想叫我到處和重要人士見面，讓他們親自檢查我到底是不是真貨，看看品質有沒有過關。

大法師可不同意，他說多數魔法師都忙著爭權奪利和搞一些陰謀詭計，都沒看清大局。**「賽門，我不會讓你成爲任何人的棋子。」**

現在想想，還好有他那麼努力保護我。能多認識一些魔法師是不錯，我也很想更融入魔法師群體，不過我自己也交了一些朋友，都是在我們都還小的時候就認識的，那時候還沒有人花太多心思關心我偉大的宿命啊什麼有的沒的。

老實說，我的名人身分反而妨礙我在華特福交朋友，大家都知道我身邊常常發生爆炸。（可是目前還沒有「人」爆炸，這應該算好事吧。）

我不理那些盯著我看的人，去幫潘妮洛普拿茶點。

我們讀的雖然是自帶教堂和護城河的超排外寄宿學校，但華特福的學生並沒有被嬌生慣養，我們每個人都要自己打掃整理，四年級以後還要自己洗衣服。我們可以用魔法做家事，不過我通常都自己動手做。廚師佩查德和幾個幫手負責煮飯，然後到用餐時間學生會輪流幫大家上菜，週末就自助取餐。

潘妮洛普拿了一盤起司三明治和堆成一座小山的新鮮司康，我像野蠻人一樣配著奶油開吃，一下就吃了半條奶油。（我喜歡在司康上放一大塊奶油，讓外層的油融化，內層還有一小口冰奶油。）潘妮看著我吃，像在看什麼有點噁心的東西，不過我還是看得出來她是真的很想我。

「妳暑假過得好嗎？」我邊大口吞司康邊說。

「還不錯。」她說，「過得滿好的。」

「是喔？」碎屑從我嘴巴亂噴。

「我和我爸去芝加哥，他在那邊的實驗室做一些研究，我和麥卡都有幫忙。」一提到男友的名字，她就放鬆了許多。「麥卡的西班牙語說得好流利，他教了我不少新咒語，我覺得再多學習西班牙文的話，我就能像母語人士那樣施咒了。」

「他還好嗎？」

潘妮洛普紅著臉咬一口三明治，沒有馬上回答。從上次見到她到現在才過幾個月而已，她卻看起來不一樣了，像是長大了。

華特福的女學生不一定要穿裙子，不過潘妮洛普和阿嘉莎都愛穿。潘妮喜歡穿短褶裙，通常會搭配和學校制服同色系的菱形及膝襪，還有那種有帶釦的黑鞋，就像愛麗絲在夢遊仙境時穿的那雙。

潘妮的外表一直都比實際年齡小，全身都像小女孩一樣圓滾滾的：圓嘟嘟的臉頰、肉肉的腿，膝蓋還有凹窩——再加上這身制服，她看上去年紀又更小了。

話雖這麼說……她過完暑假回來，感覺還是和以前不一樣了，現在有點像是穿著小女孩服裝的女人了。

「麥卡過得很好。」她終於把深色頭髮撥到耳朵後面，開口說，「從他來華特福交換以後，我們就沒這麼長時間相處過了。」

「所以你們還是有激情囉？」

她笑了。「是啊，激情還在。其實，那是我第一次覺得……我們是真的在一起。」

我不曉得該說什麼才好，只能努力對她微笑。

「很噁耶，」她說，「把嘴巴閉上好不好。」

我乖乖閉嘴。

「那你呢？」潘妮問我，看得出來是等了很久，終於忍無可忍了。她左顧右盼，然後湊過來。「發生什麼事了？可以告訴我嗎？」

「什麼發生什麼事了？」

「今年暑假啊。」

我聳聳肩。「沒什麼事啊。」

她嘆了口氣，又往回靠。「賽門，我又不是故意自己去美國的，我也很想留在英國啊。」

「不是啦，」我說，「就是沒什麼事情好說啊。妳走了，大家都走了，我又回去兒童之家了。這次是去利物浦。」

「所以說，大法師他……他就這樣把你送走了？明明發生了那麼多事，他竟然還把你送去兒童之家？」潘妮洛普一臉問號。我也不怪她。

我才剛被綁架又逃出來，結果大法師二話不說就讓我離開了華特福。

我和潘妮把我們被凡庸綁架的事告訴他時，我還以為大法師會想立刻去抓凡庸。我們知道那個怪物在哪了，也終於知道他長什麼模樣了啊！

從我入學以來，凡庸動不動就來攻擊華特福，他會派黑魔物來、自己則躲起來，他還會在魔法大氣層留下一塊又一塊死角。這次，我們終於找到「線索」了。

我很想去找他，很想好好懲罰他，很想和大法師並肩作戰，一舉結束這場戰爭。

潘妮洛普清了清喉嚨，我想必是把心裡的迷惘都寫在臉上了。「你和阿嘉莎談過了嗎？」她問。

「阿嘉莎？」我接著幫下一塊司康塗奶油，可惜它已經涼了，奶油沒有融化。潘妮舉起右手，戒指上巨大的紫色寶石在陽光下閃爍──「熱情如火！」

好浪費法力，她每次都這樣在我身上浪費魔法。奶油融化在突然熱得直冒煙的司康上，我被燙得把它從左手拋到右手、右手拋回左手。「阿嘉莎暑假不准跟我聯絡啊，妳又不是不知道。」

「我還以為她這次會找別的方法聯絡你。」潘妮洛普說，「非常時期就該用非常手段嘛，她不是該為自己辯解一下嗎？」

我放棄太燙的司康，讓它落回盤子上。「她不可能不聽大法師或她爸媽的話啊。」

潘妮默默注視著我。她也是阿嘉莎的朋友，不過潘妮洛普比較會去批評阿嘉莎。我的工作不是批評阿嘉莎，是當她的男朋友。

潘妮嘆了口氣，別過頭，踢了踢腳下的椅子。「所以，就這樣？什麼事都沒有？沒有半點進展？又過了一個尋常的暑假？那我們現在該怎麼辦？」

平時動不動就亂踢東西的人是我，但我已經花了一整個夏天到處踢牆壁，用奇怪眼神看我的人也都被踢了個遍，現在總該收腳了。我聳聳肩膀，「就繼續上學囉。」

潘妮洛普不肯回她的寢室。

她說翠鈴的女朋友也提早回來了，她們可沒在管什麼私人界線的。「我有跟你說嗎？翠鈴暑假去穿耳洞了，她在耳朵最尖的地方掛了吵得要命的大鈴鐺。」

有時候，我懷疑潘妮對翠鈴的誹謗已經接近物種歧視了。我對她說出自己的想法。

「你說得倒輕鬆，」她又癱倒在貝茨的床上，「跟小精靈住同一間寢室的人又不是你。」

「我的室友可是吸血鬼耶！」我反駁。

「這是未經證實的臆測。」

「妳難道覺得貝茨不是吸血鬼？」

「我知道他是啊，」她說，「但我們還是提不出證據，畢竟沒親眼看過他喝血。」

我坐在窗臺上，稍微往外面的護城河傾斜，一隻手扶著往外推開的那扇窗，嗤之以鼻道：「我們看過他滿身是血的樣子，還在塋窟裡找到好幾堆被吸乾的老鼠，還記得牠們身上的牙印嗎……我不是說過嗎？他作惡夢的時候臉頰會鼓鼓的，像是嘴巴裡多了幾顆牙齒一樣。」

「都是間接證據。」潘妮說，「我到現在還是想不明白，你為什麼明明知道人家是吸血鬼，還要在他夜驚的時候去偷看他。」

「我跟他住在一起耶！當然要保持警惕啊。」

她翻了個白眼。「貝茨不可能在寢室裡傷害你的。」

她說得沒錯，貝茨確實做不到。我們的寢室都施了防止室友互相背叛的法術——「室友革令」，貝茨只要在房間裡對我造成任何肢體上的傷害，就會被趕出學校。

阿嘉莎的爸爸——維彼羅醫師——說他還在學的時候就看過，一個男生揍了他室友一拳，結果就被一股力量吸出窗戶、摔到校門外。校門再也沒為他開啟過。

在我們還小的時候，學校會先警告你：一二年級生要是試著毆打或傷害室友，手就會變得又冷又僵硬。我一年級曾經對貝茨丟一本書，那之後過了三天，我的手才終於解凍。

貝茨一次都沒違反過革令，連我們還是小屁孩的時候也沒有。

「誰知道他睡著了以後會不會突然攻擊人啊。」我說。

「你知道啊，」潘妮說，「你不是整天盯著他嗎？」

「我跟黑魔物住在一起，不小心一點怎麼行！」

「要拿你的吸血鬼跟我換小精靈嗎？我很樂意。寢室裡可沒有防止室友把你活活煩死的革令。」

我和潘妮回食堂拿晚餐——烤甘薯、香腸和偏硬的白麵包，全部帶回我房間。貝茨也在的話，我們就沒辦法這樣在房間吃飯聊天了，他一定會立刻舉發潘妮。

我們兩個悠悠哉哉地在房間裡，不用躲什麼人，也不用跟別人戰鬥，歡樂得簡直像在開派對。潘妮洛普說，等我們以後一起租房子，就可以整天過這種生活了……

但我們沒有那個未來。戰爭一結束，她就會搬去美國了，甚至在那之前她可能就會先走。

那我呢？我會跟阿嘉莎同居。

我和阿嘉莎會想辦法解決這次的問題，以前的各種問題還不是都順利解決了？我們兩個很適合啊，我們畢業後應該會結婚——阿嘉莎的爸媽就是在華特福畢業後結婚的。我知道她想住在鄉下……我買不起鄉村別墅，不過她很有錢，她應該也會找一份自己喜歡的工作。我請阿嘉莎爸爸幫忙的話，他應該也會想辦法幫我弄到一份工作。

想想這些也不錯。如果能活得夠久，活到必須為自己的未來與工作煩惱，那該有多好。

潘妮洛普一吃完晚餐就拍掉手上的碎屑。「好吧。」

我哀聲說：「不要啦。」

「什麼『不要啦』？」

「先不要想策略啦，我們才剛到沒多久，我都還沒安頓下來耶。」

她環顧房間。「賽門，你有什麼好安頓的？你不是只帶了兩條運動褲嗎？行李不是都拿出來放好了嗎？」

「我在享受寧靜好時光。」我把她的餐盤拿過來，開始幫她把香腸吃完。

「現在沒有『寧』，」她說，「就只有『靜』而已，越靜我越緊張。我們需要制定計畫。」

「『這』就是寧靜啊。貝茨還沒來，而且妳看——」我揮了揮她的叉子，「——沒有東西來攻擊我們。」

「胡說八道，你不是才剛把一隻哥布林打死嗎？**賽門**，」她說，「我們是悠閒地過了兩個月沒錯，但這不表示戰爭也跟著暫停了啊。」

我又哀嘆一聲。「妳怎麼說話的樣子跟大法師越來越像了。」我含著滿口食物說。

「他居然一整個暑假都沒理你，真的太誇張了。」

「他應該忙著在處理『戰爭』的事吧。」

潘妮嘆了口氣，雙手抱胸。她在等我理性地跟她對話。

要等就慢慢等。

戰爭就是**戰爭**。

討論「戰爭」的事沒有意義，反正它遲早會來。其實它不是一場戰爭，而是兩三場——逐漸升溫的內鬥、魔法師和黑魔物之間本來就存在的敵對關係，還有我們跟凡庸之間不知道是什麼的關係，而這些總有一天都會找上門來……

「好吧。」潘妮又說。應該是我的表情足夠痛苦，她下一句說的竟然是：「反正戰爭也不會跑不見，我們明天再來討論好了。」

我把她的餐盤清乾淨，潘妮舒舒服服地躺在貝茨的床上，我甚至沒有念她。我在自己的床上躺下，聽她說起搭飛機、美國的超市，還有麥卡的大家族。

她說到最近聽了一首歌，她覺得那首歌以後有機會成為咒語，但我實在想不到「有空叩我[4]」能有什麼用處。她說著說著就睡著了。

「潘妮洛普？」她沒有回應。我從我的床上探過去，用枕頭甩她的腿——兩張床擺得很近，貝茨甚至不用下床就能殺我……好吧，反過來說，我不用下床也殺得了他。「**潘妮。**」

「幹嘛？」她對著貝茨的枕頭說。

「妳該回寢室了。」

「不要。」

「一定要。妳要是跑來男生寢室被逮到，信不信大法師會給妳停學處分。」

「處分就處分，我也巴不得多一點休閒時間。」

我下床站在她旁邊，她的深色頭髮鋪開在枕頭上，眼鏡壓著臉頰，不小心拉高的裙子露出一截豐滿又平滑的大腿。

我捏了她一把，她嚇得跳起來。

「走啦，」我說，「我送妳回去。」

潘妮調整一下眼鏡，把揪成一團的上衣拉好。「不要，我才不讓你知道我是怎麼通過結界的。」

「我是妳最好的朋友耶，妳不跟我說也太過分了吧。」

「我喜歡看你在那邊想破頭。」

4 原文為 Call Me Maybe，加拿大歌手卡莉蕾（Carly Rae Jepsen）的代表作之一。

我打開房門，探出頭往樓梯下方看，沒看到或聽到任何人。

「好啦。」我幫她開著門，「晚安。」

潘妮和我擦身而過。「晚安囉，賽門。明天見。」

我忍不住露出大大的笑容——返校真好。「明天見。」

她一走，我就換上學校給的睡衣；貝茨會特地從家裡帶睡衣來穿，不過我挺喜歡學校的這一套。我在兒福中心都不穿睡衣睡覺，總覺得……總覺得那就像是把弱點暴露給別人看。我換好衣服，邊嘆氣邊爬上床。

只有來到華特福、貝茨還沒到校的時候，我才終於能安穩地睡一覺。

我不知道自己是幾點醒來的，寢室裡一片漆黑，只有一束月光劃過我的床鋪。

我看到一個女人站在窗邊，起初還以為是潘妮，然後那個人影一動，我又覺得是貝茨。

然後我想說自己一定是在做夢，又睡了回去。

6

露西

我有好多話想對你說。

但時間太短了。

我的聲音太過微弱。

7

賽門

太陽才剛出來，我就聽到房門「吱呀」一聲打開。我用毯子蓋住頭。「走開啦。」反正潘妮還是會照樣說她想說的，馬上嘮叨著把我整個暑假對她的想念全部洗刷乾淨。

有人清了清喉嚨。

我睜開眼睛，看到大法師站在寢室門口，一臉好笑——至少，表面上是這樣，笑意之下還藏著某種黑暗的情緒。

「老師好。」我坐起身，「抱歉。」

「賽門，不用道歉，你應該沒聽到我敲門吧。」

「沒聽到……我先，呃，我……穿個衣服。」

「不用了，沒關係。」他邊說邊走到窗邊，穿過房間時特地離貝茨的床遠遠的——就算是大法師也會怕吸血鬼，不過他不會用「怕」這個字，而是會說自己對他們「抱持戒心」或「態度審慎」。

「抱歉，昨天我不在，沒能迎接你返校。」他說，「回來的路上還順利嗎？」

我推開毯子、坐在床緣，雖然身上還穿著睡衣，但至少有坐直。「還好。」我說，「其實，那個……不算是還好。我的計程車司機是哥布林。」

「又是哥布林？」他從窗前轉回來看我，雙手背在身後。「牠們還真是固執。牠是單獨行動嗎？」

「是的，老師。他想把我直接載走。」

大法師搖了搖頭。「牠們都沒想過要兩個一組行動。你對牠用了什麼咒語？」

「老師，我是用劍解決的。」我咬住嘴唇。

「好吧。」他說。

「還有用『人間蒸發』把現場清乾淨。」

大法師揚起眉頭。「很不錯啊，賽門。」他低頭看著我的睡衣與赤腳，然後抬頭端詳我的臉。「那今年暑假呢？有什麼事要跟我報告的嗎？有沒有注意到什麼異狀？」

「有的話我會聯絡你的，老師。」（必要的話，我是可以聯絡他沒錯，我有他的手機號碼，也可以派小鳥去通知他。）

大法師點點頭。「那就好。」他又看了我幾秒，然後轉回去看窗外，像是已經把我身上該觀察的東西都觀察完了。陽光灑在他濃密的棕髮上，在那一瞬間，他看上去比平常更像電視上那種走路大搖大擺的冒險者。

他身上穿著制服：深綠色帆布緊身褲、皮革高筒靴、有小口袋的綠色束腰上衣，加工皮帶上掛著編織劍鞘與劍。他的劍和我的法師之劍不同，沒有隱形效果。

潘妮媽媽——班思教授——說過，以前的大法師都會穿戴正式的風帽與披風，以前的華特福校長則是穿長袍戴學位帽。她說大法師的制服是他自己發明的，她都把那套服裝稱作大法師的戲服。

除了大法師的對頭以外，最恨他的人應該就是班思教授了。我幾乎從沒聽過潘妮爸爸說話，只有在潘妮媽媽滔滔不絕地罵大法師時，他才會搭著太太的手說：**「好啦，蜜塔莉……」**潘妮媽媽則會說：**「抱歉了，賽門，我知道大法師是你的養父……」**

但他其實不算是，至少他從沒以我的家人自居，而是一直把我當盟友看待——連我還是小孩子的時候也一樣。第一次帶我來華特福時，他請我在他的辦公室裡坐下，然後把一切都告訴了我。他說到鬼祟的凡庸、消失的魔法、魔法大氣中像是通訊死角的孔洞。

那時候我還在努力接受「魔法是真的」這件事，他就在那邊說有東西在扼殺魔法——吞噬它、終結它，只有我能阻止那股力量。

「賽門，你現在年紀還太小了，才十一歲而已，我不該對你說這些，但是再瞞著你就對你太不公平了。鬼祟的凡庸是有史以來對魔法世界最大的威脅，他非常強大、力量也遍布各地，和他作戰就像是在疲憊不堪時抗拒睡意。

「儘管如此，我們還是得和他戰鬥。我們想保護你，我也發誓要用自己的生命守護你，但賽門，你必須盡快學會保護自己。

「他是對我們最恐怖的威脅，而你是我們最大的希望。」

十一歲的我震驚到說不出話來，連一句問題也說不出來。我的年紀還太小了，只想再看大法師變變魔術，再看他讓地圖自動鋪開來。

就讀華特福的第一年，我一直告訴自己這都是一場夢。第二年，我一直告訴自己這些是真的……被一群食人魔攻擊、弄碎了一圈立石、長高了五英寸之後，我才想到真正該問的問題——

爲什麼是我？

為什麼是「我」要和凡庸戰鬥？

這些年來，大法師用十幾種說法回答了這個問題：

因爲我是天選之子。因爲我是預言之子。因爲凡庸會不斷來騷擾我。

但那些都不是真正的答案，只有潘妮洛普把我能聽懂的唯一一個答案給了我……

「賽門，因爲你做得到。因爲總得有人去阻止他。」

大法師望向寢室窗外的什麼東西。我開始思考是不是該請他坐下，然後開始思考自己到底有沒有看過他坐著的模樣。

我稍微調整重心，床鋪吱嘎作響，他這才一臉憂心地轉回來看我。

「老師？」

「賽門。」

「凡庸他——你找到他了嗎？我錯過了什麼？」

大法師用虎口磨了磨下巴，然後快速搖頭。「沒錯過什麼。我們依然找不著他，而且還有其他的緊急事務必須顧及。」

「哪有什麼比凡庸更重要的事？」我脫口說出。

「不是比較重要，」他說，「就只是比較緊急而已。那幾個古老世家——他們在測試我的能耐。」他的右手握成了拳，「威爾斯有一半的家族都不再捐稅了，碧漆家還收買了巫師集會的三個成員，要他們別出席會議，防止我們達到規定的最低與會人數。另外，這一整個夏天，從這裡到倫敦，整個區域發生了大大小小的衝突。」

「衝突？」

「陷阱、鬥毆——賽門，這些都是對我的測試。你也知道，古老世家要是認為我分心了，就會立刻來奪權，把我們成就的一切都扭轉回去。」

「他們以為自己可以獨力和凡庸戰鬥嗎？」

「他們太短視近利了，」大法師看向我，「根本就不在乎凡庸，只想現在馬上把權力弄到手。」

「我才不管他們，」我說，「要是魔法都被凡庸搶走，那我們就沒得爭了。我們應該要跟凡庸作戰才對。」

「我們會和他作戰，」他說，「但要等到時機成熟，等我們找到擊敗他的方法。在那之前，我的首要任務就是確保你安全無虞。賽門……」他雙手抱胸，「我和巫師集會的其他成員——我信得過的幾個人——商討過了，我們認為之前保護你的措施都起了反效果，無論施了多少咒語、防衛做得多完善，你在這裡——在華特福時，凡庸似乎能最有效地攻擊你。他六月把你召喚出學校那次，完全沒有觸發我們的防衛法術。」

聽他說這些，我不禁有點羞愧，感覺失敗的不是大法師或守護法術，而是「我」。唯一能和凡庸抗衡的人不就是我嗎？結果我好不容易有機會和他面對面戰鬥，卻只能夾著尾巴逃走。而且當時要不是有潘妮洛普幫忙，我可能連逃命都做不到。

大法師咬緊牙關。他的下巴中間很平，只有尖銳的一個小凹陷，像是被銳利的刀切下一角，我超嫉妒他長了這麼帥的下巴。「我們決定，」他緩緩地說，「把你安置在華特福之外的地方。」

我聽得一愣一愣的。「老師？」

「巫師集會幫你準備了安全的地方，還安排了家庭教師，細節我現在不能說，但我會親自帶你過去。我們早點出發吧，我還得在入夜前回來。」

「你要我離開華特福？」

他瞇起眼睛。大法師最討厭一句話重複很多次了。「對。你不必打包太多東西，帶上靴子和斗篷，還有你想留著的物品就夠——」

「老師，我不能離開華特福，這週就要開始上課了啊。」

他歪過頭。「賽門，你不是小孩子了，你在華特福已經學不到什麼了。」

也許他說得對，我的學業表現確實很糟，有沒有讀八年級應該都沒差，可是……「我不能離開華特福。這是我的最後一年了。」

大法師搓了搓鬍子，眼睛瞇成細縫。

「我做不到。」我又說。我試著想個做不到的理由，腦子裡卻只想到「不要」兩個字。我不能離開華特福，我已經等著回來等了一整個暑假，等了一輩子。我平常不是在華特福就是希望自己能回華特福，明年這一切都會變了，那也沒辦法，但是**現在不行**。「不要。」我說，「我做不到。」

「賽門——」他的語氣變得嚴厲，「——我這不是在給你『建議』，你現在有生命危險，全魔法世界都需要你。」

我很想反駁：**貝茨**可不需要我，和碧漆家穿同一條褲子的魔法師也都不把我當救世主看待……

我咬緊牙關，用力到幾乎能感覺到牙齒的形狀。我搖了搖頭。

大法師皺著眉頭低頭看我，像在看一個不肯聽話的小孩子。「賽門，你就沒發現嗎？你只有在華特福的時候才會受凡庸攻擊。」

「你現在才發現嗎？」我吞了吞口水。「老師。」我匆匆補充，但已經太遲了。

「我不懂！」他提高音量說，「你以前從沒反對過我的決策。」

「你以前從沒叫我離開華特福過啊！」

他的表情很剛硬。「賽門，現在是戰爭時期，這不用我提醒吧？」

「不用，老師。」

「在戰爭時期，所有人都必須做一些犧牲。」

「可是我們『一直』都在作戰啊，」我說，「從我來到這裡開始，我們就一直在作戰，總不能因為戰爭就放棄生活吧？」

「不能嗎？」他終於火大了，一隻手往腰間劍柄的方向一動。「賽門，你看著我。你有看過我享受正常生活嗎？我怎麼沒有妻子？孩子？我怎麼不住在鄉村別墅，整天舒舒服服地坐在椅子上，讓肥嘟嘟的可卡犬幫我把拖鞋叼來？我怎麼都不去度假？我怎麼都不休息？我除了為接下來的戰鬥做準備之外，哪裡還有時間做**任何事情**？我們不能因為無聊了，就忽視自己的責任義務。」

我像是腦袋被巴了一下，垂下頭。「我沒有無聊。」我嘀咕。

「好好講話。」

我抬起頭。「老師，我沒有無聊。」

我們四目相對。

「穿上衣服，東西打包好……」

我感覺全身上下每一條肌肉縮緊，每一處關節卡死。「不要。」

我做不到。我才剛過完最難受的一個暑假，憑著暑假結束就會回華特福的念頭撐到了現在，現在好不容易回來了，真的真的沒辦法再撐下去了。我沒那個力氣，儲備都用乾了。而且，大法師連他要帶我去哪裡都沒說——那潘妮怎麼辦？阿嘉莎呢？

我還在搖頭，聽見大法師急促地吸一口氣，抬頭才發現我們之間飄著一層紅霧。

幹。不行。

他向後退開。「賽門。」他舉著魔杖，「保持冷靜！」

我手忙腳亂地找出自己的魔杖，念出一句句咒語：「振作點！忍著點！淡定點！堅持住！」但施咒就需要魔法，現在動用我的魔法就只會把法力吸到表層——我們之間的紅霧變得更濃了。我閉上眼睛，試著消失，試著什麼都不想。我倒回床上，魔杖從手裡落到地板上、彈了一下。

終於有辦法集中精神時，我發現大法師彎腰看著我，一隻手貼著我的額頭。有東西在冒煙——好像是我的床單。「對不起，」我小聲說，「我不是故意——」

「我知道。」他雖然這麼說，還是一臉害怕。他一隻手撥開我額前的頭髮，指關節輕輕滑下我的臉頰。

「拜託不要逼我走。」我央求道。

大法師直視我的眼睛，看穿了我，我看得出來他在考慮……然後，他讓步了。

「我會再和巫師集會討論看看，」他說，「或許還有一些時間……」他抿起嘴唇。他上唇上方有一條細細的小鬍子，貝茨和阿嘉莎都喜歡拿他的小鬍子開玩笑。「但是賽門，我們不只是擔心『你』的安危……」

他仍然彎腰看著我，我只覺得我們兩人之間除了煙霧以外，什麼空氣也不剩了，我無法呼吸。

「我會和巫師集會討論看看。」他說完捏了我的肩膀一把，站起身來。「你需要看校醫嗎？」

「不用，老師。」

「如果事情有變，一定要通知我。或是看到任何異狀——任何和凡庸有關的跡象，或任何……異乎尋常的狀況，都一定要通知我。」

我點點頭。

大法師大步走出房間，手掌搭著劍柄（那是他思考時的習慣動作），然後緊緊關上房門。

我翻了個身、確保床鋪沒有真的著火，然後倒回去繼續睡。

8

露西

而霧氣太過濃稠。

9

賽門

我再次醒過來，就看到潘妮坐在我的書桌前，正在讀一本和她的手臂一樣厚的書。

「都過中午了。」她說，「兒童之家怎麼把你養成了遊手好閒的懶鬼？我要投書給《每日電訊報》批評他們。」

「妳進來之前要先敲門啦。」我邊說邊坐起來，揉了揉眼睛。「就算有魔法鑰匙也不行。」

「不是鑰匙，而且我明明就有敲門。你根本就睡死了。」

我經過她往浴室走去，她嗅了嗅空氣，放下書本。「賽門，你該不會暴走了吧？」

「算是吧。說來話長。」

「你被『攻擊』了？」

「不是。」我關上浴室的門，提高音量說：「等等再跟妳說。」潘妮聽到大法師想把我帶走，一定會發飆。

我看著鏡子，開始思考該不該沖澡。我一邊的頭髮黏著頭皮，頭頂的頭髮都豎了起來——每次魔法失控，我都會滿頭大汗，現在感覺全身都髒兮兮的。我檢視鏡子裡的下巴，滿心希望自己有鬍子可刮，但還是沒有。我其實都不需要刮鬍子，可以的話，我也想像大法師那樣留小鬍子，貝茨愛笑就讓他去笑。

我脫下上衣，摸了摸掛在脖子上的金十字架。我沒有信教，只是把十字架當護身符戴著；這是阿嘉莎的家族代代相傳的防吸血鬼護身符，維彼羅醫師把它送給我時，它上面附了一層灰黑色的金屬鍍膜，後來被我摸到鍍膜都掉光、變回金色了。我有時還會啃它。（不建議你亂啃中世紀文物。）我在暑假其實不用戴十字架，但習慣戴防吸血鬼項鍊之後，每次取下來我就會覺得自己很蠢。

兒童之家的其他小孩都以為我是虔誠的基督教徒。（他們還以為我是老菸槍，因為我身上總是有股煙味。）

我又看看鏡子。潘妮說得沒錯，我太瘦了，瘦到肋骨都凸了出來，連腹肌都看得一清二楚——這不是因為我肌肉很壯，是因為我有三個月沒好好吃東西了。而且，我全身都長了痣，就算「沒有」營養不良，看起來也像是得了什麼病一樣。

「我沖個澡喔！」我大喊。

「動作快——午餐時間快結束了啦！」我開始沖澡的同時聽到潘妮在寢室裡走動，然後她站在浴室門外對我說：「阿嘉莎回來了。」

我轉開水龍頭。

「賽門，你有聽到嗎？阿嘉莎回來了！」

我聽到了。

上一次看到女朋友時，你發現她和你的死對頭握著手（是面對面，四隻手握在一起，一副準備要唱歌跳舞的模樣），離別三個月以後又和女朋友見面了，這時候你該對她說些什麼？

上學年，就算是還沒在森林裡看到她和貝茨，我和阿嘉莎的關係也已經變得很怪了。她像是在疏遠我，也沒對我說什麼話，我三月受傷時（有人故意把我的魔杖弄壞了）她也只是翻了個白眼，好像這都是我自找的一樣。

我只交過阿嘉莎一個女朋友，我們從十五歲的時候開始交往，到現在已經三年了，不過我從更早以前就喜歡她了。從第一次看到她——她走在大草坪上，淺金色長髮在風中飄揚——我就喜歡上她了，還記得我那時候腦子裡想的是：我從來沒看過這麼美的東西。一個人那麼美、那麼優雅，那一定就像獅子或獨角獸一樣，沒有人傷得了你，沒有人碰得了你，因為你和其他人根本就不是同一個層次的東西。

光是坐在阿嘉莎身邊，我也會覺得自己高人一等，誰也動不了我。那種感覺就像是坐在陽光下一樣。

那你可以想見，和她交往就好像整天帶著那種光芒到處跑。

我有一張去年冬至和她拍的合照，她穿著白色長裙，她媽媽幫她把白金色頭髮編成了辮子、插上了槲寄生。照片中的我也穿了一身白色，我自己是覺得沒什麼格調，不過在照片裡……我看起來還不錯嘛。我站在阿嘉莎旁邊，身上穿著她父親借我的白西裝……那似乎才是我應有的樣子。

今天中午食堂半滿，明天就是開學日了。大家有的坐在桌上、有的鬆鬆散散地圍成圈子在聊近況。午餐吃火腿起司麵包。潘妮洛普幫我拿來一盤奶油，我露出笑容；要不是會被別人嫌，我還想用湯匙挖奶油吃呢。（我一年級那年只要第一個下來吃早餐，就會直接挖奶油吃，根本沒在管別人眼光的。）

我掃視食堂，尋找阿嘉莎的身影，卻沒看到她。她應該是沒下來吃午餐吧，如果她真的來了食堂，不可能不坐在我們平時那一桌——就算是發生了各種亂七八糟的事也一樣。

利司和賈瑞斯——住我樓下的兩個男同學——已經坐在我們那一桌的一端了。

「嗨，賽門。」利司說。賈瑞斯在對食堂另一頭的某個人喊叫。

「嗨，兄弟們。」我回道。

利司對潘妮點頭打招呼。潘妮洛普從以前就不怎麼有空搭理其他同學，所以其他人也不怎麼有空搭理她，我要是被大家無視了一定會不開心，但她似乎覺得沒有人害她分心才好。

有時候，我走在食堂裡一路對別人打招呼，她還會拉著我的袖子要我加快腳步。

「你朋友太多了。」她說。

「哪有朋友太多這回事，而且我也不是把他們全部都當『朋友』啊。」

「賽門，一天也就只有二十四小時而已，我們只有時間關心兩三個人。」

「潘妮，光是妳家就不只兩三個人了。」

「我知道，我也很困擾。」

有一次，我想列出自己真正關心的所有人，數到第七個人的時候，潘妮就說我要嘛砍掉名單上的幾個人，要嘛馬上停止交朋友。「我母親說，你生命中真正關心的人不能太多，至少你在面對飢腸轆轆的羅剎時，要有辦法守護你關心的所有人。」

「我不知道羅剎是什麼，」我對她說，「可是我們不用擔心，反正我很能打。」

我喜歡交朋友，有的和我關係比較親近，像潘妮、阿嘉莎、大法師、牧羊人厄本、波西貝夫老師跟維彼羅醫師，也有一些是利司和賈瑞斯那樣的點頭之交。我要是照潘妮的規則過活，就不可能湊齊兩支足球隊，也沒辦法打比賽了。

她心不在焉地對兩個男生揮揮手，在我和他們中間坐下、轉過來面對我，不讓別人聽我們的對話。

「我看到阿嘉莎和她爸媽了，」她說，「他們今天早上進了修院。」

修院宿舍是歷史最悠久、規模最大的女宿，它是校園另一頭一棟低矮的建築，就只有一扇門，所有的窗戶也都是小片小片的玻璃拼成的。（學校在一六〇〇年代開始開放女生入學的時候，一定是偏執到了極點。）

「妳看到誰了？」我問她。

「**阿嘉莎**。」

「喔。」

「你要的話，我可以去把她叫過來。」她提議。

「妳有幫我傳過紙條嗎？」

「我想說發生了那件事，」她說，「你回來之後第一次和她見面，可能不會想在全世界面前談一談。」

我聳了聳肩。「沒事啦，我跟阿嘉莎沒問題的。」

潘妮一臉驚訝，接著一臉懷疑，然後她搖了搖頭，選擇放棄。「總之，」她邊說邊撕下一塊三明治，「我們吃完午餐去找大法師吧。」

「為什麼？」

「『為什麼』？你在跟我裝傻還是裝可愛？」

「都有？」

她翻了個白眼。「我們必須找到大法師，叫他把暑假發生的事都告訴我們，還有說說他對凡庸的新發現。」

「他沒有什麼發現。我已經和他談過了。」

她嚼到一半突然停下來。「什麼時候？」

「他今天早上來過我房間。」

「那你本來是打算什麼時候告訴我？」

我又聳了聳肩，舔掉沾到拇指的奶油。「我在等妳給我說話的機會啊。」

潘妮又翻了個白眼。（潘妮很常翻白眼。）「他沒跟你說什麼嗎？」

「沒說太多跟凡庸有關的事。他——」我低頭看餐盤，然後快速左顧右盼。「——他說古老世家在惹是生非。」

她點點頭。「我媽說他們想慫恿大家對大法師投不信任票。」

「他們能成功嗎？」

「他們在試了，而且暑假還發生了好幾次決鬥，普瑞莫的朋友山姆就是，他在一場婚禮過後和格林家其中一個親戚鬥了起來，那傢伙現在得接受審判了。」

「哪個傢伙？」

「格林。」

「為什麼？」

「他用了禁咒。」她說，「禁忌的咒語。」

「大法師覺得我應該離開。」我說。

「什麼？那你要去哪裡？」

「他說我應該離開華特福。」

潘妮瞪大了眼睛。「去和凡庸戰鬥？」

「不是。」我搖搖頭，「他只是要我……離開而已。他覺得我去別的地方會比較安全，他也覺得我離開了華特福，其他人也會比較安全。」

她的眼睛越瞪越大。「可是賽門，你離開了要去哪？」

「他沒說。那是祕密。」

「祕密基地之類的？」她問。

「大概吧。」

「那你要怎麼上學？」

「他覺得那不是現在的重點。」

潘妮嗤之以鼻，她認為大法師平時就不夠重視教育，尤其是經典教育，之前大法師取消了學校的語言學課程，她還寫信給教職員委員會抗議呢。

「那他要你做什麼？」

「去別的地方。安安全全地待著。繼續訓練。」

她雙手抱胸。「難道要到山上跟忍者一起受訓，把你訓練成蝙蝠俠？」

我笑了，但她沒有跟著笑，而是湊過來。「賽門，你不能就這麼離開，他總不能把你一輩子關在地洞裡吧。」

「我不會走。」我說，「我跟他說了，我不要。」

她下巴一縮。「你『拒絕』他了？」

「我……我怎麼能就這樣離開華特福？這是我們的最後一學年耶。」

「我同意——所以你『拒絕』他了？」

「我跟他說我不想走啊！我才不要躲起來等凡庸來找我，那才不是什麼好計畫。」

「那大法師怎麼說？」

「他沒說什麼。我心裡很煩燥，結果就——」

「**我就知道**。你的寢室聞起來像營火一樣。我的天啊！你居然對大法師『暴走』了？」

「沒有，我克制住了。」

「**眞的？**」她一臉欽佩，「做得好啊，賽門。」

「可是我好像嚇到他了。」

「換作是我也會嚇到。」

「潘妮，我……」

「怎麼了？」

「妳覺得他說得對嗎？」

「我不是才剛說了嗎？我覺得他錯了。」

「不是啦，我是說……我害華特福發生這麼多危險的事，還害到了——」我望向一年級生的那幾張餐桌，他們都跳過了三明治，直接開始吃大碗大碗的果醬布丁捲。「——大家。」

潘妮又開始啃三明治了。「怎麼可能。」

「**潘妮洛普。**」

她嘆了口氣。「你今早不是克制住了嗎？你每次都只有傷到自己而已，不是嗎？」

「煙幕與鏡像啊，嘖……潘妮，妳要我列一張清單嗎？我可以從斬首事件說起，從『昨天』說起也行。」

「那些是戰役，戰役不算。」

「我覺得算。」

她又雙手抱胸。「算法不一樣。」

「而且不只是這些。」我說，「我……我是敵人的目標吧？我只有在華特福的時候會被凡庸攻擊，華特福也是只有我在的時候會被他攻擊。」

「那不是你的錯。」

「所以？」

「這又不是你可以控制的。」

「我可以啊，」我說，「我可以去別地方，不要待在華特福。」

「**不行。**」

「妳說得好有說服力喔，潘妮。」我往第三份火腿起司三明治上塗奶油，發現自己的手在抖。

「賽門，不行，你不能就這樣離開，也不應該離開。假如你是對方的目標，那平常承擔最多風險的人就是我，因為我在你身邊的時間最長。」

「**我知道。**」

「不對，我的意思是說——你看看我，我還好端端的啊。」

我看著她。

「賽門，我沒事。連整天被迫和你待在一起的貝茨也沒事了。」

「妳明明就因為和我待在一起，動不動就差點沒命，妳不能假裝這些都沒發生過啊。妳看前幾個月，妳只是剛好在我旁邊而已，就被凡庸一起綁走了。」

「謝摩根勒菲，還好我當時也在。」

她注視著我的眼睛，我只能盡量不別開視線。有時候我會偷偷慶幸潘妮有戴眼鏡，她的眼神凌厲到沒有玻璃擋在中間的話，我還真的受不了。

「我跟大法師說了，我不要。」我重複道。

「很好。」她說，「不要對他妥協。」

「**奶奶！**」一個小女生的叫聲劃過我們的對話，我想也不想就開始低聲召喚法師之劍。食堂對面，一個二三年級的女生匆匆跑向門口一道閃爍不定的人影。

「哇……」潘妮洛普驚嘆地說。

那個人影有點像莉亞公主的投影，整個人忽明忽暗的，女孩跑過去時，人影——看上去是個穿著白褲裝的老女人——跪下來接住她。她們在拱門前擁抱一小段時間，然後人影就完全淡去了。女孩顫抖著站起身來，幾個朋友蹦蹦跳跳地跑過去找她。

「好酷喔。」潘妮洛普說。她轉過來面對我，看到我手裡的劍。「我的魔蛇啊，賽門你快把劍收起來。」

我沒有收劍。「剛才那是什麼？」

「你不知道嗎？」

「**潘妮洛普。**」

「有人返魂來看她了。真是幸運的孩子。」

「什麼？」我收起法師之劍，「什麼返魂？」

「賽門，最近『靈紗』升起了。這我們不是在魔法史課學過嗎？你應該要知道的。」

我扮了個鬼臉，坐回位子上，開始思考自己吃飽了沒。

「**待到第二十轉，**」潘妮說，「**一載漸虧、日夜平起平坐之時，靈紗將會升起，有言欲明者皆可通過，然不可久留。以喜悅與信任迎之，彼等雖已逝，卻言之盡實。**」

她是用引用文獻的語氣念出來的，可見這是哪一部古書上寫的話。

「妳這樣說沒什麼幫助。」我說。

「靈紗升起了。」她又說，「每二十年，靈紗就會升起一次，有話要對生者說的死者就能回到陽間。」

「喔……」我說，「我好像有聽過這回事——我還以為這只是普通的神話傳說。」

「你都學了七年的魔法，可以不要再說這種話了嗎。」

「我哪知道什麼是真的、什麼是傳說？又沒有人寫書跟我解釋。我真的需要一本《真的是真的的魔法事情和真的是假的的魔法事情》。」

「就只有你一個魔法師不是從小在魔法世界長大，會讀這種書的人也就只有你一個啊。」

「沒有聖誕老人這種東西，」我說，「可是牙仙就是真的。這些東西哪有什麼規則？」

「靈紗是真的。」潘妮說，「是靈紗防止死者的靈魂在陽間徘徊。」

「可是它現在升起來了？」我有點想再把劍召喚出來。

「秋分快到了，」她說，「到時候日夜會變得一樣長，靈紗會變薄、升起，類似煙霧消散的感覺。這時候，死者就會回來對我們說些話。」

「我們每個人都會遇到他們嗎？」

「怎麼可能，我也很想遇到啊。只有真的有要事要說的靈魂才回得來，而且他們說的一定要是實話。他們有點像是回來作證的。」

「聽起來好……戲劇化喔。」

「我母親說，她姑姑二十年前回來過一次，說是有不為人知的寶藏。我媽有點希望她這次可以再回來，提示我們去找更多寶藏。」

「是什麼樣的寶藏啊？」

「書。」

「不意外。」我決定把我的三明治吃完。把潘妮的水煮蛋也吃掉好了。

「但有些時候，」她說，「死者會回來揭露醜聞，比如說有人搞外遇啊、謀殺案的真相啊。有人提出理論，如果死者要說的話能幫助生者實現正義，那他們就比較容易返魂。」

「那個人怎麼知道？」

「這只是一套理論而已。」潘妮說，「不過啊，要是貝兒姨婆回來找我，我一定要趁她消失之前盡量問她各種問題。」

我又望向食堂另一邊。「不知道那個女生的奶奶對她說了什麼。」

潘妮笑著疊好她的餐盤。「搞不好是她的獨家太妃糖配方。」

「所以，這些返魂死者……他們不是殭屍吧？」還是先搞清楚比較好。

「不是啦，賽門，他們不會傷人的，只有害怕真相的人才會怕他們。」

10

大法師

我該逼他去的。我也有能力逼他離開學校。

他已經不是小孩子了，但我若明言下令，他還是不會違抗我。

我答應要照顧他的。

我到底該怎麼遵守這樣的承諾？那孩子擁有我見過最強大的力量，我到底該怎麼照顧他？照顧一份力量，又是什麼意思？我該使用它嗎？保存它？確保它不落入錯誤之人手中？

我本以為自己能為賽門提供更多幫助，過了這許多年，他理應在我的扶持下習慣了自己的力量、掌握了這份力量才是啊。

世上一定有某種法術能幫助他……加強力量的咒語，或是讓力量本身變得穩定的儀式。我還未找到這樣的法術，但這不表示它不存在。它一定存在！

那麼，假如我真的找到了……

如果無法讓那孩子的心神穩固下來，光是穩定力量有用嗎？預言可沒提到冥頑不靈的孩童。

我能把賽門藏起來，不讓凡庸找到他。

在他做足準備前，我能把他藏在不必面對這一切的所在。

我做得到——也應該這麼做！我應該命令他離開華特福，他還是會聽令照做，他還是會聽我的。

但假若他拒絕……**賽門．雪諾，我會不會完全失去你？**

11

露西

請聽我說。

他是他們家中第一個就讀華特福的子弟，是家中第一個擁有足夠強大的力量、通過了入學考驗的孩子。沒有人陪他，他大老遠從威爾斯搭火車來學校。

大衛。

我們都叫他阿衛。（也是有人叫他大笨蛋。）

他沒有朋友——我猜他從小就沒交過朋友。就連我，一開始也算不上是他的朋友。

我只是唯一一個願意聽他說話的人而已。

「魔法世界。」他總是這麼說，「什麼世界？我問妳——這算哪門子的世界？這地方根本就不是學校，學校是用來教育學生的，是用來幫助學生發展未來的——妳懂嗎？」

「『我』有受到教育啊。」我說道。

「妳有嗎？」他的藍色眼眸閃爍著；他眼裡總是閃爍著火光。「妳得到了力量，得到了通關密語，這是因為妳父親知道密語，妳祖父也知道密語。妳是這個祕密俱樂部裡的人。」

「你也是啊，阿衛。」

「那不過是因為我的力量太強，他們沒藉口拒絕我。」

「對啊，」我說道，「所以你現在也是俱樂部裡面的人了。」

「我的運氣很好。」

「你是在說反話嗎……」

「我的運氣很好，」他說道，「但其他人就不走運了。這地方的宗旨並不是分享知識，而是將知識保留在有錢人手裡。」

「你是指最有力量的人吧。」

「有差嗎？」他罵道。他總是在義憤填膺地罵別人；他的眼睛總是閃爍著怒火，他的嘴總是在罵人。

「所以，你不想來讀書囉？」我問道。

「妳知道嗎？教會從前都只用拉丁語舉辦儀式，他們不認為教眾聽得懂上帝的話語。」

「你是在說基督教嗎？基督教的事我不懂。」

「露西妳說，『我們』為什麼會在這裡？那麼多人不被允許入學，憑什麼我們就可以？」

「因為我們的力量最強，必須學會管控與使用我們的魔法。這很重要。」

「真的有那麼重要嗎？重點難道不是教育力量最弱的人嗎？我們難道不該幫助他們善用他們擁有的那一點力量嗎？難道只有詩人才有資格讀書識字嗎？」

「我不懂，你到底想要什麼？阿衛，你已經來華特福讀書了啊，你還想要什麼？」

「我來了。假如我和重要的人見上面，如果我對碧漆家、格林家的所有人鞠躬哈腰，他們或許會教我最艱澀的咒語，讓我參與他們的小團體。那之後呢？我可以學他們過一輩子，確保沒有人從我手裡搶走權位。」

「我不打算用我的魔法做這種事。」

他終於稍微停止罵人，瞇著眼睛看我。「那露西，妳打算做什麼？」

「去看世界。」

「魔法世界？」

「不是，是『世界』。」

我有好多話想對你說。

但時間太短了，靈紗太過厚重。

而我的一言一語都需要魔法，盈滿靈魂的魔法。

12

賽門

結果呢，我遇到阿嘉莎的時候身邊還真的沒有其他人。

我躺在草坪上，想到自己第一次來大草坪的情景，那時候我看到草地這麼漂亮，還以為我們不准踩上去呢。

阿嘉莎穿著牛仔褲和雪紡白上衣，她爬上山坡朝我走來，慢慢遮住我上方的陽光。那一瞬間，陽光在她的金髮周圍照出天使光環。

她微笑著，但我看得出來她內心很緊張，不知道是不是特地來找我的。我坐起來，她在我身旁的草地坐下。

「嗨。」我說。

「嗨，賽門。」

「妳暑假過得怎麼樣？」

她往我這邊投來一個眼神，像是不敢相我會說出這麼蠢的一句話，不過她聽到我跟她寒暄，似乎還是鬆了一口氣。「還不錯，」她說，「沒發生什麼大事。」

「妳有出去玩嗎？」我問她。

「就只有去參加賽馬活動而已。」

阿嘉莎是障礙超越賽的馬術選手，會去參加比賽，她的目標好像是以後當英國國手、出國比賽……

之類的。我對賽馬一竅不通。她曾經試著說服我上馬，結果我還是臨陣脫逃了。

「賽門，你都屠過龍了，這匹馬有什麼好怕的？」

「我怕的又不是屠馬，妳是要我騎牠耶。」

「運氣還行嗎？」我問她。

「還行。」她說，「不過主要是靠技巧。」

「喔。」我點點頭，「嗯，抱歉。」

我有點討厭跟阿嘉莎討論賽馬——並不是因為我怕馬好嗎，是因為我說什麼都錯。有錢人的這些賽馬啊、賽船啊、宴會啊，還有馬球之類的玩意，我全都一竅不通。阿嘉莎媽媽還有幾頂長得像婚宴蛋糕的帽子呢。

這些都太浮誇了。我自己的事就已經夠我忙了——我得先搞清楚當魔法師是怎麼回事，不論如何都沒辦法像其他人那麼輕鬆自在。

說不定阿嘉莎和貝茨還真的比較相配……

但他是邪惡的混蛋。

我想必是一臉氣憤，她不自在地清了清喉嚨。「你要我走開嗎？」

「沒有。」我說，「沒有，我很高興看到妳。」

「你還沒有正眼看我。」她說。

於是，我轉過去看她。

她好美。

我真的很想和她在一起，好想讓一切都變得好好的。

「賽門你聽我說，我知道你看到——」

我打斷她。「我什麼都沒看到。」

「『我』倒是有看到『你』。」她越說語氣越尖銳，「還有潘妮洛普。我——」

我再次打斷她。「不對，我的意思是……」我怎麼說得牛頭不對馬嘴，「我是在森林裡看到妳沒錯，也看到……他了。可是沒關係，我知道妳不會——嗯，阿嘉莎，我知道妳不會的。而且那也是好幾個月前的事，那都不重要了。」

她困惑地瞪大眼睛。

阿嘉莎的眼睛是美麗的棕色，接近金色，還有漂亮的長睫毛，眼睛周圍的皮膚還閃閃發亮，她幾乎像妖精一樣夢幻美麗。（她不是妖精。華特福也歡迎能施咒語的妖精，他們只要找得到學校就可以入學，但從沒有妖精選擇就讀華特福。）

「可是賽門，我們一定要……這件事不是該談談嗎？」

「我只想當成沒發生過。」我說，「那不重要，而且——阿嘉莎，見到妳真好。」我伸向她的手。

她讓我握住她的手。「和你見面，我也很開心。」

我對她微笑。

她對我露出幾乎是微笑的表情。

13

阿嘉莎

再見到他，我是很開心沒錯。和他見面總是很開心的一件事。

我總是能放下心來。

我有時會想像他哪天不回來了，我會有什麼感受。

賽門總有一天會再也無法回來。

這件事所有人都知道——即使是大法師也明白。（潘妮洛普也知道，但她不願意相信。）

他就是……就是「不可能」活著結束戰爭。有太多人想置他於死地，有太多比人還恐怖的東西想害死他——黑魔物、異種生物，我不知道鬼祟的凡庸是什麼，但他也想害死賽門。那些人和生物都想除掉他，他不可能每一次都成功活下來，他已經和死亡擦肩而過太多次了。

沒有人強到能一再躲過死亡。

世上沒有那麼幸運的人。

有一天，他再也回不來了，我就會是最先接獲消息的幾個人之一。我已經全都想像過了，我知道無論我怎麼反應都不夠。

賽門是天選之子，然後他選了我。我雖然愛他——我們從小一起長大、他每年聖誕節都在我家過節，我是真的愛他——卻依然不夠。我對他的感情就是不夠，等我失去他了，也還是完全不夠。

會不會是像我們家的柯利犬被車撞死那時一樣？當時我哭了，但那不是情不自禁的哭泣，而是因為我知道自己應該要哭……

我以前想過，也許我是為了保護自己而收斂對賽門的感情，以免失去他的痛苦太過沉重——失去賽門就等同失去一切，因為沒了賽門，我們其他人不就失去了最大的希望嗎？

（我們到底有什麼希望？賽門並不能解決我們的問題，只能推遲將來的災厄而已。）

然而，我想錯了——我並不是在保護自己。

就只是對賽門的愛不夠多而已。

我對賽門的愛不是正確的愛。

也許，我就是沒有這種愛——也許是我天生有缺陷。

既然如此，我是不是應該乾脆就在賽門身邊陪伴他？他不是希望我陪著他嗎？所有人不是都期望我這麼做嗎？

只有在他身邊，我才有那麼一點影響力吧？

14

賽門

我和阿嘉莎在草坪上待了一個多小時，卻沒說什麼。我沒把大法師的事告訴她。

（要是阿嘉莎同意大法師的話怎麼辦？要是她也希望我走呢？假如她在華特福會遇到危險，那「我」也會希望她離開。幹，她在華特福就是會遇到危險，而且還是我害的。）

我回到寢室時，潘妮已經趴在貝茨床上看書了。

「你和阿嘉莎聊過了嗎？」她問我。

「聊過了。」

「她有好好解釋嗎？解釋貝茨的事？」

「我叫她不要解釋。」

潘妮放下書本。「你女朋友和你的死對頭接吻，你就不想知道原因嗎？」

「我們也不能算是『死』對頭啦，」我說，「我又沒發誓要殺他。」

「貝茨搞不好有。」

「而且他們又沒有接吻。」

潘妮搖搖頭。「我要是看到麥卡跟貝茨牽手，一定會想聽他解釋。」

「我也會啊。」

「**賽門**。」

「潘妮。妳當然會想聽他解釋了，妳就是這種人嘛，妳就是喜歡叫別人解釋些有的沒的，然後再嫌人家的解釋狗屁不通。」

「我哪有。」

「明明就有。可是我——我就是不在乎嘛。那些都過去了，我跟阿嘉莎都沒事了。」

「至於貝茨有沒有覺得事情都過去了，那就難說了。」

「貝茨可以去死一死，他反正就是想整我。」

他一返校，就會馬上開始搞我。他隨時可能會回來……

幾乎所有人都回華特福了，大家都不想錯過今晚在大草坪辦的開學野餐會。那是不能錯過的大型活動之一，每年都有各種遊戲、煙火，還有壯觀的魔法表演。

貝茨說不定會錯過今年的野餐；他往年都有參加，但我還是喜歡想像沒有他的野餐。

我和潘妮在大草坪上跟阿嘉莎會合。

我沒看到貝茨，不過外面人太多了，他不想跟我碰面的話可以避開我。（貝茨平常都會想方設法「讓」我看到他。）

小朋友都已經在玩遊戲吃蛋糕了，一些是第一次穿上華特福制服的一年級生，帽子一直從頭上滑掉、領帶也繫得歪歪斜斜的。野餐會上有賽跑活動和唱歌，我在唱校歌的時候唱到有點哽咽，其中一句歌詞是「**華特福的黃金歲月，閃耀、美好的魔法歲月**」——我不禁想到這就是最後一年了。今年的每一天，都是我在華特福的最後。

最後一次開學野餐。最後一次返校日。

我像豬一樣大吃特吃，但潘妮和阿嘉莎不是很介意。野餐會上的水芹蛋三明治好吃得要命，還有烤雞、豬肉派、酸檸檬糖霜香料蛋糕，還有一壺又一壺的冰牛奶與覆盆子果汁。

我一直保持警戒，等著貝茨突然出現、毀了我的野餐。我不停疑神疑鬼地回頭看。（這搞不好就是他的詭計──他想讓我一直猜他要怎麼毀了野餐，讓我沒辦法放心玩樂。）阿嘉莎好像也擔心他會出現。

我倒是不擔心凡庸來襲，他在我們四年級時派會飛的猴子來開學野餐會撒野，不會再故技重施了。（好吧，他也是可以派飛猴以外的東西來啦……）

太陽下山後，小孩子都回宿舍去了，草地上只剩七八年級生。我們三個找到了好位置，潘妮用法術把外套變成一條綠色毯子，讓我們躺下來。阿嘉莎說她在浪費魔法，宿舍明明就有現成的毯子可以用。「妳的外套會沾到草汁喔。」她說。

「反正它本來就是綠色的。」潘妮洛普不在意地說。

今晚很溫暖，潘妮洛普和阿嘉莎都擅長觀星，我們躺在地上，她們兩個指出一個個星座。「我應該去拿水晶球，幫你們兩個占卜看看。」聽潘妮洛普這麼說，我跟阿嘉莎都忍不住哀嘆。

「不用浪費力氣啦，」我說，「反正妳會看到我滿身是血，可是看不出來是誰的血。妳會看到阿嘉莎漂漂亮亮的，滿身是光。」

潘妮洛普不高興地嘟嘴，但沒有維持太久，今晚這麼棒，哪有時間給她嘟嘴。我在毯子上摸到阿嘉莎的手，我握緊她的時候，她也回握了。

這一天，這一晚，一切都有種正確的感覺，是魔法上的正確，像是某種跡象。（我以前不相信跡象啊、徵兆啊什麼的，完全不迷信，但我們魔法科學課有一個單元都在討論跡象，潘妮說不相信跡象就像是不相信焗豆配吐司的存在。）

一個多小時過後，有人穿過靈紗直接出現在草坪上，是某個人死去的姐姐，她特地回來對弟弟說不是他的錯──

這次不用潘妮提醒，我自己就把劍收回去了。

「太神奇了，」她說，「竟然一天之內發生兩次返魂，靈紗才剛開始升起呢……」鬼魂離開以後，大家都開始互相擁抱。（七年級生好像從剛剛就在喝蒲公英酒和百加得冰銳，不過我們三個都不是風紀委員，所以不關我們的事。）又有人開始唱校歌了，我們也加入合唱，就連對自己歌聲沒自信的阿嘉莎也唱了起來。

我好幸福。

我真的好幸福。

我回到家了。

我在幾個小時後醒過來，想說一定是貝茨回來了。

我看不到他——我什麼都看不到——但房裡除了我以外還有「別人」。

「潘妮？」

說不定又是大法師……或是凡庸來了！還是我昨晚夢到站在窗邊的那個人，我現在才想到有這回事……

我從沒在寢室裡受到攻擊，這還是頭一遭。

我坐起來，無意識地用魔法開了燈，有時候我覺得壓力太大，就會不小心使出小法術，但這種事情理論上不該發生。潘妮覺得可能是類似心靈感應的效果，我好像跳過咒語，直接達成了目的。

我還是什麼都看不到，卻聽到窸窣聲跟某種呻吟聲。兩扇窗戶都開著，我下床往窗外看，然後關上窗戶。我檢查了兩張床底下，甚至冒險施了「躲貓貓快出來！」還有「出來呀出來玩！」，結果我的衣服全都從衣櫃裡飛了出來。算了，我明天再整理。

我顫抖著回到床上，房間裡怎麼突然這麼冷？而且，我還是有種附近有東西的感覺。

15

賽門

我醒來時，貝茨並不在寢室裡。

早餐時間，我在食堂到處找他的蹤影，還是沒看到他。

我今天的第一堂課是米諾陶開的希臘文，老師在課堂上點了貝茨的名字。（老師的名字其實是米諾斯教授，但因為他是半人半牛，我們都叫他米諾陶[5]。）

他喊了貝茨的名字四次。「泰朗斯．碧漆？泰朗斯．貝茨頓．格林—碧漆？」

我和阿嘉莎環顧教室，然後相視一眼。

貝茨應該和我上同一堂政治科學課才對，但他也沒來。政治科學是潘妮叫我修的，她覺得我打敗凡庸之後可能會成為某種領袖。

如果能在打敗凡庸以後活下來，我很樂意天天幫厄本照顧山羊，不過政治科學還挺有趣的，我還是每年都會修。

貝茨也每年都修這門課，他應該是想在以後重新登上王位吧……

在大法師掌權以前，貝茨的家族就是老大。

魔法師沒有國王或是女王，但碧漆家就是魔法世界最接近王族的家族了——要不是以為永遠不會有

5　米諾陶（Minotaur），希臘神話中半人半牛的怪物。

人挑戰他們的權威，他們以前可能還會自己稱王。

貝茨的媽媽是在大法師之前的上一任華特福校長，也就是魔法世界最重要的人物。（大法師的辦公室附近有一條走廊，掛滿了華特福每一位前任校長的畫像，簡直像他們碧漆家的族譜。）其實大法師掌權、一切發生變化，都是她的死造成的。

凡庸派吸血鬼入侵華特福、害死了碧漆校長以後，所有人都驚覺魔法世界「必須」改變，不能繼續過以前的生活，任由凡庸與黑暗生物把我們一個一個弄死了。

我們必須團結起來。

必須加強防禦。

大法師在一次緊急會議中被選任大法師——巫師集會的首領——也成了華特福的臨時校長。（技術上來說，他現在的頭銜還是臨時校長。）他一拿到權力，就馬上開始改革。

至於他有沒有成功，那就要看你問的人是誰了……

凡庸還在外頭為非作歹。

但自從大法師接任校長，校園裡就沒再死過人了，我也還活著，所以我個人覺得他做得不錯。

幾年前，政治科學老師要我們寫分析大法師得到權位過程的報告，貝茨的那篇報告幾乎是在鼓勵大家反叛。（他膽子也是滿大的，敢在老師叫你寫的報告裡要求校長下臺。）

貝茨的立場和表現一直都很奇怪，他公開聲張家族的政治立場——簡單來說，就是「大法師下臺！和平、合法地下臺！」，一副沒什麼東西好隱瞞的樣子，而實際上他的家族可是帶頭反對我們，對我們暗中發起了危險的戰爭。

你要是問碧漆家為什麼恨大法師，他們就會說是因為什麼「傳統」啊、「我們魔法的傳承」啊、「知識自由」啊之類的。

不過全世界都知道，他們只是想恢復以前的老大地位而已。他們想讓華特福恢復以前的樣子，變回那個只為最有錢、最強大的人開啟大門的排外學校。

大法師在當上校長之後廢除了學費制度，也廢掉了入學前的口頭報告與力量考驗，現在只要是能用語言施咒的人，無論力量或技術的強弱都可以來華特福讀書，就算他們有山怪或人魚血統也無所謂。為了讓更多學生住進來，學校還蓋了一棟新宿舍：兄弟宿舍。

「砲灰當然不用精挑細選。」這是貝茨對革命的看法。

他只是討厭被當成一般學生而已，如果他母親還是校長，所有人一定會把他當王子看待，讓他自己住一間寢室，他要什麼就給什麼……

我不應該這樣去想他，他媽媽被害死是很悲慘的事。我雖然從小無父無母，還是能想像失去母親的痛苦。

貝茨沒來上政治科學，所以我轉而緊盯著他最好的朋友，奈爾。老師點到貝茨的時候，奈爾沒有皺眉，卻往我這邊看過來，像是要告訴我：他知道我在注意他們，可是他完全沒有要理我的意思。

下課後，我逮到了奈爾。「他在哪裡？」

「你老二嗎？沒看到。你要不要去問問厄本？」

（真是的，為什麼大家都覺得牧羊人一定是變態啊？怎麼沒有人把牛仔當變態？）

「貝茨在哪？」我說。

奈爾想推開我，但我只要不想讓開，他就別想把我撞開。我其實沒有很高大，就只是膽子大而已，別人看到我的時候，往往會看到我殺過的各種生物。

奈爾停下動作，把背包肩帶拉到肩膀上。他是個蒼白、瘦弱的男生，一雙棕色眼睛被他用法術變成了混濁的藍色，真是浪費魔法。他冷笑著說：「雪諾，你問這個幹什麼？」

「他是我室友。」

「你不喜歡自己住一間寢室？」

「喜歡。」

「所以？」

我從奈爾面前讓開。「他要是在計畫什麼，就別想瞞過我。」我說，「我一定會把他揪出來。」

「你說了算。」

「我是認真的！」我對他的背影大喊。

「你很認真，你說了算！」

到了晚餐時間，我整個人坐立難安，邊吃邊把我的約克郡布丁撕成碎片。（約克郡布丁、烤牛肉、肉汁，我們每學年開學第一天的晚餐都是吃這些。我絕對忘不了一年級來華特福吃的第一頓晚餐——看到廚師佩查德端出大盤大盤的烤牛肉，我的眼珠子差點沒掉出來，那時候我已經不管魔法是真的假的了，烤牛肉和約克郡布丁絕對貨真價實。）

「他可能只是出去玩了啊。」潘妮說。

「他怎麼開學了還在玩？」

「他們家喜歡旅遊。」阿嘉莎也說。

喔，是嗎？我很想說。**你們兩個單獨在森林裡，就是在聊你們對旅遊的愛好嗎？**我扯下一塊麵包，不小心把我的牛奶撞倒。潘妮皺起了臉。

「他不可能不來上學。」我邊把杯子扶正邊說。潘妮施法讓牛奶消失。「他太在乎學業了。」

沒有人反駁。貝茨一直是我們這一屆的第一名；以前潘妮還能用成績把他比下去，但是她當我的搭檔當到後來成績都退步了。**「我才不是你的搭檔，」**她老愛說，**「我明明就是你的共犯。」**

「說不定，」她提出，「他的家族決定撕破臉了。反正八年級也不是非讀不可，以前有不少人讀完七年級就走了。說不定碧漆家決定認真起來了。」

「決定宣戰。」我說。

「沒錯。」

「是對我和大法師宣戰嗎？還是對凡庸？」

「我不曉得。」潘妮說，「我一直以為碧漆家會袖手旁觀，等雙方打得兩敗俱傷再說。」

「謝囉。」

「賽門，你又不是不知道——古老世家不希望凡庸獲勝，但他們不介意看到他把大法師打得落花流水。他們會等到覺得大法師變弱了，再趁虛而入。」

「是等到覺得『我』變弱吧。」

「意思一樣啦。」

阿嘉莎盯著貝茨平常坐的那張餐桌，奈爾和戴福——他也是貝茨的朋友，好像跟他是某種親戚——一起坐在那裡交頭接耳。

「我不覺得貝茨退學了。」她說。

坐在我們對面的潘妮往旁邊歪，身體擋在阿嘉莎與奈爾他們之間。「妳有什麼情報嗎？貝茨對妳說了什麼？」

阿嘉莎低頭看著餐盤。「他什麼都沒對我說。」

「他一定有對妳說什麼。」潘妮說，「最後和他交談的人就是妳耶。」

我咬緊牙關。「**潘妮洛普**。」我咬牙切齒地說。

「你們兩個要不要當作事情沒發生過我不管。」她對我和阿嘉莎擺手，「這很重要。阿嘉莎，妳比我們都瞭解貝茨，他對妳說過什麼嗎？」

「她哪有比我瞭解貝茨，」我反駁道，「我可是他的室友耶。」

「好啊，賽門，那他對『你』說了什麼？」

「我沒聽他說過什麼值得他退學、錯過害我痛苦一整年的機會的事！」

「他就算不來也能讓你痛苦嘛。」阿嘉莎嘀咕。

雖然我昨天才想到同一件事，聽了還是很不爽。

「我吃飽了。」我說，「我要回宿舍了。回去享受我一個人的時間。」

潘妮嘆了口氣。「賽門，別激動，別因為你想不明白某件事就對我們發脾氣，『我們』又沒做什麼。」她瞄了阿嘉莎一眼，歪過頭。「至少，『我』沒有做什麼⋯⋯」

阿嘉莎也站了起來。「我得回去寫作業了。」

我們一起走到食堂門口，她轉身朝修院宿舍走去。

「阿嘉莎！」我喊道。

但一直到她走得太遠、聽不見了，話才說出口。

我難得可以獨占寢室，卻不能享受自己的空間，每次看到貝茨空空的床就覺得渾身不對勁。

我召喚法師之劍，在他那一半的空間練劍。他最討厭我這樣了。

16

賽門

第二天早上，貝茨沒有來食堂吃早餐。第三天也是。

他沒來上課。

足球隊開始練球了，有人取代了他。

一個星期過後，老師們點名都不再點他了。

我跟蹤奈爾和戴福，跟了幾天還是沒發現什麼，他們顯然沒把貝茨藏在什麼地方……

我知道貝茨不在，我應該很高興才對——我從以前就一直希望他消失，這不是願望成真了嗎？但事情感覺好……**不對勁**。一個大活人怎麼會突然消失？

貝茨不可能消失了。

貝茨是一種……抹不掉的東西，基本上就是人形油漬。（主要是人啦。）

學期開始三個星期後，我還是不時會經過球場，滿心想說會看到他在練球，結果還是沒看到他的蹤影。我決定突然拐個彎，走向學校後面的山丘地。

還沒看到她，我就聽到厄本在叫我：「嗨，賽門——你好啊！」

她坐在山坡草地上，一頭山羊蜷縮在她的腿上。

天氣好的話，厄本大部分時間都在山坡上，她有時也會讓山羊在校園裡遊蕩，說是可以把雜草和食肉植物清一清。華特福的食肉植物有魔法，它們一有機會就會對你出手；山羊倒是沒有魔法。我問過厄本，山羊吃了魔法植物不會受傷嗎？「賽門，牠們是山羊啊。」她說，「山羊什麼都吃。」

我走近一點，發現厄本紅了眼眶。她用毛衣的袖子擦擦眼睛，那是件很舊的華特福制服毛衣，已經從紅色褪色成粉紅色了，領口和袖口都變成了髒髒的棕色。

如果看到別人在哭，我應該會很擔心，不過厄本本來就是愛哭鬼。她就像悶悶不樂的屹耳，只不過她不是讓小熊維尼跟小豬想辦法逗自己笑，而是整天跟山羊待在一起。

潘妮洛普看她動不動就哭，心裡會覺得很煩燥，但我不怎麼介意。厄本這個人就是這樣，她不會叫別人抬頭挺胸或樂觀向上，其實這滿讓我安心的。

我在她旁邊的草地坐下，摸了摸山羊的背。

「你怎麼會來這裡？」厄本問，「你不是該去練足球嗎？」

「我又不是球隊的隊員。」

她搔搔山羊的耳朵後面。「你以前還不是照樣亂入球隊練習。」

「我……」

厄本吸了吸鼻子。

「妳還好嗎？」我問她。

「嗯，很好。」她搖了搖頭，頭髮在耳朵旁邊亂甩。她髒兮兮的金髮總是剪得很短，在下顎上方與額頭上劃過兩條平直的線。「只是又到了這個時節。」她說。

「秋天嗎？」

「開學季。每次看到你們開學了，我就會想到自己還在讀書的日子。已經回不去了，賽門，永遠都回不去了……」她又用袖子擦了擦鼻子，然後用山羊的毛擦了擦袖子。

我沒有指出，厄本其實一直都沒離開華特福。我不想拿這件事笑她——在我看來，她能在華特福待一輩子還挺不錯的。

「今年有人沒回來。」我說。

她垮下臉。「有誰死了嗎？」

厄本的哥哥在他們小時候死了，這也是她鬱鬱寡歡的原因之一，她到現在都還沒釋懷。我不想又惹她傷心……

「不是，」我說，「我是說——貝茨，貝茨頓沒有返校。」

「喔。」她說，「你是說碧漆家的少爺嗎？他母親那麼重視教育，他一定會回來的吧。」

「我就是這麼說的！」

「嗯，你最瞭解他嘛。」她說。

「我也是這麼說的！」

厄本點點頭，摸了摸山羊。「想當初，你們還動不動就要跟對方拚命呢。」

「我們現在還是要跟對方拚命啊。」

她一臉不信地抬頭看我。她有著一雙細細的藍眼睛，是很明亮的藍色——可能是因為她的臉太髒了，眼睛顯得特別鮮豔。

「厄本，」我堅持道，「他之前想殺我耶。」

「又沒有成功。」她聳聳肩，「而且最近也沒有啊。」

「他試了三次耶！搞不好還有更多次，只是我不知道而已！有沒有成功才不是重點。」

「有沒有成功有那麼一點重要吧。」她說，「而且他試第一次時才……十一歲吧？還是十二歲？那又不算。」

「我覺得算。」我說。

「是嗎？」

我氣呼呼地說：「沒錯，厄本，就是算。在我們還沒見過面的時候，他就已經恨死我了。」

「就是啊。」她說。

「就是啊！」

「可是你看，我已經很久沒有用法術把你們兩個分開了。」

「整天打架也沒什麼意思嘛，」我說，「又沒有幫助，還會痛耶。我們應該是在養精蓄銳。」

「養精蓄銳做什麼？」她問。

「為了最後做準備。」

「等你們畢業嗎？」

「等最後的最後。」我說，「最後的大戰。」

「所以你一直養精蓄銳，結果他沒有回來跟你大戰？」

「就是這樣！」

「嗯，如果是我就不會太失望。」厄本說，「我覺得他還會回來，畢竟他母親那麼重視教育。到了這個時節，我真的好想念她……」

她用袖子擦了擦眼睛，我忍不住嘆一口氣。有時候你跟厄本在一起，還是享受安靜的時光、跟山羊玩一玩就好。

三個星期過去了。四、五、六個星期過去了。

我不再去貝茨應該出現的地方找他了。

現在聽到寢室外面的樓梯傳來腳步聲，我就知道一定是潘妮，我甚至偶爾讓她在寢室過夜和睡貝茨的床，反正貝茨短期內應該不會衝進來放火燒她。（室友革令並不會阻止你在寢室裡傷害室友以外的人。）

我又去騷擾了奈爾幾次，但他連暗示自己知道貝茨的行蹤都沒有，反而一副等著我給他答案的樣子。

總覺得我應該去找大法師討論這件事，討論貝茨的事，可是我不想跟大法師說話，我怕他到現在還想把我送去別地方。

潘妮說我這樣躲著大法師也沒意義。「又不是你躲著他，大法師就會忘了你的存在。」

但說不定他是真的忘了我……想到這裡，我又覺得心煩意亂。

大法師以前也常常外出，不過這學期幾乎沒在華特福露面，而且就算在學校也總是有一群魔法士跟在身邊。

他平常會時不時把我叫進辦公室問候我、發派任務給我，或是請我幫忙，有時候他好像是真的需要我幫忙——我是他最能夠信任的人——但我有時會覺得他只是在考驗我，看看我有什麼能耐，還有把任務當藉口管我。

有一天我坐在課堂上，看到大法師獨自走向潸然塔。這節課一結束，我就往塔樓走去。

它是一棟高高的紅磚建築——是華特福最古老的建築物之一，幾乎和白教堂一樣老。之所以叫潸然塔，是因為每年夏天會有藤蔓從塔頂往下長，像在落淚，而且建築也年久失修，歪歪斜斜的樣子像是難過到整個身體都彎折了。厄本說支撐潸然塔的法術還是很強，不用擔心塔樓倒塌。

潸然塔的一樓整層都是食堂，樓上有教室、會議室和召喚室，頂樓是大法師的辦公室和私室。

大法師有事就會外出，整個魔法世界——至少是英國的魔法世界——都歸他管，而且他還得花很多時間獵捕凡庸。

凡庸不只會攻擊我，那還不是他最嚴重的罪行。（如果是的話，其他魔法師應該早就把我拱手送給凡庸了。）

將近二十年前，凡庸剛出現那陣子，魔法大氣層出現了一個個孔洞。他（牠？）似乎可以把一個地點的魔力吸光，吸了魔力應該就是為了對付我們吧。

你去到這種魔法「死角」，感覺就像走進沒有空氣的房間，那裡連一丁點魔法都沒有，連我也使不出法術。

大部分魔法師都會受不了，他們太習慣使用魔法和魔法的感覺了，一旦沒了魔法就會很煩躁。而這就是怪物的名字由來：最早去到孔洞所在處的一個魔法師說，它們感覺像是「鬼祟的凡庸，悄悄鑽入你靈魂的平凡庸俗」。

死角不會復活，離開死角之後「你」的魔法會回來，但那些地方的魔法不會再生。

有些魔法師家鄉的魔法大氣被凡庸抽走了，他們還不得不搬家。

要是凡庸來華特福，問題就大了。

目前為止，他都是派別人——或別的「東西」，通常是黑魔物——進學校攻擊我。

凡庸要找盟友並不難，全世界的黑魔物跟牠們的小伙伴都恨不得滅了所有魔法師，吸血鬼、狼人、惡魔和報喪女妖、蠍獅兵團和哥布林——牠們全都恨我們入骨。我們能控制魔法，牠們卻不能，而且我們還會制約牠們。要是讓黑魔物為所欲為，凡俗世界會陷入一片混亂，一般人都會被牠們當畜牲看待。我們——魔法師——需要讓凡人過他們的正常生活，盡量不讓魔法影響他們，因為只有在凡人能夠自由說話的情況下，我們的咒語才有辦法生效。

這就是黑魔物恨我們的理由。

但我還是不懂，凡庸幹嘛一定要攻擊「我」？可能是因為我是最強的魔法師吧，因為我對他構成最大的威脅。

大法師說，到了該把我帶來華特福的時候，他自己也是把我的魔法當作信號燈，一路追尋過來。說不定凡庸也是那樣找到我的。

我順著螺旋形樓梯爬到潸然塔頂，來到一間寬敞的圓形門廳，大理石地磚拼成了華特福校徽、被擦得晶亮，乍看之下閃亮到像地面未乾。拱形天花板上畫了梅林的圖像，壁畫中的他張嘴念咒、把魔法從手裡導向天空，他長得有點像那個《QI》[6]節目的主持人。

這裡有兩扇門，左邊那道高高的拱門另一頭是大法師的辦公室，右邊那道比較小的門後面是他的私室。

我先敲敲他辦公室的門……沒有人回應。我考慮敲私室的門，可是那感覺像是隨便跑進人家的私用空間。不然我留紙條給他好了。

我打開大法師辦公室的門（辦公室有結界，不過他設定結界讓我通過），慢慢走進去，免得打擾到他……

辦公室裡頭很暗，窗簾都拉上了，牆上平常擺滿書的架子現在少了很多書，書本一疊疊堆在辦公桌上和旁邊的地上。

我沒有開燈。早知道就帶紙過來了——我不想在大法師的辦公桌抽屜裡找紙，這也不是那種桌面會放便利貼給人留訊息的辦公桌。

我拿起一支很有份量的鋼筆。桌上有幾張紙，列出了一些日期，我把其中一張翻到背面，寫下：

老師，你有空的時候我可以跟你討論一些事嗎？我室友的事。

我補充一句：

（T・貝茨頓・格林—碧漆。）

6　英國知名益智節目《Quite Interesting》的簡稱。

……我是白痴嗎，大法師當然知道我的室友是誰，這下反倒像我簽了貝茨的名字。我只好把自己的名字也簽上去：

賽門

「賽門。」有人說。我嚇得掉了筆。

波西貝夫老師站在門口，卻沒有踏進來。

波西貝夫老師是我們的咒語課老師，也是教務主任，我最喜歡的老師就是她。她算不上友善，不過我覺得她是真心關心我們，有時候也感覺比大法師有人情味。（但她好像不完全是人類……）當你身體或心理不舒服，或是拇指快掉下來了，她比較有機會注意到你的狀況不對勁。

「波西貝夫老師，」我說，「大法師不在。」

「我看出來了——你有事情找他嗎？」

「我以為他可能在辦公室，有幾件事想找他討論。」

「他早上還在，後來又出去了。」波西貝夫老師身材高大，一條粗粗的銀色髮辮垂到了背後。她的動作優雅得不可思議、口才也好得不可思議，她直接對你說話時，你會覺得耳朵被她的聲音搔癢了。「有事的話也歡迎來找我商量。」

她還是沒進來，應該是大法師沒有授權她通過結界。

「那個，」我說，「其實我想討論貝茨的事。貝茨頓。他到現在還沒回學校。」

「我注意到了。」她說。

「請問他會回來嗎？」

波西貝夫老師低頭看著魔杖（她的魔杖是一根枴杖），將握把轉了一圈。「這我不確定。」

「妳問過他的家長嗎？」我問道。

她抬頭看我，「我不能透露他的隱私。」

我點點頭，踢了大法師的桌腳一下——然後我注意到自己的動作，遠離了辦公桌一步，用手指糾纏自己額前的頭髮。

波西貝夫老師清了清喉嚨，聲音從辦公室另一頭傳過來，好聽到讓我後頸一陣發麻。

「我可以透露的是，」她說，「學校規定，當學生開學後沒有返校時，我們必須聯絡他們的家長……」

「所以妳聯絡過碧漆家了嗎？」

她瞇起深棕色的眼睛。「賽門，你想打聽什麼？」

我煩躁地讓手落回身邊。「我想知道真相。他退學了嗎？生病了嗎？戰爭開打了嗎？」

「真相啊……」

我一直等她眨眼，就算是魔法師也總要眨眼的。

「真相是，」她說，「你的問題我都答不上來。我們聯絡了他的家長，他們知道他沒來上學，但沒有透露多餘的消息。碧漆先生已經成年了——他和你一樣，法律上已經是成人了，他若不來這所學校讀書，我也不必為他的健康或安全負責。」

「可是有學生不回來上學，你們不能就這樣放著不管啊！要是他有什麼陰謀怎麼辦？」

「那就是巫師集會而非教務主任該處理的問題了。」

「如果貝茨在外面組織叛亂，」我接著說，「那就是我們所有人都該處理的問題。」

她注視著我。我抬著下巴，就是不讓步。（不知道該如何是好的時候，這就是我的預設動作。）

（我最擅長的就是……）

波西貝夫老師閉上眼睛，但不像是終於需要眨眼了，比較像是終於放棄了。**很好。**

她又睜眼看我，「賽門，我很在乎你，也從沒欺瞞過你。聽我說——我不知道貝茨頓的下落，他也許真有某種陰謀，而我只能替你還有替他希望不是如此。我只知道，我聯繫貝茨頓的父親時，他並沒有感到意外，而是顯得惴惴不安。他很清楚兒子不在學校，也不怎麼開心。賽門，我老實告訴你，他聽上去似乎筋疲力盡了。」

我用力從鼻子呼出一口氣，點點頭。

「我知道的就這些。」她說，「如果之後有了新的發展，可以的話我會再告訴你。」

我又點點頭。

「好了，下樓吃午餐吧。」

「謝謝老師。」

我在門口從她身旁經過時，她想拍拍我的手臂，但我沒有停下來，我們尷尬了一下。我聽見沉重的橡木門在我們身後關上。

我沒有去吃午餐，而是出去散步，結果走著走著就跑了起來，跑著跑著就開始在森林外圍砍起樹來了。

我為了這種鳥事召喚它，法師之劍竟然還會出現。

17

賽門

我不再去貝茨應該出現的地方找他……

但還是沒放棄找他。

我晚上會去搖曳之森散步，潘妮看到我的表情就不會說要跟來，而阿嘉莎都在寫作業——她這學期怎麼突然發憤圖強了？一定是她爸答應要送她新的馬之類的吧。

我以前明明很喜歡搖曳之森，覺得它讓我心情很放鬆。

過了幾晚，我發現自己並不是漫無目的地在森林裡散步，而是一塊一塊地在地毯式搜索——就跟艾斯佩斯失蹤那次一樣，我還記得我們當時大家手牽著手到處尋人，每搜完一塊區域就在地圖上把它劃掉。

我現在也在腦子裡劃掉一個個區域，施咒照亮周遭樹林，來回揮劍劈開擋路的樹枝。再繼續下去，他媽的整座森林都要被我砍成平地了。

我什麼都沒找到，只嚇到了樹林裡的小仙子，還有個森林仙女跑出來怪我危害他們的森林環境。

「你所尋為何？」這個寧芙仙女問我。她飄在地面上方，我都說這樣很詭異了她也不聽。她長了一頭青苔般的頭髮，打扮得像漫畫裡的女孩，連維多利亞風格的靴子和小洋傘都搭配齊全。

「貝茨。」我說，「我室友。」

「死了的那個？眼睛很漂亮的那個？」

「對。」貝茨算死人嗎？我都沒那樣想過他，不過他畢竟是吸血鬼。「等等，妳說他死了？是真的死了嗎？」

「所有噬血者都是死人。」

「那妳真的看過他喝血嗎？」

她盯著我。我的劍插在腳邊的地上。

「天選之子，你所尋為何？」她的聲音有點不耐煩了，她把綠色陽傘靠在肩頭。

「我室友。貝茨。噬血者。」

「他不在這裡。」她說。

「妳確定嗎？」

「比你確定。」

我嘆息著把劍往土裡插得更深。「我完全不確定啊。」

「魔法師，我們對你的善意快用盡了。」

「我都拯救森林不知道多少次了，到底要我怎麼樣，你們才肯把我當朋友？」

「你救了森林之後，還不是準備把它夷平。」

「我在找人。找我室友。」

「你的敵人。」她回道。她一身灰棕色皮膚，長著像樹幹一樣的紋路，雙眼像森林深處會發光的菇類一樣散發微光。

「他是什麼不重要，」我說，「反正妳也知道我說的是誰——那妳怎麼知道他不在這裡？」

森林仙女讓頭往後仰，彷彿在聽後方的樹說話，她的每一個動作聽起來都像吹過枝椏的微風。

「他不在這裡。」她說，「不然就是躲起來了。」

「他當然躲起來啦！他一定是躲到什麼鬼地方去了！」

「魔法師，既然『我們』在這裡看不到他，那你也看不到的。」

我拔起劍，把它收回腰間。「那妳要是聽到什麼情報，會告訴我的吧？」

「應該不會。」

「妳真的很莫名其妙耶。」

「是匪夷所思才對。」

「這很重要好嗎。」我說，「有個危險人物失蹤了，這很重要耶。」

「對我而言不危險。」她用氣音說，「對我的姐妹而言也不危險。我們不會流血，不會玩『更多』和『最多』的無聊遊戲。」

「妳是不是忘了，碧漆家可是火魔法世家。」我揮手示意她身後的森林，森林裡全都是可燃物。

她猛地抬頭，笑容吱嘎作響地往下轉，陽傘換到了另一邊肩膀。「**好吧。**」

「好什麼？」

「我們如果看到你那個俊俏的噬血者，就會跟他說你在找他。」

「妳到底想不想幫我。」

「那我們會對黃金之人說。」

「黃金之人……黃金之人是我嗎？」

她皺起鼻子，搖了搖青苔頭髮，頭髮生出了盛開的花朵。

「那不然是誰？」

「你的黃金之人。他的黃金之人。你的雌蕊與柱頭。」

「雌蕊……妳該不會是在說阿嘉莎吧？」

「金髮姐妹。」

「妳如果看到貝茨，就會告訴阿嘉莎？」

「是。」她轉了轉陽傘，「我們覺得她性情平和，令我們安心。」

我嘆了口氣，用手背揉了揉額頭。「我救了你們至少三次了吧，這整座森林都是我救的。妳不會不曉得吧？」

「天選之子，你所尋為何？」

「沒什麼。」我雙手一攤、轉身離開，順便踢了離我最近的小樹苗一腳。「我沒在尋什麼啦！」

就說搖曳之森裡從來不會發生什麼好事。

我在森林裡亂走。

我在原野亂走。

我在下課時間搜遍了校園，到廢棄建築裡亂晃，開了一道道很久沒人開過的門。

有時候，華特福內部感覺和牆內的校地與牆外的土地加起來一樣大。

有些建築物有祕密房間、祕密走廊，甚至可能有一整區都藏了起來，只有帶著某些物品或念出正確咒語的人才看得到。

修院宿舍三四樓之間有多出來的一整層樓（潘妮都叫它「隱藏關卡」），它會重複樓上發生的事，樓上發生的事都會在一天後重複發生在隱藏關卡裡。

護城河下面還有一條護城河。

山丘裡頭有房屋。

學校有三道隱藏版鐵門，我只開過其中一道。

有時候，我感覺自己花了一輩子在找地圖或鑰匙，彷彿找到了就能真正理解華特福和整個魔法世界。

但我就只有找到拼圖碎片而已，我像是站在黑暗的房間裡，光線只夠我一次看到室內的一角。

五年級的大部分時間，我都在白教堂地下的塋窟裡遊蕩，在找貝茨。白教堂是華特福校園的中心，也是全校最古老的建築。沒有人知道華特福一開始是學校還是其他用途，說不定是魔法修道院，或是魔法師的聚落——我喜歡想像一座城牆圍著的城鎮，魔法師光明正大地一起住在裡頭，組成魔法社區。

塋窟位在教堂地下，不過範圍超出了教堂在地面上的面積，下去的路線應該有很多條，但我只知道其中一條。

五年級時，我常看到貝茨在晚餐後溜去白教堂，還以為他一定是有什麼陰謀詭計。

我以前都會跟蹤他去教堂，穿過從不上鎖的高拱門……走到聖壇後面，到聖殿與詩人壁角後面……最後穿過一道隱藏的門，下樓進入地下塋窟。

塋窟真的令人毛骨悚然，阿嘉莎死都不肯跟我下去，潘妮洛普也只有一開始相信貝茨在搞鬼的時候跟我去了幾次。

過幾個月她就放棄了，她也不再陪我去看貝茨的足球賽，也不再跟我一起在貝茨上小提琴課的露臺外那條走廊上偷聽。

但是，我就是不肯放棄，我的線索好不容易都指向同一個方向了……

貝茨袖口的血跡。他在黑暗中看得到東西。（他晚上回我們寢室的時候，換衣服都不用開燈的。）

我後來還在白教堂地下室找到一堆死老鼠，每一隻都乾癟癟的，像被擠過的檸檬。

終於和他對質的時候，我是自己一個人找到了他。那是在塋窟深處，孩童之墓——法文是「Le Tombeau des Enfants」——裡頭。貝茨當時坐在墓穴一角，附近的牆邊堆滿了頭骨。

「你在這裡幹什麼？」我大聲問，邊說邊在空中揮舞法師之劍。

他一臉無聊。

我握緊劍柄。

「是啊，雪諾。」他說，「我是來找瘟疫的，我會把它裝進燒杯，傳染給首都裡的所有人。」

「他」的世界，寫在他的DNA裡。

覺得自己只是個小屁孩，永遠都追不上他；他總是一副天生就瞭解魔法世界的一切的樣子——這畢竟是

貝茨盯著我。他當時十五歲，我們都十五歲，可是在他面前我感覺自己是五歲小孩。他總是讓我

「所以你來這裡是為了找瘟疫嗎？」

一綹黑髮落到他的額前。

他揚起一邊眉毛，用華麗的動作一揮手臂，示意這個墓室。「他們。」他說，「墓裡的孩童。」

貝茨舉起一隻手——我往後一縮。

「誰？」

「他們是在瘟疫中死去的。」他說。

我調整站姿，站穩腳步、挺起雙肩。

的皮膚卻還是毫無血色。

他笑了。那年貝茨總是對著我發笑，但那次的笑聲比平時平板。火把將灰色墓穴染上了橘光，他

「現在，你給我從實招來——你到底在搞什麼？」我問他。

「那現在呢？」他根本懶得站起來，就只有拍掉灰長褲上的灰塵，往後靠著成堆的骨頭。

我手裡已經握著法師之劍了。「我就知道你在這裡。」

「你找到我了。」他說。

「坐著。」他說。

「**你少來**，別跟我來這套。我找了這麼多個月，終於逮到你了——你給我老實把計畫說出來。」

「大部分的學生都死於那場瘟疫。」他又說。

「閉嘴，不要一直讓我分心。」

「他們將健康的學生都送回家了。我的曾舅公是當時的校長，他留下來幫校醫照顧將死的病童。他的頭骨也在這裡，你要不要幫我找找啊——據說我和他同樣生了高貴的眉宇喔。」

「我才不要聽你胡說八道。」

「魔法幫不了他們。」貝茨說。

我咬緊牙關。

「那個年代還沒有對付瘟疫的咒語，」他接著說，「沒有任何力量夠強、足以針對瘟疫的語句。」

我踏上前，「你來這裡幹什麼？」

他開始輕聲唱歌：「玫瑰色花圈環，滿口袋的藥草……[7]」

「貝茨你給我回答問題。」

「灰燼、灰燼……」

我朝他身旁那堆骨頭揮劍，頭骨「喀啦喀啦」滾了一地。

他冷笑著直起身，用魔杖接住亂彈的頭骨——「一如往常！」頭骨在空中轉向，滾回到原位。

「雪諾，尊敬點。」他斥罵一聲，然後又癱坐回去，往後靠著那堆骨頭。「你到底要我怎樣？」

「我想知道你來這裡幹什麼。」

「就像你看到的這樣啊。」

7 英國兒歌《編玫瑰花環（Ring Around the Rosie）》的歌詞。

「你跟一堆骨頭一起，坐在他媽的墳墓裡。」

「他們不只是骨頭，還是『學生』，還有教師。在華特福死去的人都會葬在這裡。」

「所以呢？」

「**所以呢？**」他重複道。

我低吼一聲。

「雪諾，你自己想想……」他站了起來。他比我高——他從小就長得比我高，就算是我長了三英寸的那年夏天，那個機掰人也硬要比我多長高一英寸。「你一直跟蹤我，」他說，「一直在找我。那你現在找到我了，卻沒找到你要的東西，那也不能怪我啊。」

「我知道你是什麼東西。」我惡聲說。

他用目光鎖著我的雙眼。「你室友？」

我搖搖頭，握著劍柄的手抓得更緊了。

貝茨踏到我碰得到的位置。「你說啊。」他厲聲說。

我說不出口。

「你說啊，雪諾。」他踏得更近了，「**我是什麼？**」

我又低吼一聲，把劍舉得更高。「吸血鬼！」我大喊，大聲到他臉上應該都感覺到我吐出的氣了。

他輕笑了起來。「是嗎？你覺得我是『吸血鬼』？阿萊斯特．克勞利[8]啊，你打算拿我怎麼辦？」

他從口袋拿出攜帶瓶喝了一口，我都不知道他喝了酒——我的劍放了下來。我努力提醒自己要保持戰鬥姿勢，又把劍舉了起來。

「你要用木樁釘穿我的心臟嗎？」他又倒回那個角落，一條手臂掛在一堆頭骨上。「還是砍了我的

8 阿萊斯特．克勞利（Aleister Crowley），二十世紀初期活躍於英格蘭的神祕學家、儀式魔法師、詩人與畫家。

頭？那你還得確保我的頭和身體不相碰，而且就算砍了頭，我的身體還是會一直走動，直到找到我的頭為止……那你最好用火囉，雪諾，火攻才是正解。」

我只想把他當場劈成兩半。幹，好想就這樣解決掉他。

但我一直想到潘妮洛普。**「賽門，你怎麼知道他是吸血鬼？你有看過他喝血嗎？他有威脅要喝你的血嗎？他有試著催眠支配你嗎？」**

搞不好有。搞不好我花了六個月到處跟蹤貝茨，就是被他催眠的緣故。

然後，我終於逮到他了。

「快行動啊。」他嘲諷道，「快化險為夷啊，雪諾，還是化夷為險？動作快，不然我就要……唔……我該幹什麼壞事呢？這座墓裡的人都已經沒救了——那就只剩『你』可以傷害囉？可是我現在沒心情吸你的血，要是不小心讓你也變異了怎麼辦？那我就永遠擺脫不了你那張虛偽的臉了。」

貝茨搖了搖頭，又舉起酒瓶喝一口。「雪諾啊，我覺得你變成了不死族也不會變帥，只會氣色變差而已。」他又毫無笑意地輕笑起來，像是累壞了一般閉上眼睛。

他應該是真的累壞了，我自己也一樣。我們已經每晚在瑩窟裡玩貓抓老鼠，你追我躲好幾個星期了。

我放下劍，但沒有把它收回去，身體也恢復正常的站姿。

「我什麼都不用做。」我說，「我現在知道你的真面目了，只要等你犯錯就能抓到你的把柄。」

他沒有睜眼，眉頭還是皺了一下。「是嗎，雪諾？這就是你偉大的計畫？你打算等我殺人再說？你還真是有史以來最可悲的天選之子。」

「幹，你去死啦。」我說。每次這麼說，就是想不到該怎麼反駁的意思。我準備倒退走出墓穴；我需要找潘妮洛普討論這件事，重新整理自己的腦子。

「早知道把你趕跑這麼簡單，」貝茨對我喊道，「我就提早幾個禮拜讓你追到我了！」

我往回走向通往地面的路，心裡暗暗祈禱他不要變成蝙蝠飛過來追我。（潘妮說那只是傳說，不過……）

即使已經走了十分鐘，我還是聽得到他的歌聲：「灰燼、灰燼——無人倖免。」

從那晚以後，我就沒再回塋窟了……

我等到其他人應該都爬上床，也應該都睡著了，才偷偷溜到白教堂。

詩人壁角的密門外守著兩尊半身像，是最出名的兩位現代魔法師詩人：卡羅與蘇斯。我準備了一些尼龍繩，繩子一頭綁在希奧多．蘇斯的脖子上。

密門本身是牆上的一塊木板，它總是鎖著，也沒有鑰匙，但你只要真心想進去就能開門。大部分的人進不去，純粹是因為他們不想進去。

門為我開啟，然後在我身後關上。這邊的空氣比外面冷得多，我點燃牆上的一支火把，選了第一條路。

在塋窟的蜿蜒地道中，我把我知道的每一種揭露咒語和搜尋咒語都試了一遍。（「出來呀出來玩！好戲開演囉！史酷比你在哪裡！」）我用貝茨的全名呼喚他，這樣他比較沒辦法抗拒法術。

咒語這種東西很難搞，有時候你想找到藏起來的東西，就必須用它被藏起來那時的世人慣用句。有時候世界上的其他人厭倦了以前的俗語，沒有人在生活中使用這些句子了，咒語就會失去效力。

我從以前就不是很會說話。

這也是我當了魔法師還這麼廢的原因之一。

「語言是非常強大的東西。」一年級的第一堂咒語課，波西貝夫老師就這樣告訴我們。除了我以外沒有人在聽，其他同學早就知道這些道理了，只有我在努力記下老師的話。

「隨著人們以特定且固定的組合書寫或說出語句，」她接著說，**「語言的力量會逐漸增強。」**

「施咒的關鍵就是汲取那份力量，我們不只是說出語句，還必須召喚出它們的背後的意義。」

換句話說，你要知道夠多成語與俗語才能施魔法，而且你還得臨機應變，還得有大聲把話說出來的勇氣，還得細心注意別人的用字遣詞。

而且，你還必須「理解」自己說的話，清楚語言是怎麼轉譯成魔法的。

你不能隨便在路邊聽到別人說話就揮揮魔杖照著念，要是不小心讓別人身上的哪個部位掉下來怎麼辦？

不管是詞語、語言或說話施咒，我都學得很辛苦。

我不記得自己是幾歲開始說話的，只知道大人差點把我送去看語言專家。據說有的小孩子在兒福機構長大，或是爸媽都不跟他們說話，他們就一直不會學講話。

我以前還會定期和輔導老師還有語言治療師見面。**「賽門，好好說話。」**我真的好討厭聽人說那句話，比起開口問別人，還是直接動手把我要的東西拿過來比較簡單。或是一拳打在傷害我的人身上，就算他們馬上一拳打回來也沒差。

剛來華特福的那一個月，我幾乎沒有說話。不說話並沒有你想像中困難，反正其他人都嘰嘰喳喳講個不停。

波西貝夫老師和其他幾個老師注意到我的狀況，開始幫我補習，教我把話說出來。大法師有時也會來看我補習，他總是摸著鬍子、盯著窗外。**「好好說話！」**——我都會想像自己這麼對他大喊，然後想像他對我說當初不該帶我來華特福。

總而言之，我到現在還是不擅長施咒，魔杖也用得亂七八糟，只能硬把咒語背下來，還有保持誠心——老實說，有沒有誠心差滿多的。遇到什麼問題時，我就聽潘妮的話去做。

我小心翼翼地走在塋窟裡，盡量使出我會用的那幾句咒語。

我在隱藏的門裡頭找到更多扇隱藏的門；我找到了正在沉沉打呼的藏寶箱；我找到一幅畫像，畫中的金髮女孩流著淚，是真的在流淚，看上去像是刻在牆上的 gif 圖。換作是小時候的我，可能會留下來探索她的故事；換作是小時候的我，可能會把這個當成一場冒險。

我繼續尋找貝茨。

或是線索。

每晚都持續到感覺自己快崩潰了，我才會折返。

18

露西

你知道嗎？這些建物有著千年的歷史。

在此遊蕩的魂魄當中，有的說著陽間已經沒人聽得懂的語言，但這也無所謂，反正也沒有人聽得到他們的聲音。

建築物和我那個年代相同，同樣的教堂、塔樓與吊橋。

狼倒是新來的，河裡那些魚獸。不知道阿衛是從哪裡把牠們找來的？他是用了哪一句咒語，把牠們帶過來的？他想用這些生物預防什麼狀況？

「被害妄想。」蜜塔總是這麼說，「他就是以為全世界都想害他。」

「我覺得真的有一些人想害他啊。」我反駁道。

「那只是因為他心懷怨念，老是惹人厭。」她說。

「他只是太關心一些事情而已。」

「關心自己嗎？我完全同意。」

「是關心一切事物。」我說，「他什麼都無法放下。」

「露西，妳太常聽他說話，都快被洗腦了。」

「我覺得他很可憐……而且只要認真聽他說，妳就會發現他說得有道理。憑什麼有法師血統的小精靈和半人馬不能來華特福？憑什麼我弟弟只是力量不夠強，就只能待在家？」

「妳弟是笨蛋，」她說，「他只在乎威豹樂隊。」

「他被學校拒之門外時，我母親真的好傷心。他明明有魔杖，卻連怎麼用也不曉得，我父母還差點為此離婚。」

「我知道。」蜜塔莉放軟了態度，「那件事真的很不幸。但是學校畢竟容不下所有人，總得篩選學生啊。」

「阿衛就說我們可以擴大學校規模還有擴大招生，不然就是建一所新的學校。妳想想看——如果全國各地都有魔法學校，供所有擁有法力的人就讀，那不是很好嗎？」

她皺起眉頭。「可是，華特福的重點就是它最優秀，它為最優秀的魔法師提供最優秀的教育。」

「這真的是華特福的重點嗎？果然阿衛說得對，它就是一所菁英主義學校。」

蜜塔嘆息一聲。

「阿衛說，我們的整體社會越來越弱了。」我說道，「他說黑暗、野蠻的力量會從地球上抹消我們的存在，讓我們的魔法回歸大地。」

「他該不會還說那些黑暗怪物就住在妳的床底下吧？」

「我是認真的。」我說。

「我知道。」她哀傷地說，「如果妳是在開玩笑就好了。那阿衛指望妳採取什麼行動？他到底要我們做什麼？」

我傾向她，輕聲回答——「**革命**。」

我一直在遊蕩。

一直在努力去到你身邊。

建築物都一樣。教堂、塔樓都一樣。

領帶比從前細了些，裙子比以前短了些，但顏色都沒變……

我不禁為阿衛感到驕傲——我這麼說，你應該會覺得很奇怪，不過我無法不為他感到驕傲。

他成功了。他的革命成功了。

他對所有生而擁有魔法祝福的孩子敞開了校門。

19

賽門

我終於去跟大法師談話時，已經快到萬聖節了。

是他把我叫過去的；我的希臘文課上到一半，突然有隻知更鳥飛進教室，一張紙條掉到了我桌上。大法師身邊常常跟著一兩隻鳥，大部分時候是知更鳥，有時還有鶺鴒和麻雀。（他這點有點像白雪公主。）他寧可施「有隻小鳥告訴我」，也不肯用手機。

希臘文課結束後，我走向校園另一頭一棟靠著外牆的附屬建物，這裡以前是馬廄，後來改建成了車庫與棚屋。

大法師的手下都在車庫外面——潘妮說，如果大法師手下有幾個女人，她可能就不會那麼排斥他們了——他們聚在我見過最大的一輛綠色卡車旁，那東西長得像帆布包著的軍用卡車。其中一位魔法士拿著一個金屬盒，他們都輪流朝盒子伸出手，看著他們的手穿過金屬。

「賽門。」大法師走出車庫，他一隻手攬住我的肩膀，把我帶到離卡車遠一點的地方。「你來了。」

「老師，我本來想馬上過來的，可是剛剛在上課。米諾陶說如果是緊急狀況的話，你應該會派大一點的鳥來找我。」

大法師眉頭一皺。「咒語對大鳥無效。」

「我知道的，老師。對不起，米諾陶就是說不聽。」

「好吧。」他拍拍我的肩膀，「反正也不是緊急狀況，我只是想見見你，看看你最近過得如何。我聽波西貝夫老師說了蟲子來襲的事——她說是凡庸派來的。」

是饒舌梟。一整群饒舌梟在我們上咒語課時來襲，我在那之前還真沒看過一整群的饒舌梟呢。之所以叫牠們蟲子，是因為牠們的體型和大黃蜂差不多，不過饒舌梟其實比較像鳥類。一隻饒舌梟就能殺死一隻狗、羊或獅鷲，兩三隻就能打敗一個魔法師了。牠們會鑽進你的耳朵，發出吵到讓你無法思考的嗡嗡聲，你會先精神崩潰，然後等牠們鑽到腦子裡，你就沒救了。

饒舌梟平常不會攻擊人，但牠們上星期從窗戶飛進教室，像嗡嗡作響的橘色雲團一樣把我團團圍住。最討人厭的是，牠們還帶來那種被抽乾的乾渴感覺，每次凡庸攻擊我都是那種感覺。

教室裡所有人都逃了。

「老師，那感覺是像凡庸沒錯，可是他幹嘛派饒舌梟過來？牠們又算不上威脅。」

「對你而言自然構不成威脅。」大法師摸了摸鬍子，「他也許只是不想讓我們忘了他的存在。你用什麼法術對付牠們？」

「『死氣沉沉』。」

「賽門，做得好。」

「我……我好像還不小心殺了其他的東西。厄本在外面的地上找到了幾隻雉雞，利司養的鸚鵡也……」

大法師瞄了一眼在他肩膀上方飛來飛去的知更鳥，捏了捏我的手臂。「你不是故意的，而且也沒有人受傷。你有去看校醫嗎？」

「老師，我沒事。」我靠近他，「老師，我想——那個，請問你們有什麼進展嗎？有沒有找到凡庸？我常常看到魔法士團的人進出學校，可是我不——我可以幫忙。我跟潘妮都可以幫忙。」

他的手從我肩頭滑落，改成單手叉腰。

「那方面沒什麼進展，我們沒有任何的突破，也沒有遭受攻擊，就只有大氣孔洞持續擴大而已。我甚至有些希望凡庸再次露面——」

想到凡庸那張臉，我就全身一抖。

大法師說了下去：「——以免那群迂腐的傻子忘了我們真正的敵人是誰。」

我回頭望向卡車，在我們對話的期間，魔法士團一直搬著箱子從旁邊走過。

「老師，你有看到我留的紙條嗎？」

他瞇起眼睛。「你說碧漆家那個小子下落不明，是吧。」

「對，我室友。他到現在還沒回來。」

大法師用戴著皮革手套的手摸了摸鬍子。「你擔心是對的。古老世家最近團結起來了，他們把兒子們都召了回去，也加強了防禦，準備對我們出招。」

「兒子們？」

他念出一串名字，都是我認識但不太熟的六、七、八年級男生。

「可是，」我說，「我們不團結作戰的話，就會被凡庸打敗啊，他現在比以前更強了耶。古老世家應該也知道吧？」

「那也許是他們計謀的一部分。」大法師說，「我已經放棄理解那些人了，比起我們的世界，他們更在乎自己的財富與權勢。他們甚至願意犧牲一切，只為讓我垮臺……」

「老師，我要怎麼幫忙才好？」

「你自己小心謹慎就是在幫忙了，賽門。」他又搭著我的手臂，轉過來面對我。「我再過幾個鐘頭又要外出了。但是，在經歷了最近一次襲擊之後，我希望你能聽我的勸告，回心轉意。**賽門，離開這**

裡吧。讓我帶你去我之前提過的避難所——那是離危險最遠的地方了。」

我倒退一步。「可是老師，我只是被饒舌梟攻擊而已啊。」

「『這次』只是饒舌梟，一定還會有下次的。」

「不要。**老師**，我都說了……我在這裡沒有問題，很安全的。」

「對你而言，沒有安全這回事！」他的語氣強硬到像是在威脅，「安全、安穩的生活——這都不過是幻象，是虛妄的東西。賽門，你不能繼續待在不斷下沉的船上，是時候學會游泳了。」

「那我留下來不是比較乾脆嗎！」我的聲音太大了，其中一位魔法士——史蒂芬——抬頭看我。

我壓低音量：「既然去哪都不安全，那我乾脆留下來，跟朋友待在一起。或是我可以去戰鬥——**我可以幫忙**。」

我們對上眼，我看到他眼裡充滿了失望與憐憫。「賽門，我知道你可以幫忙，但目前的情勢非常微妙……」

他不必說完，我就聽懂了。

大法師需要的不是炸彈。

你不會派炸彈出偵察任務，也不會邀請炸彈去參加你的戰略會議，而是會等到沒有其他選項了才把炸彈投下去。

我點點頭。

我轉過身，往校園中心走回去。

我感覺到他的手下盯著我。

他們其實都只比我大一兩歲而已，卻自以為年紀比我大得多，我最討厭他們那種自以為了不起的態度了，我最討厭他們穿的深綠色馬褲和袖子上的金星了。

「賽門！」大法師喊道。

我壓平了臉上的表情，轉回去看他。

他舉著一隻手遮擋陽光，對我露出難得一見的小小笑容。「凡庸雖然比以前強得多，但你也比以前強得多了。別忘了這點。」

我點點頭，目送他走回車庫。

本來約好和潘妮洛普見面的，我遲到了。

20

潘妮洛普

天氣很冷，但我們還是在山丘上讀書，因為賽門不喜歡在別人看得見的地方練習施咒。他穿著灰色粗呢大衣、戴著學校的綠條紋圍巾。寒風直接穿透了我的灰褲襪，早知道就穿長褲來了。

薩溫節就快到了——靈紗再過不久就會降下了，貝兒姨婆卻還是沒露臉。

「本來就醬！」賽門用魔杖指著擺在樹木殘幹上的一塊小石頭，石頭顫抖一下之後崩解成一堆塵埃。「這是法術有效的意思嗎？」他說，「還是我只是像平常一樣在摧毀東西？」

每個八年級生的期末作業都一樣，我們必須想辦法創造出新的咒語，可以在現代語言中找到具有魔法潛力的流行用語，或者找到被人們忽視的老俗語，並找到它的應用方法。

最優秀的新咒語不僅實用，還能長久維持效力。口號或流行用語通常都很廢，凡人過一段時間便會厭倦它們，改用其他的新流行語。（有些咒語就會因此失效，我們好不容易抓到了竅門，它們就失去效果了。）歌曲的魔法效果也同樣不穩定。

華特福學生幾乎從來不曾真正發明出有效的咒語。

話雖如此，我母親發明「女人我最大」時還只是七年級生，這句時至今日仍是實用的戰鬥咒語，女性使用時效果最佳。（媽媽似乎認為自己的法術被大法師拿去在戰鬥工作坊教別人，是她的一大恥辱。）

賽門從學期初開始就每週試一句新的用語，他沒有在認真發明咒語，而我也不怪他，畢竟連別人用得得心應手的咒語他都沒辦法正常使用了。有時他施譬喻句法的咒語，卻會產生可怕的字面效果。六年級那年，他對阿嘉莎用了「狗毛解醉[9]」想幫她解決宿醉的問題，結果卻害她全身長滿狗毛。那應該是賽門最後一次用魔杖對著人，也是阿嘉莎最後一次喝酒了。

賽門撥掉殘幹上的碎石，坐了下來，把魔杖塞回口袋。「沒回來的人不只有貝茨一個。」

「這是什麼意思？」我將戴著戒指的手舉在草地上的幾枚西洋棋子上方，「遊戲開始！」

主教倒了。

我再試一次。「好戲登場！」

什麼事都沒發生。

「這句話怎麼會沒有效果？」我說，「它結合了莎士比亞和福爾摩斯耶。」

「大法師跟我說，古老世家的兒子都開始退學了。」賽門說，「有兩個七年級男生沒回來上學，馬克思——貝茨的堂弟——也走了，他還在讀六年級耶。」

「馬克思是誰？」

「長得很壯，頭髮有挑染金色，足球隊上的中場。」

我聳聳肩，彎腰撿起西洋棋子。這句話的其他用法我都試過了，結果我自己也開始用字面意義施咒了，總覺得這句可以當某種開場或催化的咒語……「沒回來的就只有男生嗎？」我問道。

「呃。」賽門說，「不曉得，大法師沒特別說。」

「他真的很歧視女生耶。」我搖了搖頭，「馬克思——該不會是我們四年級那年，不小心卡在升降機裡出不來的那個人吧？」

9 原文為Hair of the dog，指配方含酒精的解酒飲品，是一種紓緩宿醉的「以毒攻毒」民俗療法。

「對啊。」

「喔，他加入敵方陣營了？我好怕怕喔。」

「大法師覺得古老世家準備大舉進攻。」

「那他要我們怎麼辦？」

「他沒要我們怎麼辦。」賽門說。

我將棋子收進口袋。「什麼意思？」

「他還是叫我離開學校——」

我應該是臉色沉了下去，賽門揚起眉毛說：「潘妮，**我知道**，我哪都不會去。可是如果我留在這裡，他就要我低調一點，要『我們』低調一點。他說他的魔法士團已經在想辦法了，還說現在的狀況很微妙。」

「唔……」我跟著在殘幹上坐下。不得不說，我還滿喜歡保持低調這個想法的——大法師愛採取什麼瘋狂行動就自己去做，我們難得可以休息一下。話雖如此，我不喜歡「奉命」保持低調，賽門的想法也一樣。「你覺得貝茨和其他那幾個男生在一起嗎？」我問他。

「這樣很合理吧？」

我沒說什麼。我真的、真的很討厭和賽門聊貝茨，這就像和瘋帽匠聊下午茶一樣，還是別助長他這方面的想法比較好。

他用腳跟踢掉殘幹上幾片樹皮。

我靠著他，因為我很冷，而他隨時隨地都很溫暖。這也是為了提醒他，我不會怕他。

「很合理啊。」他說。

21

大法師

書本。文物。魔法首飾。魔法家具。猴掌、兔腳、地精鼻子……

即使知道這些對我毫無用處，我們還是全都取走了。

這是場一箭多鵰的行動，是時候提醒古老世家對我放尊重點了，畢竟他們歸我管。

這所學校規我管。

這片土地歸我管。

他們之中沒有任何一個人拿得出能超越我的政績。

他們罵我失敗，說凡庸仍舊存在，仍在盜取我們的魔法、吸乾我們的土地——但他們罵歸罵，有誰威脅得了凡庸？

娜塔莎．格林—碧漆或許有能力制伏凡庸，不過她早已離開人世，她的故友與眷屬也沒有一個及得上她。

我派手下去沒收敵人的財寶、檢查他們的藏書，讓那群人明白：在我的新世界，即使是乳臭未乾的孩子穿上了我魔法士團的制服，也握有超出古老世家的權力。我要讓他們明白，他們的姓氏根本分文不值。

然而……

我沒找到我需要的東西，沒找到有用的答案——我依然無法「修好」他。

我們現在唯一的希望，就是最強的法師了。

問題是，我們的最強法師有著根本上的缺陷。他不正常，壞掉了。

我打從心底知道，賽門．雪諾就是最強法師。

他是我們這世上空前絕後、絕無僅有的存在。

但賽門．雪諾——我的賽門——依舊無法承受自己的力量，無法控制它。世上就只有他容得下那份力量，但他「壞了」，他有「瑕疵」，他……

他就只是個孩子而已。

一定有什麼方法，一定有什麼咒語、符咒或魔法物品能幫到他。我們可是法師！所有魔法生物之中，就只有我們能使用並「塑造」魔法，我們的世界一定存在幫助賽門解決問題的方法。（儀式也好。魔藥也好。吟唱咒也好。）

預言怎麼可能有誤……

故事怎麼可能……

……導向殘缺不全的劇情？

如果賽門有缺陷，那就一定有辦法修補他。

而我，一定會找到那個方法。

22

賽門

我的希臘文好像快被當掉了，政治科學課我也聽得一頭霧水。

我和阿嘉莎為了期中假期要不要去她家吵了一架。我不想離開華特福，她應該也不是真的要我跟她回家，只是要我「想要」跟她回家而已。之類的。

我不再戴十字架，而是把它放進盒子、收到床底下……

我的脖子是輕了一些，頭卻感覺裝滿了石頭。如果能好好睡上一覺就好了，但我睡不著，實際上也不太需要睡眠——我可以用午覺和魔法撐下去。

一到該睡的時間我就把潘妮踢出寢室，免得她發現我晚上都沒在睡。

「可是又沒有人在用貝茨的床。」她辯道。

「也沒有人在用『妳』的床好嗎。」我說。

「我不在的時候，翠鈴和凱莉絲都會把床並在一起——我床上應該到處都是小精靈粉。」

「潘妮，這跟我沒關係好嗎。」

「賽門，我的問題就是你的問題。」

「為什麼？」

「因為『你』的問題都是我的問題啊！」

「回自己房間去啦。」

「賽門，拜託嘛。」

「快回去，到時候妳被開除學籍怎麼辦？」

「被抓到才會被開除學籍啊。」

「**快回去啦**。」

潘妮終於離開以後，我也離開了寢室。

我放棄搜索瑩窟，改而在城牆上到處亂晃。

我其實也不指望在這裡找到貝茨——城牆上又沒地方給他躲。但至少我站在高牆上，就能遠遠看到他接近。

而且，我喜歡這上頭的風，還有星星。我暑假都看不到星星，無論在哪一座城市，光害都太嚴重了。

城牆上一座瞭望塔裡頭有一塊小空間，上面有遮風擋雨的屋頂，裡面擺了一張長椅。我坐在塔裡看著魔法士團的人整晚在軍用卡車附近來來去去，有時看著看著就睡著了。

「你看起來很累。」早餐時間，潘妮對我說。（炒蛋、炒蘑菇，還有焗豆與黑布丁。）「而且——」她從餐桌對面靠過來，「——你頭髮卡了葉子。」

「嗯……」我繼續大口大口吃早餐，動作快的話說不定可以在上課前吃第二份。

潘妮又朝我的頭髮伸手，然後她瞄了阿嘉莎一眼，把手收了回去。阿嘉莎一直很嫉妒我跟潘妮，我都跟她說過幾百遍了，我跟潘妮就不是那種關係嘛。（真的不是那種關係啦。）

可是阿嘉莎似乎在無視我們。「又」在無視我們了。「還」在無視我們。從之前吵架到現在，我跟她都沒有獨處過，老實說這樣我也比較安心，至少這樣就少一個老是問我狀況好不好的人了。我一隻手搭在她腿上，捏了捏，她轉過來看我，露出皮笑肉不笑的笑容。

「總之。」潘妮說，「我們今天晚餐後去賽門的寢室開會。」

「開什麼會？」我問她。

「討論戰略啊！」潘妮小聲說。

阿嘉莎終於回神了。「什麼戰略？」

「一切的戰略。」潘妮洛普說，「我們該討論凡庸、古老世家，以及魔法士團的真正目的。我不要再保持低調了——你們不覺得我們被排除在外了嗎？」

「不覺得。」阿嘉莎說，「我覺得我們應該為難得的和平心懷感激。」

潘妮嘆了口氣。「我之前也是這麼想的——但我擔心我們太安逸了。我擔心是有人故意要讓我們鬆懈。」

阿嘉莎搖了搖頭。「妳擔心有人『希望』我們過得舒適快樂？」

「沒錯！」潘妮洛普邊說邊用叉子往空中一戳。

「莫名其妙。」阿嘉莎說。

「無論大法師有什麼計畫，我們都應該參與。」潘妮洛普說，「即使在我們還小的時候，他也一直讓我們參與各種行動，現在我們已經是成年人了，大法師有什麼理由這樣放置我們？」

「妳覺得大法師想讓我們變得安逸？」阿嘉莎問道，「還是說，妳覺得這是凡庸的計畫？還是貝茨？」她的語氣很諷刺，但不曉得潘妮是沒注意到還是假裝沒聽到。

「**沒錯**。」潘妮說著又戳了空氣一下，彷彿要確認它死透了。「以上皆是！」

我在等阿嘉莎繼續反駁，但她只是搖搖頭——玉米穗絲般的金黃秀髮跟著搖晃——撈了一些炒蛋放到吐司上。

她看起來不快樂也不舒適，而是緊皺著眉頭，眼睛瞇了起來，而且好像沒化妝。

「妳看起來好像很累。」我這麼晚才發現，真是太不應該了。

她往我身上靠了一下，然後又坐直。「賽門，我沒事的。」

「你們兩個看起來都很累。」潘妮宣稱，「你們可能是得了創傷後壓力症候群吧，也許你們不習慣這麼寧靜的生活。」

我又捏了捏阿嘉莎的腿，然後起身去添炒蛋、吐司和炒蘑菇。

「太安逸了。」我聽到潘妮這麼說。

23

潘妮洛普

我費了九牛二虎之力才把他們兩個抓上來，阿嘉莎到現在還在抱怨。

「潘妮洛普，這可是『男生』宿舍，我們到時候被踢出學校怎麼辦？」

「妳現在說也來不及了。」我坐在賽門的書桌前說，「現在離開和等等離開被抓到的機率都一樣，妳就乾脆留下來吧。」

「妳們不會被抓到的啦，」賽門癱在自己的床上說，「潘妮動不動就過來，還不是沒被抓過。」

阿嘉莎聽了很、不、高、興。（我不理她；都過這麼多年了，她要是蠢到相信我和賽門有什麼戀愛的感情，那我也懶得浪費時間跟她解釋。）她故意坐得離我們遠遠的，寧可坐在貝茨的床上也不願意靠近我們。

結果她駭然發現自己坐在貝茨的床上，一副想站起來的樣子。她的視線在房間裡到處飄，彷彿擔心貝茨從浴室走出來，賽門也一副神經兮兮的模樣。

真是的。兩個笨蛋。

「我到現在還是不懂，為什麼一定要開會？」阿嘉莎說。

「這是為了統整我們掌握的情報。」我一面說，一面在房裡找工具。「如果有黑板就好了……」

我舉起戒指，施一句「你看看！」，開始用指尖在空氣中寫字——我們知道的事：

「我們什麼都不知道。」阿嘉莎說，「很好，散會。」

我不理她。「在我看來，我們必須時時注意的事情有三件。」

我寫下：一、凡庸。「我們掌握了哪些關於凡庸的情報？」

「他長得跟我一樣。」賽門配合地說。阿嘉莎並沒有表現出驚奇，顯然已經聽賽門說過了。「而且他想從我這裡得到什麼。」賽門接著說，「他一直針對我。」

「我們還知道，他近期沒什麼動作。」我說道，「從六月到現在，他只派了饒舌梟過來。」

阿嘉莎雙手抱胸，「但凡庸還是在外頭吞噬魔法吧？」

「是沒錯，」我承認道，「不過沒有之前那麼多。我週末和我爸見了面，他說孔洞擴散的情形比平時還要緩慢許多。」我把這點也寫在空氣中。

「我們不能肯定魔法是被他吞噬了。」賽門說，「我們不知道凡庸對魔法『做了什麼』。」

「先把重點放在我們掌握的情報上……」我邊說邊寫下：二、和古老世家的戰爭。

「它也不能算是『戰爭』。」阿嘉莎說。

「可是發生過衝突吧？」賽門說，「還有人決鬥耶。」

阿嘉莎呼了口氣。「你隨便跑去別人家，說要搜他們家的閣樓，對方當然會想和你決鬥。」

我和賽門齊齊盯著她。「這是什麼意思？」我問道。

「大法師啊。」阿嘉莎說，「我聽母親和她在俱樂部的朋友聊天，聽說大法師在搜查魔法師的家，到處找黑魔法。」

這我倒是頭一次聽說。「他搜過你們家了嗎？」

「他不會的。」阿嘉莎說，「我父親是巫師集會的成員。」

「什麼樣的黑魔法？」賽門問道。

「應該是在找可以當武器使用的魔法吧。」阿嘉莎回答。

「什麼東西『都可以』當武器使用啊。」賽門說。

我在筆記上補充：搜查、黑魔法、決鬥。

「我們還知道，古老世家不讓家族裡的一些男生回華特福。」賽門補充道。

「那也可能是巧合。」我說，「我們應該稍微調查一下，那些不見人影的男同學或許只是去讀大學了。」

「或者，他們受夠了沒事就被你們當壞人看待。」阿嘉莎說。

「或者，」賽門說，「他們是跑去加入軍隊了。」

我在筆記中補充：碧漆家盟友退學。

賽門越討論越激動。「那貝茨咧？」

阿嘉莎一隻手撫過床墊。

「先別急，」我說，「我們先重點討論已知的情報。」

他沒有讓步。「波西貝夫老師覺得他失蹤了，她說他爸聽起來很怕。」

我嘆息一聲，加了第三欄：三、貝茨。問題是，這一欄沒什麼好寫的。

「我還是不覺得這算『戰爭』。」阿嘉莎堅稱，「這就只是政治鬥爭而已，和凡人的政治問題差不多。大法師掌權了，古老世家想把權力搶回去，他們會抱怨、互罵、談條件、聚會——」

「這不是普通的政治鬥爭，」賽門往她的方向靠去，手指一指。「而是好壞對錯的問題。」

阿嘉莎翻了個白眼。「但另一邊也是這麼說的啊。」

「貝茨是這樣說的嗎？」賽門問道。

我試著打斷他們。「**賽門。**」

「這不只是政治問題。」他又說，「是好、壞、對、錯、的問題，是我們『生命』的問題。要是讓古老世家拿到權力，那我就不會在這裡了，他們根本就不會讓我進華特福。」

「可是賽門，那不是針對你個人。」阿嘉莎說，「是因為你是凡人。」

「我怎麼會是凡人？」他雙手往空中一拋，「我是有史以來最強的魔法師耶！」

「我想表達的意思，你應該很清楚。」阿嘉莎說，她的話似乎是發自內心，「華特福從沒收過凡人學生。」

她說得沒錯，但我很好奇她是在重複誰的發言。

「我是預言之子耶。」賽門說。他那種幫自己辯駁的語氣太過可悲了，我開始努力尋找轉移話題的方法。

賽門「確實」是預言之子。

至少，多位預言家在遙望未來時，一次又一次預言了最強魔法師將降世。古往今來最強大的魔法師將降世，他（或她）將在魔法世界最需要之時到來。

賽門真的來了。

凡庸在啃噬我們的魔法，大法師與古老世家處處針鋒相對——而賽門就在這時候來了。他法力爆發，雷爆似地照亮了魔法界。

大多數魔法師都清楚記得自己那天在做什麼。（我不記得了，不過我當時也才十一歲。）我媽那天在講課，她說賽門法力爆發的感覺就像是誤觸了裸露的電線，感覺到五臟六腑被電流深深震撼。那是純粹、滾燙、熾熱的魔法……

賽門的魔法就是這種感覺。我沒有老實告訴過他，不過他的魔法令我十分不舒服，光是他暴走時站在他身旁，就有種遭受電擊的感覺，事後我總是肌肉痠痛、頭髮飄著煙味。

有時賽門的法力會吸引其他魔法師，他們感覺到力量之後想靠近他，不過實際和賽門近距離接觸過的人都沒有那個被吸引的心情了。

有一次，我和阿嘉莎被惡獾攻擊——惡獾是種更殘暴凶惡的獾，賽門為了保護我們而暴走，那之後的一週阿嘉莎都在抽搐、痙攣。她不想讓賽門自責，只說自己得了流感。和我相比，阿嘉莎對賽門的魔法接受度更低，可能是因為她自己的法力比較弱，也可能是因為他們的魔法不契合。

這種事真的有機會發生，即使是真心相愛的兩個人也不一定契合。我們魔法世界有一則古老的愛情悲劇，故事中那一對愛侶逐漸被對方的魔法逼瘋了……

我不認為賽門和阿嘉莎真心相愛。

但這輪不到我告訴他們。（而且我已經試過了。）

總之，我媽說大法師將賽門帶回華特福時，簡直像在對全魔法世界提出挑戰：**你們討論了一千年的救世主，這不就來了嗎？**

即使是不相信大法師的人也無法公開反駁，而且沒有人能否定賽門的力量。

他們倒是很努力防止他就讀華特福，若不是大法師將賽門收作自己的繼承人，賽門根本無法來上學，魔法之書上也不會記錄他的名字。

至今仍有不少人不接受賽門，即使是大法師的盟友當中也有人不相信他。**「不是有魔法的人就能當法師。」**貝茨總是這麼說。

這句話聽上去像階級主義的胡言，事實上卻有幾分道理。

獨角獸有魔法，吸血鬼也有一些魔法。龍族、愚石怪、流狼也都有魔法。

然而，只有真正能「控制」魔法、能使用魔法語言的人才稱得上魔法師。至於賽門呢……嗯，賽門嘛。

他從床上站起身，走到窗邊，把窗戶推開後坐在窗臺上。他的魔杖卡到了褲子，他將魔杖從後面口袋拔出來、拋回自己床上。

我在空氣中寫下：四、大法師。

「我們知道魔法士團在到處搜查……」我說，「另外，賽門，你不是看到他們在馬廄那裡卸貨嗎？我們可以過去看一看。」

他沒有理我，而是盯著窗外。

「阿嘉莎，」我接著說，「妳在家裡還聽到了什麼消息？」

「我沒聽到什麼。」她眉頭緊蹙，雙手把玩裙襬，「父親開了很多場巫師集會的緊急會議。母親說他們不能再這樣來我們家開會了，她覺得我們的凡人鄰居會起疑心。」

「好吧。」我說，「我們開始討論問題的部分吧——我們『不知道』的事情有哪些？」

我在空氣中加了一欄，阿嘉莎卻霍然起身，開始往房門的方向走去。「我真的該回去讀書了。」

我試著阻止她——「阿嘉莎，等一下，妳自己出去會被抓！」——不過她已經關上了房門。

賽門大聲呼了口氣，雙手亂抓頭髮，抓得滿頭青銅色鬈髮到處亂翹。「我要出去散步。」他邊說邊往門口走去，魔杖依舊丟在床上。

我心裡一小部分希望他是去追阿嘉莎，但我覺得不是。

我嘆息一聲，在他的床上坐下，看著我們項目少得可憐的列表。離開前，我用一句「煙消雲散」將文字吹到了窗外。

24

阿嘉莎

我也不知道自己懷著什麼希望。

也許是希望他看見我站在牆上，看見我的長髮與裙襬在風中飄揚……

然後呢？

然後，希望這個畫面能讓他心中萌生一些情愫嗎？

我難道希望他看見站在城牆上等他的我，從我們認識以來第一次真正「看見」我——心想：**這就是我要找的答案**。然後呢？我難道希望他解開我的緞帶，綁在自己的手臂上、腿上？然後呢，摩根勒菲，那又會是什麼意思？

總會有什麼意義的吧。

總得是與以往不同的意義吧。

我知道貝茨頓他，他會……「想著」我的事。至少，我知道他想過我、以前會遠遠看著我，尤其是我和賽門在一起的時候。

我知道他痛恨我和賽門之間的關係，也渴望那份關係，他願意不擇手段地阻撓我們。

貝茨總是會出現在我們身邊，邀我和他共舞、逗我遠離賽門，還有單純地逗我。還有消失。還有悄悄溜走。

我有時會配合他——也許貝茨一直沒戳破我的偽裝，我就該知足了。

也許那並不是偽裝，也許我真的會跟著貝茨走。我那天不就跟著他走進森林了嗎？時至今日，我還是不明白自己當時的想法。

我明明就「知道」貝茨是什麼人。我知道他是什麼東西。

我怎麼可以為了一隻保守主義吸血鬼跟賽門分手？信不信我父母會把我逐出家門？更何況，我也不清楚自己和貝茨在一起會是什麼意思……我會需要變得邪惡嗎？在別人的飲料裡下毒？施黑魔咒？還是說，我就只會和另一個少年坐在另一張餐桌邊……漂漂亮亮地坐在食堂的另一頭。

他一頭黑髮，我一頭金髮，我們的肌膚都白皙勝雪。

也許，我不必變得邪惡——但貝茨不會期望我對誰善良，我不必時時刻刻當「好人」。

而且，我說不定還能長生不死。

我在夜間穿著白裙與及膝編織斗篷，走在城牆上。天氣轉涼了，我感覺自己的臉頰凍得微紅。

也許在我看到他之前，他就會看見獨自站在牆上的我。

也許，他會喜歡上我。

也許到時，我也會明白自己要的究竟是什麼。

25

露西

我不停嘗試。

我不停呼喚。

我知道這是你該在的地方。

26

賽門

起初，我看到她站在城牆上，還以為她是鬼。是返魂死者。她皮膚蒼白，穿著飄逸的白裙，白髮飄散在臉邊……不過從靈紗另一邊回來的死者都是穿著自己死去時的衣服，不是我們印象中的幽靈裝。

直到她嚇一跳、朝我轉過來，我才發現城牆上的白色女人是阿嘉莎。她應該是聽到我召喚法師之劍了。我一看到是她，就立刻把劍收回去。

「喔。」我說，「嗨，我還以為妳回去讀書了。」

我不生她的氣了。我們都站在涼爽的戶外，我的腦子也冷靜了下來。

「我剛剛是在讀書沒錯。」她說，「我讀了一下，想出來散散步。」

「我也是。」我又在說謊了。

我發誓，我平常真的不會這樣對朋友說謊或有事瞞著他們，我只是——總不能跟她們說我是出來找貝茨的吧？我一向不想和阿嘉莎討論貝茨的事，理由應該超級明顯。至於潘妮洛普呢，她就是不想聽我說這些。

五年級過後，潘妮做了決定：除非貝茨構成「明確且迫切的威脅」，我都不准提他的事——

「賽門，你不能每次被他惹毛就一直抱怨，不然你有再多時間都不夠抱怨。」

「為什麼不行？」我問她，「妳還不是會抱怨妳室友。」

「又不是像你這樣不間斷地抱怨。」

「也跟不間斷差不了多遠啦。」

「那不然這樣吧，當他構成明確且迫切的威脅時，你就可以跟我討論貝茨的事。除此之外，貝茨相關話題不得超過我們總對話量的百分之十。」

「我才不要每次跟妳討論貝茨都在那邊算數學。」

「那就走保守路線，不要整天抱怨他的事。」

她到現在還是沒耐心聽我說這些，可是我明明就說對了，我們五年級那年貝茨「真的」有問題。我是說除了像平常一樣當他的吸血鬼、鬼鬼祟祟地晃來晃去以外，他「真的」有問題。

那年春天，貝茨想偷我的聲音。對魔法師來說，沒有比聲音被偷走更慘的事情了，說不定比被人害死還要慘，因為魔法師沒了語言就沒辦法施法。（至少一般情況下是沒辦法。）

事情發生在大草坪上：我傍晚望見貝茨偷偷摸摸地越過吊橋，於是就跟了上去，一路跟到校門口。然後他停下腳步、轉過來面對我，雙手插在口袋裡，一副若無其事的樣子，彷彿從一開始就知道我在跟蹤他。

我正準備跟他吵架，菲莉帕突然從後面跑過來，用她尖細的聲音大喊：「嗨，賽門！」可是她剛喊完我的名字就停不下來了，她發出恐怖的尖叫聲，彷彿一輩子的聲音都被硬生生抽了出來。

我知道是貝茨幹的好事。

我知道他一定是做了什麼。

菲莉帕說不出話來時，我在貝茨眼裡看到了什麼。

菲莉帕後來離開了學校。大法師說她的聲音會恢復的，那並不是永久的傷害，但她再也沒回華特福了。

不知道貝茨會不會覺得愧疚。不知道那傢伙有沒有愧疚這種情緒。

現在，連他也不在了。

我回過神，這才注意到阿嘉莎在發抖。我解開灰色長外套的牛角繩釦，脫下外套說：「給妳。」

「不用。」她說，「我不冷。」

我還是拿著外套，等她接過去。

「不用，沒關係。不用啦——**賽門**，外套你自己留著穿。」

我垂下雙手。現在把外套穿回去好像怪怪的，我只好把它掛在手臂上。

我不知道該說什麼了。

從學期初到現在，我跟阿嘉莎還沒有獨處這麼久過，我甚至連親都沒親她一下。我好像該親她……

我伸出手，握住她的手——但應該是我的動作太突然了，她嚇了一跳、攤開手掌，有什麼東西掉到地上。我跪下來，趁它被風吹走前撿起來。

是一條手帕。

還沒看到繡在手帕一角的名字縮寫與碧漆家徽（火焰、月亮、三隻獵鷹），我就知道這是貝茨的東西了。

之所以知道，是因為在我認識的這麼多人當中，就只有他會用老式手帕。我們還在讀一年級、他第一次弄哭我時，還嘲諷地把一條手帕丟在我床上。

阿嘉莎試著從我手裡抽出那塊亞麻布，但我不肯放手，把手帕抽了過來。

「這是什麼鬼？」我舉著手帕問。（我們都知道它是什麼鬼。）「妳是——妳是在等他嗎？妳要在這裡跟他見面嗎？他等等會來嗎？」

她睜大了淚汪汪的眼睛。「不是，當然不是。」

「妳怎麼可以說『不是』？妳不是站在這裡、拿著他的手帕，很明顯是在想他嗎？」

她雙手抱胸。「你哪知道我在想什麼。」

「是啊，阿嘉莎，我不知道妳在想什麼。我是真的不知道。妳跟我們說妳要讀書，結果每天晚上都來這裡嗎？」

「賽門……」

「回答我啊！」句子被我說成了命令，帶著滿滿的魔法說出口。不可能啊，這句話又不是咒語，又沒有效力。強迫別人說實話的咒語是「知無不言，言無不盡」，不過我從來沒用過，因為這是高階法術，而且還是禁術。話雖這麼說，我還是看到阿嘉莎的表情變了，一副不得不說實話的痛苦模樣。

「不對，」我努力把魔法推到嗓子裡，「不用回答我沒關係！」

她的表情從被強迫變為厭惡，她從我身邊退開。

「我不是故意的。」我說，「**阿嘉莎**，我真的不是故意的。可是妳——」我煩躁地雙手一揮，「——妳到底是來幹什麼的？」

「如果我真的是來等貝茨的呢？」她吐出這句話，像是知道我會震驚到啞口無言。我還當真啞口無言了。

「妳幹嘛等他？」

她轉過去面對石牆。「我也不知道啊，賽門。」

「妳是在等他嗎？」

風吹起她的頭髮，長髮在她身後飛揚。「不是。」她說，「我不是在等他，也沒理由認為他會來。」

「可是妳希望他來。」

她聳聳肩膀。

「阿嘉莎，妳有什麼毛病？」我很努力克制自己的脾氣，「他可是怪物，是真正的怪物耶。」

「我們不都是怪物嗎？」她說。

她的意思是，「我」是怪物。

我努力壓下從腳底冒上來的憤怒。「妳有劈腿嗎？妳劈腿貝茨了嗎？妳現在是跟『他』在一起了嗎？」

「**不是。**」

「那妳想跟他在一起嗎？」

她嘆了口氣，往前靠著粗糙的石牆。「我不知道。」

「妳沒有別的話要對我說嗎？不說聲『對不起』嗎？妳就不想解決問題嗎？」

她回頭看著我。「賽門，你要我解決什麼問題？我們的感情嗎？」她又轉過身來面對我，「我們的感情到底是什麼？你是希望有個人可以陪你參加舞會嗎？是希望你每次起死回生都有人在旁邊高興得痛哭嗎？我還是會為你做這些的。就算分手了，還是可以為你做這些的。」

她完美的粉色下巴高高抬著，在顫抖。她還是跟剛剛一樣雙手抱胸。

「阿嘉莎，妳是我的女孩啊。」我說。

「不是，潘妮洛普才是你的女孩。」

「妳是我的——」

她垂下雙手。「你說啊，賽門。我是你的什麼？」

我兩隻手都纏到了自己的頭髮裡，氣得咬牙切齒。「妳是我的未來！」

阿嘉莎皺著臉，淚流滿面，卻還是很美。「那是我該喜歡的東西嗎？」

「我很喜歡啊。」

「你只是想得到幸福快樂的結局而已。」

「梅林啊，阿嘉莎妳就不想要幸福快樂的結局嗎？」

「我不想！賽門，我不想當別人的快樂結局，我想當某個人的『現在』。我不想當最後那個打敗大魔王以後的獎品。」

「妳把整件事都扭曲成這樣，說得好難聽。」

她又聳聳肩。「或許是吧。」

「阿嘉莎……」我對她伸出手，伸出沒抓著貝茨手帕的手。「我們還是可以恢復原本那樣的。」

「可能可以吧。」她說，「但是我不想。」

我已經想不到還能說什麼了。

阿嘉莎怎麼可以離開我？怎麼可以「為了他」離開我？可惡，他要是知道了一定會超開心，動不動就拿這件事來嘲諷我。最可惡的是，他根本就不在，是要怎麼嘲諷我？

「阿嘉莎，我愛妳。」我滿心相信這會有用，這句話幾乎可以算是咒語了。我又說了一次：「我愛妳啊。」

阿嘉莎閉上眼睛不看我，還別開了臉。「賽門，我也愛你。我配合你、和你在一起這麼久，應該就是因為我愛你吧。」

「妳不要亂說。」我說。

「我是認真的。」她說，「你就讓我們好聚好散吧。」

「妳怎麼可以為了『他』跟我分手。」

她又看了我最後一眼。「賽門，我不是為了貝茨跟你分手，他已經不在這裡了。我只是不想在和你在一起了，也不想和你一起奔向夕陽……那不是我要的快樂結局。」

我沒有再爭論下去。

我沒有繼續待在城牆上。

我的臉頰又熱又癢，那是很糟糕的預兆。

我快步越過阿嘉莎走到樓梯口，下樓時速度快到漏了幾階，結果就一路跳到下一個樓梯口。

然後我開始用飄的下樓，像在下墜卻沒有落地。

我從來沒做過這種事，感覺好奇怪。

我想說之後可以跟潘妮說，然後又覺得還是不要告訴她，但我仍然往修院宿舍跑去，因為我不想回自己空空蕩蕩的寢室，因為吊橋已經拉起來了，因為我也不知道還有哪裡可以去了。

我站在潘妮的窗戶下方，心裡想著要不是大法師兩年前禁止學生在華特福用手機，我就可以直接打給潘妮了。

我還是全身發燙。

我試著甩掉一些魔法，結果身上爆出火星，點燃了地上乾枯的落葉。我把火苗踩熄。

不知道阿嘉莎是不是還在城牆上？……不會吧，她居然說了那些話。我甚至懷疑她被附身了——可是不對，她的眼睛沒有變得全黑啊。（還是有變黑？天色太暗了，我沒看清楚。）

她怎麼可以這樣跟我分手。她怎麼可以**跟我分手**。

我們明明都穩定交往了。我們明明都在一起那麼久了。

我們明明就是彼此的結局。（前提是我有辦法走到結局。）（我非得假裝自己能走到結局不可，一定要抱著這樣的希望堅持下去，不然根本就沒辦法堅持下去。）

阿嘉莎的爸媽喜歡我，甚至可能愛我。她爸爸都叫我「孩子」，不是**「我把你當成自家孩子」**的那種孩子，而是**「孩子，最近過得好嗎？」**那種感覺，把我當成誰家的孩子，可以有爸媽疼愛的那種孩子。

阿嘉莎的母親都說我很帥，其實她對我說的話十之八九都是：**「賽門，你這樣打扮真帥。」**那她會對貝茨說什麼？**「貝茨頓，你這樣打扮真帥。拜託別用你恐怖的尖牙咬死我們一家人。」**

阿嘉莎的父親——維彼羅醫師——痛恨碧漆家，他說他們殘忍又自視甚高，他祖父就是因為說話口齒不清，差點被碧漆家擋在華特福門外。

他媽的，我不行了。我——我不行了。

我向後靠著一棵樹，兩隻手撐著大腿，讓頭往前傾、法力流過身體。我低頭看著自己的腿，發現自己好像沒了邊界，身體輪廓都模模糊糊的。

我一定要解決問題。跟阿嘉莎復合。

她要我說什麼我都說給她聽。

我這就滅了貝茨，幫她刪掉這個選項。

我會跟她說——我會讓她回心轉意——**她怎麼可以說沒有幸福快樂的結局這回事？**我從以前就一直為了那個結局努力，那個快樂結局才是我人生的開始啊。

我一定要解決問題。

「賽門，你還好嗎？」是利司，他坐輪椅沿小徑從圖書館的方向過來。

我抬起來。「還好。嗨。」我並不好，我整張臉都在發燙，而且好像在哭。他看我的時候，會覺得我的輪廓模糊不清嗎？他匆忙經過。

我讓利司推著輪椅先行一段距離，然後才遠遠跟著他回伶人宿舍。

我應該好好睡一覺，明天事情就會好起來了……

我會確認自己把魔法關掉了——免得床被我燒掉——然後好好睡上一覺。

等到明天，我就來解決問題。

27

賽門

這次聽到怪聲音時，我沒有驚醒。

我本來就沒睡，而是躺在床上想貝茨的事。

他到底對阿嘉莎說了什麼？他給了她什麼承諾？

搞不好他什麼都不用說，只要做自己就可以了。他比我聰明，比我帥，比我有錢，他媽的比我懂馬術——阿嘉莎參加什麼馬術比賽的時候，他都可以去看，而且每次都會穿最適合的西裝和鞋子。他應該也知道哪個月份應該繫哪條領帶。

貝茨如果不是吸血鬼，就一定會是該死的完美男友。

該死的完美男友。我翻了個身，把臉埋進枕頭。

這時候，我突然聽到吱呀聲，感覺到一陣冷風。我努力無視這些怪現象，反正也不是沒有過這種感覺。**那裡沒有人**。沒有人站在窗邊，沒有人站在門邊。寒意鑽到了毯子裡，我把毛毯拉高，翻身仰躺——

然後，我看到一個女人站在床尾。

我認得她，之前那個晚上站在窗邊的人就是她。我現在看得出來她是返魂死者，是從靈紗另一邊回來的，最近這種狀況也看多了。

「**你不是他**。」她對我說。她的聲音很冷——是真的會冷，彷彿從骨髓往外擴散，冷冰冰地擴散到我的皮膚——也很悲傷。

我很想召喚法師之劍，但沒有動手。「妳是誰？」我問她。

「**我一直回來。這是『他』該在的地方。我被呼喚到了此處，卻只看到你……**」

她的身材高挑，穿著律師或教授那種正式的長袍，深色頭髮盤成了大包包頭。她雖然是半透明的，我還是看得出來她的長袍是紅色、皮膚是深棕色，眼睛則是灰色的。我知道了，我在大法師辦公室外面的畫像裡看過她——

娜塔莎．碧漆，華特福的上一任校長。

「**他在哪裡？**」她問我。「**我兒子在哪裡？**」

「我不知道。」我回答。

「**你是不是傷了他？**」

「我沒有。」

「**不許對死者說謊。**」

「我也不想說謊。」

她看向貝茨空空的床鋪，哀傷得令人心疼，在那一瞬間我甚至願意竭盡全力幫她把貝茨找回來。

（嗯，我願意竭盡全力把貝茨找回來。）

「**靈紗即將關閉，我必須等二十年才能再見到兒子。**」她又轉向我，湧上前。她開始消散了，他們都會這樣消散，潘妮洛普說他們能停留的時間不長，頂多兩分鐘。

「**那只能將就了。**」

「將就什麼？」她好冷，我無法忍受和她這麼近距離說話。

她伸手抓住我的兩邊肩膀——她的手像兩塊冰，嘴巴呼出的寒氣吹得我臉頰發痛。

「**告訴我兒子，**」她堅定地說，「**告訴我兒子，害死我的凶手仍逍遙法外——尼可迪穆知道是誰。**」

叫貝茨頓去找尼可，讓我安息。你聽懂了沒？」

「懂了。」我說，「去找尼可……」

「**尼可迪穆。你要告訴他。**」

「我會的。」我說，「我會告訴他的。」

她垮下臉。「**我的兒子啊。**」她說，冰冷的淚水聚積在眼底。「**幫我把這個給他。**」她靠上前，在我的額側印下一吻。從來沒有人親過我的太陽穴，從來沒有人親過我嘴唇以外的地方。

「**我的兒子啊。**」她的聲音聽上去像絮語，但我覺得她是在吶喊——她好像快散去了。

她消失以後，我顫抖著躺在床上。房間裡好冷好冷，我應該生火取暖，可是我不想睜開眼睛。

我應該是睡著了，不知過了多久又被冷醒，這次是深夜中一波新的寒意。它像一朵寒冷的雲般飄在我床邊，然後滲到我體內，觸碰著我、摟抱著我。

「**我的兒子，我的兒子。**」我聽到誰在呼喚。

這次沒有人影，只有到處都是的寒意，那個聲音也比較高、比較細，像是風中的哭聲。

「**我的兒子，我的兒子啊，我的玫瑰花蕾。我不是故意離你而去的。他對我說過，我們是天上的星辰。**」

「我會告訴他的。」我說，然後放聲大喊——「我會告訴他的！」

我只希望她趕快離開。

「**賽門，賽門……我的玫瑰花蕾。**」

我閉上眼睛，用毯子蓋住頭，卻沒能驅散我身上和體內的寒意。「我會告訴他的啦！」

要是貝茨哪天回來了，我就告訴他。

28

賽門

到早上，我已經等不及離開房間了。我隨便把領帶掛在脖子上、毛衣披在肩頭就出了門。

我再也不打算回寢室了，那地方都是鬼，沒有我的生活空間。貝茲的媽媽愛跟他的空床待在一起就隨她便，反正我也不想再盯著它了。

我得把昨晚發生的事告訴潘妮，她等等聽到我沒有好好拷問鬼魂，一定會超級失望。**「碧漆夫人，妳兒子失蹤眞是太可惜了，不過既然貝茲不在，我們乾脆把握機會推進魔法科學吧……」**

我到食堂時，潘妮已經準備好茶和吐司了，我隨手盛了一盤燻鮭魚和炒蛋。

「我有話要跟妳說。」我邊說邊坐上她對面的椅子。

「很好。」她說，「我還以為我得用上嚴刑拷打，你才願意說出來。」

「妳已經知道了嗎？妳是怎麼知道的？」

「我知道一定是發生了什麼事啊，不然阿嘉莎怎麼會自己坐，連看都不看我一眼？」

「阿嘉莎？」

我抬頭望去，阿嘉莎自己坐在食堂另一邊，邊吃麥片邊看書。

「所以呢？」潘妮問，「是因為我睡在你房間嗎？我可以去跟她解釋。」

「不是。」我說，「其實……我們分手了。」

潘妮正打算咬一口吐司，到嘴邊的麵包又放了下來。「你們分手了？為什麼？」

「我也不曉得。她好像喜歡貝茨。」對了，我還穿著昨天那件褲子。我把手伸進口袋，摸到他的手帕。

「喔。」潘妮洛普說，「好吧，也不是看不出來，畢竟——」

我整張臉湊到她面前。「也不是看不出來？妳是從哪看出來的？我的女朋友怎麼會喜歡上我的死敵？我的女朋友明明是好人，怎麼會喜歡上我邪惡的死對頭？」

「這個嘛……賽門，你們的感情實在是不如……往年了，感覺你和阿嘉莎只是在虛應故事而已。」

「妳說的『虛應故事』也包括劈腿貝茨嗎？」

「她真的有劈腿嗎？」

「我哪知道。」

潘妮嘆了口氣，一副可憐我的樣子。有時候她這種高高在上的樣子真的很惱人。「阿嘉莎不是真的喜歡貝茨，她只是想找一份新的感情而已。和死了的吸血鬼相愛很浪漫嘛。」

「**死了？**」

「你應該知道我的意思吧。」潘妮說，「總之是下落不明。生死未卜。」

貝茨死了嗎？他要是死了，他母親不會知道嗎？他們不會在靈紗另一邊相見嗎？說不定死後世界很大（應該真的很大，不然哪裝得下那麼多死人？），說不定貝茨媽媽來陽間找兒子，是因為還沒在另一邊遇到他。

我又戳了炒蛋幾下，然後放下叉子。

我從頭到尾都沒認真考慮過貝茨死了的可能性。他可能是躲起來了，可能是又有什麼陰謀，甚至是被綁架或受傷了，可是我從沒想過他可能是……死了。

他不是發誓要讓我痛不欲生嗎？

食堂的雙門突然打開時，簡直像是我施了什麼召喚咒。冷空氣湧進室內，外頭的庭院很明亮，起初我們都只看到一個人形輪廓。

從開學到現在，這種事情發生過太多次，就連低年級生也不怕了。

然後，那個人影踏上前，我立刻就認出了他。

高挑的身材、從額前撥開的黑髮、勾成了冷笑的嘴唇……那是我再熟悉不過的臉。

貝茨。

我霍然起身，椅子都被我撞倒了。食堂對面，一個馬克杯在地上摔成碎片——我望過去，發現阿嘉莎也站起來了。

貝茨朝我們走來。

貝茨。

第二部

BOOK TWO

29

貝茨

對食堂的門使用「芝麻開門」似乎太浮誇了，但我還是一個咒語施了下去。我知道這個時間所有人都會在食堂吃早餐，既然要登場，就乾脆華麗麗地登場。

這就是我要的登場方式，我可不打算讓別人宣布我歸來的消息。

雪諾第一個反應過來──他一躍而起，椅子都被他撞飛了。我費了一番功夫才沒翻白眼。（我也費了一番功夫才沒死死盯著他，他看上去消瘦憔悴，平時開學這麼久，他應該已經恢復可以痛毆一頓的體重了。）

戴福和奈爾──兩個好傢伙啊──一副我晚了八分鐘來吃早餐的樣子，而不是晚了整整八星期。戴福撞了撞奈爾，奈爾百無聊賴地從頭到腳掃了我一眼，接著將茶壺從幫我空著的桌位上移開，不愧是他們。

我走到自助餐桌盛一盤食物，假裝自己並沒有飢腸轆轆。（感覺我這輩子再也無法擺脫飢腸轆轆的感覺了。）雪諾依然站著，那個雞婆的搭檔在拉扯他的袖子，試圖拉他坐下，他還真該聽聽她的話。

等等，這是怎麼回事？……這幅唯美的畫面怎麼缺了個維彼羅？

我沒有轉頭，而是用雙眼掃視食堂。有了，她坐在食堂另一頭──小倆口吵架啦？──直勾勾地盯著我。所有人都盯著我，但維彼羅顯然期望我給她一些不一樣的東西，我也不吝嗇地給了她一個冷淡的眼神。她要怎麼想就自己去想，反正她一定會胡思亂想的。

我在餐桌邊坐下，戴福幫我倒了杯茶。「貝茨。」他壞笑著說。

「兩位。」我說，「我錯過了什麼？」

30

貝茨

我走進希臘文教室時，雪諾又猛然起身，我看也不看他一眼就找位子坐下。「夠了，雪諾，我又不是女王，可以不用一直對我起立敬禮。」

他沒有回應，想必是還在努力擠出句子，等著一股腦說出來。

雪諾那種結結巴巴的說話方式還真是了不起：**可是！我！我是說！呃！就是！**嘖嘖，難怪他什麼咒語都施不出來。

米諾陶看見我了，他雙手抱胸、嗤了口氣。「碧漆先生，」他說，「看來你決定回來了。」

「是的，老師。」

「我們晚點來安排補進度的事。」

「那當然了，老師。不過相信您會明白，我的希臘文進度現在還是超前全班，畢竟我母親以前都要求我在暑期學習希臘文和拉丁文。」面對年資較深的老師，搬出母親的名頭還是有不少好處，他們都還記得她——聽我提起她，他們都得壓抑點頭致敬的反射動作。

我母親當校長時，米諾陶就在校園裡工作了，當時魔法生物還不許教書。他有意見就來戰啊。

誰有意見，他媽來戰啊。

「再看看了。」他眯起那雙牛眼說。

我說的是實話，希臘文對我而言不是問題，拉丁文、咒語課與演說課也都難不倒我。要追上政治科學的進度可能會麻煩一點，我得看看老師教了多少，歷史和占星課也是。

我得拚了老命才有辦法恢復全年級第一名的地位，至於足球校隊，麥克教練應該不太可能讓我回球隊……

我要是跟他們說我是被綁架了，他們或許願意對我放水。

我死都不會對「任何人」說我被綁架了。

我居然被綁架了。而且還是被他媽的愚石怪綁架。

愚石怪和山怪有點像，只是長得更醜，牠們又蠢又大隻，而且非常怕冷。找得到毛毯和浴袍的話牠們就整天裹著身體，沒有衣服的話，牠們就用樹葉、泥巴和舊報紙取暖。愚石怪通常住在橋下，因為牠們「喜歡」住在橋下，而牠們也有一點智慧，只要給一點好處，要牠們用棍棒敲你腦袋、把你拖回牠們的窩也行。

費歐娜阿姨在愚石怪的窩裡找到我時驚駭不已，回家那一路上一直對我嘮叨，回華特福的路上也沒讓我耳根清靜。她叫我坐她那輛MG的後座。（一九六七年的車，超棒的。）**「前座只給沒被該死的愚石怪綁架的人坐。眞是的，貝茨，我的老天啊。」**（費歐娜阿姨喜歡學凡人咒罵，以為自己走的是龐克風。）

看得出來她嫌棄我被愚石怪綁架，但見到我還活著，她也大大鬆了口氣。

我在那座橋下困了六週，那六週都躺在棺材裡動彈不得——而且現在想來，那些愚石怪應該沒有要折磨我的意思，搞不好還以為那對吸血鬼而言可說是人道的待遇，甚至還拿血給我喝。（我決定不去思考那些血是哪裡來的。）牠們並沒有給我食物。多數人都不知道吸血鬼也需要食物，多數人對吸血鬼都他媽的一無所知……

我自己也對吸血鬼他媽的一無所知，當初被咬的時候，怎麼沒人發傳單幫我介紹吸血鬼生活？

我被愚石怪在棺材裡關了六週，牠們每隔一兩天弄一些血給我喝。（竟然是裝在三十二盎司的塑膠杯裡，還附贈彎彎的吸管。）相較於常人，我不吃飯的話可以撐得久一些，不過費歐娜找到我時，我也是奄奄一息了。

幸好我阿姨蠻橫不講理，還沒找到棺材就先滅了那群愚石怪，接著用治療法術連番轟炸我。「早睡早起身體好！」她不停輕聲施咒。還有：「早日康復！」

（我想起自己變異的那天——還記得費歐娜和我父親對我施了一句又一句治療法術，治癒了我身上的咬痕與瘀青，卻沒能扭轉已然在我體內發生的變化。）

費歐娜扶著我爬出棺材時，我全身虛弱無力。

「還好嗎？」她問道。

「好餓。好渴。」

她踹了一旁的死愚石怪一腳，牠們死後看上去就是一塊塊岩石，遠看就是一堆堆泥濘與灰色物質。

「這些東西能喝嗎？」

我冷笑一聲。「不能。」愚石怪的血太濃稠了，不是我能喝的東西，敵人派牠們來綁架我也是這個原因吧。

「我帶你去麥當勞。」費歐娜說。

「帶我去學校。」

費歐娜幫我買了三份大麥克，我兩口嚥下第一個漢堡——結果馬上又吐了出來。她停了車，讓我在路邊嘔吐。「貝茨頓，你狀況太差了，我帶你回家吧。」

「已經九月了，送我回學校。」

「已經十月了，我要帶你回家休養。」

「已經十月了？費歐娜，快送我去學校，我現在就要回去。」我用上衣抹了抹嘴，我之前是在俱樂部門外被愚石怪綁架的，到現在身上還穿著白色網球衫，除了你能想像的各種汗漬之外，衣服上還多了新鮮的嘔吐物。

費歐娜搖了搖頭。「小子，學校已經不重要了，我們在打仗呢。」

「我們沒有不打仗的時候。快帶我回華特福——我才不讓潘妮洛普．班思以第一名畢業。」

「貝茨，現在的狀況和之前完全不同，你可是被綁架勒贖了。」

我靠著她的車。「所以愚石怪沒殺我，是因為你們付了贖金？」

「幹，怎麼可能。我們碧漆家從不付贖金，也不打算付贖金。」

「我是碧漆家唯一的繼承人耶！」

「你父親也是這麼說的，他想乖乖付錢。我告訴他啊，我就知道姐姐和格林家的人結婚是紆尊降貴，但我不打算讓他再奪走我們的尊嚴了。我說說而已，你別往心裡去啊，貝茨頓。」她又遞了一份大麥克過來，「再試一次。慢一點。」

我咬了一口。「牠們為什麼綁架我？」我嚼著三層麵包與兩片純牛肉發問。

「牠們說是要錢，還說要魔杖。」

「愚石怪要魔杖做什麼？」

「牠們拿了魔杖也沒有用啊！真正的問題是，到底是誰僱了牠們，或收買了牠們……我也不知道要怎麼使喚愚石怪，說不定送牠們熱水袋就有用。牠們一直用你的手機打過來，打到手機沒電為止。你爸認為牠們綁了你之後才在想要怎麼處置你，但我覺得這怎麼聽都像是大法師玩的把戲。他一再打壓我們還不滿足，滿腦子只想奪走過去賦予我們力量的一切。」

「妳覺得是『大法師』派愚石怪來綁架我？妳覺得是我的校長綁架了我？」

「我覺得大法師什麼事都做得出來。」她說，「你不這麼認為嗎？」

我是這麼認為沒錯，但費歐娜凡事都怪在大法師頭上，所以即使她剛為了救我一命而殺生，我還是沒辦法認真把她的意見聽進去。

此時此刻，我心裡最強烈的欲望是躺下來休息。

「喔對了。」費歐娜說，「給你。」她從巨大的手提包裡找出我的魔杖——打磨得光滑閃亮的牙質短杖與皮革握柄——幫我塞進短褲口袋。我把它拔了出來。「綜上所述，」她說，「你當然不能回學校，不然就等於直接回到那個混蛋的魔爪裡了。」

「我就是要回去。」

「**貝、茨、頓。**」她一字一句念出我的名字。

「他不會在學校那種眾目睽睽的地方動我。」我辯道。

「貝茨，我們非得認真起來不可。他又攻擊我們家族了，這次還是直接的攻擊。」

「我非常認真。反正比起士兵，我作為間諜更有用——古老世家不都是這麼說的嗎？」

「我們這麼說是因為你以前還小，你現在已經是男子漢了。」

「我是『學生』。」我說道，「母親如果知道你們要我退學，妳覺得她會怎麼說？」

費歐娜用力吐一口氣，搖了搖頭。我們依然站在路邊，她幫我打開車門。「上車啦，狡猾的屁孩。」

「妳帶我回華特福我才上車。」

「我要先帶你回家，你父親和黛芙妮都想見你。」

「然後就去華特福。」

她把我往汽車的方向拉去。「老天。好啦，那之後如果你還想去學校，我送你去就是了。」

我當然還想去華特福了……

……見過父親，讓繼母為我痛哭一番，以及在新一輪治療法術之下大睡十二小時之後再回去。

我在床上一躺就是兩個星期。

他們都想盡了辦法說服我先休養一陣子再說。

就連我以前的保母薇拉也被請了過來，對我施加飽含罪惡感的壓力。（薇拉是凡人，她假裝我們是黑手黨成員，以此解釋我們家的各種怪現象。每當她受不了我們家中發生的怪事，父親就會用咒語讓她忘記這些。）

然而在兩週過後，我下床打包了行李，逕自坐上費歐娜那輛車的前座。

「妳不載我，我就直接把車偷走！」我對著車道另一頭大喊，「不然就去偷公車！」

我死都不可能不返校——今年可是我在華特福的最後一學年，是住在塔樓宿舍、在球場上踢足球的最後一年，也是我折磨賽門．雪諾的最後一年。這學年過後，我和雪諾之間的敵對關係便會固化，失去所有的娛樂性。

這是我住在華特福的最後一年了……還記得小時候最後一次看到母親，就是在華特福……

我他媽的就是要回去。

費歐娜阿姨穿著沉重的黑色馬汀靴（可以不要打扮得這麼過氣嗎），氣勢洶洶地大步走來，打開我這邊的車門。「你去後座。」她說，「前座是給沒被他媽的愚石怪綁架過的人坐的。」

一整節希臘文課，我都能感覺到雪諾盯著我——是真的「感覺」到了，他激動到魔法都從身上溢出來了。

有時他激動成這樣，我還真想把他拉到一旁。**「雪諾，深呼吸。放下吧。放輕鬆一點，否則又要**

起火了。無論你擔心的是什麼，你再怎麼激動都無濟於事。」

但我從不將他拉到一旁，從不用言語安撫他，而是每次都一直戳到他暴走。

雪諾最擅長的就是這個，他從不制訂計畫或有條理地出擊，而是會「暴走」，然後消滅擋在他面前的一切。

幹，他幾乎和愚石怪差不多了，大法師意思意思地給他手套和毛毯，他就筆直朝大法師指的方向暴走。我親眼見過；除了班思以外，見過他暴走最多次的人應該就是我了……

雪諾即將爆發時，身形會模糊、閃爍，像噴射機的引擎。他的靈氣會迸出火花，頭髮反射光線，瞳孔收縮到雙眼變為濃濃的藍。他暴走時通常握著劍，所以火焰會從雙手燃起——火舌從手腕、雙手一路舔上劍刃，他馬上就會失去理智。在我看來，他開始狂亂揮劍的同時大腦也會關機，接著法力會一波波從他身上湧出來，一波波沖刷周遭一切，壓得我喘不過氣、幾乎昏厥過去。我們其他人從沒接觸過如此大量的法力，這已經超出了我們的想像，他就如放在瀑布下的小杯子，大量的力量從體內滿溢出來。

我近距離見識過他暴走，甚至是站在他身旁體驗過。雪諾知道你在他身旁的話，他會護著你、不讓法力傷到你，我不知道他是怎麼做到的，甚至連他「為什麼」這麼做都不曉得。不愧是他，僅有的那麼一點控制力，全用來守護他人了。

米諾陶口若懸河地說著，在教我十一歲時就會的動詞變化。

我感覺到雪諾的視線緊鎖著我的後腦杓，嗅到他的魔法，他的法力宛如黏稠的煙霧，像是燃燒青木柴升起的營火。我們附近的同學沉醉於他的法力，腦子越來越遲鈍了，我看見班思試圖甩頭擺脫恍惚狀態——她瞪著雪諾。雪諾瞪著我。

我微微轉頭，讓他看到我上揚的唇角。

31

賽門

今天的課一上完我就回寢室去了，卻沒看到貝茨。他的衣服都在衣櫃裡，床也鋪好了，他的瓶瓶罐罐再次出現在了浴室洗手臺邊。

雖然外面冷得要命，我還是開了窗戶。我一整天都覺得腦子快燒壞了，吃早餐時要不是潘妮洛普拉住我，我可能會直接衝去質問貝茨前陣子都去哪了。我好想——我好像是想確認那真的是他沒錯。應該說……嗯，那很明顯是他沒錯。

貝茨回來了。

貝茨還**活著**。至少是吸血鬼版的活著。

他今天看上去氣色很差，比平常還要蒼白，也比平常還要瘦。他移動的時候有哪裡怪怪的，動作有點拖泥帶水，像是四肢綁了重量不一的石頭。

我恨不得衝上去把他撲倒，搞清楚他到底是出了什麼問題，到底是去了哪裡……

我在我們的寢室裡等到晚餐時間，貝茨還是沒回來。在食堂裡，他根本不鳥我。

他也不鳥阿嘉莎。（她和我一樣直勾勾地盯著貝茲——但阿嘉莎應該不是擔心貝茨是專程回來殺她的。）她自己坐在一張餐桌前，我心裡亂七八糟的，不知道是難過還是火大，也不曉得阿嘉莎本人是讓我難過還是火大。我連自己「該」對她產生什麼情緒都不曉得，現在連思考都做不到。

「我想說今晚可以一起去圖書館讀書。」晚餐時間，潘妮對我說。她裝作我沒有七竅生煙的樣子

（我是真的七竅生煙了）。

「我總得跟他說話。」我說。

「才不是。」她說，「你們兩個有對話過嗎？」

「我總得面對他。」

她隔著農舍派朝我靠過來。「賽門，我就是擔心這個。你必須先冷靜下來。」

「我很冷靜啊。」

「賽門，你明明就沒有一刻冷靜。」

「潘妮，妳這樣說我很難過耶。」

「你不該難過的，你性格這麼火爆也是我愛你的理由之一嘛。」

「我就只是──我一定得問出他前幾個星期的行蹤……」

「你以為他會乖乖告訴你嗎？」

「他不想告訴我，可是搞不好會不小心說溜嘴啊。他到底幹了什麼啊？怎麼一副剛從美國恐怖監獄出來的樣子？」

「他可能是生病了啊。」

幹，我沒想過這個可能性。我想到的每一個情境中，貝茨都是躲在什麼地方想一些陰謀詭計……說不定他生病的時候也在那邊密謀……

「無論真相是什麼，」潘妮說，「你挑釁他就是沒有幫助。」

「我不會挑釁他。」

「賽門，你會，你每年一看到他就開始挑釁。我覺得你這次還是不要這樣比較好；情況變了，我們要操心的問題比貝茨棘手得多。大法師幾乎是人間蒸發了，普瑞莫出去執行機密任務，好幾個星期都沒回來——我媽說他已經很久沒回訊息了。」

「她是擔心普瑞莫出了什麼事嗎？」

「她總是在擔心普瑞莫出事啊。」

「那妳會擔心嗎？」

潘妮垂下頭。「嗯。」

「抱歉，我都沒注意到——我們要試著去找他嗎？」

她一臉嚴肅地抬頭看我。「我媽說不行，我們必須等待並保持警覺。她和我爸似乎在暗中打探消息，不希望我們做太引人注目的事，讓其他人注意到普瑞莫的狀況。所以說，你必須冷靜下來，你——反正你只要靜靜觀察就好，別把桌椅撞飛，也別亂殺什麼東西。」

「妳每次都這樣說。」我嘆了口氣，「可是在面對敵人的時候，妳又要我殺死對方。」

「賽門，我從沒要你殺過誰。」

「可是我一直覺得自己沒別的路可選。」

「我知道。」她對我微笑，笑得有點哀傷。「今晚別殺了貝茨喔。」

「不會的。」

但我總有一天得殺了他，這點我們兩個都很清楚。

晚餐後，潘妮洛普讓我回寢室，也沒有要跟過來的意思——既然貝茨回來了，她就只能回自己寢室跟翠鈴和她女朋友相處了。「同性戀有進出宿舍的優勢，不公平！」她抱怨道。

「也只有在進出同性的寢室時比較方便而已啊。」我說。

她至少沒跟我爭辯。

走到塔樓的樓梯頂端時，我心裡很緊張。我到現在還不知道要對他說什麼。**「別說什麼。」**我在腦子裡聽到潘妮的聲音。**「寫完作業就上床睡覺。」**

說得很簡單嘛。

和你最討厭的人共用一間寢室，就像是房間裡裝了一直響個不停的警報器（跟水妖一樣唱個不停，只不過水妖是在你橫渡英吉利海峽時唱歌誘惑你，警報器是像警車一樣響到你發瘋），你沒辦法無視那個人，也永遠不可能習慣他，每天都過得很痛苦。

我跟貝茨花了七年時間互相擺臭臉和整天低吼（他擺臭臉，我整天低吼），知道對方在寢室的時候，我們都會盡量避免回房間，真的沒辦法避開對方時，我們還是會盡量不對上眼。我不會「對」他說話，不會「在他面前」說話，也從不讓他看到什麼能帶回去報告給他那個婊子阿姨——費歐娜——的東西。

我平常盡量不用「婊子」罵女人，可是貝茨的費歐娜阿姨曾經用咒語把我的腳黏在地上。我知道那一定是她幹的，我可是清清楚楚聽到她說：「腳踏實地！」

我還兩度逮到她試圖溜進大法師的辦公室。**「這是我姐姐的辦公室，」**她說，**「我只是喜歡偶爾來這裡看看而已。」**

她說的可能是實話，但她也可能是想找藉口罷免大法師。

碧漆家跟他們的盟友都是這樣，我看不出來他們到底有沒有在搞鬼，還是說這些都只是一般人會做的事。

過去有幾年，我覺得自己只要盯緊貝茨就能查出他們的祕密計畫。（五年級。）也有幾年，我覺得光是跟他住在一起就夠痛苦了，實在沒辦法一直盯著他。（去年。）

一開始，我們之間沒什麼策略或決心，就只是兩個小屁孩一年在走廊上互毆個兩三次。

我以前還會求大法師幫我換室友，但室友不是我說換就能換的，畢竟入學第一天把我和貝茨分到一起的就是熔爐。

所有一年級生都是這樣分配寢室的：大法師會在廣場上點火，高年級生也會幫忙，然後新生會圍成一圈站在火堆旁邊。大法師接著把熔爐放到火堆中央——它是貨真價實的熔爐，可能還是全華特福最古老的東西——念出一段咒語，所有人靜靜等著熔爐裡的鐵融化。

魔法開始對你起作用時，那種感覺真的很奇怪。我本來擔心自己是外人，魔法不會對我起作用，只能看著其他小孩開始往別人走去，自己卻還是沒什麼感覺。我考慮裝出感受到魔法的樣子，可是我不想被逮到後踢出學校。

然後，我真的感覺到魔法了，感覺像是肚子裡有什麼東西被勾住了。

我跌跌撞撞地走上前，到處東張西望，看到貝茨朝我的方向走來。他一副酷酷的樣子，彷彿自願朝我走來，而不是因為肚子裡有魔法磁鐵。

熔爐的魔法會一直驅使你，直到你和新室友握手才會消散。我立刻對貝茨伸出了手，他卻一直忍著不動，我也不知道他是怎麼抵抗拉力的，我自己是覺得腸子都快從肚子裡飛出去纏住他了。

「雪諾。」他說。

「是啊。」我晃著手說，「快握手吧。」

「大法師的繼承人。」

我點了點頭，但過去的我根本就不懂他的意思。大法師讓我當他的繼承人，純粹是為了讓我來華特福讀書，我能用他的法師之劍也是因為他收養了我——法師之劍是一把古老的武器，以前「大法師」不是巫師集會指派的人，而是魔法師家族代代相傳的頭銜，在那個年代法師之劍就是給大法師的繼承人使用。

大法師還給了我一把魔杖——木手把的骨魔杖，是他父親的遺物——我這才有了自己的法器。華特福對學生的基本要求，也是當魔法師的基本條件：你必須要擁有法力，還要有使出法力的方法。每個魔法師都會繼承家族裡的魔法物品，貝茨和我一樣拿到了魔杖，碧漆家的魔法師都是用魔杖，但潘妮用的就是戒指，賈瑞斯則是用皮帶釦。（那真的很不方便，他每次施咒都得把胯部往前頂。他似乎覺得那很搞笑，不過其他人都有點看不下去。）

潘妮洛普覺得我每次施咒都亂七八糟，部分原因就是我用了別人家的舊魔杖，它和我之間沒有血緣的連結，它也不知道該拿我怎麼辦才好。我在魔法世界生活了七年，到現在遇到麻煩時還是會先拔劍，至少我知道劍一定會回應我的召喚。我召喚魔杖的時候它是會來沒錯，但它常常給我裝死。

我第一次請大法師讓我換室友，是在和貝茨同住了幾個月過後。大法師就是聽不進去——他明明就知道貝茨的身分，也比我更清楚碧漆家的天性，知道那群人都是笑裡藏刀的叛徒。

「和室友配對是我們華特福神聖的傳統。」他對我說，語氣溫和卻堅定，「賽門，熔爐將你們配在了一起，你們應該互相照顧，像親兄弟一樣瞭解彼此。」

「可是老師……」我當時坐在他辦公室那張巨大的皮革椅上，椅背有三根裝飾用的角。「熔爐一定是搞錯了，我室友是超級機掰人耶，而且搞不好還很邪惡。上星期有人用法術把我的筆記本黏死了，我知道一定是他，他都快笑出來了。」

大法師坐在書桌上，摸著他的鬍子。「賽門，熔爐將你們配成一對，你必須照顧他。」

他在那邊不停跳針，最後我還是放棄了。有一次我證明是貝茨想害我被奇美拉吃掉，大法師還是不肯幫我換室友。

貝茨自己都承認了，還說什麼失敗本身就是充分的懲罰了，幹，結果大法師居然認同他的說法！

有時候我實在搞不懂大法師腦子裡在想什麼……

一直到過去幾年，我才發現大法師逼我繼續跟貝茨共用寢室，是為了控制住貝茨。我希望——我**相信**——這代表大法師信任我，覺得我有能力控制貝茨。

我決定趁貝茨還沒回來，先沖個澡、刮個鬍子，今天只有不小心把自己劃傷兩次而已，比平常好很多了。我穿著法蘭絨睡褲、毛巾掛在脖子上走出浴室時，看到貝茨站在他的床邊，正在從書包拿東西出來。

他猛然抬頭，整張臉都扭曲了，一副已經被我攻擊過的樣子。

「你在幹什麼？」他咬牙切齒地問。

「洗澡啊。你是有什麼毛病？」

「你。」他丟下書包說，「你就是我的毛病。」

「你好啊，貝茨。歡迎回來。」

他移開視線。「你的項鍊呢？」他的聲音很低。

「我的什麼？」

他的臉轉到了一邊，不過看得出來下巴肌肉繃得很緊。

「**你的十字架。**」

我快速一摸喉嚨，又摸到下巴的小傷口。我的十字架——我好幾個星期前就拿下來了。

我匆匆趴到我的床底下把十字架挖出來，但沒有馬上戴上，而是繞到貝茨身旁、湊得很近，逼他看我。他看了。他咬緊牙關，頭偏向側後方，像是在等我先動手。

我用雙手舉起十字架，想讓他認清那東西代表的意思，然後舉過頭頂，把它輕輕掛到脖子上。我緊鎖著貝茨的視線，他鼻翼張了張，但沒有移開雙眼。

十字架又回到我脖子上時，他垂下眼簾、挺起胸膛。

「你都去哪了？」我問他。

他的目光又迅速回到我臉上。「關、你、**屁**、事。」

我感覺自己的魔法湧上來，我努力把它壓回去。「你怎麼看起來像坨屎一樣？」

現在近看，我發現他看起來更慘了，好像全身都蒙著一層灰膜，連本來就是灰色的眼睛也變得更灰了。

貝茨的眼睛平常是混了深藍和深綠色的灰，是深水的灰，今天卻像是水泥乾掉之前的顏色。

他呼出一口笑聲。「謝啦，雪諾，你自己還不是瘦成皮包骨。」

我是瘦成皮包骨沒錯，還不都是他害的。他不知道躲在哪裡策畫一些陰謀詭計，我是要怎麼好好吃飯睡覺？現在他回來了，如果他不透露什麼有用的情報，那我乾脆掐死他報仇。

或是……也可以寫我的作業。

還是寫作業吧。

我很努力了。我坐在我的書桌前，貝茨坐在他的床上，過一段時間以後他什麼都沒說就出門了，我知道他是要去塋窟裡抓老鼠，或是去森林裡抓松鼠。

我知道他有一次殺了狼魚，把牠的血全部吸乾了，但我不知道為什麼——只知道牠的屍體被沖到了護城河邊。（我幾乎跟貝茨一樣討厭狼魚，牠們應該沒什麼智慧，不過還是很邪惡。）

貝茨離開後，我爬上床，但是沒有睡著。他才回來一天而已，我就感覺自己非得時時刻刻掌握他的動向不可，簡直像是回到了五年級。

他終於回寢室的時候，我聞到他身上灰塵和腐敗的味道。我閉上眼睛。

這時候，我才想到他媽媽的事。

32

貝茨

今晚，我險些去了大法師的辦公室。

我只是想敷衍費歐娜阿姨，盡快讓她閉嘴而已。

回華特福的路上，我聽她嘮叨了一整路。

她說大法師很快又會採取行動，他應該是想尋找某件特定的物品；據費歐娜所說，他這兩個月都在拜訪——突襲檢查——古老世家。他開著 Range Rover 上門喝茶（一九八一年製造，漂亮的藍綠色），讓他那群手下用搜索法術搜過一個個家族的藏書。

「大法師說他懷疑我們其中一個家族和凡庸是同伙，」費歐娜說，「他說只要我們沒什麼好隱瞞的，那就沒什麼好隱瞞的。」

不用她說我也知道，我們家該隱瞞的事物多得是。我們並不是凡庸的同伙——怎麼可能有魔法師和凡庸聯手？——不過我們家中滿滿都是禁書與黑魔法物品，就連我們收藏的幾本食譜也是禁書。（但我必須說，碧漆家已經好幾百年沒吃妖精肉了。）（妖精現在已經差不多絕跡了。）（並不是被我們吃光了好嗎。）

費歐娜沒和我們住，她住在倫敦的一間公寓，平時和凡人記者與鼓手那類人交往。**「我才沒有背叛自己的種族，」**你若是問她，她就會這麼說，**「我又不會跟凡人『結婚』。」**我猜她和凡人交往是因為他們感覺不像真的；我猜這都和我母親脫不了關係。

父親說，費歐娜把我母親當偶像崇拜，彷彿月亮是母親親手掛上天空的。（聽我父親對她的形容，月亮說不定真的是母親掛上去的……或者，月亮是為了她而高懸天幕的。）

我母親死時，費歐娜人在北京當草藥師學徒，她回家參加喪禮過後就再也沒回去復學了。她和我爸同住了一陣子，我爸再婚之後她就自己搬去了倫敦，現在她靠家族的資產與魔法過活，生活重心就是為姐姐復仇。

真是糟糕的組合。

費歐娜很聰明，也很強大，但我們家中有謀略頭腦的人向來是我母親，她天生走在通往權勢的路上。（所有人都是這麼說的。）

費歐娜復仇心切又缺乏耐心，有時她就只是想反抗整個體系——但她可能連體系究竟是什麼、到底該怎麼反抗都不清楚。

她計畫揭發大法師的陰謀，而她高明的手段就是派我溜進大法師的辦公室。費歐娜對大法師的辦公室念念不忘，那曾是我母親的辦公室，費歐娜似乎相信她能從大法師那裡將它奪回來。

「我溜進他的辦公室是要做什麼？」我問她。

「到處看看啊。」

「妳是指望我找到什麼？」

「這我哪知道？他幹壞事一定有留紀錄，不然你看看他的電腦好了。」

「他平常根本不會去辦公室，哪來的時間用那臺電腦？」我說，「就算有紀錄，應該也在他的手機裡。」

「那你去偷他的手機。」

「要偷妳自己去偷。」我說，「我還有作業要寫，沒妳那麼閒。」

她說她不久後會和其他古老世家的人開會，所有在大法師改革時被遺留在過去的人將會齊聚一堂。

（我父親也會參加那些會議，但他總是心不在焉，他最感興趣的還是魔法牲畜與保存用的植物種子。格林家都是農人，我母親想必是被愛情沖昏了頭才會嫁給他。）

我母親死後，所有有膽反抗大法師軍事政變的人都很快被踢出了巫師集會，過去十年來巫師集會上沒有任何一個古老世家的席次，即使大法師大部分的改革都是針對我們，我們也無從反對。

禁書、禁咒、關於開會時間與地點的規則、讓大法師拿去執行各種計畫的稅賦——其中最值得一提的計畫，就是出錢讓魔法世界每一個羊人私生子、半人馬遠親與絕對稱不上「魔法師」的可悲人物就讀華特福。稅是凡人在繳的，過去的魔法世界從沒有過稅賦這種東西，只有崇高的標準。

古老世家受到了重重打擊，於是我們想方設法反擊大法師，這不是理所當然的事嗎？

總之，我答應要幫費歐娜完成這件毫無意義的任務，進大法師的辦公室到處看看。

「拿一件東西回來。」

她握著方向盤說。

我坐在後座，只看得見後照鏡裡她的半張臉。「什麼東西？」

她聳了聳肩。「不重要，隨便拿個東西回來就是了。」

「我不是小偷。」我說。

「這又不算偷東西——那是『她』的辦公室，也是你的。幫我拿一件東西回來嘛。」

「好啦。」我說。

到最後，我幾乎每次都會同意費歐娜奇奇怪怪的計畫。是她對我母親的思念，讓母親繼續活在在我心裡。

然而今晚我太疲倦了，沒去執行費歐娜的任務。

不只是疲倦，還提心吊膽的。我總覺得自己被什麼人跟蹤，收買了愚石怪的人想必會再次對我出手。

在塋窟裡結束後，我累到感覺是拖著自己的屍體爬上塔樓，回到我們的寢室。

我進房間時，雪諾已經睡了。

我平時都是早上洗澡，他晚上洗。

這麼多年來，我們的生活作息都約定俗成了，可以在不互相碰觸、對話或互視的情況下在寢室裡活動。（即使要看，也不會讓對方注意到。）

但今晚我的頭髮沾到了蛛網，我甚至渴到進食時指甲縫隙都弄到了血。

從我十四歲以來就沒發生過這種情況了，我現在已經能掌握吸血的方法，平時就算是吸乾一匹馬也不會沾到嘴唇。

我靜靜在房裡走動，雖然打擾雪諾睡眠很好玩，但我今晚就只想盡快洗乾淨、上床好好睡一覺。

我不該勉強自己上完一整天的課的，現在有一條腿麻木不堪，而且還頭痛欲裂。麥克教練不讓我回足球隊也好，我連在書桌前坐七個小時都有困難了，還踢什麼足球？（看到我在練習時間出現，他露出了哀傷的神情，也一臉狐疑。他說我暫時不得歸隊。）

我安靜地快速沖澡，好不容易爬上床，只感覺全身上下每一根骨頭都開心地呻吟了一聲。

克勞利啊，我好想念這張床，就算它灰塵滿布、凹凸不平，鵝絨還會從布料裡戳出來，我還是很想它。

我在家裡的臥房非常寬敞，家中所有的家具都有數百年歷史，全都跟國民信託登記過，所以我不許在牆上掛東西或任意更動擺設。當地報社每隔幾年就會去我家採訪，介紹我們那幢古蹟。

我房間裡的床架是結實的木材，掛了布幔，仔細看還會發現木飾條上刻了四十二隻鬼怪。床頭邊以前擺了張踏凳，那是因為床太高了，小時候的我爬不上去。

比起家裡的床，華特福宿舍這張床才像是我的東西。

我翻身側躺，面朝著雪諾。他睡著了，所以我盯著他也沒關係，於是我明知這樣做沒有好處，還是毫不避忌地盯著他。

雪諾的睡姿像是整個人打了結：雙腿蜷到胸前、兩隻拳頭縮著、肩膀聳著、頭也縮著，一頭鬈髮壓在枕頭上。灑進房間的稀薄月光照亮了他的麥色皮膚。

愚石怪的棺材裡沒有光，就只有痛楚、聲響與血液形成的無盡長夜。

我覺得自己至少是半死不活的東西——我是指平時狀況不錯、可以自在活動時，我至少有一半是死物。

在那個棺材裡，我又將自己推向了死亡。

讓自己的意識悄然溜走……

那是為了保持理智，為了熬過無窮無盡的折磨。

然後，我感覺自己離生命太過遙遠時，就會抓著自己確信的唯一事物將自己拉回來——

藍眼。

古銅色鬈髮。

賽門．雪諾是世上最強大的魔法師，沒有任何東西傷得了他，即使是我也傷不了他。

賽門．雪諾**還活著**。

而我呢，我愛他愛得無可救藥。

33

貝茨

這句話的重點是「無可救藥」。

我如果哪天成功幹掉雪諾，最痛苦的人應該會是我自己——從我意識到這點開始，就深深明白了這份感情的無望。

我是在五年級時發覺這件事的。那年，雪諾像隻被栓在我腳踝上的狗般到處跟蹤我，連片刻獨處與整理感情的時間也不給我，我甚至沒機會用手淫把這些感情處理掉。（我後來在那年暑假試了，沒有用。）

如果沒發現自己喜歡他就好了。

這份情愫只為我帶來痛苦。

和你最渴望得到的人共用寢室，感覺就像是和一團明火共處一室。

他時時刻刻都散發出對你的吸引力，你也時時刻刻都有靠得太近的危險。你明知這樣不好——不可能好的——你明知這份感情不可能有任何結果。

卻還是情不自禁。

然後……

然後呢，你會被他焚燒殆盡。

雪諾說我三句話不離火焰，我認為這是身為易燃物的副作用。

好吧，其實所有人都可以算是易燃物，不過吸血鬼就好比浸了油的布料，就像是硝化纖維。

最諷刺的是，我出身自兩個歷史悠久的火之魔法師家族：格林家與碧漆家。我用火的天賦高人一等，只要別靠得太近就好。

不對……

最諷刺的是，賽門．雪諾身上總是飄著煙味。

雪諾嗚咽一聲——他很容易作惡夢，我們兩個都是——他翻身仰躺，一隻手往上伸之後攤到頭頂上方，那頭不可思議的鬈髮又落回枕頭上。雪諾兩側和腦後的頭髮都修得比較短，頭頂的金棕色鬈髮卻長得亂七八糟，即使在黑暗中我也能看清他的髮色。

我也對他的皮膚再熟悉不過，那是最淺最淺的金色。雪諾從不晒黑，不過他的肩膀上有雀斑，背上、胸口、手臂與雙腿也到處都是痣。他右邊臉頰長了三顆痣，左耳下方兩顆，左眼上方一顆。

知道這些對我沒有任何好處。

但應該也沒什麼壞處，畢竟我的情況已經沒辦法變得更糟了。

房間窗戶開著，如果我不發脾氣，雪諾一年四季都會開窗睡覺。比起抱怨，還是多蓋幾條毯子簡單得多，我也已經習慣了被窩的重量。

我好累，好飽，現在還能感覺到血液在我的胃裡攪動，我夜裡應該會被尿意弄醒。

雪諾又呻吟一聲，翻回去側躺。

我回到家了。終於回到家了。

我墜入夢鄉。

34

貝茨

雪諾倒是完全沒有要避免把我吵醒的意思。

他喜歡第一個下樓吃早餐，你問為什麼，你去問杭士基[10]啊。現在才清晨六點而已，他就已經在寢室裡碰碰撞撞的，活像是逛著逛著就不小心走進宿舍的一頭牛。

窗戶還開著，陽光灑了進來。我曬到太陽也沒關係——被曬成灰燼什麼的不過是毫無根據的傳說，但我不喜歡晒太陽，尤其是在剛睡醒時，陽光會令我的皮膚刺痛。雪諾應該有猜到這點，所以才動不動就開窗簾。

我們以前似乎比較常為這種事情吵架。

後來我險些害死了他，那之後為開不開窗簾這種芝麻綠豆大的小事吵架，突然多了種荒唐的感覺。

你要是問雪諾，他會說我在五年級剛開始就試圖用奇美拉害死他，不過我那天只是想嚇嚇他而已——我只是想看他嚇得屁滾尿流、痛哭失聲，沒想到他直接像氫彈一樣爆發了。

他還到處說我那年故意把他推下樓，但其實我們是在樓梯口幹架，我運氣不錯地揍了他一拳，沒想到他就這麼被我打飛了。後來費歐娜阿姨問我賽門．雪諾是不是被我推下樓的，我回道：「幹，當然是。」

但是在五年級的春天，我是真的想害死雪諾。

---

10 杭士基（Chomsky），美國語言學家，現代語言學之父。

到了那個時候，我已經對他恨之入骨，我痛恨一再出現在我眼前的他——痛恨他映入眼簾時激起的反應。

費歐娜說她找到了「除掉大法師繼承人的方法」，我自然很樂意幫忙。她給了我一臺小型錄音機，居然是裝錄音帶的那種老古董，然後她警告我絕不能在錄音機開著時說話，她還逼我對母親的墓發誓不說話。

我也不曉得自己對接下來會發生的事有什麼想像……我感覺自己是間諜片裡的角色，我站在校門口，一看到雪諾開始發脾氣就按下了口袋裡的按鈕。

我可能是以為自己在等他落入圈套……

也可能是真心相信那會傷害他，甚至是殺了他。

我可能是不相信有任何東西殺得了他。

結果該死的菲莉帕．史丹騰從草坪另一頭跑過來，又準備鬧笑話了。（雪諾很明顯對她沒興趣，她那年卻一直巴著他。）錄音機發出恐怖的吱聲，彷彿小老鼠被吸入真空的聲響，就這麼吞了她的聲音。我一聽到她開口就按下了停止按鈕……然而為時已晚。

雪諾知道是我幹的，卻無法證明我有罪，其他人也找不出證據，畢竟我當時沒碰魔杖，連一個字都沒說。

費歐娜阿姨絲毫不在乎那次的差錯。**「菲莉帕．史丹騰——她不是我們這邊的人吧？」**

還記得將錄音機交還給阿姨時，我想著她注入了錄音機的大量法力，還真不知她是從哪弄到那麼多魔法的。

「貝茨頓，別那麼鬱悶嘛。」費歐娜接過錄音機，對我說道。「我們下次就能成功除掉他了。」

數日後的咒語課上，波西貝夫老師告訴我們菲莉帕沒有大礙。話雖這麼說，那之後菲莉帕再也沒回華特福了。

我永遠忘不了菲莉帕的聲音被抽走時，她臉上的表情。

也永遠忘不了雪諾當時的表情。

那是我最後一次試圖傷害他。至少，那是我最後一次試圖對他造成永久傷害。

我平時對雪諾下咒、騷擾他，也成天「想著」要殺他。我總有一天得動手——但在那之前，我再怎麼嘗試也沒意義吧？

反正我會輸。

到了那天，我和雪諾必須真正開打的那天。

我可能是長生不老之身（可能是吧，我也不曉得該問誰），但這具身體終究是可以砍死或放把火燒死的。

至於雪諾……他是截然不同的一種存在。

他暴走時比起魔法師更像是一股自然力量，我不認為我們這一邊能殺死他或控制他，但我知道——我非常清楚——我還是得完成自己的使命。

這是我們的戰爭。

害死我母親的是凡庸，但大法師總有一天會拿我們殺雞儆猴，將我們整個家族驅逐出魔法世界。他已經奪走了我們的影響力、抽乾了我們的財富、抹黑了我們的名聲，哪天就會用上最極端的手段——

「雪諾」就是他最極端的手段。只要掌控了雪諾，大法師就所向披靡，他想逼我們做什麼都不成問題……他甚至能逼我們離開魔法世界。

我不能讓他得逞。

魔法世界就是我的世界，我必須竭力為其而戰，即使知道自己必敗也不能退縮。

雪諾現在站在他的衣櫃前，努力找乾淨的上衣。他一條手臂往上伸，我看著他肩膀的肌肉移動。

我沒有一次贏過他。

我坐起身、掀開毯子，雪諾嚇了一跳，隨便抓了件上衣。

「忘了我在這嗎？」我走到自己的衣櫃前，把今天要穿的長褲與上衣掛到手臂上。雪諾怎麼有辦法在衣櫃前猶豫那麼久？他明明就每天穿制服，即使是週末也不例外，拿個衣服有什麼好糾結的？

我關上衣櫃門，發現他一臉不安地盯著我。我不確定自己是做了什麼讓他不安的事，但還是露出冷笑，能讓他多不自在就多不自在。

我在浴室裡更衣。我和雪諾從不在對方面前換衣服，這是我們雙方的被害妄想作祟，而我也必須謝天謝地——我的人生已經夠痛苦了，不必再火上澆油。

我穿好衣服、梳洗完畢之後回到房間，只見雪諾仍站在自己的床邊，襯衫套在身上卻沒有扣上，領帶掛在脖子上。他的髮髮竟然比剛睡醒時還亂，一副被他雙手亂撥亂抓過的樣子。

他全身一僵，抬頭看我。

「怎麼啦，雪諾？啞口無言了嗎？」

他微微一縮。「啞口無言」是句缺德的咒語，我三年級對他用過兩次。

「貝茨，」他清了清喉嚨，「我——」

「——是魔法界的恥辱？」

他翻了個白眼。「我——」

「雪諾，你有話快說，怎麼平常說話也像在施咒一樣結結巴巴的？你是在施咒嗎？下次記得用魔杖，那會很有幫助。」

他又用一隻手把頭髮抓得更亂。「你就不能——？」

雪諾的眼睛一點也不特別，無論是大小或形狀都再尋常不過，眼袋有點腫，深棕色睫毛短短的。就連他的瞳色也絲毫不特殊，就只是藍色——不是矢車菊藍，不是海軍藍，也沒有棕綠色或紫色的色塊。

他對我眨了眨那雙眼睛，到現在還說不出一句完整的話。我感覺自己紅了臉。（克勞利啊，我昨晚是喝了多少血，現在居然有辦法臉紅？）

「不能。」我抄起課本說，「我就不能。」

我出了門，下了樓。

後方傳來雪諾的低吼聲。

他下樓吃早餐時，領帶仍然掛在脖子上。班思皺眉扯了扯領帶的一端，他放下司康、用褲子抹了抹手之後才自己繫好領帶，然後抬頭看向我，但我已經移開了視線。

35

賽門

潘妮洛普想去大草坪吃午餐，她說今天很溫暖、地面乾燥，下一次遇到這麼適合野餐的天氣，可能得等到春天了。

我覺得她只是想讓我離貝茲和阿嘉莎遠一點而已——他們這一整個星期都不知道在玩什麼遊戲，兩個人輪流望向食堂對面又快速別過臉，貝茲還一直往我這邊看，確認我有注意到他們。

大家到現在還在聊他前幾週的去向，目前最受歡迎的說法是「他們家辦了黑暗的成人儀式，他要等身上不可見人的痕跡消掉以後才能上學」，也有不少人猜他去了伊比薩半島。

「我母親今晚要帶我進城。」潘妮說。我們靠著一棵形狀扭曲的大紫杉樹，兩個人望向大草坪兩個稍微不同的方向。「我們會去吃晚餐，」她說，「要不要來？」

「不用了，謝謝。」

「我們可以去你愛吃的那家拉麵店，我媽請客喔。」

我搖了搖頭。「我覺得還是要盯緊貝茲。」我說，「我到現在還不知道他前陣子幹什麼去了。」

潘妮嘆了口氣，但沒有回嘴，而是盯著棕色的草坪。「我好懷念之前有很多死者返魂的那段時期喔，那真的是很神奇的魔法現象……」

我笑了。

「啊呀，你也知道我的意思啦。」她說，「貝兒姨婆回來找我媽，我竟然錯過她了。」

「她說什麼？」

「跟上次一樣啊！『別再找我的書了，你們不配看我的書。』」

「等等，妳說她特地回來叫你們『不要』找她的書？」

「她生前和爸媽一樣是學者，她認為世界上沒有人聰明到有資格碰她的研究。」

「不會吧，妳的親戚竟然特地回來嗆你們。」

「我媽說，她從以前就知道貝兒姨婆那糟糕的性格就是死了也不會變。」

「會有鬼跑錯地方嗎？」

「比起鬼，他們更像是魂魄——」

「魂魄就魂魄。那會有魂魄走錯路嗎？」

「這我也不清楚。」潘妮轉過來面對我，遞一片巴滕伯格蛋糕給我，我接了過來。

「我知道生者可以想辦法混淆他們，」她說，「把他們返魂回來要找的目標藏起來。舉例而言，你如果擔心某個死者的靈魂回來把你的祕密公諸於世，那你可以試著把死者可能想找的人藏起來。以前甚至發生過這類的命案——我只要殺了你，返魂死者就找不到你，那你就無法聽到或散播我的祕密了。」

「所以說，返魂的靈魂有可能會搞混囉……」

「對啊，他們返魂時，會去他們認為的尋找對象會在的地方，這點就和活人沒兩樣。貝拉美夫人說她看到死去的丈夫在教室後面出現了幾次，那之後丈夫才正式回到靈紗的這一邊。」

對了，貝茨媽媽也是在寢室窗邊出現過……

我應該把那件事告訴潘妮的，不管發生了什麼事，我都會告訴潘妮。

「走吧。」她邊說邊站起來，撥掉黏在大腿後側的枯草。「下一堂課要開始了。」

她一隻手舉在用剩的餐巾紙與保鮮膜上方，手腕一轉。「物歸原位！」垃圾瞬間消失了。

「浪費魔法。」我習慣性地說，然後彎腰抓起我們兩個的書包。

潘妮翻了個白眼。「可以不要再嘮叨了嗎？我們本來就『應該』要使用魔法啊，不然這麼多法力要留著做什麼？」

「這樣我們有需要的時候才有魔法可以用啊。」

「謝啦，賽門，說得好像我沒聽過官方說法一樣。美國人可是認為魔法會越用越強。」

「就跟化石燃料一樣。」

潘妮看了我一眼，「嗤」一聲笑出來。

「那麼驚訝幹嘛，」我說，「我也是聽過化石燃料的好嗎。」

我跟貝茨有一半的課重疊到。我們這一屆只有五十個學生，大家本來就常常一起上課，以前有幾個學期我們甚至每天從早到晚的課表都長得一模一樣。

我們通常會盡量坐得離對方遠遠的，但今天的演說課上，貝拉美夫人叫我們把書桌都推到旁邊、兩兩一組練習，結果貝茨就在我後面。

從丈夫返魂回來看她以後，貝拉美夫人就變了，她一副——呃，一副見鬼了的樣子，每次上課都叫我們實作練習，自己則魂不守舍地在教室裡晃來晃去。

我們讀到八年級，已經不用學大聲說話、子音發音、提高音量這些基本的演說技巧了。現在要練的都是一些小細節，像是怎麼熱誠地強調咒語，增強法術的力量，或是在說出關鍵字之前暫停一下，讓法術效果更集中。

我今天的練習伙伴和以往一樣是賈瑞斯，他的演說技巧超級爛，到現在還在用念稿的語調念咒語。法術是可以生效啦，可是那種感覺就像是看著灌了鉛的氣球落地。賈瑞斯想讓什麼東西飄浮起來的話，物品會很突然地往上抽；他想讓什麼東西變形的話，你會有種看廉價定格動畫的感覺。

潘妮洛普說看賈瑞斯施咒很痛苦——而且這不完全是那個詭異的魔法皮帶釦害的。

貝茨說要是在以前，賈瑞斯根本就進不了華特福。

貝茨的演說技巧無可挑剔，他甚至可以用四種語言施咒。（不過我不太懂法語、希臘語和拉丁語，他說他很棒，那就他說了算。）我聽到他在後面飛快地念出冷卻法術和加熱法術，忽冷忽熱的空氣吹過我的後頸。

「碧漆先生，慢一點。」貝拉美夫人說，「沒必要浪費魔法。」

我聽到貝茨的聲音變得煩躁，他施咒施得更快了。

有時候我看到貝茨跟潘妮洛普的共同點，會覺得有點恐怖。我對潘妮提過這件事——「**而且**，」我對她說，「你們兩個家族都很討厭大法師。」

「我們家和碧漆家完全不一樣！」她反駁道，「他們非但是物種主義者，還是種族主義者，貝茨搞不好也覺得『我』不該來華特福。」

「他有種族主義嗎？」我問她，「他自己不就是某種種族嗎？我看過他媽媽的畫像，她看起來像西班牙人還是伊斯蘭人啊。」

「賽門，伊斯蘭是一種宗教，不是人種，而且每個人都是某種種族的人啊。更何況，貝茨是我見過皮膚最白的人。」

「那是因為他是吸血鬼嘛。」我說。

可惡，我得找時間把他媽媽的事告訴貝茨，或是告訴潘妮……甚至是告訴大法師。假如害死貝茨媽媽的人不是凡庸，那又是誰？

這麼重大的祕密我藏不住，我沒有地方可以藏啊。

那晚在離校去跟她媽媽吃飯前，潘妮又溜進我的寢室。她真的是大膽到了愚蠢的地步——她也就只有這點很蠢而已——而且我敢發誓，如果太久沒發生緊急事件，她這種大膽的表現只會越來越誇張。

看到她在門口，我差點沒把房門摔上。

「貝茨要是發現妳來我們宿舍，一定會舉發妳。」我說，「然後妳就真的會被停學處分了。」

她心不在焉地揮揮手。「他在球場上看球隊練習，不會有事的啦。」

她推了推門，我阻止了她。「那也會有別人舉發妳啊。」

「怎麼可能，我們同年級的男生怕我都來不及了，他們怕惹我不爽就會被變成青蛙。」

「有這種法術嗎？」

「有，可是會耗費大量的法力，而且我必須親吻他們才能把他們變回人形。」

我嘆了口氣，放開房門，潘妮洛普從我身邊溜進寢室，我往樓梯下面偷看了幾眼。

「我只是來遊說你跟我去吃晚餐的。」她說。

「我不去。」

「走嘛，賽門，你在的話我媽就不會一直念我了。」

「我去的話，被她念的人不就變成我了？」我在我的床上坐下。床上放了幾本書，還有從圖書館找來的幾份舊文件。

「是沒錯，我們有難同當嘛——喔，你在讀《魔法紀事》嗎？」

《魔法紀事》是我們魔法師最類似報紙的東西，記錄了出生、死亡、魔法契約和法律之類的，還收錄了每一次巫師集會的會議紀錄。我從圖書館偷了幾本二〇〇〇年代早期的《魔法紀事》裝訂本來讀。

「沒錯，」我說，「我聽說這個很有趣。」

「明明就是我告訴你的，」她說，「而且我知道你那時候根本沒在認真聽我說話。你為什麼要讀《魔法紀事》？」

我本來看著床上的書，現在抬頭看她。「妳有聽過一個叫『尼可』或是『尼可迪穆』的魔法師嗎？」

「他是歷史人物嗎？」

「不是——呃，我也不曉得，也可能是吧。反正就是一個叫尼可迪穆的人，可能是政客或是巫師集會的人？或是教授之類的？」

她靠上我的床。「你在幫大法師查資料嗎？這是他給你的任務嗎？」

「不是。」我搖了搖頭，「我最近連見都沒見到大法師，這是——是跟貝茨有關的事。」潘妮對我翻白眼，「我是在想他媽媽的事，」我又說，「這是我聽說的，聽說她可能有個敵人。」

「碧漆家的敵人向來多過盟友。」

「是沒錯。反正這應該不太重要。」

潘妮對尼可迪穆沒什麼興趣，但既然我提出了問題，她就想找到答案。「名叫尼可的敵人嗎……」就在這時，她外套口袋裡有東西「叮」了一聲，她瞪大眼睛，一隻手迅速伸進口袋。

我自己也瞪大了雙眼。「妳身上帶了**手機**？」

「賽門——」

「潘妮，學校禁止我們用手機耶！」

她雙手抱胸。「為什麼不行？」

「這是校規啊，手機可能會變成防禦漏洞。」

她皺著眉頭掏出手機，那是支白色的 iPhone，是新買的。「我帶著手機，爸媽才不會那麼擔心。」

「它在學校怎麼還能用？」我問她，「這裡不是有各種法術干擾嗎……」

潘妮洛普在看訊息。「我媽對手機施了法術。她到校門口了——」她抬起頭，「——拜託跟我們去吃飯嘛。」

「妳媽要是變成超級大反派，一定會很可怕。」

潘妮露齒笑了。「賽門，來吃晚餐嘛。」

我又搖了搖頭。「不要，我想在貝茨回來前把這些看完。」

她終於放棄了，像根本不擔心被抓到一樣跑下樓。我走到窗前，想看看能不能遠遠看到球場上的貝茨。

36

潘妮洛普

我被凡庸綁架之後，我媽就堅持要我隨身帶手機。

今年暑假她甚至不准我回華特福，堅持了好幾個星期，我爸也沒有要勸退她的意思。他可能是覺得自己必須為凡庸的事負責吧，他似乎認為自己研究了這麼久，早該對凡庸的一切都心裡有數了。

爸一整個六月都窩在實驗室裡，連吃飯也是在裡頭吃。媽幫他煮了他最愛的印度香飯，把蒸氣騰騰的餐盤放在他的實驗室門外。

「那個瘋子！」媽一再怒罵，「竟然派小孩子去和凡庸戰鬥！」

「不是大法師派我們去的，」我試著對她解釋，「是凡庸自己把我們召喚走的。」本以為她會想研究凡庸召喚我們的機制，結果她聽了只有更憤怒。（把大活人召喚去其他地方，傳送到那麼遙遠的地點，需要大量的魔法……就連賽門的法力也不足以做到這件事。）媽根本不肯從理性的角度看待那次事件。

幸好她不是很清楚我和賽門以前惹上的種種麻煩——我必須說，我們雖然捲進了麻煩事件，最後還是每次都逃出來了，這總算是我們自己的功勞吧？

要不是我一直作惡夢，媽應該也不會氣那麼久……

在事情發生的當下，我並沒有尖叫。

前一刻我和賽門在搖曳之森裡，錯愕地盯著貝茨與阿嘉莎，我緊抓著賽門的手臂。下一刻，我們莫名其妙就出現在了蘭開夏的一片空地上——賽門認得那地方，他小時候住過彭德爾山附近的一間福利之家，那裡有座長得像龍捲風的大型聲音裝置藝術，我一開始還以為那個聲音是凡庸發出來的。

才剛到那裡，我就感覺到自己身在凡庸製造的死角之中。

爸致力研究死角，所以我跟著他走訪過好幾處死角，它們基本上就是魔法大氣中的破洞，差不多是和凡庸同時間出現的。踏進死角的感覺就像是突然失去某種感官，彷彿張口時發現自己發不出聲音，大多數魔法師都受不了，馬上就會陷入恐慌。爸說他的法力向來不如大多數魔法師，所以他可以想像失去法力的感覺，不會像其他人那麼驚恐。

總之，我和賽門出現在了空地上，我馬上就感覺到那是魔法死角——但「不只是」死角。那種感覺比死角更糟，風中有種詭異的呼嘯聲，一切都非常乾燥，又乾又熱。

說不定這還不是死角，我心想，**而是「將死」的地方。**

「蘭開夏。」賽門喃喃自語。

然後——凡庸現身了。

我知道那是凡庸，因為他就是一切的源頭。那就像是你知道白晝之所以明亮是因為有太陽；所有的熾熱與乾燥都是從他身上散發出來，或者說是朝他那裡吸去。

無論是我或賽門都沒有呼喊出聲，也沒有試圖逃跑，因為我們嚇呆了——凡庸就站在我們面前……**他居然長得和賽門一模一樣。**就像和我初次見面的時的賽門，十一歲時的他穿著髒兮兮的牛仔褲與舊T恤，手裡甚至拍著一年級那年賽門不離手的紅色皮球。

那孩子把球彈給賽門，賽門接住了，他接著開始對凡庸大呼小叫：「變回去！變回去！膽小鬼，你快給我變回原本的樣子——變回去啊！」

空氣太過炎熱、太過乾燥，我們兩人的生命力似乎都要透過皮膚被吸出來了。

我們以前都曾在遭受凡庸攻擊時，感覺到這種沙沙的、乾燥的吸力，我們知道這就是他的感覺，我們認得這種感覺，卻從沒親眼見過凡庸。（現在想來，那也許是凡庸第一次擁有足以現身的能力。）

賽門確信凡庸是為了譏諷他而變身成他的模樣，他不停對凡庸吼叫，要凡庸露出真面目。

然而，凡庸就只是發出小孩子的笑聲，小孩子笑著笑著就停不下來的笑聲。

（我也說不出理由或意義，但我不認為凡庸以那個姿態現身是為了嘲諷賽門或開玩笑，我覺得那就是他的真身，他就是長得像賽門。）

吸力太強了，我低頭看著自己的手臂，發現毛孔滲出了黃色液體與血液。

賽門仍在吼叫，凡庸仍在大笑。

我從賽門手裡搶過皮球，丟到了山坡下。

凡庸不笑了——他立刻跑去追球。他轉身背對我們的瞬間，吸力消失了。

我頹然倒地。

賽門把我抱了起來，單肩撐起我的重量（這也很不可思議，畢竟我和他體重相當）。他像皇家海軍一樣扛著我跑了起來，一離開死角就把我移到身前——接著，他背後迸出一對巨大的骨翅。它們有點像翅膀，但形狀扭曲、生了太多羽毛，關節也多得不自然……

沒有這種法術。沒有這種咒語。賽門直接說了：「我想飛！」是他讓這句話有了力量。

（這部分我沒有告訴任何人。魔法師並不是神燈精靈，沒辦法任意許願，如果有人知道賽門能做到這件事，他搞不好會被抓去處以火刑。）

我們都受了傷，我試著施治療法術。我一直擔心凡庸撿到球以後就會追上來，把我們兩個拖回去，不過這或許不是他能在一日內做超過一次的把戲。

賽門盡量飛遠，我則是死命抓著他，用各種迅速消退的法術把自己黏在他身上。後來他可能是意識到了我們看上去有多麼荒謬，於是在一座城鎮附近降落。

我們想搭火車，但賽門不知道怎麼讓翅膀收回去。那是因為它們不是「翅膀」，而是骨骼、羽毛與魔法——以及強大的意志力。

我在惡夢中一再回到那一刻。

我們躲在路邊的大水溝裡，賽門累攤了，我不停哭泣。我試著把翅膀塞回他的背，否則我們無法進城搭火車。翅膀在我手裡崩解，賽門滿身是血。

在惡夢中，我怎麼也想不起正確的咒語……

不過在那一天，我念出來了。那是安慰害怕的小孩時用的法術，可以掃去惡作劇與天馬行空的狂想；我一隻手按著賽門的背，哽咽地念出：「天方夜譚！」

翅膀在他肩膀上崩解成一塊塊塵土與血肉。

賽門在車站偷了別人的錢包，幫我們買了車票，我們在火車上依靠著彼此睡著了。終於回到華特福時，學校正在舉行結業式，爸媽也在，我被他們拖了回家。

今年秋天，他們差點不讓我回學校，還想說服我留在美國。我和我媽爆發了激烈的爭執，從那之後就沒有正常交談過了。

我對爸媽說我不能錯過回華特服上學的最後一年，但所有人都知道，我是不肯讓賽門獨自返校。

我說我就算是徒步也要回華特福，即使必須找到飛行回來的方法，我也不會放棄。

所以現在，他們要求我隨身攜帶手機。

37

阿嘉莎

沒有和賽門・雪諾交往時，華特福這地方其實滿清靜的——更何況我和賽門・雪諾在一起這麼多年，一直懶得結交其他朋友。

我沒有室友。熔爐配給我的室友——菲莉帕——在五年級那年生病回家了。

賽門說是貝茨對她做了什麼，我爸說她是突然得了創傷性喉炎。「對魔法師來說，這真是太不幸了。」

「不管是對誰來說都很不幸吧。」我對爸爸說，「凡人也要說話啊。」

我其實不太想念菲莉帕，她以前總是嫉妒賽門對我的喜歡，還會嘲笑我施的法術。而且她每次塗指甲油都不開窗戶。

我在老家有朋友，是真正的朋友，但我不准對他們說華特福的事，甚至是想說也沒辦法說出口——爸爸逮到我對好朋友敏蒂抱怨魔杖的事之後，直接用法術禁止我提起任何相關的話題。

「我只是說隨身帶著它很麻煩而已啊！我又沒說它是施法術用的！」

「唉，我的魔蛇啊，阿嘉莎。」爸爸這麼說道。

我母親氣壞了。**「維彼，你不能放任她。」**

於是，爸爸用魔杖對著我說：**「『福特華』論談止禁。」**

這是十分嚴重的法術，只有巫師集會成員能用。不過現在想來，當時的狀況確實十分嚴重：如果將魔法的事情告訴凡人，就必須把那些凡人找出來、一一洗清記憶。在沒辦法消除凡人記憶的情況下，你就只剩搬家這個選擇。

現在，敏蒂（我們是在小學認識的，她的本名就是敏蒂喔，是不是很特別？）以為我讀的是超嚴格的宗教寄宿學校，在學校還不准上網。在我看來，她的想法完全正確。

魔法就是一種宗教。

但是，我們不能不相信魔法，也不可能只在復活節與聖誕節意思意思上教堂，而是必須將魔法當成生活的重心。如果你天生擁有魔法，那就永遠離不開它，也離不開其他的魔法師，更是離不開永無止境、不知從何時就開打了的戰爭。

我不會對爸媽說這種話。

對賽門、對潘妮也一樣。

「受感實真」論談止禁。

貝茨獨自穿過學校庭院，從他回來到現在，我們還沒談過話。

好吧，其實我們從以前就沒真正談過什麼，即使是在森林裡那次，我們也沒說上話。那時候，我們還來不及說什麼，賽門就闖了過來，然後又不知道闖去哪了。

（就在你以為自己終於能稍微遠離賽門，演出屬於自己的一幕時，他就會突然冒出來，提醒你這是他主演的災難劇，其他人都不過是他的陪襯。）

那天賽門和潘妮一消失，貝茨就放開了我的雙手。**「幹，雪諾剛剛怎麼了？」**

這就是他對我說的最後一句話。

話雖如此，他還是會隔著食堂看我，惹得賽門火冒三丈。今早，賽門氣得重重放下叉子，我望向貝茨，看到他對我拋了個媚眼。

現在，我加快腳步追了上去。夕陽西下的時分，他灰色的肌膚染上了暖意，我知道自己的金髮也會染上火紅。

「貝茨頓。」我的聲音冷淡，露出小小的微笑，彷彿他的名字是我們之間的小祕密。

他微微轉頭看我。「維彼羅。」他語帶倦意。

「你回來以後，我們一直沒說上話。」我說。

「我們以前有說過話嗎？」

我決定大膽一點。「我覺得可以再多聊一點。」

他嘆息一聲。「克勞利啊。維彼羅，妳想讓父母注意到妳，應該有更好的做法吧？」

「什麼？」

「沒什麼。」他邊說邊邁步向前。

「貝茨，我想說——我想說你可能需要一個人陪你談談。」

「不用，謝謝。」

「可是——」

他停下腳步、嘆了口氣，揉了揉雙眼。「我說啊……阿嘉莎，我是不曉得妳和雪諾在吵什麼，但我們都很清楚，你們兩個很快就會和解，然後再度回到你們閃亮亮的命運之路上。別把事情搞得太複雜。」

「但我們不——」

貝茨又邁開腳步，走路時動作微跛，他現在不踢足球了，應該就是腿傷的緣故吧。我又跟了上去。

「要是我不想要那條閃亮亮的命運之路呢？」我說。

「妳哪天研究出躲避命運的方法，請務必傳授給我。」他一拐一拐地盡快前行，我決定不小跑步跟過去，那個畫面太丟人了。

「要是我想走上更有趣的路呢！」我高喊。

「我沒有比較有趣！」他頭也不回地喊道，「我就只是『錯誤』的選擇而已，請認清兩者之間的差別。」

我咬住下唇，克制住像六歲小孩一樣雙手抱胸的衝動。

他哪知道自己對我而言是正確還是錯誤的選擇？

憑什麼所有人都覺得他們知道我該走上哪一條路？

38

貝茨

雪諾盯著我看了一整天——不對，是好幾個星期了，我實在沒力氣和他玩這些。也許費歐娜阿姨說對了，我是該在家多休養一陣子的，我現在感覺奇慘無比。

我感覺怎麼進食也吃不飽，怎麼穿也穿不暖——昨晚在瑩窟裡，我還有種恐慌症發作的感覺。地底下他媽的暗到極點，我雖然能在黑暗中視物，還是感覺自己又回到了愚石怪那個該死的棺材裡。

我再也受不了地底下的漆黑了，於是我抓了六隻老鼠，把牠們在地上撞死後六條尾巴打了個結，帶回庭院裡在星光下吸乾。幹，我乾脆刻一塊告示牌對全校宣告自己是吸血鬼算了，而且克勞利的還是怕黑的吸血鬼。

鼠屍被我丟去餵狼魚了。（狼魚比老鼠還討人厭，要不是因為那種腥羶的臊味會在嘴裡停留好幾個星期，我還真想把牠們全都喝乾。）

那之後我睡死了，像死豬一樣直接睡了九個小時還沒睡飽。我從午餐過後就接近昏睡狀態，也不可能回寢室睡午覺，雪諾說不定會想坐在我對面觀察我睡覺。

從我返校至今，他就一直到處跟蹤我。他從五年級過後就沒這麼固執了——他昨天甚至裝作要洗手，硬是跟蹤我進男廁。

我沒力氣和他周旋。

我感覺自己又回到了十五歲，他若是靠得太近我就會失控，可能會吻上去，也可能會咬下去。我之所以能平安地熬過五年級，完全是因為我無法決定究竟該吻他還是咬他，不知道哪一個選項才能讓我解脫。

不管我嘗試的是哪一個，雪諾應該都會親手幫我解脫吧。

那些就是我五年級時的幻想：親吻、鮮血，以及雪諾替天行道殺死我。

我今天下午看了足球隊練習，以此作為坐下來休息的藉口，然後在所有人去食堂吃晚餐時悄悄遠離了球隊隊員。

維彼羅在庭院裡逮到我，試圖把我捲進小女孩的愛恨情仇，但我沒空玩那種痛苦的遊戲。我聽波西貝夫老師說大法師明天會回華特福，這才想起來自己還沒偷溜進他的辦公室（因為這件事怎麼看怎麼蠢）。我只要進辦公室隨便拿一件東西回來，就至少能暫時讓費歐娜閉嘴、得到一時半刻的清靜了。

我拖著身體爬上潸然塔，接著繞過螺旋階梯，搭教職員專用的電梯直接去塔頂。

我經過通往校長私室的門。母親當校長時，我就和她住在那裡頭，那時我還只是個幼童。我記得父親會在週末來找我們，而到了暑假，我們一家三口都會回漢普郡的宅邸。

母親以前工作時，會讓我在她的辦公室玩。我被她從幼兒園接回來之後，就會把我的樂高積木在她的地毯上鋪開，開始自己玩耍。

我走到校長辦公室門前，房門配合地為我開啟——大法師一直沒撤除母親為我設下的結界，我到現在還是能自由進出，要的話甚至可以進他的私室。（我有一次溜進去，結果抱著他的馬桶嘔吐。）費歐娜應該巴不得我每晚進他的房間調查，但我告訴過她，這是我們的殺手鐧，必須等到真正必要時再使用，等到真正有用時再說。另外，在大法師床上留一袋熱騰騰的新鮮糞便並不算「真正必要」的行動。

「而且費歐娜，我才不要對著袋子拉屎。」

「白痴，那我來拉啊，用我的屎也行。」

我走進辦公室，看見母親的辦公桌，腸胃都揪了起來。室內很昏暗——窗簾都沒開，於是我在手心點燃火焰，舉到身前。

每次看到我這麼做，繼母就會嚇得花容失色。**「貝茨頓，不可以，你是易燃物啊。」**但召喚火焰對我而言就和呼吸同樣輕鬆，幾乎不費法力，我也能隨心所欲地控制火焰，讓它像小蛇一樣在我的指間游走。**「他就和娜塔莎一樣，」**父親總是這麼說，**「比惡魔還會用火。」**（話雖如此，父親抓到在馬車棚裡抽菸的我，還是罵了我一頓。**「克勞利啊，貝茨你可是易燃物！」**）

校長辦公室和我童年回憶中毫無二致，我以前還以為大法師會把我母親的所有東西都清空，掛上切．格瓦拉[11]的海報——結果辦公室裡的一切都幾乎和從前一模一樣。

他的椅子上——母親的椅子上——積了一層灰，電腦鍵盤上也鋪著厚厚的灰塵，我猜他根本就沒用過這臺電腦。大法師不像是會坐著打字的人，他那種人就是會整天到處走動或揮劍砍東西，或做些符合那套羅賓漢服裝的事。

我用魔杖打開最上層抽屜，抽屜裡沒什麼東西……幾枝乾掉的筆，一個手機充電器。

母親以前都在這層抽屜裡放茶包，還有薄荷口味的 Aero 巧克力與希樂喉糖。我靠近一些，想看看還能不能聞到茶葉與糖果的氣味——我有時能聞到其他人聞不到的氣味。（我有時能聞到「沒有人」能聞到的氣味。）（因為我不是人。）

抽屜聞起來像木材與皮革，整間辦公室都飄著皮革、鋼鐵與森林的氣味，和大法師一樣。我伸手拉開其他抽屜，這裡沒有任何的陷阱，也沒有任何私人物品，我連要偷什麼東西給費歐娜都不曉得。不然偷書吧。

11 切．格瓦拉（Che Guevara），古巴革命家。

我將火焰舉到書架前，短暫地考慮把火苗吹過去，點燃整間辦公室。這時，我注意到架上的書本都沒照順序擺放，亂得十分明顯。書本沒有在架上排好，而是一堆堆放在各處，還有好幾堆書直接擺在地上。我有點想把書一一放回書架，學母親那樣按照主題分類。（她從沒禁止我碰她的書，只要最後把書本歸位、讀到令我困惑或害怕的東西時主動發問，那我想看什麼書她都不會阻止我。）

書本亂無次序也正好，如此一來，我就算偷了其中一本——或好幾本——也不會有人發現。我朝一本書脊上印了龍浮雕的書伸手，那頭龍張著嘴，呼出的火焰拼成了書名：《火炎與烈焰：燃燒的藝術》。

前方的書架上，一束光陡然變寬，我迅速回身，手裡的書本飛到空中、書頁翻動，書本落地的同時有東西從裡頭飄了出來。

雪諾站在房門口。「你來這裡幹什麼？」他厲聲問道，劍已經握在手裡了。

我看過他用那把劍，看過不少次，正常來說我應該感到害怕才是——但實際上，我反而放下了心。我和雪諾周旋過，這不是什麼陌生的挑戰。

我想必是真的累壞了，脫口而出的居然是實話：「我在找我媽的書。」

「你不該進來的。」他雙手握劍說道。

我把火焰舉得高一些，跨步遠離書架。「我又沒礙到什麼人，就只是來找書而已。」

「為什麼？」他低頭看著躺在我們之間的書，猛然衝上前，為了搶在我之前拿到書而放棄戰鬥姿勢。

我向後靠著書架，故作悠閒地交叉雙腿。雪諾蹲在書本上方，他應該以為那是線索，以為能用那本書揭發我的陰謀。

他又站了起來，緊盯著手裡的那一小張紙，神情透出了苦惱。「給你。」他遞出那張紙片，輕聲說，「我……對不起。」

我在他的注視下接過那張紙——是一張照片——本想塞進口袋晚點再看，但我敗給了好奇心，將它拿到面前……

是我。

應該是在托兒所拍的照片。（華特福以前有教職員工的托嬰中心與幼兒園，當年受吸血鬼襲擊的就是這地方。）

照片中的我還只是個三四歲的幼兒，身上穿著柔軟的灰色粗棉連身服與小燈籠褲，腳上穿著白色的皮革小鞋。照片中，我的膚色與白色有領上衣及白襪形成強烈對比，是鮮活的紅金色。我對著鏡頭笑，有人握著我的手指——

我認得母親的婚戒，認得她粗糙的大手。

這時，我突然想起了她的手：她要我靜下來時按在我腿上的手，動作精確地舉著魔杖的手，溜進抽屜拿糖果、將零嘴拋進嘴裡的手。

「妳的手沙沙的。」她單手摸著我的臉頰時，我對她說。

「這是製造火焰的手，」她對我說道，**「是操控火焰的手。」**

母親粗糙的手撫過我的臉頰，將我的頭髮撥到耳後。

母親舉在空中的手——點燃了幼兒園裡的空氣，而與此同時，一隻皮膚毫無血色的怪物一口咬在我喉頭。

「貝茨……」雪諾撿起了書本，遞了過來。

我接過書本。

「我有事情要跟你說。」他說。

「什麼事？」我和雪諾幾時好好談過？

「我有話要跟你說。」

我昂起下巴。「那就說啊。」

「換個地方吧。」他收起劍，「我們不應該來這裡的，而且……我要說的事算是祕密。」

在那一瞬間——連一瞬間都不算，是極短的剎那——我想像他對我說：**「其實我真的很喜歡你，喜歡到無可自拔的地步。」**我想像自己一口唾沫吐在他臉上……然後又想像自己把他的臉頰舔乾淨，一口吻上去。（我腦袋有病，你隨便去問問就知道了。）

我用一句「許個願吧！」吹熄手裡的火焰，將照片夾進書裡，書本夾到腋下。「算我們運氣好，」我說，「我們可是獨占了塔頂的套房，在那裡說祕密總行了吧？」

他難為情地點點頭，揮手要我走在前面。「走啦。」他說。

我走了出去。

39

賽門

我剛逮到敵人闖進大法師的辦公室，只要舉發他，他就會被開除學籍。我終於可以擺脫他了。

結果，我把他想偷的東西給了他，還問他能不能兩個人獨處——都是那張嬰兒照害的。

可是照片裡貝茨那張臉……那個開心地笑著、臉頰像蘋果一樣紅通通的小孩子……

還有他看到照片時的表情，簡直像是有人吹了號角，把他心裡的城牆全都吹倒了。

我們尷尬地一起走回宿舍。我們從沒一起走去哪裡過，就算平常都要往同一個方向去，我們在樓梯上也會盡量保持距離，穿過庭院時也走得離對方遠遠的。我好想再把劍召喚回來。

我們終於回到寢室，這時候貝茨的脾氣已經火力全開，他進房後重重摔上門，把書放到他的床上，然後雙手抱胸。「好啊，雪諾，這下沒有旁人了，你有什麼話就快說。」

我也跟著雙手抱胸。「好喔，」我說，「你先……你先坐下好不好？」

「我為什麼要坐下？」

「因為你這樣讓我很不舒服。」

「很好。」他說，「我沒讓你流血，你就該偷笑了。」

「我的老天。」我只有在不知所措的時候才會像凡人一樣說話，「你就不能先冷靜下來嗎？這是很重要的事。」

貝茨不耐煩地搖搖頭，但還是在他的床尾坐下，皺著眉頭看我。他那雙眼角下垂的狗狗眼睛總是有種半閉著的感覺，就算他眼睛睜到最大也一樣。他的唇角同時會自然地往下，那還真是張天生適合擺臭臉的臉。

我走向我的書包，拿出一本筆記本。貝茨媽媽來找我的隔天，我盡量把事情經過都寫下來了，我當時還覺得這是為了找時間向大法師報告用的。

我在自己的床上面對他坐下，他心不甘情不願地挪過來坐到我對面。

「好喔，」我說，「那個，我也不想跟你說這些，連該不該跟你說都不曉得，可是人家是你媽媽，瞞著你好像不太好。」

「我母親怎樣？」他放下在胸前交叉的手臂，往我這邊靠，想把筆記本搶過去。

我把筆記本抽走。「我現在就要告訴你了啦，你安靜聽行不行？」

他瞇起雙眼。

我說得語無倫次，聽起來好蠢。「你不在的時候——你不在的時候，靈紗升起了。」

他立刻就猜中了，他鼻翼一張、眼神變得狂亂——幹，他那麼聰明，我是要怎麼打敗他啦？

「我母親……」他說。

「她來找你，來了好幾次，一直來寢室找你。你到底去哪了，她怎麼會找不到你？」

「我母親從靈紗另一邊回來了？」

「對啊，她說她被喚到了這邊——我們的房間——她說『這』是你該在的地方。她發現你不在，還發了脾氣，問我是不是傷了你。」

「她對你說話了？」

「對啊。我是說——**對**。」我兩隻手亂撥頭髮，「她回來找你，還把我嚇得半死，問我是不是傷了你。然後她說靈紗又要降下了……」我低頭看了眼筆記。

貝茨一把搶過筆記本，焦急地掃過那一頁，然後又往我胸口丟回來。「你寫字像野蠻人一樣，誰看得懂啊。她說什麼？」

「她說……」我一時間說不下去，「她說害死她的凶手還逍遙法外。她叫你去找尼可迪穆，這樣她才能安息。」

「這樣她才能安息？」

我不知道還能說什麼。他一臉痛苦。

「可是吸血鬼都被她殺光了啊。」他說。

「我知道。」

「她是指凡庸嗎？」

「我不知道。」

「再跟我說一次。」

我又低頭看筆記。「害死她的凶手逍遙法外，可是尼可迪穆知道是誰。去找尼可迪穆，讓她安息。」

「尼可迪穆是誰？」貝茨厲聲問，那種凶巴巴、高高在上的語氣就跟他母親一模一樣。

「她沒說。」

「然後呢？」他又問，「她還有說什麼嗎？」

「呃……她親了我一下。」我一隻手不由自主地舉了起來，指尖擦過自己的額側。「她說那是給你的，叫我把它給你。」

他雙手在身體兩側緊緊握成拳頭。「然後呢？」

「然後她就走了。」我說，「她同一天晚上——靈紗降下前的最後一晚——又回來了。」貝茨一副想把我活活掐死的樣子，「這次她感覺不太一樣，感覺比較哀傷，像是在哭的樣子。」我低頭看筆記，「這次我看不到她，只聽到她說：『我的兒子，我的玫瑰花蕾。』這句話她好像又說了幾次，然後她喊我的名字，說她不是自願離開你的。然後她說：『他對我說過，我們是天上的星辰。』」

「誰對她說的？尼可迪穆嗎？」

「可能吧，我也不曉得。」

貝茨緊緊捏著拳頭，聲音像是緊繃的吼聲，「幹，那個尼可迪穆到、底、是、誰。」

「我哪知道。」我說，「我還以為『你』會知道。」

他從床上站起來，開始在房間裡來回踱步。「我母親回來了，她回來看我，結果你居然代替我和她說話。什麼狀況。」

「所以說你到底去哪了？她為什麼找不到你？」

「關你屁事啊！我就因故缺席啊！」

「那你覺得搞失蹤很值得嗎！」我大喊，「你母親特地回來看你耶！她來了好幾次，一直過來——結果你不知道跑去哪裡，計畫你那個沒有勝算的叛變去了！」

他不再踱步，朝我這邊撲了過來，兩隻手伸向我的脖子。我明知他想宰了我，但比起擔心自己小命不保，我反倒擔心他碰了我之後被室友革令趕出學校。

我跳了起來，抓住他的雙手手腕，他的皮膚很冷。「貝茨，你不想傷害我的吧。」他大力掙扎，氣得七竅生煙。「你不想『傷害』我的。」我邊說邊努力推開他，「對吧？對不起啦。你看著我。**對不起。**」

他灰色的眼睛重新聚焦，退開一步，抽回雙手。我們都在房間裡四下張望，等著革令生效。

房門被人敲了一下，我們都嚇一大跳。

「賽門？」我聽到潘妮的聲音。

貝茨揚起一邊眉毛，我幾乎能聽到他的想法：**喔？真有趣**。我推開他去開門。「潘妮，妳怎麼——？」

她剛剛在哭。她又說：「**賽門**——」接著撲到我懷裡，我緩緩抱住她，抬頭看向貝茨，等他去打小報告。

他搖了搖頭，一副受不了我們的樣子。「不打擾你們了。」他說完和我們擦身而過，出了門。一想到他可能會拿這件事威脅潘妮洛普——或威脅我——我就感到不安，但現在潘妮抓著我的衣服哭泣，這個比較急。

「潘妮。」我拍拍她的背說。我不是很會擁抱什麼的，這她也知道，她應該是懶得管這些了吧。

「潘妮，發生什麼事了？」

她稍微退開，用袖子擦了擦臉。她身上還穿著外出的外套。「我媽……」她整張臉都皺著，她又用袖子擦臉。

「她還好嗎？」

「她沒受傷——沒有人受傷。可是她說普瑞莫昨天回家，」潘妮說得太快了，邊說邊哭，「他和另外兩個魔法士一起上門，說是要替大法師搜我們家。」

「什麼？為什麼？」

「是大法師派他們去的。普瑞莫說那是常規的檢查，說是要找禁術，但我媽說沒有常規的檢查這回事，她死也不會讓大法師把她當全民公敵看待。普瑞莫說那是『命令』，我媽叫他們帶著巫師集會的令書回來——」潘妮在我懷裡發抖，「——普瑞莫說我們是在打仗，大法師是『大法師』，而且媽也沒什麼好藏的吧。我媽說『那不是重點』，重點是公民自由與身為人的自由，她可不想看到二十歲的兒子像《真善美》裡的勞夫一樣帶著敵人出現在自家門前。我相信普瑞莫只是硬要爭一口氣，他平常不是那個樣子的——但那也可能是他的本性——他說他之後還會回來，媽最好早點改變心意。結果我媽說他再這樣回來就是納粹黨員、是法西斯支持者，她沒有這樣的兒子。」潘妮又破音了，她把臉埋進臂彎，一隻手肘撞到我的下巴。

我把頭往後仰，抓著她的雙肩。「別難過，」我說，「情況應該只是有點失控而已，我們去找大法師談談就好了。」

她猛然退開。「賽門——不可以。你不能把這件事告訴他。」

「潘妮，他是大法師耶，他又不會傷害你們家。他知道你們是好人啊。」

她搖了搖頭。「賽門，我媽叫我保證不告訴你的。」

「我們不是約定好了嗎！」我突然戒備起來，「有事不可以瞞著對方。」

「我知道啊！我這不就來告訴你了嗎？可是你不能告訴大法師。我母親平常什麼都不怕，但她現在很害怕。」

「她怎麼不讓他們搜一搜屋子就好了？」

「憑什麼要讓他們搜？」

「因為，」我說，「既然大法師要搜，就一定是有什麼理由啊。他又不是整天閒閒沒事幹，硬要去騷擾別人。」

「但……如果被他們找出什麼呢？」

「你們家又沒什麼不好的東西。」

「可能有啊。」她說，「我媽的個性你又不是不瞭解，她老是說：『資訊就是想奔向自由』、『沒有壞思想這種東西』。我們家的圖書室幾乎和華特福圖書館一樣大，藏書甚至更多，你想在裡頭找到危險的書也不是不可能。」

「可是大法師不想傷害你們家啊。」

「那賽門，他到底想傷害誰？」

「那些想傷害我們的人啊！」我說，這句話幾乎是用喊的，「那些想傷害『我』的人啊！」

潘妮雙手抱胸看著我，差不多哭完了。「大法師並不是完人，並不是他做的每一件事都是正確的。」

「沒有人是完人，可是我們要相信他，他已經盡力了。」話一說出口，我就感覺到沉重的愧疚感落到肚子裡。我應該把鬼魂的事告訴大法師的，也應該要告訴潘妮，想告訴貝茨也要等他們兩個都聽過「之後」啊。我怎麼可以幫敵方保密？

「我要好好想一想。」潘妮說，「這不是我的祕密，我不能說出去——你也不能說。」

「好吧。」我同意。

「好。」她眼裡又冒出幾滴眼淚，再次搖頭。「我該走了。貝茨竟然還沒帶著舍監回來，真是太不可思議了，他們可能是以為他在說謊吧——」

「我覺得他應該沒有要打小報告。」

她不屑地吐氣。「怎麼可能。我才不管他，我還有更棘手的問題得煩惱。」

「在這邊待一下吧。」我說。她留下來的話，我就把貝茨媽媽的事告訴她。

「不要，這件事明天再來討論。我只是想趕快告訴你而已。」

「你們家不會有事的。」我說，「妳不用擔心。我跟妳保證，你們不會有事的。」

潘妮洛普還是一臉不信服，我還以為她會說我再怎麼保證也沒有意義，但她只是點點頭，說明天早餐時間見。

40

貝茲

我可以用這件事一舉解決班思。

（我都沒想過有人能突破宿舍的性別限制，不愧是班思，她真是太可怕了。）

但我甚至懶得去管她有沒有違規。

我進到了塋窟，沒頭沒腦地獵食。

母親的墓也在塋窟裡，她會不會在看我？魂魄能透過靈紗看到陽世的人嗎？她知道我也變成吸血鬼了嗎？

有時我不禁會好奇，假若她活下來了，那會發生什麼事？

我是那天在幼兒園裡唯一一個被咬的孩子，要不是母親阻止了他們，我可能還會被吸血鬼帶走。

父親一收到消息就來了，他和費歐娜用盡全力治療我——但他們也明白，我已經變異了。他們知道，我總有一天會變得嗜血。

於是他們……

……他們繼續裝作什麼都沒發生過。克勞利啊，他們運氣不錯，還好我不是一到青春期就開始到處吃人。父親若是看到我把女傭吸乾，應該也不會多說什麼吧。**「貝茲頓，吃晚餐前換一套衣服吧，你繼母看了會心慌的。」**

他倒是想看到我把女傭剝得一絲不掛……（比起我的不死族身分，我的同性戀性向更令他失望。）

除了提到我是易燃物之外，父親從不承認我是吸血鬼。我也知道，他不可能因為我是吸血鬼就把我逐出家門。

那母親呢？

她若是知道，就會殺了我。

她會面對我，面對這樣的我，做出正確的選擇。

母親絕不可能讓吸血鬼就讀華特福，也從沒這麼做過。

我走到她的墓門前，停下腳步，看著牆上標記她永眠之處的石碑。

她是華特福有史以來最年輕的校長，也是從古至今為守護校園而葬身此處的三位校長之一，因此被光榮地葬在了塋窟，成了學校地基的一部分。

母親回來了。

她為了見「我」回來了。

她為什麼找不到我？

也許鬼魂無法看穿棺材。

也許她看不到我，是因為我不算真正的活物。等哪天賽門了結我之後，「我」會有機會見到她嗎？

他會的……他會了結我的。

雪諾會做出正確的選擇。

我在塋窟裡待到進食完畢，待到滿腔怒火都發洩完了，待到我無法再盯著那張照片中的自己了。

（唉，那個肥嘟嘟又幸福的小血袋。）

待到我不再哭泣為止。

我還以為自己變異後便會失去淚水，但我還是會小便，還是會哭，身體還是會排出水分。

（我也不太清楚吸血鬼是怎麼回事；我家人都不讓我看魔法醫師，反正我也不會感冒，不需要打預防針。）

我先前放在母親墓前的花朵枯萎了，我施一句「四月雨五月花」讓花朵再次綻放。我用了太多法力，身體支撐不住——無論是鮮花或食物都需要生命力——我全身前傾，靠上石牆。

近期，我疲倦時連頭也撐不起來，從被愚石怪綁架過後左腿就不太對勁，不時會發麻。我在石磚地上跺腳，觸感從腳跟竄了上來。

母親既然從靈紗另一邊回來了，意思就是她還沒完全升天。她不在陽世，見不到我，但也不在死後的世界，靈魂就這麼困在中間地帶。

那我該怎麼幫她才好？

要找到她說的尼可迪穆嗎？是他派吸血鬼來襲擊華特福的嗎？

我從小就聽人說是凡庸派吸血鬼來襲擊學校，就連費歐娜也認為幕後黑手是凡庸。派其他生物來攻擊華特福的，不就是凡庸嗎……

回到宿舍塔樓時，我的腿麻到只能用跨出右腿後拖著左腿前進，一路拖著身體爬上樓。

班思不在我們房間了，雪諾躺在床上，寢室窗戶都開著。雪諾沖過澡了，他總是用學校提供的香皂，剛洗完澡時身上飄著醫院的那種消毒水味。

我懶得洗臉或換衣服，直接脫到只剩內衣褲後爬上床。我感覺自己是具屍體，是從沒加熱過的屍體。

我才剛躺好、閉上眼睛、憑意志力壓下淚意，雪諾就清了清喉嚨。看來他還醒著。我不哭。

「我會幫你。」他說，聲音輕到只有吸血鬼才聽得清。

「幫我幹什麼？」

「我會幫你找到害死你母親的凶手。」

「為什麼？」

他翻過來面對我的床，我在黑暗中勉強看到他，他看不見我。

他聳了聳肩。「因為他們攻擊了華特福。」

我翻身背對他。

「因為她是你母親，」他說，「他們卻在你面前殺了她。那太——太不應該了。」

41

露西

靈紗再次降下，將我們都拉了回去——但它拉不到我。

也許是因為我已經殘破不堪了。真是奇妙，我擁有的生命力不足以讓我死透，不足以讓我突破靈紗的限制，卻也不足以讓我被拖回另一邊。

我寧可留在這裡。

我寧可繼續對你訴說這一切，你聽不見也無所謂，我看不見你也無所謂。（有那麼一瞬間，我以為自己看到你了，我以為你聽見了。）

我留了下來，在陽世徘徊，穿過無法支撐我的地板、飄過無法阻攔我的牆壁。全世界都是灰色，充滿了陰影的灰色。

我對陰影訴說我的故事。

第三部 BOOK THREE

42

賽門

我醒來時，貝茨已經快穿好衣服了。

他站在窗前——房裡明明悶熱得要命，他還是把窗戶關上了——對著自己在玻璃窗上的倒影打領帶。

以男生來說，他的頭髮有點長，踢足球時頭髮會掉到眼睛前和臉頰上，不過他洗完澡都會把頭髮往後梳，每天早上都一副流氓樣，不然就是像黑白電影裡那種有美人尖的吸血鬼。

搞不好大家不相信貝茨是吸血鬼，就是因為他長得太像吸血鬼了，我指控他是吸血鬼這件事反而顯得有點好笑又誇張。（貝茨的鼻子又長又窄，鼻梁高到幾乎擋在兩邊眉毛中間，有時候我看到他就想把鼻子往下拉個半英寸。應該沒什麼用就是了。）（他靠近鼻尖的地方有點歪——那是被我打歪的。）

到早上了，不曉得我們兩個現在是什麼狀況。

我是答應要幫他調查他媽媽的死因沒錯啦，那我們要現在馬上開始嗎？還是說，過幾年等我差不多忘了這回事，他才會突然冒出來讓我後悔當初答應要幫忙？

而且不管我幫不幫他，我們應該還是敵人吧？他還是想殺我吧？

他應該會等我幫他調查完再想辦法殺我——我是不是該稍微放心？

貝茨最後扯了領帶結一下，然後套上外套，轉過來面對我。「你別想耍賴。」

我坐起來。「啊？」

「你別想裝作昨晚說的是夢話，或假裝自己只是客套一下而已。你要幫我替母親復仇。」

「我又沒說要『復仇』。」我掀開毯子站起來，雙手撥一撥頭髮。（我睡覺的時候頭髮都會被壓平。）「我不是說要幫你查出害死她的人嗎？」

「雪諾，那就是在幫我復仇。我一查到真凶就要殺了對方。」

「那部分我可不幫。」

「你已經在幫了。」貝茨邊說邊背起書包。

「什麼？」

「從現在開始。」他指著地板說，「從現在開始，這就是我們的第一要務。」他朝房門走去。

我很想反駁。「那——？」

貝茨停下腳步，呼出一口氣，然後才轉過來面對我。

「那其他事情呢？」我問他。

「什麼其他事情？」他說，「上課嗎？我們還是可以照樣上課。」

「不是。」我低吼，「你明明就知道我說的是什麼事情。」我想起自己過去七年的人生，想起他沒有履行的每一句威脅——還有真的履行了的每一句威脅。「你要我跟你合作調查，可是……你還是想把我推下樓。」

「好吧，我保證在調查結束之前不把你推下樓。」

「我是認真的。」我說，「你要是整天陷害我，我就不幫了。」

他對著我冷笑。「你以為我這是在陷害你？你以為我讓自己母親從陰間回來，是為了惡搞你？」

「不是。」

「我們休戰。」他說。

「休戰？」

「雪諾，你應該知道『休戰』是什麼意思，不用我解釋吧？在我們解決這件事之前，雙方都不准懷有敵意。」

「不准有敵意？」

他翻了個白眼。「不准做出有敵意的『行為』，這樣總行了吧。」

我從兩張床之間的桌上抓起魔杖，走到他面前，左手舉著魔杖、右手伸了過去。「對我發誓。」我說，「用魔法發誓。」

他瞇起眼睛看我，我看到他下巴緊繃的肌肉。

「好吧。」他拍開我的魔杖，「但你別想拿著那東西靠近我。」他從外套內袋抽出自己的魔杖，舉在我們兩個之間，然後握住我的手——他的手好冰——我反射性地往後縮，他握得更緊了。

「我們休戰。」貝茨直視我的眼睛說。

「休戰。」我的聲音可沒有他那麼肯定。

「直到查明真相為止。」他補充道。

我點點頭。

然後他用魔杖一點我們握著的手。「一言既出，駟馬難追！」

我感覺到貝茨的魔法滲入我的手。別人的魔法感覺就是不太一樣，就像口水，別人的口水也跟你自己的口水味道不一樣。（不過我也只知道阿嘉莎的口水是什麼味道，別人的我就不曉得了。）貝茨的法力有種灼燙感，有點像發熱藥膏，滲進了我右手的肌肉。

我們剛立了誓，我從來沒立過誓呢。貝茨還是可以違反誓言——還是可以背叛我——但他的手會整個僵住，喉嚨也會好幾個星期發不出聲音。他搞不好就是打算背叛我。

我們都盯著互握的雙手，我還能感覺到他的魔法。

「我們下課後再來討論。」貝茨說，「回房間討論。」

他鬆開手，我用力把自己的手抽回來。「好啦。」

我比平常晚到食堂吃早餐，潘妮洛普沒幫我多拿燻鮭魚或吐司。

她說她沒心情說話，我雖然有很多事急著想告訴她，自己現在也沒什麼心情說。

阿嘉莎還是不跟我們一起坐，我今天早上甚至都沒看到她，不知道她是不是跟貝茨跑去哪了。早知道就在休戰協議加一條：「還有，你不可以一直騷擾我的女朋友。」

好吧，應該算前女友了。這不是重點啦。「妳有從妳媽媽那裡聽到更多消息嗎？」我問潘妮。

「沒有。」她說，「貝茨會舉發我嗎？」

「不會。大法師回來了嗎？」

「我沒看到他。」

潘妮早餐吃的量是平常的一半，我則是努力幫自己的嘴巴找事做，吃了平常的兩倍分量。我提早出發去上希臘文課，心裡充滿了對潘妮的愧疚感——我真的沒辦法站在她那邊跟大法師作對。雖然這麼說沒什麼幫助，不過反過來說，我也不可能站在大法師那邊攻擊她。

走進教室時，貝茨已經坐定位了，他在那邊無視我，無視了一整個上午。我在走廊上看到他幾次，他都在跟戴福還有奈爾竊竊私語。

到了回寢室開會的時間，我跟潘妮說我要跳過下午茶時間回去讀書，然後奔跑著穿過庭院回到伶人宿舍。

跑上樓梯時，我才開始思考貝茨叫我去開會是不是在挖陷阱給我跳——怎麼可能，貝茨又沒必要把我引誘回房間，我每天晚上都會回去。

這和他試著把我餵給奇美拉吃的那次不一樣，那一次他是叫我在搖曳之森和他見面，說是有關於我爸媽的情報要告訴我，還說在校園裡告訴我太危險了。

我早就知道他在騙人了。

我告訴自己，我去森林見他只是要看看他在搞什麼鬼，然後把他痛揍一頓。可是，我心裡還是有那麼一點相信他是「真的」知道什麼關於我爸媽的事——總得有人知道他們是誰吧？就算貝茨只是打算用他手上的情報對付我，我有聽也比沒聽好。

幹，真的是造化弄人，後來奇美拉居然先注意到躲在樹叢裡的貝茨，跑去攻擊他了。我應該讓怪獸吃掉貝茨的，他根本就活該……

還有我們六年級那次，他模仿阿嘉莎的字跡寫了張紙條給我，叫我在天黑後去紫杉樹下等她。那天冷得要命，阿嘉莎當然也沒出現，我只能在外頭待一整晚，等隔天早上吊橋放下來才能回宿舍。我的加熱法術完全沒用，還有雪怪一直朝我的頭丟栗子，牠們要不是保育類魔法生物（沒辦法，全球暖化嘛），早就被我打成雪泥了。我一直等著更可怕的東西現身，想說貝茨怎麼可能找雪怪來整我就罷手？雪怪基本上就是長了眉毛和手的雪球，不太算是有靈性的生物，甚至不算是黑魔物。結果到了早上也沒有其他東西出現，看來貝茨的邪惡計畫失敗了——或者說，他的邪惡計畫就是在大考前一晚把我凍得半死。

還有去年，他跟我說波西貝夫老師找我，我走進老師辦公室就發現他把一隻貂關在了裡面——波西貝夫老師是滿喜歡我的沒錯，但她還是相信那是我在搗蛋。

我後來把那隻貂關進貝茨的衣櫃報仇，可是這樣報仇有點失敗，畢竟我們共用一間寢室。

我走到寢室門口了，到現在還不敢肯定這是不是陷阱。我想了想，覺得這其實不重要——就算百分之百知道是陷阱，我還是會進去。

我開門時，貝茨正把一面老式黑板推到我們兩張床前面。

「那是哪來的？」我問他。

「教室。」

「廢話，可是它是怎麼進房間的？」

「飛上來的。」

「我是認真在問。」我說。

他翻了個白眼。「我用了『遠走高飛』，不怎麼費力。」

「為什麼？」

「因為我們在解謎啊，雪諾。我喜歡用黑板整理自己的想法。」

「你平常計畫怎麼做掉我也是用黑板嗎？」

「沒錯，還有五顏六色的粉筆。可以不要再抱怨了嗎？」他打開書包，拿出幾顆蘋果和用蠟紙包著的東西。「吃吧。」他邊說邊把東西丟給我。

是培根三明治，他還弄了一壺茶上來。

「你這是怎樣？」我問。

「當然是吃下午茶啊。我知道你只有在大吃的時候才能做事。」

我打開三明治的包裝，決定咬一口。「謝啦。」

「不要謝我。」他說，「聽了好噁心。」

「你幫我拿培根三明治才噁心好不好。」

「好啦，我說不客氣總行了吧——班思什麼時候來？」

「她幹嘛來？」

「你們不是什麼事都一起做嗎？你說要幫我，我還以為你會帶著二人組當中比較聰明的那一個來。」

「潘妮洛普不知道這邊的狀況。」我說。

「她不知道我母親返魂了？」

「對。」

「為什麼？你不是什麼都告訴她嗎？」

「我就……覺得這是你的隱私啊。」

「這是我的隱私沒錯。」貝茨說。

「好喔，反正我沒告訴她就是了。那我們要從哪裡開始討論？」

貝茨嘴著嘴沉下臉。「我原本指望班思告訴我們該從哪裡開始討論。」

「從我們知道的部分開始說吧。」我說。潘妮洛普都是這樣討論事情的。

「好喔。」貝茨居然一副緊張的樣子，粉筆一下一下敲在腿上，在褲管上留下白色痕跡。他用整齊的斜體字在黑板上寫下：尼可迪穆。

「那是我們不知道的部分。」我說，「還是你查到什麼了？」

他搖了搖頭。「沒，我從沒聽過這號人物。午休時間我去圖書館簡單找過了，不過《兒童詩詞本》裡不太可能找到相關資訊吧。」

華特福圖書館裡大部分的魔法書都被搬走了，大法師要我們專心研究凡人的書，和凡人的語言保持密切互動。

在大法師改革以前，華特福太努力保護傳統咒語了，都沒在教比較有效的新咒語，甚至還有人發起計畫，想對凡人推廣維多利亞時期的書和文化，讓舊的法術得到新的生命力。

「語言是會推進的，」大法師說，**「我們也該與時俱進。」**

貝茨又轉回去看黑板。他的頭髮早上就乾了，現在一綹綹落到臉頰邊，他把一綹頭髮撥到耳後，接著在黑板上寫下一個日期：

二〇〇二年八月十二日。

我正想問那是什麼日期，突然恍然大悟。

「你那時候才五歲耶。」我說，「還記得那天發生的事嗎？」

他看看我，又看了看黑板。「記得一些。」

43

貝茨

一些而已。我不記得那天一開始是怎麼樣，和往常無異的部分也都不記得了。

那一整年發生的事情，我只記得少少幾件：去動物園玩；還有某天父親刮了小鬍子，我都不認得他了。

我大致記得自己被送去幼兒園時的狀況。

我們每天吃幼兒食品和喝牛奶。天花板上的兔子彩繪。有個小女孩咬了我一口。我記得幼兒園有火車玩具，我喜歡綠色那臺。幼兒園還有收小嬰兒，有時候嬰兒哭了，老師會讓我站在搖籃邊對他們說：「小泡芙乖，不哭不哭喔。」我哭泣時，媽媽都是這麼安撫我的。

幼兒園裡的孩子應該不多，就只有教職員工的小孩而已，大一點的孩子和嬰幼兒分成兩間房間，我那時還和小嬰兒待在同一間。

我不記得八月十二日去幼兒園的經過，倒是記得吸血鬼破門而入那一刻。

吸血鬼——我們——在狩獵時異常強壯，那扇雕了小兔兔與獾圖案的厚橡木門……對一支吸血鬼隊伍而言，那根本不堪一擊。

我不知道那天有多少吸血鬼闖進幼兒園，感覺好像有數十隻，但這不合理，當天就只有我一個孩子被咬。我記得其中一隻吸血鬼——一個男的——抓著我的連身服肩帶，把我像小狗一樣拎起來，圍兜跟著一起往後扯，我的脖子被勒了一下。

在我的印象中，母親緊跟著他們進來，幾乎立刻就趕到場了。還沒看到她本人，我就聽見她大聲念咒；還沒看見她的臉，我就看到她的藍色烈焰。

母親能低聲召喚火焰，她的魔法火焰能輕輕鬆鬆燒上數個鐘頭。

她從孩子們上方射出一束束火焰，空氣中流焰四竄。

我聽到人們奔逃的聲音，還記得其中一隻吸血鬼像焰火筒般燒了起來。我記得母親看見我時的神情，記得她臉上一閃而逝的痛苦，接著抓住我的男人一口朝我的脖子咬下。

然後，是排山倒海的**劇痛**。

然後就什麼都沒有了……

我想必是昏了過去。

我醒過來時已經在母親的私室裡了，父親與費歐娜對我施了一連串的治療法術。

我醒過來時，母親已經死了。

44

賽門

貝茨舉手在黑板上寫下「吸血鬼」，接著是「受凡庸指使」還有「死者一名」。

他怎麼有辦法事不關己地跟別人討論吸血鬼的事，一副自己不是吸血鬼、我也完全不知情、他也不知道我已經知情的樣子？他到底是怎麼做到的？

「死者不只一個啊，」我說，「吸血鬼也有死傷吧？你母親有把他們殺光嗎？她殺了多少隻？」

「不好說。」他雙手抱胸，「現場沒有遺體。」他又轉回去面對黑板，「發生那種死亡事件，都不會有遺體留下來——就只有灰燼而已。」

「所以，凡庸派吸血鬼來華特福——」

「這是學校史上第一次被吸血鬼入侵。」他說。

「也是最後一次。」我補充道。

「那是因為後來要入侵太過困難了。」貝茨說，「這倒是你家大法師的功勞——學校現在可是固若金湯。如果辦得到，我相信他甚至會把華特福整個藏到靈紗另一邊。」

「那之後還有發生過『任何』吸血鬼攻擊事件嗎？」

他們。

貝茨聳聳肩。「吸血鬼平常應該不會攻擊魔法師吧，我父親說他們就像熊一樣。」

「怎麼說？」我問道。

「他們會選在最輕鬆的地方狩獵，獵捕凡人，只有餓壞了或發狂時才會攻擊魔法師。魔法師對他們而言太難纏了。」

「你父親還對你說過什麼跟吸血鬼有關的事嗎？」

貝茨的聲音冷若冰霜，「我們很少談到這個話題。」

「我只是覺得——」我挺起身，意有所指地說，「——在目前的情況下，我們多『瞭解』吸血鬼一點，對調查比較有幫助。」

他勾起嘴角。「吸血鬼不就是會吸血和變身成蝙蝠嗎，雪諾？」

「我是說他們的文化啦。」

「喔，我都不知道你對文化情有獨鍾。」

「你到底要不要我幫忙啦。」

他嘆了口氣，在黑板上寫下：吸血鬼，待發想。

我把最後一口三明治塞到嘴裡。「吸血鬼真的可以變成蝙蝠嗎？」

「你怎麼不去找一隻問問？下一點，我們還知道什麼？」

我下床，用褲子抹了抹手，從我的書桌上拿起一本《魔法紀事》裝訂本。「我查了一些攻擊事件的報導——」我把書翻到正確的位置，拿給他看。他母親的官方照片占了一半的版面，除此之外還有一張幼兒園被燒得焦黑的照片，標題寫著：

吸血鬼入侵幼兒園

娜塔莎・格林——碧淥為華特福捐軀

我們的孩子是否會再受黑魔物攻擊？

「我都沒看過這個。」貝茨接過書，他在我的椅子上坐下，開始朗讀那篇報導：

「攻擊事件發生在秋季學期開始的短短數日前，若換作在華特福平常的上學日，不知會造成多麼慘重的傷亡……

「幼兒園長瑪莉老師表示，在格林—碧漆俐落地斬了一隻威脅她兒子安危的吸血鬼後，又一隻怪物從後方攻擊她，尖牙一口咬上她的脖子。『她簡直化身成了復仇女神，』瑪莉說，『像是電影裡的人物。那怪物咬了她之後，她勉強擠出一句「老虎，老虎，輝煌燃燒」——然後他們兩個就一起燒了起來……』」

貝茨沒再讀下去，他一臉驚愕。「我都沒聽說。」感覺這句話不是對我說的，是對著那本書說的。

「我都不知道她也被咬了。」

「什麼是『老虎，老虎——』」？」我沒念完。我不敢隨便把新接觸到的咒語念出來。

「那是燃燒法術，」他回答，「常被用於暗殺……還有情殺。」

「所以她自殺了？她是故意嗎？」

貝茨閉上眼睛，頭低低垂在書本上方。我好像該想辦法安慰他，但他應該不想被我這個死對頭安慰吧。不過……幹，現在看來，他真正的死對頭應該不是「我」吧？幹，太不可思議了。

我還站在他旁邊，用手撞了他的肩膀一下——算是安慰別人的那種撞法——然後伸手拿起那本書。

我接著朗讀下去：

「她兒子——年僅五歲的泰朗斯．貝茨頓——受到了驚嚇但沒有受傷，孩子的父親麥肯．格林將他帶回位於漢普郡的住家休養。

「此時，巫師集會召集了緊急會議，討論此次的華特福攻擊事件、黑魔物日漸囂張的問題，以及臨時校長的推選。

「部分人士呼籲在解決黑魔物問題前暫時關閉學校，甚至有人提議效法美國與斯堪地那維亞，送孩子去就讀凡人學校。」

「後來還有幾篇文章在討論那個議題，」我說，「討論華特福以後要怎麼辦。我讀了好幾個月份的報導，有很多會議啊、辯論啊，還有社論什麼的，一直到大法師在三月當上大法師，大家才不再討論這件事。」

貝茨目光渙散地盯著我後方，頭髮都垂到眼前了，他雙手抱胸、兩隻手緊抓著自己的手肘。我又試著安慰他，這次直接把手搭在他的肩膀上。「沒關係的。」

他笑了，一聲毫無笑意的乾笑。「怎麼可能『沒關係』。」

「不是，我的意思是說，你很難過也沒關係。你心裡有什麼感受都沒關係的。」

他站起來，抖掉我的手。「你每次把校園炸爛，朋友都是這樣告訴你的嗎？別傻了，他們是在騙你。這非常有關係，也一直都會非常有關係。目前看來，以後會發生的壞事還多得很，『你』不會覺得沒關係吧，雪諾？」

我感覺到熱燙的火氣竄上我的背和肩膀，我努力壓下它，故意遠離貝茨。「這件事的重點不是我。」

「我也這麼認為，」他惡狠狠地說，「但我也不是沒猜錯過，畢竟全世界都是繞著你轉的。」

我把書丟到書桌上，快步朝房門走去。我早就該知道不可能跟他合作了，他那麼機車，就算是可憐兮兮的時候還是那麼機車。

「你不是去讀書了嗎？」潘妮洛普說。

她的筆記型電腦放在一張餐桌上，桌上還散了好幾堆紙，旁邊放了一壺茶，但應該已經涼了。

我一隻手放在茶壺上施咒：「熱情如火！」我聽到茶沸騰的聲音，壺蓋上多了一條細細的裂縫。

「我是在幫貝茨的忙，」我說，「可是我決定再也不幫他了。」

我幫自己倒一杯茶，潘妮看到裂開的茶壺就皺起鼻子，看得出來她心裡想的是：**不應該發生這種事啊**。然後她猛然抬頭，改成皺著鼻子看我。「你說你在幫貝茨的忙？」

「對，早知道就不幫他了。」我坐下來喝一口茶，結果燙到舌頭。

「你怎麼會幫**貝茨**的忙？」

「這個說來話長。」

「賽門，我多得是時間。」

就在這時，我聽到第一聲尖叫。我猛然站起來，餐桌被我撞翻，茶壺也完完全全摔碎了。好幾個學生從庭院跑進食堂，大家都在尖叫。我拉住從旁邊跑過去的一年級生，她差點整個人被我拉著手臂拎起來。「發生什麼事了？」

「有龍！」她哭喊道，「凡庸派龍來了！」

我想也不想就往門口跑去，手裡已經握著劍了。我知道潘妮一定會緊跟著我。

外面的庭院空空如也，不過噴泉有一些燒焦的痕跡，地上還有一條焦黑的土壤。我在空氣中感覺到凡庸那種空虛的吸力，那種又乾又癢的感覺；現在華特福大多數學生都認得這種感覺了，效果就跟警報器差不多。我繼續衝出第一層和第二層城門，跑到拱門下、正準備踏上吊橋時，一波熱浪衝了過來，熾熱的氣息形成一堵牆。我一條手臂擋在面前，感覺到潘妮抓住我背後的衣服，她戴著戒指的手從我肩膀上面伸出來：「尼不准碰！」

「那是什麼？」我大聲問她。

「障礙法術。如果龍沒聽過那首歌，那就沒效了。」

「龍怎麼會聽過《尼不准碰[12]》？」

「賽門，我已經盡力了好嗎！」

「我連牠在哪裡都看不到！」我大喊，「妳有看到牠嗎？」

12《U can't touch this》，美國饒舌歌手MC哈默的代表作之一。

我看不到龍，卻好像能聽見牠振翅的聲音。一條火河傾瀉在大草坪上，我抬頭一看——牠正朝我們俯衝過來，看上去像是一頭長了一雙黃色貓眼與巨大紅色橡膠翅膀的紅色暴龍。

潘妮還在從我背後施咒，想辦法讓牠落地。

「牠落地對我們有什麼好處？」我問她。

「你想被牠轟炸嗎！」

我努力回想第一次和龍戰鬥的情況，可是我當時才十一歲，應該是直接暴走把龍炸了吧。**靠近一點，我對怪獸暗想，讓我把你炸成碎片。**

龍在空中轉身，沒有再朝我們噴火，那一瞬間我還以為潘妮的法術奏效了。下一秒，我就看到牠的新目標——是一群看起來像三年級生的孩子，他們蹲在紫杉樹下。

波西貝夫老師也在那裡，我看到她用手杖對龍施咒。我朝紫杉樹跑去，邊跑邊從後面的口袋拔出魔杖，用最大的音量對龍大叫：「請注意！」

我把全身的魔法都投注到這句話中。

龍飛到一半就停下來看我，像暫停一樣停留在空中，然後牠昂起頭，往我這個方向撲來。

「靠。」潘妮洛普說。她在離我幾英尺遠的位置，伸出手對著學校——而不是龍——大喊：「非禮勿視！」

「妳在幹嘛啊！」我尖叫著往右跑，想把龍吸引到離建築物遠一點的地方。

「你的注意法術把所有人都吸引過來了！」潘妮說，「他們都跑出來圍觀了！非禮勿視！」她又對城門喊道，「一如往常！」

我回頭一看，發現有好多學生站在吊橋上、跑到城牆邊緣看我們。龍又俯衝下來了，我決定往牠那邊跑去，一條火舌從我頭上噴過去，我在最後一刻撲地打滾——龍牙刮過旁邊的地面。

牠又往上飛，發出可能是不耐煩的嗤氣聲，然後又嘴巴一開一闔地往我這邊撲來。我對牠的脖子揮劍，劍刃卡進牠的肉裡，龍再度往上飛的時候我藉機一跳，抓著劍柄順勢跳到牠頭上，膝蓋夾在怪獸的下顎後面。

這樣不錯，我把牠勒死就好了。

龍奮力想甩開我——我正在用力把劍從牠的皮肉中拔出來，想再刺牠一劍——這時候，我聽到貝茨叫我的名字。我抬頭看到他跑在城牆上。

他應該是對聲音施了咒，幫自己擴音了。（說不定是「諸位聽真」——我都沒成功用過這句。）

「賽門，」他呼喊著，「別傷到牠！」

幹，什麼叫別傷到牠？我繼續努力拔劍。

「賽門！」貝茨又在大叫，「等一下！龍不是黑魔物！」他跑到了城牆尾端卻沒有停下來，而是跳上牆、跳過護城河——他居然就這麼跳下建築了！還沒有摔扁！他飄過護城河，在另一邊降落，我這輩子還沒看過這麼優美的畫面。

龍應該很有同感，牠不再掙扎對抗我，而是轉頭看貝茨飛過去。

龍的翅膀沒拍得那麼火爆了，牠有點懶洋洋地飛在空中，往貝茨的方向靠過去，呼出小朵小朵的火雲。

貝茨朝我們奔來，然後站穩腳步、舉起魔杖。

「貝茨！」我高呼，「不可以！你是可燃物啊！」

「所有東西都是可燃物！」他大聲回道。

「**貝茨！**」

但他不管我，魔杖已經指著龍開始施咒了：

「瓢蟲太太、瓢蟲太太，快飛回家，妳的屋子著火，孩子都死了。」

第一句是很常用到的咒語，可以用來驅除老鼠跟害蟲，可是貝茨沒有就此停下來，他居然想把整首兒歌念玩。他以為自己是胡迪尼嗎！

「瓢蟲太太、瓢蟲太太，快飛回家，妳的屋子著火了，孩子都會燒死。只有小南躲在鍋子下，幸免於難。」

在我們的世界，沒有比兒歌更強的法術了——這些是人們小時候學到的詩歌，會永遠記在腦子裡。法力夠強的法師甚至能用《矮胖子[13]》把一支軍隊趕走。

「瓢蟲太太、瓢蟲太太，快飛回家，妳的屋子著火了，孩子都會燒死。」

龍並沒有要飛回家的意思，不過牠對貝茨很感興趣，牠在貝茨前面降落，歪過頭來。只要現在呼出一口火焰，貝茨就再見了。

他沒有退縮。

「只有小約翰躲在磨刀石下，幸免於難。」

我從怪獸的脖子上滑下來，過程中用自己的重量把劍扯了下來。

「瓢蟲太太、瓢蟲太太，快飛回家，妳的屋子著火了，孩子都會燒死。」

怎麼沒有人幫他？我左顧右盼，發現全校師生都站在窗前或城牆上，乖乖聽我的命令注意這邊，就連潘妮也抗拒不了法術了——但她也可能是跟我一樣看得目瞪口呆。貝茨繼續念下去。

「只有艾琳躲在湯鍋下，幸免於難。」

龍回頭看去，可能是想逃走了，但牠又煩躁地跺腳，翅膀撐得更開。

貝茨念得更大聲了，他額頭和髮際都是汗，手也不停顫抖。

我很想幫忙，可是我過去搗亂應該會毀了他的法術。我考慮趁龍分心的時候砍牠，但貝茨都叫我

13　《矮胖子（Humpty Dumpty）》，出自《鵝媽媽童謠》的英文經典兒歌，歌詞中提到國王的兵馬。

住手了……我慢慢移動過去，站在貝茨身後。

龍搖了搖頭，又開始轉身，牠好像真的很想離開，真的很希望法術奏效。

「瓢蟲太太、瓢蟲太太，快飛回家，妳的屋子著火了，孩子都會燒死。」貝茨的整條手臂都在抖了。我一隻手搭在他肩膀上，幫他穩住手臂，然後我做了自己從沒做過的一件事——如果對方是我怕會傷到的人，我根本連試都不會去試。

我**推**了進去。

我把總是想從體內湧出來的魔法，直接推到貝茨的身體裡。

他的手臂突然打直，句子念到一半忽然變大聲——「飛回家！」

龍的翅膀抖了抖，牠踉蹌地倒退。

我又推了更多魔法過去，本來還擔心這樣太多了，不過貝茨沒有跌倒或癱軟，我手心下的肩膀堅硬又穩固。

「瓢蟲太太、瓢蟲太太，快飛回家！」他用洪亮的聲音說。龍的翅膀焦急地搧動，牠把自己的身體往空中一拉，像是倒著起飛的飛機。

我停止推魔法，閉上眼睛，讓貝茨自己視情況把我的法力拿去用。我可不想做得太超過，害他像手榴彈一樣炸裂。

我睜開眼睛時，龍已經化為天上一個小紅點，城牆上傳來熱烈的掌聲。

「一如往常！」貝茨用魔杖指著學校高呼，群眾立刻散去了。然後，貝茨才跨步離開我的手，轉過來面對我。他用看怪人的眼神看我（好啦，我們都知道我是怪人沒錯），右邊眉毛挑得老高，簡直像是跟眼睛分家了。

「你幹嘛幫我？」我問他。

「休戰協議。」貝茨說，到現在還是一臉錯愕。然後他搖了搖頭，跟龍剛才想擺脫咒語時的動作一樣。「更何況，我並不是在幫你。」他伸手揉了揉後頸，「我是在幫那頭龍，你差點殺了她。」

「誰叫牠來攻擊學校。」

「她不是自願的。龍只有在受到威脅時才會攻擊人，而且棲息地不是在英格蘭的這個地區。」

潘妮洛普突然像列車一樣衝過來撞我，她抓起我的手、放在自己的肩膀上。「用給我看，」她說，「快打開開關。」

我把手收回來。「啊？」

她又抓住我的手。「我剛剛看到了。」她把我的手放回她的肩膀，「你是什麼時候學到這招的？」

「別這樣。」我盡量意有所指地說，邊說邊看著附近聽得到我們說話的所有人。大草坪上到處都是學生，他們在看地上的焦痕，基本上就是表現得像一群剛剛死裡逃生的人。「我只是在給他精神支持而已。」

「兩位，做得真好。」波西貝夫老師站在我們身旁，我都沒看到她走過來。「碧漆先生，我很少看到能有人使用如此強勁又繁複的兒歌——也沒遇過如此迫切需要這段法術的情境。」

貝茨謙虛地鞠躬，動作優雅完美，頭髮都垂落到面前。

「雪諾先生，」老師接著轉向我說，「等校長回來了，你去向他報告此事吧。還有，這星期的演說課，你的課堂作業就是練習適度使用魔法。」

我低下頭。「好的，老師。」

「你們去吧。」她對我們說。

潘妮洛普又把我的手拉到她肩膀上，我把手抽走。

回到城堡時，我看到阿嘉莎。在城牆上看我們的人就只剩她一個了。

45

賽門

「有死者返魂來找你！你竟然沒告訴我！」

潘妮洛普站在那邊，兩隻拳頭靠在腰間，一副恨不得施咒讓我陷入無盡痛苦的樣子。我小心注意她戴著戒指的手。

「你竟然告訴『他』？」她對貝茨一揮手，「竟然沒告訴『我』？」

「那是他的媽媽啊。」我說。

「是沒錯，」她說，「但是他當時根本就不在啊。」

「潘妮，我本來想告訴妳，可是後來他回來了，事情突然變得很複雜嘛。」

「我們現在不就在告訴妳了嗎？」貝茨說。

「『我們』？」潘妮說，「你們兩個什麼時候變成『我們』了？」

「我們才不是『我們』！」我半喊出聲。

貝茨雙手一攤，往後倒在自己的床上。「你們兩個真的是無可理喻。」

「**還有**，」潘妮對我說，「你什麼時候變成插座，可以讓其他魔法師插電了？」

「我也不知道啊。」我說，「我以前都沒試過嘛。」

「現在再試一次看看。」她邊說邊跟著在我床上坐下，湊到我身邊。

「潘妮，不可以，我不想弄傷妳。」

她把我的手拉到她的肩膀上。「賽門你想想看，如果結合你的力量和我的咒語，那我們一眨眼就能解決掉凡庸，然後解決飢荒問題、造就世界和平了。」

「你們想想看，如果大法師發現自家後院就有核能發電廠，他會怎麼做？」貝茨躺在自己床上哼道。

我吞了吞口水，看向牆壁，潘妮的手也落回床上。不得不說，我沒有很想把我今天做的事告訴大法師——或任何人，我沒辦法控制住自己的力量就已經夠慘了，我可不希望控制力被完全奪走。

潘妮蓋住我放在床上的手。「那是特別的法術嗎？」她輕聲問。

「不是。」我說，「我只是……推了一下而已。」

「讓我看看嘛。」

貝茨用一隻手肘撐起上半身觀察我們。我對上潘妮的視線。

「我相信你。」她說。

「我還是有可能會弄痛妳。」

潘妮聳聳肩。「痛都是一時的。」

「我還是有可能會弄傷妳。」

她又聳聳肩。「來嘛，我們必須研究出這招的用法。」

「我們又不是『必須』，」我說，「只是妳『想要』而已。」

她握緊我的手。「**賽門**。」

看得出來她是下定決心了，在照她說的去做之前，我是不可能耳根清靜了。我試著回想之前在大草坪上那種感覺，我彷彿打開了、解開了什麼——一點點而已，稍微放開一點點……

我很輕、很輕地**推**了一下。

「魔蛇啊！」潘妮驚叫一聲把手抽走，跳下床。「幹他媽的九趾山怪啊，賽門！」她在拚命甩手，都快哭出來了。「史蒂薇．尼克斯跟格蕾絲．斯里克啊！**幹！**」

我跳了起來。「對不起！潘妮對不起，讓我看看！」

貝茨大笑著躺回床上。

潘妮洛普伸出手臂，她的皮膚一塊一塊發紅。「真的很對不起。」我輕輕握著他的手腕說，「要不要去看校醫？」

「應該不用。」她說，「好像快沒了。」她的手臂在抖。貝茨也下床來一探究竟。

「是像被我施咒的感覺嗎？」我問道。

「不是。」他們異口同聲說。

「感覺比較像觸電。」潘妮洛普說完抬頭看貝茨，「你覺得呢？」

他抽出魔杖。「我也不曉得，我當時忙著對付龍。」

「那會痛嗎？」潘妮問他。

「妳怎麼知道自己不是看錯了？」貝茨說，「雪諾說不定真的是在給我精神支持呢。」

「最好是啦，你怎麼可能是五代以來法力最強的法師。」

「說不定是啊。」貝茨邊說邊用牙質魔杖輕碰她的手臂，「早日康復！」

「那『這個』感覺怎樣？」我問她。

「好一點了。」她不情願地說，然後把手臂抽走。她皺著眉頭看貝茨。「很辣。」

貝茨露齒一笑，眉毛又挑了起來。

「我是說觸感好嗎。」潘妮說，「貝茨頓，你的魔法感覺火辣辣的，我像被熱油燙過一樣。」

貝茨揮著魔杖聳肩，轉向黑板，「我們家都這樣。」

我之前也說了，每個人的魔法給人的感覺都不一樣，像潘妮洛普的魔法就感覺很濃厚，你被她施咒之後會覺得嘴裡有股鼠尾草味，我個人頗喜歡。

「所以……」她跟著貝茨走到黑板前面，「有人返魂來找你了——娜塔莎．格林—碧漆真的來了『這裡』，來找你。」

貝茨回頭看她。「班思，妳是在欽佩什麼？」

「我很欽佩她啊。」潘妮洛普說，「你母親可是個英雄，她還發明了治療地精熱病的法術，她也是華特福史上最年輕的校長。」

貝茨用看陌生人的眼神看著潘妮。

「**而且**，」潘妮接著說，「在你父親接受她的求婚之前，她還在三場決鬥中為你父親而戰。」

「聽起來有夠野蠻。」我說。

「那是我們的傳統。」貝茨說。

「那真的很了不起。」潘妮說，「我還讀了相關的紀錄。」

「哪裡有紀錄？」貝茨問她。

「我們家圖書室有收藏。」她說，「我爸最愛結婚儀式了，只要是和家庭有關的魔法他都喜歡，他和我母親可是立了五個維度的誓約呢。」

「真是美好。」貝茨說。聽他認真的語氣，我不禁有點驚恐。

「等我要對麥卡求婚那天，我打算讓時間凍結。」潘妮說。

「妳說那個小小隻的美國人？戴厚眼鏡的那個？」

「他現在已經不小隻了。」

「喔，很有趣嘛。」貝茨摸了摸下巴，「我母親求婚那天把月亮掛到了天上。」

「她真的是傳說級別的人物。」潘妮洛普燦笑著說。

「妳爸媽不是最討厭碧漆家了嗎？」我說。

他們兩個一起轉過來看我，一副我剛把髒兮兮的手伸進湯碗的樣子。

「那是政治，」潘妮洛普說，「我們談的是『魔法』。」

「原來如此，」我說，「我在想什麼嘛。」

「你很顯然沒有在動腦思考。」貝茨說。

「現在到底是怎樣？」我說，「我們在幹嘛啊？」

潘妮洛普雙手抱胸，瞇著眼睛看黑板。「我們，」她宣布，「要查出害死娜塔莎・格林—碧漆的幕後黑手。」

「傳說級別的娜塔莎・格林—碧漆。」貝茨說。

潘妮洛普給了他一個溫柔的眼神，她平常會用那種眼神看的人就只有我啊！「讓她安息。」

46

貝茨

我很樂意承認，潘妮洛普．班思是個厲害的魔法師。

應該說，既然她暫時成了我的盟友，我很樂意承認這點。

難怪雪諾像隻天生腦殘的小狗一樣，整天跟著她到處跑。我們應該沒得到先前沒有的新資訊，但班思散發出了令人安心的聰明與自信，和她討論事情的每一分每一秒都像在前進。

她還把我們的窗戶修好，它現在不會吱嘎作響了。

看得出來她還是對我沒什麼好感，也覺得我令人生厭，但羅馬畢竟不是靠雙向的景仰建成的。她在魔法史這方面學識淵博——她家想必滿滿都是禁書，假如她不是姓班思，而是姓碧漆，那她腦子裡半數的想法都能成為大法師將她關進大牢的罪證。

（她一定有凡人血統，我還沒聽過「班思」這麼缺乏魔法意境的姓氏。還有她父親——班思教授，他簡直是本滿是註腳的書，或是一件肘部補丁拼成的西裝外套。我們上學期學到關於凡庸的特別單元，班思教授來上了一段時間的課，我應該從頭到尾都沒完整消化過他的任何一句話。）

雪諾和班思派我下樓拿晚餐——因為我和廚師佩查德關係不錯，她是我的遠親。我回到寢室時，看到班思拿著一支綠色粉筆，用又擠又小的字跡在黑板上補充筆記。

尼可迪穆

——查圖書館

——問媽？（有風險？）

——問大法師？不行。

——Google？可以！（沒壞處的，賽門。）

她就連寫筆記也是對雪諾寫的，看他們兩個如膠似漆的樣子，根本就是Ant & Dec喜劇雙人組。

唔……不知道維彼羅會不會加入計畫。

「吸血鬼這部分，賽門說得沒錯。」班思沒有轉身，對著黑板說。

手裡的餐盤傾斜了一下，我連忙矮身平衡回來。「什麼？」

「吸血鬼的部分。」她邊說邊叉腰轉身，裙子上沾滿了粉筆灰。

雪諾放下一本書，過來從餐盤上拿起牛奶瓶，直接舉到嘴邊。我踢了他的小腿一腳。

「室友革令！」他說。

「我又不是要傷害你，而是要保護你。大笨蛋，你看你這失禮的噁心行為，房間哪會怪我？那邊不就有杯子可以用嗎？」

他把牛奶瓶放在兩張床之間的小桌子上，拿起杯子和擺滿了三明治的手帕。「佩查德直接把這些都送你了？」他解開包著一疊布朗尼的手帕。

「她很喜歡我。」我說。

「她很喜歡的不是『我』嗎？」他說，「上次有灶蜥攻擊她，我還救了她一命耶！」

「哪像我，我是個性討人喜歡。」

「**吸血鬼**。」潘妮洛普說，「你們到底有沒有在聽？」

我習慣性地冷笑。「就不能用三明治堵住那張嘴嗎，班思？」

「我們對吸血鬼一無所知，」她滔滔不絕地說，「怎麼可能猜得到差使吸血鬼來襲的幕後黑手，或是吸血鬼的目的？」

「吸血鬼想吸血。」賽門雪諾的血盆大口塞滿了烤牛肉。

「但他們去哪都吸得到血啊。」她說，「要吸血還不容易？午夜過後去一趟蘇豪區就行了。」她拿起一份三明治，盤腿在雪諾床上坐下——我要是稍微歪頭，就看得到她的內褲了。「純粹想吸血的話，」她接著說，「大白天來華特福不是自討苦吃嗎？」

有道理。

「那他們何苦呢？」她問道。

「那時還沒正式開學，」我拿起蘋果說，「沒有人站岡。」

「是這樣沒錯，但這裡畢竟是『華特福』。」她一甩長髮，「即使在當年，也有重重結界將黑魔物阻絕在外。」

「事情不一定要合理啊。」雪諾說，「反正是凡庸派吸血鬼來的，就像今天那頭龍一樣，牠自己也不想來啊。」

我還以為雪諾不明白這件事，在聽我提醒過後依然不信。我還以為他會當著全校的面，無情地殺害那頭母龍。

好吧，也不算是無情——龍確實攻擊了我們，但屠龍可是黑暗的行為，是連我們家族也不肯碰的黑暗行徑。只有想開啟地獄之門的人才會屠龍。

「但如果格林—碧漆校長說的凶手是凡庸，」班思說，「她為什麼要把查出凶手的任務交給貝茨？她是期望貝茨手刃凡庸嗎？那她提到的尼可迪穆又是怎麼回事？」

雪諾皺起眉頭。「我們不該把那件事當成獨立的攻擊事件。」

「那是華特福創校以來唯一一次遭受吸血鬼攻擊。」我反駁道。

「是沒錯，」他說，「可是那時候不是還發生了各種其他的事件嗎？大法師說黑魔物以為我們衰弱了——他們想攻占我們的領地。」

「他是什麼時候這樣說的？」潘妮問道。

「《魔法紀事》裡有寫。」雪諾說，「在華特福被吸血鬼入侵前，大法師就對巫師集會演講過這些了。」他把剩下的三明治塞進嘴巴，繞過潘妮拿起一本書。他的制服外套與毛衣都丟在地上，白襯衫的一角從褲腰露了出來。

他很快就找到他要的那一頁，舉到我們面前。我站在他們前方，還不打算坐上雪諾的床。

那是《魔法紀事》某一期的頭版，完整印出了大法師的演說，還附了一大張記錄各種日期與惡行的表格——那是那五十年來黑魔物對魔法世界發動的每一次攻擊。頭條寫著：我們的領域遭受威脅？

「等一下……」

班思從雪諾手裡接過書，把自己的三明治交給他，他咬了一口。「這裡沒提到凡庸啊。」她往前翻到我母親的遇難的報導，手指滑過一行行文字。「這裡也沒寫到凡庸。」

她闔上書本，用戒指輕敲封面。「抽絲剝繭——『凡庸』！」書本攤開，書頁開始一頁頁翻過，最後越翻越快，然後在她腿上闔上。

「一次也沒提到他。」潘妮說。

「沒道理啊。」我說，「凡庸在那個年代就已經存在了，第一個死角是在一九九〇年代晚期出現的，出現在巨石陣附近。我們不是在魔法史課學過嗎？」

「我知道。」她說，「我母親當時懷著我，她還和我爸去看過死角。」班思從雪諾那裡把剩下的三明治拿回來，咬了一口，一面一臉狐疑地咀嚼一面抬頭看我。「他們是怎麼知道的……」

「誰？」我問她，「知道什麼？」

「他們是怎麼知道凡庸是幕後黑手的？」班思說，「他們怎麼會知道黑魔物攻擊事件與魔法大氣中出現的死角，都是凡庸造成的？當時他們連凡庸帶來的感覺是什麼都不知道，怎麼會知道是他在暗中搞鬼？我們現在不就是憑那種『感覺』辨識出他的行動嗎？」

「那你有感覺到凡庸嗎？」雪諾問我，「那天在幼兒園，你有感覺到他嗎？」

「我當時可沒有感覺什麼東西的閒情逸致。」我說。

「他們是怎麼告訴你的？」班思問道。

「誰是怎麼告訴我什麼的？」

「你的家人。在你母親死後，他們對你說了什麼？」

「他們沒對我說什麼。有什麼好說的？」

「他們有說是吸血鬼來襲嗎？」

「不用他們說我也知道，我當天也在場。」

「那你還記得嗎？」她又問，「你有親眼看到吸血鬼嗎？」

「有。」我將蘋果放回餐盤。

雪諾清了清喉嚨。「貝茨，你第一次聽說是凡庸派吸血鬼攻擊學校，是什麼時候的事？」

他們想必是想像我父親讓我在皮革扶手椅上坐下，對我說：**「貝茨頓，我有很重要的話要告訴你……」**

他從沒對我說過那句話。

在我們家，不會有任何人說任何事情，反正你就是知道。你會學著知道大小事。

不用別人說，我就知道我們家可以談到母親的事，但絕不能提及母親的死。

不用別人說，我也知道自己是吸血鬼。

我還記得自己被咬，還記得自己從小聽到大的恐怖故事——然後有一天，我睜開眼睛就突然渴求鮮血了。不用別人說，我也知道不該喝其他人類的血。

「我是在學校學到的。」我說，「和你們一樣。」他們都一臉詫異。

「吸血鬼後來都怎麼了？」雪諾問道，「除了被你母親殺掉的那幾隻以外——其他的吸血鬼呢？」

「大法師把大多數吸血鬼驅逐出了英格蘭。」我說，「那應該是我們家唯一一次配合他的討伐行動。」

「我媽說，戰爭就是從討伐吸血鬼的行動開始的。」班思說。

「哪一場戰爭？」雪諾問道。

「全部都是。」她從雪諾的身前伸出手，隔著他拿了一塊布朗尼。

我拿起一份三明治與一顆蘋果，站了起來。「我去呼吸新鮮空氣。」

等到進了塋窟，我才大快朵頤。我不喜歡在別人面前進食。

47

賽門

潘妮又在黑板上寫筆記了。

聖誕連假問爸。可等那麼久嗎?請他寄筆記來?

「為什麼『全部都是』？」我問她。

「嗯？」

「為什麼說全部的戰爭都是從討伐吸血鬼開始的？」

「對黑魔物的戰爭是從那時候開始的，這部分應該很明顯吧。」她說，「法師與吸血鬼向來不睦——我們需要活著的凡人，他們需要殺死凡人。但是，入侵華特福是發動戰爭的行為，那也是凡庸首次對我們發動攻擊。」

「那對古老世家的戰爭呢？」

「這個嘛，大法師的改革就是從那時候開始的。」她說。

「如果只有一場戰爭就好了，」我說，「如果只有一個敵人，我就不會被搞得腦袋這麼亂了。」

「哇，」潘妮終於轉過來看我，「那你現在沒了貝茨，還打算怎麼辦？」

「貝茨還在啊。」

「但他不是敵人了。」

「我們只是暫時休戰而已。」我說。

「休戰到你都開始把魔法分給人家了。」

「潘妮。」我皺著眉頭躺下來，累到筋疲力盡。

我感覺到她爬到我旁邊。「再試一次嘛。」她拉著我的手說。

「不要。」

「那你為什麼對貝茨試這招？」

「我沒有啊。」我說，「我只是想幫他，可是不知道怎麼幫才好，所以就把手搭在他身上，『想著』要幫他。」

「那真的很神奇耶。」

「妳覺得其他人看得出來嗎？」

「應該……看不出來吧。我也不曉得，至少我自己是不太確定——我那時候還站得離你們最近呢。不過我看到他被你碰到之後就站得更直了，法術也開始生效了。貝茨不可能有用咒語勸退一頭龍的力量……」她握緊我的手，「再試一次啦。」

我握了回去。「不行，我會弄傷妳。」

「你又沒傷到貝茨。」

「搞不好有啊——就算有，他也死都不會承認。」

「搞不好他沒受傷，」她說，「是因為他已經死了。」

「貝茨又沒死。」

「他也不算是活人啊。」

「我……我覺得他算。」我說，「他有魔法，那不就是生命力嗎？」

「摩根勒菲的牙齒啊——如果你可以再用一次那招的話，如果你真的能控制住自己的力量的話……

賽門，你能想像那個畫面嗎？」

「是貝茨控制了我的力量。」

「你那時候就彷彿第一次集中了魔法——你的力量有了方向。你把他當魔杖使用耶。」

我閉上眼睛。「我沒有『使用』他好嗎。」

48

貝茨

我回到寢室時，班思已經走了。她又坐過我的床了——床鋪還沾著她的氣味，像是鮮血、巧克力與芳草的氣味。我明天再去罵她。

雪諾沖過澡了，房裡仍飄著淫氣，但我們的資料與晚餐盤等東西還散在桌上與地板上，我簡直是又多了一個髒兮兮的室友。

黑板倒是寫得整整齊齊，全是班思筆畫僵硬的筆記，被推到了牆邊。

我脫下制服外套，用法術將它清乾淨，然後掛進衣櫥。我的領帶捲起來放在外套的口袋，我把它拿出來掛到衣架上。

剛才在地下室，我吃了三明治配幾隻老鼠。之後就必須進搖曳之森狩獵了，塋窟裡的老鼠最近越來越少，即使我盡量不抓母的，牠們還是被我吸得快絕跡了。

在森林裡狩獵非常麻煩，我必須在白天狩獵，因為大法師會在傍晚收起吊橋，我總不能每晚像今天一樣用「翩翩如蝶」飛過護城河，我可沒那麼多魔法。

我回頭看向雪諾——此時，他不過是床上一條蓋著毯子的長條形影。

「他」就有足夠的魔法。

他真的什麼都辦得到。

從他的手離開我肩膀到現在已經過了數個小時，他的魔法卻仍在我體內嗡嗡震顫。我不是沒被他施過咒，但這次的感覺不同，這比較像是被善意的雷劈中，我被硬是燒得乾乾淨淨，沒了底限……

不對，不是沒了底限，是沒了「中心」。我感覺自己的內在膨脹了，似乎什麼法術都施得出來，什麼承諾都能實現。

起初，我感覺雪諾將自己的魔法給了我，傳送了過來，不過後來魔法就在「那裡」。在那一刻，他擁有的一切都成了我的東西。

夠了，我不能再這樣想事情了，那不是他送我的禮物，若不是有龍來襲，雪諾也不可能對我敞開自己……

我有沒有辦法強行「搶奪」他的魔法呢？想到這裡，我就覺得噁心。

我在浴室裡更衣刷牙，出來時，我發現雪諾坐在他的床上。

「貝茨？」

「幹什麼。」我在自己的床上、毯子上坐下。

「我……你可以過來嗎？」

「不可以。」

「那我過去可以吧。」

我翹腳、雙手抱胸。「不可以。」

雪諾煩躁地呼出一口氣。**很好**，我心想。

「你就，就過來一下嘛。」他說，「來嘛，我想試一下這個。」

「你有沒有聽到自己說的話？都不覺得荒唐嗎？」

他站了起來。房裡相當昏暗，但今晚有月亮，我能看得比他清楚。他穿著學校的灰色法蘭絨睡褲，脖子上戴著金十字架，在月光下的皮膚和我同樣灰白，如珍珠閃耀。

「你不准坐我的床。」我說話的同時，他一屁股在我床上坐下。「班思也不准。我床上沾滿了濃濃的思想和布朗尼臭味。」

「來。」他伸出手說。

「雪諾，你是要我怎樣？」

「沒怎樣。」他說。混蛋，這竟然是他的真心話。「我們再試一次。」

「為什麼？」

「這樣才知道那是不是僥倖啊。」他說。

「那就是僥倖。你在和龍戰鬥，我在幫你——那完全是雙重的僥倖。」

「梅林啊，貝茨，你就不想確認一下嗎？」

「確認我能不能把你當發電器用？」

「不是那樣的，」他說，「是我讓你用的。」

「那你打算再讓我用一次嗎？」

「不打算。」

「那它是不是僥倖有差嗎！」

雪諾還坐在我的床上。「好啦。」他說，「那可能可以。」

「可能可以什麼？」

「可能可以再做一次。」他說，「如果又發生像今天這種狀況——如果有人有生命危險，我有除了……嗯，除了暴走以外的這個選項，那可能可以再做一次。」

「那如果我轉而用它攻擊你呢？」

「用我的魔法？」

「對。」我說，「如果我用你的魔法對你施咒，就此了結貝茨與賽門之間的較量呢？」

雪諾微張著嘴，舌頭在黑暗中是閃亮的黑。「你幹嘛一定要當這種壞人啊？」他語帶嫌惡，「你怎麼已經把腦筋動到那個地方去了？」

「我還在對龍施咒時就想到了。」我說，「你就沒想到嗎？」

「**並沒有**。」

「所以說，我終究會打敗你。」我說。

「我們現在休戰耶。」雪諾說。

「我還是能懷有帶敵意的『心思』。我無時無刻不在對你想些暴力的想法。」

他抓住我的手。我很想將手抽走，但不想顯得害怕——更何況，我也不想將手抽走。該死的雪諾，我現在就對他滿腦子的暴力。

「我要再試一次囉。」他說。

「好啦。」

「你要同時施咒嗎？」

「我哪知道？」我說，「是你在做實驗還是我在做實驗？」

「那先不要好了。」他說，「會痛的話跟我說。」

「之前不會痛。」我咕噥道。

「不會嗎？」

「不會。」

「那你之前有什麼感覺？」

「可以不要再討論什麼感覺不感覺了嗎？」我晃著他的手說，「你要打我就快打，要幫我充電就快點充，少在那邊廢話。」

雪諾舔過下唇，半閉上雙眼。他今天下午也是這種神情嗎？**克勞利啊**。

我感覺到他的魔法。

起初，法力不過是我指尖的麻癢，接著它如一連串的靜電，竄上我的手臂。我盡量克制住扭動遠離他的反應。

「還行嗎？」他問道，聲音好輕。

「還可以。你在做什麼？」

「我也不曉得。」他低聲說，「把自己打開？應該吧？」

手臂的靜電安分下來，化為沉重的微震，宛如電流的火花成長為烈焰。不舒適的感覺消失了，近似火舌舔舐的感覺卻逐漸加強——這是火焰，我知道怎麼控制火焰。

「那現在還好嗎？」他問。

「好得不得了。」我回答。

「那是什麼意思——你可以用我的魔法了嗎？」

我笑了，聲音比我預期的友善一些。「雪諾，我現在應該連詩文咒語都使得出來。」

「我要看。」他說。

我盈滿了力量，彷彿不必睜眼就能看清周遭萬物，彷彿能隨心所欲地任新星爆炸，誕下屬於自己的星系。賽門．雪諾平時就是這種感覺嗎？就是這種口袋裡裝著無窮力量的感覺？

我清楚地念出：「一閃一閃亮晶晶！」

念到下一句結尾時，寢室已經消失了，星辰觸手可及。

「掛在天上放光明！」

賽門抓住我的另一隻手，我的胸腔變得更加開闊了。「梅林和摩根勒菲啊，」他說，「我們是在外太空嗎？」

「不知道。」我說。

「《小星星》也是咒語嗎？」他又問。

「我也不知道。」

我們一起環顧四周。我們應該不在外太空，至少我的呼吸沒有問題，也沒有快飄走的感覺——卻在飄飄欲仙的邊際流連徘徊。太多力量，太多星星了，我口中滿是煙霧的味道。「你有在壓抑力量嗎？」我問他。

「我沒有故意去壓抑它。」雪諾說，「會太多嗎？」

「不會，我感覺像是迴路被你接上了。」我握著他的另一隻手說，「倒是有種醉酒的感覺。」

「怎樣，是被力量沖昏頭了喔？」他問道。

我笑個不停。「幹，雪諾。別說了。多丟臉啊。」

「你要我抑制法力嗎？」

「不要，我想看星星。」

「我要抑制了喔。」

話一說完，他就將力量收了回去，那像是海水退潮的感覺——海洛因與烈火形成的海水離我而去。

我搖搖頭，沒放開雪諾的雙手。

「還好嗎？」他問我。

「嗯。你呢？」

「還好。」

魔法消失的此時此刻，我和賽門．雪諾就這麼互相握著手坐在我的床上。我無法直視他的雙眼，只能盯著他的十字架。

「你母親……」他說，「她返魂的時候有提到星星：『他對我說過，我們是天上的星辰。』」

「那應該只是巧合。」我說。

「也是。」賽門點點頭，「你還有剩嗎？我的魔法有沒有留在你那邊？」

「你是說魔法殘留嗎？」我問道。

「嗯。」

我搖了搖頭。「沒有。只剩下一種感覺，一種震顫的感覺，但法力都消失了。」

「那你有辦法主動嗎？」

「什麼意思？」

「我們還沒分開啊，」他說，「你主動把法力吸過去試試看。」

我闔上雙眼，試著讓自己變得開放，成為真空或黑洞。什麼事都沒發生。我接著嘗試拉扯雪諾的力量，用自己的魔法將他的力量吸過來……還是無效。

我張開眼睛。「不行，我沒辦法主動吸取你的力量，也從沒聽過魔法師吸取他人法力這種事。如果真的存在那樣的法術還得了？那我們早就把彼此撕成碎片了。」

「我們本來就要把彼此撕成碎片啊。」

「我沒辦法。」我重複道。

「你覺得我的魔法有傷到你嗎？」

「大概沒有。」

「那我們可以再做一次囉。」

「雪諾，我們不是才剛做過一次嗎。」

他難得露出若有所思的表情，不知是不是忘了自己還握著我的雙手，或者忘了和我握著手的意義。還是說，他完全忘了我是誰？

我再次考慮將手抽走——但到了這個地步，即使雪諾在我手心點火，我也不肯放手了。我感覺火焰已經點著了。

「貝茨。」他說。我不是沒聽他說過我的名字，不過他平時都會避免這麼叫我。「這樣真的太蠢了，我們既然要合作，你就不能一直假裝我不知道。」

「不知道什麼。」我扯回雙手，問道。

「不知道你的事。不知道你是什麼。」

「雪諾，回你自己的床上去。」

「你說了又不會改變什麼——」

「喔？不會嗎？」

「我們是會輕鬆很多。」他說，「你連自己是吸血鬼都不承認，我們是要怎麼討論吸血鬼的事啦。」

「**回你自己的床上去。**」

雪諾站了起來，卻沒有退讓。「我**知道了**。我從五年級就知道了。你還藏著這麼多祕密，我們是要怎麼幫你？你這學期為什麼這麼晚才來學校？你到底發生什麼事了？為什麼跛了腳？」

「關你屁事。」我嘶聲罵道，「這些都和你無關。」

「你說得沒錯，可是你也說你要我幫忙，所以這些都跟我有關了。」

「有相關的事我會告訴你。」

「我們要調查派吸血鬼去殺你母親的凶手，你自己就是吸血鬼了，這難道不相關嗎？」

說得好像我能輕易開口承認，將真相公諸於世一樣。說得好像其他魔法師得知實情後，不會痛快地放把火燒了我一樣。

說得好像雪諾自己過去這七年來，沒有天天致力揭發我一樣。

我咬緊牙關。

我該出門，回塋窟去，但雪諾的魔法讓我筋疲力竭——現在即使是站立都成問題。我只有默默閉上雙眼。

「我今天受夠你了。」我說，「這十二小時內我被雷劈了兩次，我真的受夠了。」

49

賽門

阿嘉莎想在咒語課下課後跟我談談。

從分手到現在，她連一個字都沒對我說過——甚至幾乎都不看我，所以現在看到她走來，我的直覺反應是盯著地板、想辦法繞過她。她只能抓住我的袖子讓我注意到她，結果我們雙方都尷尬得要命。

「賽門，」她說，「可以跟你談談嗎？」

她一副緊張兮兮的樣子，咬著下嘴唇。不得不承認，我第一個想法是阿嘉莎想我了，她一定是想跟我復合。

我當然會同意了，而且我甚至不會逼她自己講出來，我們可以直接恢復以前的關係。我說不定還可以把貝茨的事告訴她——她可能幫得上忙。

然後，我想像阿嘉莎跟我們一起窩在寢室裡，近到貝茨能聞到她的血液……嗯，我還是先不要對她全盤托出好了。

但我可以跟她復合。

我們最近一直無視對方、坐在不同的餐桌吃飯，明明是朋友還搞得像仇敵一樣，感覺真的好糟。

我會跟她復合的，剛好聖誕節快到了，我們可以一起過節。

我最近常常想到聖誕節，往年我都是去維彼羅家過節，從剛來華特福那年就是了。

一開始，應該就只是阿嘉莎爸爸——維彼羅醫師——好心收留我，他就是會在聖誕節歡迎孤兒到家裡作客的那種人。

我和阿嘉莎就是這樣變成朋友的，要不是每年有兩個星期都困在同一棟屋子裡，她可能到畢業都不會來找我說話。

阿嘉莎也不算是高傲啦——

呃……好吧，她是有一點點高傲沒錯。她好像是喜歡比別人漂亮、比別人穿得好，還有比別人幸運。

我也不能怪她嘛。

可是除了這些以外，她其實本來就不是多愛社交的人，尤其不喜歡和同學走得太近。她在來華特福以前喜歡跳舞，到現在也常常參加馬術活動，她跟這裡的同學都不太親近，跟暑假才見面的那些凡人朋友卻感情比較好。

阿嘉莎和潘妮不一樣，她不會自然而然地對魔法世界的政治產生興趣，她也不像我這樣非關心政治不可。

老實說，阿嘉莎好像就是不怎麼在乎跟魔法有關的東西，還記得上一次跟她聊到未來，她還說以後想當獸醫。

維彼羅醫師喜歡提倡凡人與魔法師的平等關係，他說我們法師自以為高凡人一等也沒什麼好處。（「我懂維彼的意思，」潘妮洛普的媽媽總是說，「但凡人能做到的我們都做得到，我們還『額外』擁有魔法，這難道不是高凡人一等嗎？」）

阿嘉莎爸爸從沒逼女兒選魔法相關的工作，她想要的話，爸媽可能還會讓她跟凡人交往。（不過她媽媽可能會有意見，凡人是不許進俱樂部的。）

總之，我最愛去維彼羅家了，只要他們沒在家裡辦高檔晚宴，或是拖著我到處去參加一堆有的沒的活動就好。他們屋子裡的所有東西都是全新而且最高級的，一臺電視就占滿了一整面牆，巨大的音響藏在馬的油畫後面，沙發也都是皮革製的。

阿嘉莎的媽媽平常都不在家，她爸通常也都在診所工作。（他也會醫治凡人，不過去找他的病人大多是法師，他的專科是急性非凡病症。）他們家有個類似女傭的人，叫海倫，她會做飯給阿嘉莎吃和開車接送她，但沒有人把海倫當傭人看待。她穿的不是制服而是一般衣服，而且開口閉口都在聊《神祕博士[14]》。

包括海倫在內，維彼羅一家人都對我很好，阿嘉莎媽媽在聖誕節會送我好看的衣服，她爸也會跟我聊我的未來，絲毫沒表現出「反正你之後應該會活活炸死吧」的態度。

總之我真的很喜歡他們，也很喜歡聖誕節。我最近一直在想，分手以後還要跟他們一家人一起吃飯、和阿嘉莎爸媽聊天，那應該超級尷尬吧。

其他人都離開後，我和阿嘉莎繼續留在咒語課的教室裡。

她還咬著嘴唇。

「阿嘉莎……」我說。

「我想和你討論聖誕節的事。」她說。

她把頭髮撥到耳後；她的頭髮很直很完美，中分之後很自然地框住她的臉。（潘妮說那是法術弄出來的，阿嘉莎說才不是，潘妮說只是用用美容法術而已有什麼好不好意思的。）

「我爸想告訴你，我們當然還是歡迎你來過聖誕節。」阿嘉莎說。

「喔。」我說，「很好啊。」

「但是，相信你我都很清楚，那會非常尷尬。」她接著說，光是把話說出口就一臉尷尬了，「不論是你或我都會非常尷尬。」

14 《神祕博士（Doctor Who）》，英國廣播公司（BBC）製作的長壽科幻電視劇。

「好喔。」我說。也是，那會很尷尬吧。

「甚至會毀了聖誕節。」她說。

我滿腦子想著：**是嗎？妳真的這樣覺得嗎，阿嘉莎？屋子那麼大一棟，我整天待在電視間還不簡單。**但我硬是把話吞回去了。

我最後說出口的是：「好喔。」

「所以我對他們說你應該會去班思家過聖誕節。」

阿嘉莎知道我不可能去班思家過節，潘妮洛普媽媽通常只能忍受我兩三天，在那之後就會開始把我當成動不動就不小心用尾巴撞倒東西的大丹狗。

班思家的房子不小，但裡頭住滿了人，還塞了一疊又一疊的書啊、紙啊、玩具和碗盤什麼的，我不可能不擋到路。在他們家，只有沒有形體的人才不會把東西撞倒吧。

「嗯。」我對阿嘉莎說，「好喔。」

她盯著地板。「我相信爸媽還是會送禮物給你的。」

「我會寄卡片給他們。」

「不錯啊。」她說，「謝謝你。」她把背包掛上肩膀，遠離我一步——然後她停下腳步，把垂到面前的頭髮甩開。（那只是她的習慣動作，她的頭髮都不會垂到面前。）「賽門，你打敗那頭龍的時候真的很了不起，你救了牠一命呢。」

我聳聳肩。「嗯，這個，其實是貝茲救了牠。要不是我一時想不到辦法，我早就一劍砍斷牠的喉嚨了。」

「我爸爸說是凡庸派牠來的。」

我又聳聳肩。

「聖誕快樂，賽門。」阿嘉莎說完，越過我走出教室。

50

賽門

「你們直接讓我在寢室住下來不就好了，」潘妮洛普說，「這樣事情就簡單多了。」

「**不行。**」我跟貝茨異口同聲說。

「妳是打算睡哪裡啦。」我問她，「浴缸嗎？」

黑板還是占據了兩張床的床尾空間，現在它旁邊又堆了好幾疊書。多虧了貝茨和潘妮洛普，華特福圖書館每一本有用的書都被藏進我們房間了——我相信它們沒有任何一本是照規定借出來的。

我們每晚都在寢室裡討論，可是除了把房間弄亂以外沒什麼進展。

「睡浴缸也可以啊，」潘妮說，「我可以用法術讓它變軟。」

「不行。」貝茨說，「和雪諾睡同一間寢室已經夠糟了。」

「潘妮，妳有好好的寢室，幹嘛不回自己的房間睡？」我無視貝茨的話，對潘妮說。

「賽門，一間『好好的寢室』裡不會有翠鈴。」

「翠鈴是那個小精靈吧？」貝茨問道，「她是妳室友？」

「沒錯。」潘妮洛普說。

貝茨的嘴唇竟然同時往上揚又往下捲。「假設妳是一隻小精靈。」他說，「我知道這個想法很噁心，可是妳稍微想像一下——妳是一隻『小精靈』，妳生了個女兒，決定幫她取名為『翠鈴』。『小精靈翠鈴』。」

「我覺得聽起來很可愛啊。」我說。

「你也覺得『翠鈴』很可愛，不是嗎？」潘妮說。

「她是很可愛啊。」我聳聳肩。

「雪諾。」貝茨說，「我才剛吃飽，可以不要害我吐出來嗎。」

我翻了個白眼。他應該是覺得小精靈是低等生物，和地精還有網路上的白目一樣是民智未開的物種。

「你們能想像一隻叫『晶晶』的妖精嗎？」他接著說。

「或是叫『野鬼』的吸血鬼。」我說。

「雪諾，沒有人會取名叫『野鬼』。你真的很不會講笑話。」

「我幫翠鈴說句公道話，」潘妮洛普說，看得出來她自己也很不想幫室友說話，「小精靈應該不會自稱『小精靈』。像人類取名叫『阿仁』、男生取名叫『小南』一樣，不會有人覺得奇怪啊。」

「妳們房間一定到處都是小精靈粉。」貝茨邊說邊噁心得一抖。

「拜託別提這個，她一說下去就沒完沒了。」我說，「潘妮，晚安。」

「好啦。」她爬起來，拿起剛才在讀的書，那是一本《魔法紀事》裝訂本，我們最近都在讀這些紀錄找線索，成了十年前的時事專家。

這真的很奇怪……

不只是和貝茨合作很奇怪，現在連我跟潘妮相處的時候他也都在旁邊，超詭異。出了寢室，他還是對我們不理不睬的。

貝茨說他的小嘍囉要是看到他和敵人來往，會覺得一頭霧水。不會吧，他居然叫人家「我的小嘍囉」……也可能是他在整我。

有時候我真的看不出來貝茨是不是在譏諷我，他那個人的嘴巴長得很機車，就算是開心的時候也一副在冷嘲熱諷的樣子。不過老實說，我還真不知道他有沒有開心過，感覺他只有兩種狀態：火大跟嘲諷。

（還有鬼鬼祟祟，這算是一種狀態嗎？那就是三種狀態。）

（還有嫌惡。四種。）

總之，我和潘妮洛普還是不會把所有事情告訴貝茨，舉例來說，我們從不討論大法師——一提到他，我們就會馬上吵起來。而且，潘妮也不想讓貝茨知道她家可能和大法師關係不太好。（不過貝茨聽了應該會很同情她吧。）

潘妮一直提醒我，貝茨終究是我的敵人，等休戰時間結束了，他就會把這陣子得到的情報全部拿來對付我。

可是該被提醒的人明明就不是我，我們三個人待在一起時，常常是我自己坐在床上看書，潘妮洛普和貝茨在那邊分享他們最喜歡的十句十七世紀咒語，或是為《哈姆雷特》與《馬克白》的魔法價值辯論不休。

上次貝茨去塋窟的路上還順便送潘妮回修院宿舍，回房間的時候，他跟我說他還是看不出來潘妮是怎麼進伶人宿舍的。隔天，潘妮說貝茨完全不承認自己是去地底下吸老鼠血的。

「你要順道下樓嗎？」現在，潘妮站在房門口問他。

「不用，我準備睡了。」他回答。

他媽超級怪。

「早餐見囉。」潘妮說完就關上房門離開了。

既然貝茨今晚不狩獵，我還是早點洗洗睡吧。我們兩個獨處時通常會吵得比較凶。

我正在拿睡衣，突然聽到貝茨說：「所以你下週有什麼打算？聖誕節連假要怎麼過？」

我不由自主地咬緊牙關。「應該會去潘妮家住幾天，然後回宿舍吧。」

「不去和維彼羅家共度佳節嗎？」

我用力摔上衣櫃的門。

我們——我跟貝茨——還沒討論過這件事。阿嘉莎的事。

我不知道他們兩個會不會沒事聊天或見面，最近阿嘉莎連晚餐都不去食堂吃了，她好像都在自己房間吃飯。

「不去。」我邊說邊從他的床旁邊走過。

「雪諾。」他說。

「幹嘛。」

「你該來漢普郡一趟。」

我停下來看他。「啊？去漢普郡幹嘛？」

貝茨清了清喉嚨、雙手抱胸，還抬起下巴讓我知道他有多鄙視我。

「因為你誓言要幫我找到害死我母親的凶手。」

「我已經在幫你了啊。」

「比起在這裡調查，你跟我去漢普郡的幫助比較大。我們家的圖書館太大了，我不可能自己徹底查完，而且我有車——我們可以去外面調查。這裡連網路都沒有，你是要查什麼。」

「你要我跟你回家。」

「對。」

「過聖誕節。」

「對。」

「跟你的家人過節。」

貝莰翻了個白眼。「反正你沒有自己的家人啊。」

「你腦子進水了。」我又朝浴室走去。

「哪裡進水了？」他凶巴巴地問，「我想找你來幫忙，而且你留在這裡也沒好處啊──有人能一起過節，不是很好嗎？」

我在浴室門口停下來，又轉身看他。「你家人都恨我。」

「那又怎樣？我也恨你啊。」

「他們想殺我。」我說。

「他們不會殺你──你是來作客的，你要的話我甚至可以幫你施『歡迎光臨』。」

「開什麼玩笑，我怎麼能住你家？」

「雪諾，我們都在同一間寢室住七年了，你是在抗拒什麼？」

「你瘋了！」我邊說邊關門。

真的是腦袋壞掉了。

「妳媽『不信任』我？」我說。

我們走在走廊上，潘妮洛普連忙揮手要我小聲點。「她信任你，」她說，「她完完全全信任你，但她也知道你為人誠實又直接，如果聽到什麼不該聽的事情就會直接去跟大法師報告。」

「我哪會！」

「你有可能會啊，賽門。」

「潘妮！」

「噓——」

「**潘妮**，」我壓低聲音說，「我不可能害妳母親被大法師怎麼樣的，而且她應該也沒做什麼會惹到大法師的事嘛。」

「她又把魔法士團趕走了。」潘妮說，「普瑞莫說，下次就會是大法師親自上門了。」

「那我更應該去了啊，」我說，「大法師不可能在我面前傷害她的。」

潘妮突然停下腳步。「賽門，你真心覺得大法師有可能會傷害我母親嗎？」

我跟著停下來。「不是，他當然不會傷害妳母親了。」

她靠過來說：「我媽在向巫師集會上訴，她認為事情終究會解決的，但你也知道我回家就必須調查華特福慘案，最近發生了那麼多事，我媽是絕對不可能讓你進我們家圖書館的。她平常可是叫你『小法師』耶。」

「她到底討厭我哪裡？」

「她很喜歡你啦，」潘妮翻了個白眼，「她討厭的是大法師。」

「潘妮，妳母親很明顯不喜歡我。」

「她只是覺得你容易惹麻煩而已。賽門，我必須說，你是真的很會惹麻煩，麻煩甚至會自己找上門。」

「是沒錯，可是我又不是故意的。」

潘妮洛普又邁開腳步。「我當然知道，你跟我抗議也沒用啊。」

我不是很介意一個人留在華特福——我不是「非常」介意啦。可是聖誕節當天學校完全沒人，我光是要吃東西就得硬闖進廚房……好吧，說不定可以請佩查德廚師把鑰匙借我……

我們走到下一間教室門口，我故意用肩膀重重一撞門邊的牆壁。（如果有人跟你說到處撞東西跟亂敲東西不會讓你心情變好，那個人一定是沒撞夠。）「所以我們現在要這樣叫那個事件嗎？」我問潘妮，「是要叫它『華特福慘案』嗎？」

潘妮花了一秒才回溯到剛才的對話。「他們當時就是這麼稱呼那樁案件的。」她說，「我們怎麼稱呼它有差嗎？」

「也不是有什麼差，可是……我們調查這件事是因為有人死了，貝茨的媽媽死了。『華特福慘案』聽起來好像是發生在很遙遠的地方的事，好像那些人跟我們沒任何關係一樣。」

「你跟大法師說你要留在學校過聖誕節吧，」潘妮說，「他應該會想跟你一起過節。」

我忍不住笑了。

「幹嘛啊？」潘妮問。

「妳能想像我跟大法師一起過聖誕節嗎？」我說。

「一起唱聖誕頌。」她竊笑著。

「還有拉聖誕拉炮。」

「看女王的演講。」

「還有聖誕禮物，」我笑著說，「他搞不好會把詛咒包裝起來送我，看我有沒有辦法破除。」

「說不定還會把你蒙著眼睛丟到森林深處，叫你自己想辦法抓晚餐回來。」

「哈！」我笑嘻嘻地說，「那不是跟我們三年級那時一樣嗎？」

潘妮戳了一下我的手臂，我靠著牆滑走。「去找他談談吧。」她說，「他雖然是瘋子，但還是很關心你的。」

貝茨幾乎是最後離開學校回家過節的學生，他悠哉悠哉地打包著皮革行李箱，我們大部分的筆記都被他收進去了……他還沒決定要不要對父母說這些，只說會盡量調查。「我就不信都沒人知道尼可迪穆是誰。」

我躺在床上，努力去想著自己獨占寢室的各種好處——也努力不去看他。我清了清喉嚨。「你自己小心喔。你看，我們到現在都還不知道那個尼可迪穆是誰，也不曉得他是不是很危險，要是讓他發現我們在找他就糟了。」

「我只會問信得過的人。」貝茨說。

「問題是，我們『不知道』誰信得過、誰信不過啊。」

「你信任潘妮洛普嗎？」

「信啊。」

「那你信任她母親嗎？」

「我相信她不是壞人。」

「反正我信任我的家人，你信不信不重要。」

「我只是要你小心一點而已。」我說。

「雪諾，可以不要為我的安危操心嗎？你這樣讓我渾身不自在。」他蓋上行李箱、把它扣上，然後皺著眉頭看我，一副下了什麼決心的樣子。

我認得那個表情——我一隻手搭上劍柄。

「雪諾……」他說。

「幹嘛。」

「有鑑於我們的休戰協議，我似乎該把這件事告訴你。」

我看著他，等他說下去。

「你看到我和維彼羅在森林裡的那天……」

我閉上眼睛。「這對我們的休戰協議有任何幫助嗎？」

他繼續說：「那天，你看到我和維彼羅在森林裡——事情不是你想的那樣。」

我睜開雙眼。「你不是在搶我女朋友？」

「不是。」

「幹，最好是啦。」我說，「從她選我不選你的那天開始，你就一直想拆散我跟阿嘉莎。」

「她並沒有選你不選我好嗎。」

「貝茨你少臭美了。」

他一臉痛苦；我倒是頭一次看他露出這種表情。「不是。」他說了下去，「我想表達的是——維彼羅從一開始就沒有我這個選項。」

我用力往後靠著枕頭。「照理來說是這樣沒錯，可是我顯然錯了。反正你現在愛追她就去追，她已經跟我分手了。」

「是她『打斷』了我。」他說，「那天，在森林裡。」

我不理他。

「她打斷了我的晚餐。她看到我了。我是在請她別到處聲張。」

「那你非要握著她的手不可嗎？」

「那只是為了惹毛你。我知道你在看我們。」

「好啊，你成功了。」我說。

「你沒認真聽。」他現在的表情非常痛苦，「我『永遠』都不會干預你和維彼羅的感情，我從頭到尾都只是想激怒你而已。」

「你的意思是，你跟阿嘉莎在那邊眉來眼去都只是為了讓我難過？」

「**對**。」

「你從來沒喜歡過她？」

「**對**。」

我咬牙切齒。「你以為我想聽你說這個？」

「那當然。這下，你可以去找她和解，過上史上最棒的聖誕節了。」

「你這個機掰人！」我邊說邊跳起來，往他那邊撲去。

「室友革令！」他大喊。我聽是聽到了，還是差點一拳打在他臉上。

我在最後一刻收手。「那她知道嗎？」

他聳聳肩。

「你真的是個機掰人。」

「那就只是調情而已啊。」貝茨說，「我又沒有要抓她去餵奇美拉。」

「是沒錯，可是她『喜歡』你啊。」我說，「她對你的喜歡好像比對我的多一點。」

他歪過頭，又聳了聳肩。「這有什麼奇怪的嗎？」

「幹，貝茨你去死。幹。」我站得離他很近，口水幾乎都噴到他臉上了，「你不在的時候，她還整天帶著你該死的手帕到處跑。從上學年開始就一直帶著它。」

「什麼手帕？」

我拉開抽屜，手帕和我的魔杖跟一些其他東西都塞在裡頭。我拿出手帕，在他面前晃了晃。「這條。」

貝茨想把那塊布抽走，但我使力抽了回來，我可不想把這東西給他。我現在什麼東西都不想給他。

「那這樣吧，」他說，「我就此收手。從今以後，我再也不和維彼羅接觸了，反正她對我而言不重要。」

「那並沒有比較好！」

「那我不收手總行了吧！」他說，一副他才該火大的模樣。「這樣有比較好嗎？我他媽這就娶了她，跟她生一堆魔法史上最帥最美的小孩，全部都取名叫賽門，這樣你該滿意了吧？」

「快滾啦！」我喊道，「我是說真的，我再繼續看著你，就算有革令我也不管了。我被踢出華特福的話，至少就不用再看到你了！」

51

貝茨

我是想幫雪諾一個忙。

一個對我沒有好處——完全沒有好處——的忙。

幹，我還真該娶了維彼羅，我父親一定會樂壞。娶了她，她要什麼鑰匙我都給她，然後我就去找一千個和賽門他媽的雪諾長得一模一樣的男人，用一千種方法讓他們心碎。

維彼羅的力量不怎麼強，但她長得很美，騎馬的姿勢也是一流，她可以和我繼母一起去騎馬。

只要和她結婚，父親就不會再為碧漆家絕後的事煩惱了。（但我幾乎能肯定，碧漆家傳到我這裡就已經絕後了，我相信吸血鬼生不出小孩。）（克勞利啊，你能想像吸血鬼寶寶這種東西嗎？太可怕了。）（怎麼不叫費歐娜阿姨自己把她的姓氏傳下去？既然母親能把碧漆這個姓氏傳給我，那費歐娜也可以為這個世界生幾個小碧漆吧。）

假如我和一個家世好的女孩子結婚，父親甚至不會在乎我的性向，就連孫子的父親是誰他可能都不會在乎。若不是以那種方式將母親的姓氏傳下去令我反胃，我還真的會考慮一下。

雪諾要是知道我如此冷酷無情地考慮愛情、性愛和婚姻，還有他完美的阿嘉莎，他應該會想辦法用全新的方式恨我吧。

反正我從沒抱持過善意，這真的有那麼重要嗎？我通往地獄的道路並沒有充滿善意——或惡意——

那不過是一條鋪展在我腳下的道路。

你去吧，雪諾，快去原諒你的女朋友，我不會阻撓你們。你們想站在該死的山丘上，看著夕陽餘暉映在對方髮梢，那就去吧——我不會再干擾你們了。**我受夠了。我們休戰。**

我本來就不指望這幾天的……「合作」……能彌補些什麼，我也本來就不指望說服雪諾或讓他信任我，不過我還以為我們的關係稍許改善了。也許等這一切都結束了，我和他仍舊會站在敵對陣線，但我們不會互罵，也不會恨不得立刻衝上去廝殺。

我知道自己和賽門永遠都會是敵人……

但我還以為我們能走到某個境界，發現自己已經不想再當對方的仇敵了。

52

賽門

既然潘妮（還有貝茲）都走了，我現在整天沒事做，就在校園裡晃來晃去。我決定去找幼兒園……貝茲推測在他媽媽死後，幼兒園就被濟然塔吞噬了。潘妮說一個魔法師和一棟建築形成連結、尤其是曾在那地方施過血咒時，就可能會發生這種事情——當那個魔法師受傷流血，建築物本身也會受傷，然後包著事發現場形成類似囊胞的東西。

我那麼常用血讓寢室識別我，要是哪天我在伶人宿舍掛了，不曉得會發生什麼事。

這就是潘妮不喜歡血誓和血咒的其中一個理由。**「既然說一言既出駟馬難追，那光是用說的就夠了啊。」**

我又在引用她的話了。我整天都在腦子裡跟她對話，有時候貝茲也會加入我想像中的對話，通常都是來嗆我是婊子的……不過就算是在我的想像中，他也從不把「婊子」兩個字說出口，那對他來說太粗俗了。

總之，我在濟然塔裡閒晃，一邊自言自語一邊在各處的角落摸來摸去。這時，窗外的某個東西吸引了我的目光：一排山羊穿過雪地、過了吊橋，一個人影跟在牠們後面，應該是厄本。

厄本。**厄本……**

厄本從十一歲起就待在華特福了，她現在應該至少三四十歲了吧？她畢業以後一直沒離開學校，所以碧漆校長過世時，她應該也在。

我過去的時候，山羊都已經趕回畜舍了，我敲敲門——厄本跟山羊一起住在畜舍裡，我可不想嚇死她。

我知道跟山羊住在一起很怪，但老實說，我實在無法想像厄本和其他人、其他教職員一起住。她在畜舍裡愛幹什麼就幹什麼，山羊全都不會介意。

「嗨，厄本！」我邊說邊多敲了幾下門，「是我，賽門。」

門開了，一隻山羊的鼻子探了出來，接著厄本本人也出現在門口。「賽門！」她開著門，揮手要我進去。「你怎麼來了呀？我還以為大家都回家過節了。」

「我想說來跟妳說聲聖誕快樂。」我跟著她走進畜舍，室內比外面溫暖，但也沒暖到哪裡去，難怪厄本在破舊的華特福毛衣底下又多穿了一層毛衣，脖子圍著長長的條紋制服圍巾，頭上戴著一頂織得亂七八糟的帽子。「魔蛇啊，厄本，這裡頭怎麼冷得像巫婆的心一樣？」

「也沒那麼冷吧。」她說，「過來吧，我讓火燒得旺一點好了。」

我們穿過羊群來到畜舍後頭，那裡算是厄本的客廳，她擺了一張小桌子、鋪了地毯，還有電視——就我所知，那是全華特福唯一一臺電視。這些家具的中心是個大肚子爐灶，它沒有連到任何一面牆壁或任何的煙囪。

這就是為什麼我喜歡來找厄本，浪費魔法什麼的她根本就沒在管，她嘴巴說出來的話有一半都是咒語，我卻從沒看過她魔法用盡或疲憊的樣子。

我相信她平常都是用魔法來點爐灶，甚至連看足球賽都是用魔法。

「那她怎麼不裝魔法淋浴間？」最後一次陪我去找厄本時，阿嘉莎說——那好像是好幾年前的事了。我也不知道厄本都去哪裡洗澡，搞不好她每天早上都用「一塵不染」解決。

（我十三歲時也想這麼來，結果被潘妮念了一頓，她說「一塵不染」只能清掉肉眼看得到的髒汙，你其實還是很髒。）

厄本往爐子裡塞幾根樹枝，戳了戳爐火。「你也聖誕快樂啊。」她說，「你來得正是時候，我明天就要回家了。」

「回去看家人嗎？」我問她。

厄本的老家在倫敦東區。她點點頭。

「要我幫忙照顧山羊嗎？」

「不用啦，我讓牠們在校園裡自己到處走就好。那你呢？要去阿嘉莎家嗎？」

「沒有。」我回答，「我想說今年是最後一學年了，我可以留在學校，盡量記下華特福的一切。」

「賽門，你畢業以後還是可以回來啊——我不就回來了嗎？要不要喝咖啡？抱歉啦，我這裡只有咖啡。喔不對，還有富貴佐茶餅乾，我們趁餅乾變軟之前全都吃掉吧。」

我把水桶倒過來當椅子用，坐在火爐邊，看厄本在被她釘在畜舍後牆的櫥櫃那邊忙來忙去。牆上還掛了一些架子，上頭塞滿了灰塵滿布的陶瓷小動物。

我在二年級的聖誕節送了厄本一隻小小的陶瓷山羊，那是我夏天在二手市集偶然看到的，沒想到厄本樂壞了。那之後好幾年，我每到聖誕節就會送她一些小裝飾品，山羊啊、綿羊啊、驢子之類的。

我今年空手而來，正覺得慚愧時，厄本把一個缺了角的咖啡杯和一疊餅乾遞了過來。

「我也不知道回來要幹嘛。」我說，「華特福應該不需要兩個牧羊人吧。」一隻小山羊晃了過來，開始磨蹭我的膝蓋，我把一片餅乾放在手掌上讓牠吃。

厄本微笑著坐上休閒椅。「我們可以幫你找事做啊。你看看我，碧漆校長讓我回來工作的時候，學校也不缺牧羊人嘛。」

「妳是說貝茨的媽媽？」我搔著山羊的耳朵說。說不定不用我多問，厄本就會自己把我想聽的事情說出來了。

「就是她。」她說，「她真的是很強的魔法師。」

「妳以前跟她很熟嗎？」

厄本咬了口餅乾。「我還在上學的時候，她是我們的咒語老師。」她邊吃邊說，餅乾屑都掉到髒兮兮的圍巾上了。「她也是華特福的校長，所以我算是認識她吧。你也知道，我們的社交圈完全不一樣——不過我哥哥尼尼走了以後，我們家就根本沒在社交了。」

厄本還在校時就失去了哥哥，她很常聊到哥哥，但每次都會越說越難過、越說越憂鬱。這也是為什麼潘妮一直不怎麼喜歡厄本。**「她那麼憂鬱，連山羊都跟著鬱悶了。」**

我覺得山羊看起來很好啊，有幾隻在厄本的椅子附近走來走去，剛才那隻跟我乞食的小羊在我腳邊趴了下來。

「那時候我不敢離開華特福，」厄本接著說，「碧漆校長說我不用離開沒關係。現在想想，她應該是擔心我自己也惹上麻煩。我從小就有很多力量，可是沒什麼理智，像炸彈一樣——我跟尼尼都是。碧漆校長收留我、叫我別為以後的事煩惱，就是在造福魔法世界。她說力量不一定得是負擔，如果掛在脖子上感覺太重，那就把它收到別處去，放抽屜裡或床底下都行。『**厄本厄則，放下它吧。**』她這麼跟我說。『**這是妳的天賦，但不一定要成為妳的宿命。**』我老爸可不是這樣告訴我的……我如果是碧漆校長自己生的小孩，不曉得她會不會對我說這些。」

我聽了小聲笑個不停，差點把嘴裡的餅乾噴出去。

「你笑什麼？」她說，「這是勵志故事耶。」

「妳的名字叫『厄本厄則』喔？」

「這明明就是很好的名字！是很傳統的名字耶。」她也笑了，把一整片餅乾塞到嘴裡，配咖啡吞下肚。

「她聽起來人很好嘛，」我說，「貝茨的媽媽。」

「對啊。她跟獅子一樣凶，也有點太黑暗了，大部分的人都不太能接受——碧漆家都有點黑暗——而且她打死也不肯讓人改革。不過啊，她是真的很愛華特福，也真的很愛魔法。」

「厄本……妳哥哥到底是怎麼死的啊？」我從沒問過這個問題，我怕我問了她會更難過。

她聽了馬上往椅子邊緣挪身體，眼睛望向別的地方。「我們很少談這個，我其實根本不該說起他的事——我們埋葬不了他的身體，所以他們就埋了他的名字，甚至把他的名字從《魔法之書》裡刪掉了——可是他是我的雙胞胎哥哥，要我假裝他從沒存在過，就是感覺不對勁。」

「我都不知道你們是雙胞胎。」

「是啊，我們是共犯呢。」

「妳一定很想他吧。」

「我是很想他沒錯。」她吸了吸鼻子，「別人老愛說些閒話，可是從他離開的那天以後，我就再也沒跟他說過話了。」

「當然沒有啦，」我說，「他都死了嘛。」

「我知道他們都在說我們的閒話。」

「厄本，我說真的，除了妳以外，我從沒聽過別人提起妳哥哥的事。」

她盯著我看了一下，背挺得很直，然後她才回過神來、轉向火爐，背又駝了回去。「抱歉啊，賽門。我只是……其他人好像都以為我會跟他一起離開，他們以為我沒了他就活不下去了。尼尼很想要我跟他走。」

「他要妳跟著自殺？」

「他要我跟他一起去……」她焦慮地左顧右盼，聲音壓得很低。「……去吸血鬼那邊。尼尼說他會等我——他說他會一直在那邊等我。」

我手裡的餅乾斷成兩半。「去吸血鬼那邊？」

「真的都沒人說過他的事嗎？沒有人說過我這些事情？」

「沒有啊，厄本。」**去吸血鬼那邊？**厄本的哥哥投靠了「吸血鬼」？

她一臉迷惘。「他做了那些，其他人還是絕口不提他的名字……名字被刪掉，應該就會變成那樣吧。我那時候也在場，碧漆校長讓我自己留著他的名字。」

她舉起木杖——雖然對方是厄本，我還是因為詭異的氣氛嚇了一跳，趴在我腳邊的山羊跳起來跑走了。厄本沒注意到我的動作，我還是第一次看到她這麼憂鬱的樣子，髒兮兮的臉頰被眼淚洗出了幾條乾淨的淚痕。

她對著火爐一揮木杖，文字溢到了火焰裡，卻沒有燒起來——

尼可迪穆．派提。

我震驚到差點伸手抓住那些字。尼可迪穆！投靠了吸血鬼的尼可迪穆！

「尼尼。」厄本悄聲說，「他是有史以來唯一一個『自願』死去、『自願』加入吸血鬼的魔法師。」她用袖子擦了擦眼睛，「對不起啊，賽門，我不該談他的事的——可是到了這個時節，我就是會忍不住想到他。明明是聖誕節，他只能自己在外面過……」

「他還『活著』喔？」

我問錯問題了，也可能是太激動了，厄本又擦掉新的一波淚水。

「他還在那邊。」她說，「他要是真的走了，我應該會感覺到。以前他遇到麻煩，我都感覺得到。」

「那他在哪裡？」我的語氣一定是太急了，一副迫不及待要聽答案的樣子。

厄本轉回去看火爐。「我就說了，從他離開以後我就沒跟他說過話了。我跟你發誓。」

「我相信妳。」我說，「對不起，真的很對不起。妳一定……妳一定很想他吧。」

「我感覺像是心被他帶走了。」厄本說。她把木杖探進火焰，將哥哥的名字一個字一個字收回來。

「那殺了貝茨媽媽的吸血鬼呢？」我問她，「他跟他們是一伙的嗎？」

厄本突然抬頭。「才不是。」她馬上幫哥哥說話，「我問過瑪莉老師——她去世前，我自己去問過她，她對我發誓那天尼尼沒有出現。他不可能做那種事的，尼尼才不想殺人呢，他只想長生不死而已。」

「那事情發生的時候，妳也在嗎？」我問道。

沒想到她的臉還能變得更傷心。「我那時在放羊，來不及回來幫她。」

「那幼兒園呢？」我追問下去，擔心等一下厄本就會哭得太厲害，沒辦法再回答問題了。「它後來怎麼了？」

「它自己藏起來了。」她用力吸著鼻子說，「它被施了保護孩子的結界，結果卻失敗了，所以結界自己把它藏起來了。它被吸到了牆壁和地板裡，我有一次在地下室看到它，後來還在潸然塔的中心找到它，然後它就消失了。」

我應該繼續追問下去的，如果是潘妮就不會停下來，如果是貝茨，他應該會拿出魔杖，要求厄本把她知道的一切都說出來。

但是我沒有再問，而是陪厄本坐在那裡看火，偶爾看到她用圍巾尾端擦眼睛，彷彿要把塵土抹回臉上。

「對不起，」我說，「我不是故意提到這麼多讓妳難過的事的。我真的太不瞭解華特福了……」

「有誰真的瞭解華特福嗎？」厄本嘆著氣說，「連森林裡的寧芙仙女也不記得白教堂建成以前的時代了。」

「真的很對不起。」我說。

厄本靠過來，一條手臂攬著我的肩膀。她有時候會這樣，我小時候最喜歡被她攬著了，還會故意坐得離她近一點，方便她靠過來。

「說什麼呢。」她說，「又不是你提起這些的，我自己就不停在想這件事了。某方面來說，把話說出來也比較舒服，這樣就不用一直憋在心裡了。」

我站了起來，她送我到畜舍門口，熱情地拍拍我的背。「聖誕快樂啊，賽門。」她邊說邊擦臉，「覺得孤單的話，可以喊我一聲。」她說，「發個信號給我，我就感覺得到了。」

不會吧，厄本難道跟大法師一樣強？發個信號，她就感覺得到了？

「我沒關係的。」我說，「謝謝妳，厄本。聖誕快樂喔。」

她幫我開門，我努力不表現出急著離開的樣子——不過她一關上門，我就拔腿朝宿舍狂奔，踩著雪一路跑回我們的塔樓，然後從衣櫃最底部挖出我藏在那裡的現金。錢不多，但應該可以撐到漢普郡。

我試著搭便車去火車站，可是沒有人停下來載我。沒關係，反正我繼續跑，跑到車站後買了車票跟三明治。

我上了火車，在距離華特福一小時車程、離溫徹斯特也一小時車程的地方，才想到其實可以跟別人借手機，打一通電話就好了。

53

貝茨

我喜歡在圖書室練小提琴。弟弟妹妹年紀還太小，不准進來，而圖書室還有占據一整面牆的格欄玻璃窗，我能將花園景色盡數收入眼底。

我喜歡練小提琴。這是我拿手的事，也能讓我腦中礙事的各個部分暫且分神，在拉琴時我的思緒會變得乾淨許多。

我祖父生前也愛拉琴，甚至會用提琴弓施咒。

之前去學校時忘了帶琴——那時我腦子都不清楚了——現在因為太久沒練，生疏了點。我在練一首 **Kishi Bashi** 的曲子，我繼母——黛芙妮——嫌這首「過分哀愁」。

「貝茨頓……**碧漆先生**。」

我放下夾在頸間的樂器，轉過身來。薇拉站在房門口。「抱歉打擾您了，您的朋友來了。」

「我沒有請人來訪。」

「是您的同學。」她說，「他穿著學校制服。」

我放下小提琴，理平上衣。

可能是奈爾吧，他偶爾會過來，不過來之前通常會傳訊息……不是「通常」，是「一定」會傳訊息。此外，他不可能穿著制服，現在是假期，怎麼會有人穿制服？

我加緊腳步，幾乎是小跑步穿過起居室與飯廳，手裡握著魔杖。黛芙妮坐在餐桌邊用電腦，她好奇地抬頭，我放慢了腳步。

我來到門廳，只見賽門．雪諾像隻迷路的狗一樣站在那裡。

或是像失憶症患者。

他身上穿著華特福制服外套與厚重的皮靴，滿身是雪水和泥汙，站在地墊正中間——應該是薇拉叫他別亂踩。

他的頭髮亂成一團，臉頰發紅，一副不用任何刺激也會隨時暴走的模樣。

我在通往門廳的拱門下方停下腳步，將魔杖收入衣袖，雙手插進口袋。「雪諾。」

他猛然抬頭。「**貝茨**。」

「是什麼風把你吹來了？你是不小心滾下陡坡，恰巧滾到了我家門口嗎？」

「**貝茨**……」他又開口。我等他把話說完。「你——你竟然穿了牛仔褲。」

我歪過頭。「我是穿了牛仔褲沒錯。而你呢，你把半個鄉村都穿在身上了。」

「我是從大馬路走過來的。」

「喔？」

「計程車司機不敢開上你們家的車道，他覺得你們家鬧鬼。」

「是有鬧鬼沒錯。」

他吞了吞口水。我這輩子還沒看過誰的頸子和雪諾一樣長、誰吞口水的動作這麼誇張，他的下巴往前伸、喉結鼓動——這個畫面太浮誇了。

「那麼，」我意有所指地揚起眉頭說，「謝謝你特地來訪——」

雪諾發出壓抑的低吼，踏上前——離開了地墊——然後又踏了回去。「我有事情要跟你談。」

我點點頭。「好喔。」

「就是……」

「好喔。」我又說，這次稍微放軟了態度。我可不希望真的惹毛他，不希望他轉身離開。（我希望雪諾再也別走。）「你不能滿身是泥地進屋。你到底是怎麼搞成這副德行的？」

「我就說了，我是從大馬路走過來的。」

「你可以施咒保持乾淨啊。」

他皺著眉頭看我。可以的話，雪諾從不對自己——或任何人——施咒。我從袖口抽出魔杖指著他，他微微一縮，但沒有叫我住手。我對他的靴子施了「一塵不染！」，泥濘飛旋著離開鞋子，我打開前門，用魔杖將泥巴掃出門。

關上門時，雪諾正在脫那件溼透了的外套，他穿著制服長褲與紅毛衣，腿和頭髮都還是溼的。我再次舉起魔杖。「不用不用。」他阻止了我。

「你把靴子脫了，」我說，「它們還在滴水。」

他蹲下來解開鞋帶，濡溼的羊毛長褲繃著大腿，那個畫面……

然後，賽門．雪諾那雙穿著紅襪的腳，站在了我家門廳。

我全身的血液都湧上了耳朵與臉頰。

「走吧，雪諾。我們……談事情去。」

54

賽門

我跟著貝茨穿過一個個大房間，他家應該不算是城堡，但也夠接近了。

我們穿過看起來像《唐頓莊園》拍攝場景的飯廳，有個女人坐在餐桌前用著亮晶晶的銀色筆電。

她清了清喉嚨，貝茨停下來幫我們做介紹。「母親，妳應該還記得我室友吧，這是賽門．雪諾。」

她想必已經認出我了，但還是一臉震驚，我又開始質疑自己他媽的是來幹嘛的，竟然來了該死的碧漆家。

好吧，我在火車上、在計程車上，甚至是從大馬路走到貝茨家門口的這五英里路上，早該想到這點了。

我都沒在動腦袋。

「雪諾，」貝茨又說，「你之前也見過我繼母——黛芙妮．格林。」

「格林太太，妳好。」我說。

她還是一臉震驚。「雪諾先生，幸會。你是來洽公的嗎？」

她這是什麼意思？我哪來的公可以洽？

貝茨在搖頭，像是想抹掉她臉上那個表情。「不是的，母親，他只是來找我而已，我們是在做報告——一門課的報告。還有，妳不必那樣稱呼他，叫他賽門就行了。」

「『你』什麼時候叫過我賽門了。」我嘀咕。

「我們會去我房間。」貝茨無視我。

他後媽又清了清喉嚨。「晚餐準備好後我會遣人去叫你們。」

「謝謝。」貝茨說完又邁開腳步，領著我爬上華麗的樓梯，欄杆甚至還刻了雕像——是捧著一顆顆光球的裸女。我看不出來那是電燈泡還是魔法光球，不過當你家裡到處都是深色的木材或暗紅色的東西，窗戶又遠到屋子中心感覺像深海一樣時，那在樓梯上點燈也是理所當然的。

我盡量緊跟著貝茨，到現在還不敢相信他居然穿了牛仔褲——好啦，他出了校門應該不會穿制服，但我想像中的貝茨都是穿著西裝和背心靠在沙發上，脖子上還掛著絲巾之類的東西。

呃……那看起來是很高級的牛仔褲啦，顏色很深，從腰部到腳踝都很合身，但不會太緊。

對了，他會不會是在帶我去踩陷阱？他不知道我會來，可是這種屋子不是都有內建的陷阱嗎？搞不好他等等一聽完我的新發現就會拉什麼黑流蘇繩之類的東西，我就瞬間掉進地牢了。

我們走上一條長廊，貝茨打開一扇高高的拱形門，裡面是一間臥房。他的臥房。

這是吸血鬼主題的笑話嗎？牆上鑲了紅布面床頭板，他那張巨大的床竟然還有怪獸裝飾。（他的**床**，竟然有**怪獸裝飾**。）

他在我進房後關上門，自己在床尾的一口木箱上坐下，箱子上也有怪獸雕刻。

「好了，雪諾，」他說，「你到底是來做什麼的？」

「是你自己邀請我來的。」我回道。好沒說服力。超沒說服力的。

「所以，你是來過聖誕節的？」

「不是，我是有事情要告訴你才過來的——可是你真的有邀請我嘛。」

他搖了搖頭，把我當笨蛋看。「你有事情要說，那告訴我就是了。是和我母親有關的事嗎？」

「我知道尼可迪穆是誰了。」

他馬上豎起耳朵，站了起來。「**是誰？**」

「他是厄本的哥哥。」

「你女朋友厄本？」

「牧羊人厄本啦。」

「她哪來的哥哥？」

「她有，是雙胞胎哥哥。」我說，「他後來變成『吸血鬼』，《魔法之書》上的名字就被刪掉了。」

我敢發誓，貝茨的面色變得更蒼白了。

「厄本的哥哥被咬了？他被咬，名字就被刪了？」

「不是，他是自願的。他是自己去加入吸血鬼的。」

「什麼？」貝茨譏諷道，「雪諾，吸血鬼不是你想當就能當的好嗎。」

我擠到他面前。「那你說啊，貝茨，吸血鬼是怎麼變的？」

「哪有人會他媽的『自願加入』吸血鬼行列。」

「那個尼可迪穆就加入了啊，他還想拉厄本一起去耶。」

「厄本。所以，『牧羊人』厄本有個沒人聽過的哥哥，名字叫尼可迪穆——」

「我就說了——我們沒聽過這個人，是因為他的名字被『刪掉』了。這就是為什麼厄本都住在華特福，你媽怕她跟著哥哥一起加入吸血鬼，所以給了她工作。他們兄妹倆好像都跟超級英雄一樣強，大家都怕他們跑去當超級吸血鬼。」

「厄本認識我母親？」

「對啊，當初就是你媽讓她在華特福工作的。」

貝茨站在那邊，一副想揍人的樣子——或是把人活活吸乾。

「那他現在在哪？」他問，「尼可迪穆現在在哪？」

「厄本不知道，她都不准跟尼可迪穆聯絡了，理論上也不該講到他的事。」

貝茨又冷笑一聲，我這才想到『他』就是超級吸血鬼，也是超級壞蛋。「喔，你說她不知道？」他說，「哼，這個好辦。」

我一隻手按在他胸膛上，不用再往前也碰得到他。「不行。」我堅定地說，「厄本不知道尼可迪穆的下落，我們別再去問她了。」

貝茨吞了吞口水，舔過發灰的粉色下唇。「雪諾，我愛找牧羊人問話是我的自由，你別想攔我。」

「你要我幫忙的話，就不要去逼問人家。」我的手還是按在他胸口，免得他突然幹什麼，可是他竟然就這樣讓我碰他，這什麼狀況？

他的手猛然抓住我的手腕。（簡直像讀到我的心思。）（吸血鬼會讀心術嗎？）「好啦。」他邊說邊推開我的手，「那我們究竟該怎麼找到尼可迪穆？」

「我還沒想到那麼遠的部分。我一出厄本家就馬上過來了。」

「那潘妮洛普怎麼看？」

「我也還沒告訴她。」

「她人在哪？」

「不曉得——我不是說還沒告訴她嗎？我從學校直接過來了啊。」

貝茨一臉困惑。「你直接過來了？」

「還是你覺得我該等放完聖誕節連假再跟你講？」

他瞇起眼睛，又舔了舔嘴唇。我不知道手該擺哪，只好雙手叉腰。「那你呢？」我問他，「有什麼進展嗎？」

他別過頭。「沒有。我是讀了不少關於吸血鬼的書。」

我差點脫口說出：**是吸血鬼的自助指南嗎？**「那你查到了什麼？」我問道。

「他們是邪惡的死物，以殺害嬰兒為樂。」

「是喔。」我說，「書上有沒有提到鹽醋口味的洋芋片啊？」每次貝茨以為我睡著了，他都會在自己床上啃洋芋片，然後把屑屑撥到我們兩張床中間的地上。

他瞪我一眼之後跨步遠離，朝他的書桌走去。「沒有人真正瞭解吸血鬼。」他在指尖轉著一枝筆，「也許我該直接去找他們聊聊。」

有人敲了房門一下，然後開了門。

「不是叫妳敲門嗎！」小女孩還沒踏進房間，就被貝茨罵了一句。她應該是貝茨的妹妹，還沒到就讀華特福的年紀；她長得跟貝茨的繼母很像，一頭深色頭髮、漂漂亮亮的，跟貝茨還有他生母就不像了——他們母子的線條都比較粗獷。

「我有敲啊。」妹妹說。

「敲了之後要等我說『請進』。」

「媽媽叫你們下樓吃晚餐。」

「好啦。」他說。

妹妹站在那邊不走。

「我們很快就下去。」貝茨說，「妳走開啦。」

女孩翻了個白眼，關上房門。貝茨繼續邊思考邊玩筆。

「那，」我說，「我也差不多要回去了。如果還有什麼消息就傳個訊息給我，也可以打電話去學校試試看，不過連假期間學校電話應該不會有人接。」

「什麼？」他沉著臉看我。

「我說，如果有什麼消息——」

「你別想現在離開。」

「我已經把我發現的事情都跟你說了啊。」

「雪諾，你是搭末班火車來的，還走了一個多鐘頭的路過來。你整天沒吃飯，頭髮到現在都還沒乾——你今晚哪都別想去。」

「我總不能待在『這裡』吧。」

「你不是還沒著火嗎。」

「貝茨，我告訴你——」

他揮手打斷我。「不行。」

55

貝茨

雪諾這頓晚餐吃得亂七八糟。

若不是我滿心希望他留下來，都快急壞了，也許還會看得很愉快。

他盤子上的所有食物似乎都令他困惑不已，他不是一臉困擾地盯著食物，就是在瘋狂地狼吞虎嚥，明顯已經餓得半死了。

黛芙妮窮盡所能讓他吃得自在一些，弟妹們則愣愣地盯著他，即使是他們也聽過大法師的繼承人這號人物。

父親似乎認為我在執行某種陰謀。（我確實是有陰謀，但這次和擊潰雪諾無關。）他在晚餐後將我拉到一旁，問我需不需要呼叫其他古老世家的人來幫忙。

「不用，」我說，「拜託別呼叫他們。雪諾只是來做我們修課的報告而已。」

父親只差沒對我會意地眨眼。

我考慮將實情告訴他，告訴他母親回來找過我，但倘若他問起母親為何不來找他，我又該如何回答？如果他把這件事告訴其他世家呢？他們不可能理解我和雪諾、和班思合作的理由。此時此刻，雪諾與班思是我最好的盟友，他們一旦下定決心便絕不放棄，而且絕對值得信賴，又絲毫沒有自保的直覺。這些年來，我不知道看他們兩個揭發了多少次陰謀、打敗了多少隻怪獸。

雪諾還在吃晚餐。黛芙妮一直禮貌地問他要不要再來一份，雪諾也一再接受。

我從沒和雪諾同桌吃過飯。我曾准許自己遠遠觀察他，也准許自己稍微享受看他吃飯的感覺，享受那短短幾分鐘。從這一切開始到現在，我就一直縱容自己這些行為。（所以說，都搭上鐵達尼號了，當然要先吃甜點。）

雪諾根本毫無餐桌禮儀可言，我簡直像在看野狗吃東西，只不過這是我想一口吻上去的野狗。

晚飯後我們進到圖書室，我將我查到關於吸血鬼的資料拿給他看，假裝沒注意到他邊讀邊偷挪遠。我們該打給班思問問她的意見——我明天再提議好了。

我們家圖書室裡沒有任何關於尼可迪穆的情報，我已經找過一次了，但還是又試了一次。我站在門口，施一句：「抽絲剝繭——『尼可迪穆．派提』！」沒有書本從架上飛下來。

我們倒是找到了幾本提及派提家的書，稍微讀了一下。派提家是住在倫敦東區的大家族，每隔幾代就會生出厄本那樣強大的魔法師。若不是有雪諾，厄本可能就是世上最強大的魔法師了——結果她把那些魔法全浪費在山羊和顧影自憐上。

「你覺得《魔法紀事》會有尼可迪穆投靠吸血鬼的紀錄嗎？」雪諾問道。

「不曉得，」我說，「可能沒有。他們或許是想壓下風聲，而且他似乎沒有傷害任何人。」

「既然他不打算傷害任何人，」雪諾說，「那當吸血鬼還有什麼意義？」

「當吸血鬼有什麼意義嗎？」我反問他。

「我哪知道，你告訴我啊。」

我嚥下怒火，將它強行吞下肚，繼續翻書。

雪諾拉了張襯墊椅，在小桌子對面坐下來。「我是認真在問啦。」他說，「尼可迪穆幹嘛一定要當吸血鬼？」

「你是要我提出假說？」

他點點頭。

「為了變強。」我說，「為了獲得肢體上的力量。」

「吸血鬼比人強多少？」雪諾問道。

我聳聳肩。「這你就得自己問他了，我也不知道該從何比較起。」因為我已經不記得變異以前是什麼感覺了。

「還有咧？」他問。

「為了強化自己……強化他的感知能力。」

「像是視力嗎？」

「夜視力。」我說，「聽覺也會有所提升，嗅覺的強化程度更高。」

「那長生不死呢？」

我搖了搖頭。「我覺得不行，吸血鬼應該不會長生不死。不過變異之後，他再也不會……生病了。」

雪諾蹙起眉頭。「既然當吸血鬼有這麼多好處，大家怎麼不搶著加入他們？」

「因為成為吸血鬼就等同『死亡』。」我說道。

「很明顯不是好不好。」

「據說你的靈魂會就此死去。」

「亂講。」他說。

「雪諾，『你』怎麼知道我說的是對是錯？」

「我觀察出來的。」

「呵，觀察。」我說，「你又『觀察』不到一個人的靈魂。」

「觀察久一點就知道啦。」他說，「我覺得我看得出來——」

「這是『死亡』，」我說，「只有死物才需要以吞噬生命的方式維生。」

「大家都嘛這樣。」他說，「大家都要吃東西才能活著啊。」

「這是死亡，」我堅決不提高音量，「因為在你飢渴時，滿腦子都想著把別人吃了。」

雪諾往椅背一靠，大張著嘴——從沒有人教過他要把嘴巴閉上。他用舌頭推著下嘴唇，我開始想像舔舐沾在他嘴唇上的鮮血。

「這是死亡，」我低頭看著面前的書本，繼續說道，「因為你看著其他人——看著身邊的活人——只會覺得他們顯得非常遙遠，彷彿是鳥類那般和自己截然不同的存在。他們充滿了你沒有的某種東西，即使你從他們身上將其奪走，它也不會成為你的所有物。他們是那麼飽滿，而你……你卻是那麼飢渴。你不是活著，就只有無盡飢渴而已。」

「活著才有辦法飢渴啊，」雪諾說，「活著才有辦法改變嘛。」

「你那麼懂吸血鬼，就自己去寫書啊。」我說。

「對啊，我不是世界第一的吸血鬼專家嗎？」

我抬頭，發現雪諾筆直地注視著我。

我感覺到他掛在胸前的十字架，似是唾腺產生了靜電，但它現在對我的斥力微乎其微，我完全可以將雪諾撞倒。（撞倒後該吻他嗎？還是殺了他？還是再說？）

「你該去問問你爸媽。」雪諾說。

「問我是不是還『活著』？」幹。我不是故意那樣說出口的，即使是這一小步我也不想退讓。

雪諾閉上嘴，嚥了嚥口水。就是那裡，我可以一口咬在他喉頭。

「我是說，」他說，「你該問問他們記不記得尼可迪穆，他們說不定知道他在哪裡。」

「你是白痴嗎？我才不要拿史上唯一一個自主投靠吸血鬼的魔法師的事去問我父母。」

「喔。」他說，「對耶，我沒想到這個。」

「你就是沒在想——」我說，然後——「喔。喔，喔，**喔**。」

賽門

貝茨拔腿跑上樓，我滿頭問號地跟了上去。我們從晚餐後就沒再遇到其他人，這棟屋子這麼大，就算吞了一整群人都還會顯得空空蕩蕩的。

我們來到了宅邸另一端的廂房，又是一條長長的走廊，貝茨在一扇門前停下腳步，開始施各種解除武裝的法術。「果不其然，那個偏執狂。」他嘀咕道。

「我們在幹嘛？」我問他。

「找尼可迪穆。」

「你覺得他住這裡喔？」

「不是，」他說，「但——」

門開了，我們走進一間陰森的哥德風臥房，有點像古今哥德風格博物館。除了怪獸木雕之外還有八〇、九〇年代那種畫了濃濃黑眼線的搖滾歌星海報，甚至有人用黃色噴漆在一面牆上寫了「管那什麼鳥事[15]」，毀了一片黑白古董壁紙。

「這是誰的房間？」我問道。

貝茨蹲在書架旁。「我費歐娜阿姨的。」

15 原文為Never Mind the Bollocks，致敬性手槍搖滾樂團（Sex Pistols）的專輯《Never Mind the Bollocks, Here's the Sex Pistols》。

我退回門口。「我們來這裡幹嘛？」

「找東西……」過了一秒，他從架上抽出一本大大的紫色剪貼簿，封面上印著金色的「回味魔法時光」幾個字。「有了！」他說，「我記得費歐娜和厄本是老同學，我聽過她提厄本的事。我對你發誓，她每次都是在批評厄本……但我從沒聽她提過厄本的哥哥……」

貝茨一頁頁翻過剪貼簿。我在他身邊蹲下。「這是什麼？」

「回憶冊。」他說，「在大法師當上校長以前，每個華特福學生都會在畢業舞會上拿到一本，裡頭有每年的學生合照和小故事……」他把書翻到貼滿照片的一頁。我真希望自己也有這樣的一本回憶冊——我都沒有自己或朋友的照片；阿嘉莎倒是拍過幾張。

貝茨翻到了相冊後面，瞇著眼睛看一張大合照。

照片下方，有人貼了幾張快照。「你看。」我指向其中一張，照片裡有個女孩子靠著樹坐在地上——那是學校的紫杉樹。她的深色頭髮亂成一團，其中有一束金髮；她臉上帶著大大的笑容，鼻子皺了起來、舌頭伸到了上下排牙齒之間。她旁邊坐了個瘦削的男孩，一條手臂掛在她肩膀上。「厄本耶。」我說。我認得男孩那頭直直的金髮，還有懸崖般的顴骨，可是我從沒看過這種自信滿滿的表情出現在厄本臉上——更無法想像她露出那種壞壞的笑容。照片下面，有人寫了「尼可與我」，還畫了個愛心。

「**費歐娜！**」貝茨「啪」一聲闔上書。

我把書拿過來，再翻開來看，靠著床鋪在地上坐了下來。費歐娜在學的每一年都有幾頁照片，有些是全年級的大合照，還有一些是可以自己貼照片或獎狀的空白頁。每一張年級合照都能輕鬆找到費歐娜——她那束淺色頭髮應該是天生的——找到她之後，就能找到每次都站在一起的厄本和尼可迪穆，他們兩個長得幾乎一模一樣，卻又完全不同。厄本就是像厄本，每張照片裡都是那個溫和又沒自信的樣子，尼可迪穆則是一副不懷好意的模樣，連一年級的時候都一臉古靈精怪。

我又找到尼可迪穆跟貝茨阿姨的快照，這次他們是穿著老式服裝拍照。「華特福以前有戲劇社喔？」我問貝茨。

「在大法師掌權之前，華特福可是有很多現在沒有的東西。」貝茨從我手裡拿過書，放回架上。

「我們走。」

「走去哪裡？」

「你說現在？回房睡覺。明天我們去一趟倫敦。」

我應該是累了，那兩句話都聽得我滿頭問號。

「走啦，」貝茨說，「我帶你去客房。」

結果，我睡的客房最最最陰森。

拱形門框上有龍的壁畫，畫好像被施了咒，龍頭會在黑暗中發光，還會轉來轉去盯著你。

而且，床底下有東西。

我不知道那到底是什麼東西，但它一直在那邊呻吟還有喀喀作響，還一直搖晃床柱。最後我回到貝茨的房門口，跟他說我要回華特福了。

「什麼？」他來應門時半睡半醒，臉頰有點紅——他應該是在我睡了之後去狩獵過，不然就是他們家有專門給他用的狗舍之類的地方。

「我要走了。」我說，「那個房間鬧鬼。」

「我不是說過嗎？這整棟房子都鬧鬼。」

「反正我要走了。」

「來啦，雪諾，我讓你睡我的沙發。幽靈不會進來的。」

「為什麼？」

「他們覺得我很恐怖。」

「『我』也覺得你很恐怖。」我咕噥道。他把一個枕頭甩在我臉上。（有他的味道。）

我躺上他的沙發時，意識到那不是真話——覺得他恐怖的部分。

我以前是這麼覺得沒錯，平常也都是這麼覺得。

可是現在，他是這棟屋子裡我最熟悉的事物了，我聽著貝茨的呼吸聲，比較安穩地睡著了。從寒假開始到現在，這是我第一次睡得這麼好。

56

費歐娜

好啦，娜塔莎，我也知道我什麼都不該告訴他的。

換作是妳，想必什麼都不會說吧。

那小子就這麼大搖大擺地走進我的公寓，上門來找麻煩。他光是活著的每一分每一秒，就是在「造成」別人的麻煩。

「把尼可迪穆的事情告訴我。」他說，一副該知道的事都已經知道了的模樣。

問題是，他知道我最喜歡他——就算妳當初生了一窩，我最喜歡的依然還會是他。那小子真的是和米克．傑格一樣自信十足，還很聰明。

「是誰跟你說起尼可迪穆這個名字的？」我問他。

他坐在我髒兮兮的小餐桌前，開始喝我的茶，把我最後幾片薰衣草脆餅沾著茶吃下肚了。「沒有誰啊。」他說道。騙人。「我只是聽說他和我一樣而已。」

「和你一樣是心懷鬼胎的壞小子？」

「費歐娜，妳很清楚我的意思吧。」

「貝茨頓，你這套西裝不錯嘛，等等要上哪去？」

「去跳舞。」

他穿了一身最好的衣服，看上去是斯賓塞．哈特的高檔西裝，一副來領英國電影學院獎的模樣。

我在他對面坐下。「他和你完全不一樣。」

「你們應該告訴我的。」他說，「我還以為只有我一個。」

「那是他自己選的。是他投靠了他們。」

「是不是我自己選的真的有差嗎，費歐娜？結果還不是一樣。」

「才不一樣，」我對他說，「他離開了我們的世界。他自己離開了，說是要進化。」

他說過，他會成為超越魔法的存在。

「尼尼，你現在已經夠強了啊。」

「碧漆小姐，妳覺得什麼叫『夠強』？」

他的制服領帶半塞在外套口袋裡，臉上露出陰狠、冷淡的微笑。

「貝茨頓，他背叛了我們。」我感覺到過往的憤怒——過往的一切——湧上喉頭。

「然後，他的名字被刪去了。」外甥說道。

「那是因為他是叛徒。」我說。

「因為他是吸血鬼。」貝茨回道。我沒能忍住——時至今日，那三個字仍舊令我不由自主地畏縮一下。

不該是「我」啊，娜塔莎，怎麼會是我在教這個孩子怎麼在這個世界上生活呢？我根本就做不到啊。妳看看我，都三十七歲了還穿著睡袍自己在捲香菸，每天睡到天昏地暗才起床，下了床就把餅乾當早餐吃……這還像話嗎？

換作是「妳」，妳會對他說什麼？

嗯……算了。我知道妳會怎麼說，也知道妳錯了。

在這方面我比妳強。是我太軟弱，給了妳的兒子一次機會——妳看看現在的他，即使死了也沒有沉淪，是漆黑的碧漆族人、腦子犀利無比，還充滿了妳的魔法。他長成了今天的熊熊烈焰，妳要是看到了一定會很驕傲，塔莎。

「貝茨頓，你不會被刪去的。」我告訴他，「你是擔心這個嗎？沒有人知道你的祕密，就算他們發現了——我現在就告訴你，不會有人發現的——他們也很清楚，我們不能沒有你。古老世家都終於做好反攻大法師的準備，戰爭就快開打了。」

他舔了舔下唇，往我的小窗外望去。太陽還掛在天上，我知道他被晒得不太舒服，但他不可能抱怨。我拉攏窗簾，廚房內罩上一層陰影。

「他還活著嗎？」貝茨問道，「尼可迪穆？」

「應該還活著……某種意義上的活著。我沒聽到他死了的消息。」

「假如他死了，妳會聽到消息嗎？」

桌上有一盒菸，我用魔杖點燃一根，深深吸了幾口，用茶托敲下菸灰。「你也知道，古老世家用得上我在倫敦的人脈……」

「費歐娜，那是什麼意思？」

「我會和沒人想接觸的人談話，他們都是些不受歡迎的傢伙。偶爾要弄髒雙手我也無所謂。」

然後呢，老姐，他居然對我揚起妳給他的一邊眉毛。

我吐出一口煙。「嘖，不是那樣啦，大變態。」

「所以尼可迪穆是不良分子囉？」他說。

「我們不被允許和他聯繫。這是法師的律法。」

「如果是『我』呢，妳會這麼輕輕鬆鬆和我斷絕往來嗎？」

「幹，貝茨，你也知道不可能。你問這些做什麼？」

「我只是忍不住感到好奇而已。」他隔著餐桌往我這邊湊來，「他還活著嗎？他會狩獵嗎？他有變老嗎？他有沒有把別人變成吸血鬼？」

「小子，尼可迪穆．派提可沒有你想聽的答案。」我發現自己拿著香菸指來指去，於是在不小心燒了外甥之前把菸弄熄。「他不過是個微不足道的小混混——基本上就是蓋瑞奇電影裡的三流流氓。他還以為自己會變成超級法師，結果現在整天在柯芬園的吸血鬼酒吧包廂裡擲骰子。他拋棄了自己的大好前程，傷害了愛他的所有人——**貝茨頓，你不會從他那裡學到什麼的，**只能學到怎麼當頹廢吸血鬼。」

貝茨仍揚著單邊眉毛，把我剩下的茶都喝完。「好吧。」他說，「我知道了。」

「很好，你回家讀書去。」

「現在是寒假。」

「那你回家想想要怎麼打敗大法師。」

「我不是說了嗎？我等等要去跳舞。」

我又看了他的西裝和擦得雪亮的黑皮鞋一眼。「貝茨頓，你該不會是喜歡上哪個男的了吧？」

他微微一笑，一看就是滿身的麻煩。早知道就把他和一堆石頭一起塞進布袋，丟進泰晤士河了。早知道就把他放在荒郊野外，直接送給妖精養了。

「也可以這麼說。」

57

阿嘉莎

我坐在潘妮洛普家的流理臺前，往下一個女薑餅人身上塗粉紅色糖霜。

「為什麼女薑餅人就要穿粉紅色衣服？」潘妮問道。

「女薑餅人為什麼非得覺得自己不能穿粉紅色不可？」我回道，「我喜歡粉紅色啊。」

「因為妳從小就被芭比娃娃和專門給女生玩的樂高積木制約了。」

「潘妮妳少來，我又沒玩過樂高。」

和潘妮相處其實比我想像中順利許多；在放寒假回家前，她在學校庭院堵我，我還以為她會為我拋下賽門的事罵我一頓。

「喂，」那時候，她對我說，「聽說賽門不會去妳家過聖誕節。」

「因為我已經沒在和他交往了，潘妮洛普。妳有比較開心嗎？」

「我是心情不錯，」她說，「但不是因為你們分手了。」

終止和潘妮的對話根本是不可能的任務，不管我對她多麼失禮，不管我怎樣無視她，她還是會不屈不撓地纏上來。

「阿嘉莎，」她說道，「妳認真以為我想跟賽門在一起嗎？」

我認為潘妮想當賽門生命中最重要的人，那答案是「對」還是「不對」呢？「潘妮洛普，我還真的不知道，但我知道妳不希望『我』和他在一起。」

「因為你們在一起時兩個人都很痛苦啊！」

「那又不關妳的事！」

「當然關我的事了！」她說，「你們是我的朋友耶。」

我極其明顯地對她翻白眼，她還是厚著臉皮說了下去。

「我不是來找妳說這個的。」她輕快地說，「我聽說賽門不會去妳家過聖誕節，最近我媽對大法師很不爽，所以他也不能來我家，不過我想說我們兩個還是可以一起烤餅乾和交換禮物。」

這是我們三個人每年的慣例。「就我們兩個？那賽門呢？」

「對啊。我就說了嘛，我媽最近對賽門有點意見。」

「可是我們從來沒有兩個人一起做過什麼事。」我說道。

「那是因為賽門每次都在嘛。」潘妮說，「你們兩個分手了，可是我和妳還是朋友啊。」

「我們是朋友喔？」

「尼克斯和斯里克啊，我們是吧。」潘妮說，「我就只有三個朋友而已，如果『我們』不是朋友，那我的朋友就只剩兩個了。」

「妳們在做什麼？」潘妮的媽媽拿著筆電走進廚房，彷彿連泡杯茶的時間也離不開電腦。她的深色頭髮梳成了亂糟糟的包包頭，身上穿著我昨天剛來時就看到她在穿的羊毛衫與運動長褲，我母親即使只是走出臥房也不可能穿成那樣。

班思教授在一間凡人大學教中世紀史，同時也是魔法史學者，出版了滿滿一櫃的魔法書籍，卻沒辦法靠寫書賺錢。魔法師的數量太少了，我們沒辦法光靠魔法藝術與科學維生；我父親當魔法醫師之所以能賺到足夠的錢，是因為他是我們圈子裡少數受過正式訓練的醫師，而且所有人都有看病的需求。

潘妮爸爸以前在地方大學教語言學，但現在他所有的時間都用來替巫師集會工作，負責針對凡庸的研究。他甚至還有自己的一批調查員，在樓上的研究室裡幫他做這做那的。我來潘妮家將近兩天了，到現在還沒遇到她爸。

「他只會為了茶和三明治踏出房門。」我問潘妮時，她這麼告訴我。她還有幾個弟弟妹妹，我在華特福見過他們，現在其中一個就窩在客廳裡看三個月份的《東區人》[16]——還有至少一個在樓上玩電腦。他們家的孩子都獨立到了可怕的地步，他們好像連全家一起用餐的時間也沒有，就只會自己進廚房泡麥片或烤起司三明治。

「我們在做薑餅人。」潘妮回答她母親，「給賽門吃的。」

「潘妮洛普，別提這件事了。」她媽媽邊說邊將筆電放上廚房中島，湊過來看我們的餅乾。「妳再過一兩週就可以看到賽門了——相信他到時候還是認得妳的。啊呀，阿嘉莎啊，女薑餅人一定要用粉紅色嗎？」

「我喜歡粉紅色啊。」我說。

「妳們女孩子能多多相處也好，」她說道，「生活中難得有通過貝克德爾測驗[17]的時候。」

「說得好像家裡滿滿都是『妳』的女性朋友一樣。」潘妮嘀咕道。

「我沒有朋友，」她媽媽說，「只有同僚，還有小孩。」她拿起我的一片粉紅色薑餅人，咬了一口。

「我不是不和其他女生相處，」潘妮說，「我是不和『其他人』相處。」

「而且我有很多女生朋友。」我跟著說，「如果能和她們一起上學就好了。」我為什麼要浪費能

16 《東區人（EastEnders）》，英國廣播公司（BBC）製作的長壽肥皂劇。

17 貝克德爾測驗（Bechdel test），對於電影中性別平等與否的測試，只有符合以下三個條件的電影才通過測驗：一、片中至少有兩個女性角色；二、她們互相交談過；三、談話內容與男性無關。

和真正的朋友玩樂的一天，硬要來和潘妮洛普搞好關係——這已經不是我今天第一次產生這種想法了。

「明年上大學就能和她們當同學囉。」潘妮媽媽對我說，「阿嘉莎，妳之後打算讀什麼科系？」

我聳聳肩。我還不確定，也不是現在就非得確定不可吧？我才十八歲而已，又沒有肩負什麼「命中注定」，我父母也沒有要求我一定要成為多麼偉大的人物。假如潘妮以後不找到癌症的解藥和找到失落的妖精，她媽媽應該會有點失望吧。

班思教授皺起眉頭。「唔，相信妳會找到出路的。」熱水壺發出「喀」一聲，她為自己倒了杯茶。「妳們兩個要再來一杯嗎？」

潘妮舉起她的茶杯，她媽媽也把我的杯子拿了過去。「我在你們這個年紀時也有幾個女生朋友，還有個叫露西的好友……」她笑了，彷彿回憶起了什麼。「我們還真是臭味相投的朋友。」

「妳們現在還是朋友嗎？」我問道。

她放下我們的馬克杯，抬頭看我，像是剛才一直沒專心和我們交談。「如果她哪天出現了，我還會是她的好朋友。」她說，「她畢業後沒幾年就去了美國，而且我們在離開華特福之後也沒怎麼見到面了。」

「為什麼？」潘妮問道。

「我不喜歡她的男朋友。」她媽媽說。

「為什麼？」潘妮又問。老天，這三個字她爸媽應該聽過不下十萬次了吧。

「我覺得他的控制欲太強了。」

「她是因為男朋友才去美國的嗎？」

「她好像是在和男朋友分手之後出國的。」班思教授似乎思索著接下來要說什麼，「其實……露西當年的男友就是大法師。」

「大法師以前有『女朋友』？」潘妮問道。

「我們那時候也不是叫他大法師，」她媽媽說，「而是叫他阿衛。」

「大法師居然交過『女朋友』，」潘妮目瞪口呆，「還有『名字』。媽，我怎麼不知道妳和大法師是老同學！」

班思教授喝了口茶，聳聳肩。

「他以前是什麼樣的人？」潘妮問道。

「和現在一樣，」她媽媽說，「只是比較年輕而已。」

「那他年輕的時候帥嗎？」我發問。

她皺起了臉。「這我就不曉得了——妳們覺得他現在帥嗎？」

「嘖，哪裡帥了？」潘妮說。我在同一時間說：「帥。」

「他年輕時確實很帥，」班思教授承認道，「還有一種特殊的魅力，露西被他吃得死死的，還認為他是個非常有理想的人。」

「媽，我們必須承認，」潘妮說道，「他確實很有理想。」

班思教授的臉又皺了起來。「即使在當年，他無論做什麼都要依他自己的方式去做。在阿衛眼中，一切都只有黑與白兩個選擇，如果露西持反對意見——好吧，露西沒有一次反對的，她被阿衛迷得神魂顛倒。」

「阿衛。」潘妮洛普重複道，「好怪喔。」

「那露西是什麼樣的人？」我問道。

潘妮媽媽微微一笑。「她超棒的。她非常『強大』，」說到強大兩個字，她的眼睛亮了起來。「還很強壯，我記得她都和男孩子一起打橄欖球，有一次我還得在球場上幫她治療骨折的鎖骨——真是瘋了。她是鄉下女孩，肩膀很寬，一頭黃髮，眼睛藍得不可思議——」

潘妮爸爸突然晃進廚房。

「爸！」潘妮說，「我們『現在』總可以談談了吧？」

另一位班思教授笨拙地走上前開了熱水壺，潘妮媽媽又把熱水壺的電源切斷，提著水壺去用水龍頭加水。她丈夫親了她的額頭一下。「謝啦，親愛的。」

「**爸**。」潘妮說。

「嗯……」他在冰箱裡翻翻找找。這位班思教授身材矮小，比潘妮媽媽矮一些，有著開始變灰的沙黃色頭髮與扁扁的大鼻子，頭上頂著一副樣式老氣的金屬圓框眼鏡。潘妮家沒有一個人的眼鏡跟得上流行。

聽說潘妮爸爸的力量根本不及她媽媽的一半，我母親說過，他能進華特福完全是因為他父親是華特福的退休教師。潘妮的媽媽那麼愛魔法和力量，最後居然是嫁給這個力量微不足道的男人。

「爸，我說過有事情要找你討論，你還記得嗎？」

他往自己懷裡堆了兩杯優格、一顆橘子、一包蝦餅，隨手抓起一個女薑餅人時，他終於注意到我了。「喔，妳好啊，阿嘉莎。」

「班思教授好。」

「馬丁。」他邊走出廚房邊說，「叫我馬丁就好。」

「**爸**。」

「嗯，上來吧，潘妮——順便把我的茶也帶上來好不好？」

潘妮等他的茶煮開，然後又抓起幾片薑餅人——我都來不及裝飾，餅乾就快被吃光了——跟著他上樓。

「他們後來為什麼會分手啊？」潘妮和她爸爸都離開廚房後，我問她媽媽。

班思教授舉著茶杯看電腦，似乎忘了要喝茶。「……嗯？」

「露西和阿衛。」我說。

「喔。不知道呢，」她回答，「那時我們已經沒在聯絡了。也許她終於發現大法師是問題男友，必須橫渡大海才有辦法離他而去。妳能想像『大法師』是妳的前男友嗎？動不動就要見到他，多尷尬啊。」

「那妳怎麼知道她出國了？」

班思教授露出哀傷的神情。「是她母親告訴我的。」

「不知道大法師為什麼後來就沒跟其他人談過戀愛了……」

「誰曉得呢。」她搖了搖頭，甩脫臉上的憂傷，又轉回去看電腦。「他說不定私底下交了凡人女友呢。」

「說不定他真的很愛露西，」我說道，「到現在還忘不了她。」

「也許吧。」班思教授心不在焉地說。她打了幾個字，然後抬頭看我。「和妳這麼一聊，我想到一件好幾年沒想的事了。妳等我一下。」她走出廚房，我本以為她不會再回來了——班思家的人有時就是會這樣。

但班思教授還是回來了，只見她手裡拿著一張照片。「這是馬丁拍的。」

照片中是三個華特福學生，兩女一男，他們坐在草地上，看起來像是在足球場旁邊，兩個女孩子都穿著長褲。（母親說九〇年代的女生都沒在穿制服裙的。）其中一個女生很明顯是潘妮洛普的媽媽，她一頭亂髮披散著，看上去和潘妮很像，母女倆同樣有著寬額頭和得意的笑容。（如果潘妮也在樓下就好了，我好想拿這件事笑她。）男孩子顯然是大法師——過去的他頭髮較長，沒有綁起來，臉上也沒有可笑的小鬍子。（大法師的小鬍子超級難看。）

兩人中間的女孩子很陌生。

她好美。

茂密的金黃色及肩鬈髮，嫣紅的臉頰，即使在老照片中眼睛也又大又藍。她面帶溫暖的笑容，握著潘妮洛普媽媽的手，依靠在單手摟著她的男孩身上。

年輕時的大法師還真的是帥哥，長得比兩個女孩子都好看，而且看起來比現在的他柔和許多。他一邊嘴角揚起微笑，眼中有種近似難為情的神采。

「我和露西從不會認真吵架，」班思教授說，「我想和她吵，露西就會想辦法轉移話題；到最後我們也沒有吵起來，她不再和我聯絡應該是厭倦了在我面前替阿衛說好話吧。到了我們畢業那時，阿衛變得太偏激、太激進了，他恨不得闖進王宮架設斷頭臺。」

班思教授似乎不是在對我說話，而是在對自己、對照片回憶往事。

「他也從不閉嘴。」她邊說邊將照片放上流理臺。「我到現在還是不懂，露西以前怎麼受得了他？」

她抬頭看我，瞇起了雙眼。「阿嘉莎，我知道我今天說了很多——但我們在這間廚房裡說的話，妳都別說出去，好嗎？」

「喔，我當然不會說。」我回道，「別擔心——我母親也常常抱怨大法師。」

「是嗎？」

「他都不來參加母親辦的派對，就算來了也是穿著制服，衣服還常常沾滿泥巴，而且他來一下就急著走了。他每次都害我母親頭痛。」

班思教授笑了。

她的手機響了，她從口袋掏出手機。「我是蜜塔莉。」她低頭看電腦，點了下觸控板。「我檢查一下。」她用手和腹部夾著筆電，耳朵與肩膀夾著手機，就這麼走出了廚房。

她的照片還躺在流理臺上。片刻後，我拿起那張照片。

我又看了看相片中的三人，他們顯得如此快樂——沒想到現在他們都不再往來了。

我看著露西，看著她紅撲撲的臉頰與天藍色的雙眼，然後悄悄將照片收進口袋。

58

露西

真希望你能認識年輕時的他。

那時的他當然英俊帥氣。現在的他當然也很英俊，是所有人都看得見的英俊……

而在當年，就只有我看見他。

我確實有些可憐他，那或許就是一切的起點吧。他總是口若懸河地說個不停，卻從來沒有人聽他說話。

我喜歡傾聽，喜歡他的想法——他對於許多事物的想法都是對的，至今依舊如此。

「阿衛，你的革命進行得如何？」

「別笑我了，露西，我不喜歡這種玩笑。」

「我知道，可是我喜歡。」

見他獨自坐在紫杉樹下，我在他身旁坐了下來。剛開始和他聊天時，我都會在這裡與他見面，以免被別人看見——我不想讓其他人看到我和大笨蛋阿衛坐在一起。

而現在，我喜歡在紫杉樹下和他見面，因為這是最接近兩人世界的空間。

「你最近好安靜喔。」我說道。

「沒什麼好說的了。反正沒有人在聽。」

「我在聽。」

「我對巫師集會提出了我的憂慮，」他說道，「被他們笑著趕出來了。」

「阿衛，他們應該沒有笑你吧——」

「即使不笑，也有辦法嘲諷別人。他們把我當小孩子看待。」

「你是小孩子沒錯啊，我們兩個都是。」

他直視我的雙眼。阿衛的眼眸很特別，有股神奇的魔力，我每次都移不開視線。

「不是。露西，我們不是小孩子了。」

在那次與巫師集會面談過後，阿衛便成天泡在圖書館，或在食堂裡埋首讀書，肉汁都滴到了有四百年歷史的書籍上。

我有時會坐在他身邊，有時他會對我說說話。

「露西，妳知道嗎？華特福從前可是擁有自己的先知。白教堂頂樓有間房間，從那裡的窗戶往外看，可以望見學校牆外的景色——那就是先知進行預言的地方。在從前，他們可是和校長同樣重要。」

「那先知的時代是在什麼時候結束的？」

「一九一四年，那是當時的撙節政策，校方認為在未來先知能視情況義務服務。」

「我怎麼一位先知都不認識？」我說道。

「這個嘛，所有先知都是由華特福的先知培訓出來的，所以那門學問現在已經失傳了。話雖如此，圖書館還是有一整區都是他們的預言——」

「你什麼時候這麼在乎水晶球與塔羅牌了？」

「如果是小孩子用他們不瞭解的工具玩鬧，那我確實不在乎，但這個……」他雙眼發亮，「妳知道有人預言過愛爾蘭大飢荒嗎？」

「不知道。」

「納粹大屠殺也是。」

「**眞的嗎？**是什麼時候的預言？」

「一五一一年的。那妳知不知道，從華特福創校以來，每一位先知都有過共同的預言？」

「三十秒之前，我連華特福有過先知都不曉得呢。」

「他們說，有個偉大的法師會在未來降生。」

「是那首兒歌嗎？」我說，「一者將招致終結，一者將使其殞落，願曠世之力崛起，拯救吾等於水火。」

「對。」

「我祖母以前也常提到最強法師的預言。」

「相關的預言多達數十篇，」阿衛說道，「說的全都是同一個法師，是天選之子。」

「你怎麼知道它們指的都是同一個人？」我問道，「還有，你怎麼知道他——或她——不是已經活過又死掉了的人？」

「一個人拯救了所有魔法師，我們怎麼可能沒注意到？這個人可是會修復我們這整個世界呢。」

「預言有說那個人會修復什麼嗎？」

「它們說世界上會出現威脅，我們會陷入黑暗、互相猜忌，魔法本身都會陷入危機——然後呢，有個擁有不可思議之力的法師會在世上崛起，從地心汲取力量。『他形貌無異於常人，卻擁有獨一無二之力。』其中一位先知將他描述為『容器』，說他夠大、夠強，足以容納世間所有魔法。」

阿衛越說越興奮，雙眼閃閃發亮，逐漸語無倫次。他揮手示意桌上那疊書，彷彿它們的存在證實了預言的真實性。

我感覺到自己不由自主地微微後仰。「你該不會……」

「該不會什麼？」阿衛問道。

「那個，你該不會認為……」

「露西，妳想說什麼？我該不會認為什麼？」

「那個……你該不會認為『你』就是最強法師吧……？」

他嗤之以鼻。「我？別傻了，那怎麼可能。我比這些傻子更加強大——」他環顧圖書館，「——但我的力量並非不可思議。」

我試著擠出笑聲。「也是。那……」

「那？」

「那你為什麼這麼在意最強法師的預言？」

「因史上最強的法師就要來了，露西，他會在我們最需要他之時降世。預言說他是在各派法師『相互攻訐之時』、『群龍無首之時』降世，既然如此，時候想必近了，想必就是現在了。我們都該在意這件事啊！我們都該做好準備！」

59

潘妮洛普

我滿喜歡我爸的研究室。研究室在閣樓，他都不准別人上去打掃，就連研究助理也不許亂動東西。儘管房裡亂成一團，爸還是知道東西各自的位置，你要是擅自把一本書換個地方放，他還會小抓狂一番。

房間有一整面牆被巨大的大不列顛島地圖占滿——魔法大氣中的孔洞還未擴張到海上，但依舊逐年擴大。爸用大頭針和線繩標記每個孔洞的邊緣，接著用不同顏色的線繩表示孔洞的成長幅度，並用小旗子記錄量測日期。有幾個大洞逐漸融合，現在柴郡幾乎一點魔法也不剩了。

爸的研究助理們現在都外出蒐集資料了，他最近剛僱了新的助理，是魔法人類學家，專門研究孔洞對於魔法生物的影響。他也很想研究孔洞對凡人的影響，卻一直申請不到研究經費。

我走到地圖前。倫敦有兩個孔洞——較大的在肯辛頓，較小的在特拉法加廣場——我們家在豪恩斯洛，假如凡庸攻擊這附近，後果將會不堪設想。這些年來，有不少魔法家族被迫遷居；你的魔法會在你家的土地上安頓下來，成為你的支柱，失去了魔法支柱的家族可能會元氣大傷。

我在其中一張高桌前坐下。爸喜歡站著工作，所以他的工作桌都很高。他已經翻開了一本書，正忙著將一些數字抄進記錄本；他也會用電腦，但還是喜歡以紙筆做記錄。

「我最近在做一門課的報告，」我說，「翻了幾本以前的《魔法紀事》……」

「嗯……」

「我讀到了華特福慘案的新聞。」

爸抬起頭來。「然後呢？」

「你還記得當時的事嗎？」

「當然記得了。」他又低頭看記錄本，「那時我和妳母親還在讀大學，妳還是個小小孩……」

爸媽剛從華特福畢業就結了婚，他們雖然還在讀書，媽也希望畢業後能工作，他們還是結了婚就開始生小孩。爸說媽「馬上」就想得到「一切」。

「你們當時應該覺得很可怕吧。」我說。

「是啊，那之前從沒有人攻擊過華特福——還有那個娜塔莎．格林—碧漆，唉，真可憐。」

「你認識她嗎？」

「我們沒有私交。她的年紀比我們大，她妹妹——費歐娜——比我小幾屆，但我和她也不熟。碧漆家向來不和外人往來。」

「所以，你不喜歡她嗎？娜塔莎．格林—碧漆？」

「我不喜歡她的政見。」他說道，「她認為法力低弱的魔法師不該使用魔杖。」

「那吸血鬼是為了什麼攻擊華特福啊？」我又問，「他們沒這麼做過吧。」爸這樣的魔法師。

「是凡庸派他們去的。」爸說。

「可是——」我隔著工作桌靠向他，「——攻擊事件過後，最初的新聞報導並沒有提到這一點，只說是吸血鬼對學校展開攻擊。」

他起了興趣，再次抬頭看我。「沒錯。」他點頭說，「我們一開始確實不知情，只以為黑魔物是趁我們四分五裂時落井下石。那個年代和現在不同，一切都較為鬆散，魔法世界比較像是……俱樂部，或是某種協會，我們也沒設立防線。在當時，甚至發生過狼人攻擊事件——而且是在倫敦市內喔，很難想像吧。」

「所以，當時沒有人知道凡庸是派遣吸血鬼攻擊華特福的幕後黑手？」

「我們是過了好一段時間才發現的。」他說，「起初，我們連凡庸是某種存在都不知道。」

「那是什麼意思？」

「就是說，孔洞最開始出現時——」

「是一九九八年吧。」

「對，」他說，「我們最早記錄下孔洞的存在，就是在十七年前。當時，我們以為那是自然現象，甚至可能是汙染所致，就和臭氧層破洞一樣。我記得最早為那種現象取名的是曼寧博士，他造訪了位於蘭開夏的孔洞，將它描述為『一種鬼祟的凡庸，悄悄鑽入你靈魂的平凡庸俗』。」爸微微一笑，他喜歡漂亮的文句。「那之後不久，我就展開了對孔洞的研究。」

「那你們是什麼時候發現凡庸是一個人的？」

「我們到現在還無法肯定凡庸是不是『人』。」

「我不是那個意思——你們是什麼時候發現它是有意志的東西的？你們怎麼知道它在攻擊我們？」

「我們並不是在某一天突然發現這件事。」他說道，「事態是從二〇〇八年開始轉折，我個人認為凡庸在那段時期變得更強大了。在此之前，我們追蹤到的都是一些小孔洞，像是魔法大氣中的小泡泡——但在那時，孔洞突然如雨後春筍出現，類似癌症的轉移現象。同樣在那段時期，黑暗世界風起雲湧，到黑魔物開始直接攻擊賽門時，我們才知道那背後存在某種惡意——以及智慧，那並不是自然災害。此外，還有凡庸給人的那種感覺，無論是孔洞或攻擊事件，都伴隨著那種特殊的感覺。」他的目光聚焦在我身上，嘴唇抿著。

我和賽門上學年被凡庸綁架過後，爸就想聽我詳述所有的細節，我把大部分的細節都告訴了他，甚至連凡庸的樣貌也描述給他聽了。爸認為凡庸是故意變身成賽門的樣子，向他挑釁。

我將雙手的手肘靠上桌面。「你覺得凡庸為什麼這麼恨賽門？」

「這個嘛。」他皺起了鼻子，「凡庸似乎痛恨『魔法』，而賽門的魔法比其他人——甚至是其他東西——都多。」

「說來奇怪，凡庸其實也不是它真正的名字。」我說，「那不是它自己想到或為自己取的名字……」

「妳認為會有黑魔物幫自己取『鬼祟的凡庸』這種名字嗎？」

「我都沒想過這個問題，」我說，「畢竟它一直都存在著。」

爸嘆息一聲，將眼鏡往上推。「想到妳不記得凡庸出現以前的世界，我就好心痛。我怕你們這一代會習慣它的存在，忘卻反擊的必要性。」

「爸，我恐怕是忘不了了。那個可惡的東西綁架了我，還一直想害死我的好朋友。」

他皺著眉頭，繼續凝視著我。「潘妮洛普，我告訴妳……過幾週會有一支小組從美國過來，在我們暑假訪美期間，他們似乎終於注意到我們這邊事態的嚴重性了。」

我們到美國找麥卡的期間，爸盡量和其他魔法科學家會面談話，有一位魔法地質學家對爸的研究非常感興趣。

美國的法師沒有我們英國這邊的組織結構，他們住在全美各地，基本上不會互相干涉，不過那裡的資金也比較多。爸一直想說服外國科學家相信凡庸不只威脅了英國，還威脅到全球的魔法世界。

「我很希望妳跟我們一起去田野調查，」他說，「妳可以認識認識雪林博士，他在克里夫蘭有自己的研究室喔。」

我知道他的意圖——我爸保護我不受凡庸傷害的方法，就是將我藏到遙遠的俄亥俄州。

「可能可以吧，」我說，「如果能請假不去上課的話。」

「我可以幫妳寫假單。」

「那賽門可以一起來嗎？」

爸抿起嘴唇，又把眼鏡往上推了推。「我可能沒辦法幫賽門寫假單。」他拿起筆說，「妳剛剛說是要做什麼主題的報告？」

「華特福慘案。」

「如果查到什麼關於凡庸的新情報，就和我說一聲吧。我一直很好奇，當年有沒有人感受到他的存在呢？」

他的心思又飄回工作上頭了，於是我跳下高腳椅，轉身離開。我在門口停下腳步。「那個，爸，還有一件事——你認識一個名叫尼可迪穆的魔法師嗎？」

他抬起頭，臉部絲毫沒有動靜——由此可見，他是刻意壓抑了自己的反應。「不認識呢。」他說，「為什麼問這個？」

我爸平時不會隨便對我撒謊。

我平時也不會對他撒謊。「就只是我在《魔法紀事》看到的一個名字而已，我想說沒聽過這個人。」

「唔……」他說，「他——他應該不是什麼太重要的人吧。」

60

賽門

我們等到午夜過後才出發去找吸血鬼。貝茨的阿姨不肯把他們所在的確切地點告訴他，但他覺得還是找得到，他還說過了午夜，吸血鬼應該都狩獵完了……

我聽了很驚恐。那麼多人被殺，我們怎麼可以默默在這裡等著？

既然吸血鬼每天晚上都在狩獵凡人，我們怎麼不想想辦法？巫師集會不可能不知道有這件事吧。

連貝茨他阿姨都知道了，巫師集會一定知情的。

現在好像不是很適合提這件事，貝茨也不是談這件事情的好對象。

離開他阿姨家以後，我們還有一些閒晃的時間，於是去了圖書館——很大的那間——然後去了趟大英博物館的閱覽室，貝茨偷了好幾本書出來。

「你怎麼可以偷書。」我責怪道。

「這是在調查。」

「這是『叛國罪』。」

「那你要去跟女王打小報告嗎？」

博物館都關門後，我們在公園裡散步，然後找間店讓我坐下來吃咖哩，他開始翻看偷來的書。

「你也該吃點什麼吧。」我說。

他對我揚起眉頭。

「什麼啦。」他一直沒交女朋友，是不是因為他出門約會也只會帶女孩子去圖書館，女生吃飯的時候他就坐在那邊盯著人家看？

我把咖哩和兩份印度咖哩餃吃完了，正在觀察他讀書——我敢發誓，他思考的時候都會吸吮自己的尖牙——他突然單手蓋上書，站了起來。

「走了，雪諾。我們去找吸血鬼。」

「謝啦——」我用袖子抹了抹嘴，「——可是我今天看到的吸血鬼已經夠多了。」

貝茨已經走出了店門。

「喂。」我邊說邊加快腳步跟過去。他不理我，我只好抓住他的手臂。

他皺起眉頭。「別人不理你，你也不能亂抓他們。」

「我都說『喂』了。」

「這不是藉口。」

「我剛剛在想啊，」我說，「既然我們要合作，你就要叫我的名字。」

我也不知道為什麼覺得這很重要，只是……我們都要一起進吸血鬼的老巢了，總該放下以前的這些，開始當真正的盟友吧。

「雪諾就是你的名字啊。」貝茨說，「應該是吧。你的名字到底是誰取的啊？」

我別過頭。那個名字當初是寫在我的手臂上——賽門．雪諾，一定是把我留在兒童之家的人寫的。說不定是我母親。

「你要叫我『賽門』。」我說，「你不是有這樣叫過我嗎？」

他打開車門上車，一副沒聽見的樣子——但我知道他聽到了。

「好啦。」貝茨說，「上車啦，賽門。」

我上了車。

我們花了快兩個鐘頭才找到那個地方，過程中貝茨一直到處聞來聞去，我感覺自己帶著一隻獵犬在柯芬園晃來晃去。

「是這裡嗎？」我問他，「他們在這裡嗎？」

他調整著領子和袖口。我們站在一棟滿滿都是公寓的老建築外面，大門旁邊有一排名字，還有個銅製投信口。「待在我身邊。」他小聲說，然後用手背敲敲門。

一個高大的男人開了門，看到貝茨時把門拉得更開一些。還有個男人站在房間中間的長吧檯後面，那人往這邊看來，點了點頭。看門人用歪頭的動作示意我們進去。

我跟著貝茨走進一個天花板沒裝電燈的低矮長形房間，中間是往內延伸的吧檯，兩旁的牆邊都是華麗的雅座，每個雅座上方都掛著黃色掛燈。

坐在走道旁的所有人都轉過來看我們，門邊一個女人手裡的杯子墜了下去，被她身旁的男人接住。

他們看起來不像吸血鬼。

他們全部都是吸血鬼嗎？

他們看起來就只是有錢人而已……皮膚灰灰的有錢人。他們不像電影裡的吸血鬼，沒長得特別美、特別瘦，顴骨也沒有特別突出。

他們是在盯著貝茨，不是我。他現在一定很怕，或至少很緊張，卻完全沒表現出來，我發誓他真的是危險越大就表現得越冷靜。（我威脅他的時候覺得這點很煩，不過現在好像有點酷。）

他們一定每個人都羨慕死他了，他們有的東西貝茨都有，他還額外擁有魔法。而且啊，他還長得像道道地地的吸血鬼，一副天生就要當黑暗君王的樣子。

貝茨在最近的雅座前停下腳步。「尼可迪穆。」他開口，根本懶得把話說成問句。

一個灰髮、灰皮膚、穿著反光灰西裝的男人對上貝茨的視線，朝房間後面一點頭——然後他看向我，對著我冷笑。他是對我的十字架還是對我的味道有意見？還是他知道我是大法師的繼承人？（大法師會殺吸血鬼，他覺得這不算殺人。）（大法師幹嘛不把「這些」吸血鬼也殺了？）

我跟著貝茨穿過酒吧，開始後悔今天離開漢普郡的時候沒穿他堅持要我穿的那套高檔衣服。我身上穿著華特福制服褲和貝茨的斯堪地那維亞風毛衣——之所以乖乖穿上他的毛衣，是因為他說我穿華特福制服看起來像十二歲屁孩。

貝茨走得好慢，我一直踢到他的腳跟，他好像想讓所有人都把他看個清楚。（也可能是不想讓他們發現他跛了腳。）我們越深入，空間也越來越黑，我掃視酒吧裡的雅座，努力尋找尼可迪穆，但就算他在這裡、就算光線夠亮，我可能也認不出來。他現在還長得像壞壞的男版厄本嗎？

我們走到最底了，我正準備轉身回去，貝茨就走進我根本沒看到的一扇門。我跟著他走下沒有靠牆、扶手搖搖晃晃的螺旋階梯，好不容易走到樓下，我只覺得頭暈目眩。

我們到了地下室之類的地方，這裡簡直像地底洞穴，比樓上的空間大得多，天花板還更低。地板上裝了暗暗的藍燈，有點像電影院的小燈。

我看不太出來地下室裡有多少吸血鬼，因為我什麼都看不清楚，不過我感覺自己站在滿滿都是人的房間裡。這裡在播電子音樂，可是聲音很輕，感覺像是從很遠的地方傳來的。

貝茨單手插在褲袋裡，站在樓梯底部，像在找朋友似地掃視房間。

他們——那些吸血鬼——要的話隨時可以撲上來攻擊我們，把我們活活撕成碎片。我們根本就寡不敵眾，也不可能有時間施什麼厲害的法術，我甚至連魔杖都沒帶在身上，但他們不曉得就是了。（貝茨知道，他一整個不敢相信我竟然把魔杖忘在華特福了。）（我那時候趕時間嘛！）

我可以用劍對付幾隻吸血鬼，可是應該沒辦法打敗所有人。

我也可以直接「暴走」——那之後會發生什麼事，我就不敢保證了。

貝茨開始往前走。地下室的人衣服沒穿得那麼高級，這些是窮吸血鬼嗎？吸血鬼是怎麼變窮的？我們雖然在地下室，環境和這裡的客人還是很乾淨，我也不知道自己原本以為會看到什麼……是血跡嗎？還是血液調酒？這裡的人好像大部分都在喝琴酒，我看到桌上擺了一瓶瓶龐貝藍鑽。有人對上我的視線，繼續盯著我，於是我讓魔法浮到皮膚表面——我想像它從體內滿出來。那個人移開了視線。

我們來到了地下室深處，我都不知道門在哪個方向了。貝茨拉了拉某個人的袖子——那是個幾乎比他高大一倍的男人。「尼可迪穆。」貝茨開口，還是沒說成問句。男人往後面一扭頭，貝茨放開了他。

我們繼續走下去，來到一排撞球桌前。

貝茨停下了腳步，從外套內袋拿出一盒菸，用魔杖點燃一根，站在桌邊的人全都往後一縮。貝茨深深吸了一口——菸頭亮起紅光——把滿口煙吹到球桌上方。

我都不知道他有在抽菸。

「尼可迪穆。」貝茨呼著煙說。

然後，我看到他了——是厄本。是長得比較粗獷、比較高瘦的厄本，一頭金髮往後梳，身上也穿著西裝，只不過這件西裝好像很廉價，袖子也快裂開了。

他對貝茨微笑，上下打量他。「啊呀呀……你看看你，這不是最夢幻的生活方式嗎。」

貝茨又吸了口菸，慵懶地對上尼可迪穆的視線。「我的名字是泰朗斯．貝茨頓．碧漆，我來這裡是要找你聊聊我的母親。」

「那當然了，碧漆先生。」尼可迪穆的聲音壓得很低，幾乎像在說悄悄話。「那當然了。」

尼可迪穆又露齒一笑，我看到他的笑容有漏洞——他缺了犬齒，舌頭戳著齒列的其中一個洞。本來跟他一起打撞球的男人都退開了，只留我們三個站在黑暗中。

「你找我做什麼？」尼可迪穆問道。

「我想知道是誰殺了我母親。」

「你也知道是誰殺的。」他的舌尖擠到縫裡，推了推牙齦。「全世界都知道，全世界也都知道你母親對他們做了什麼。」

貝茨把香菸舉到嘴邊吸了一口，又垂下手，把煙灰彈到地上。「把剩下的都告訴我。」他說，「幕後黑手是誰？」

尼可迪穆笑了。「要是我不告訴你呢？你要咬我嗎？」他低頭瞄了香菸一眼，「還是說，你和你母親一樣，打算把我們全都燒了？碧漆先生，你到現在還沒自裁，我也不覺得你會選在今天去死。」

貝茨環顧四周，像在思考可以拉多少隻吸血鬼陪葬。

「把剩下的都告訴他，」我惡狠狠地說，「不然『我』就把你殺了。」

尼可迪穆看向站在貝茨身後的我，臉上的笑容變得很酸澀。「你以為自己有滿滿的力量就無敵了。」他說，「你以為沒有任何東西能打敗你。」

「我還沒遇過能打敗我的東西。」我說。

他又笑了。他的笑聲和厄本的笑聲完全不同，尼可迪穆笑得像是他什麼都不在乎，厄本都笑得像是她什麼都在乎。

「好，」他說，「我說就是了。我把一部分的實情告訴你們。」他把球杆平放到桌面上，「吸血鬼不能隨便進華特福，除了自己的家以外，只要沒人邀請我們，我們就不能隨便進別的地方。在突襲事件的幾週前，有人來找我，要我幫忙談個交易。這就是我平常的工作：談談交易和介紹別人認識。

對一個不能咬人的吸血鬼、沒有魔杖的魔法師來說，找工作還挺不容易的。」

他的舌頭幾乎是習慣性地戳到齒縫裡。「對方給的錢很多，」他說，「但是我拒絕了。我妹妹就住在華特福，除非她自己要死，我是不可能把死亡送上門的。」他又對貝茨露出南瓜燈般的笑容。「不知道『你』是不是那個計畫的一部分呢，碧漆先生？沒想到魔法師竟然讓你活下來了……他們『為什麼』會准你活下來？他們究竟想拿你來做什麼？」

「是誰？」貝茨問道。從我們走進來到現在，他是不是一次都沒眨過眼？「是誰來找你？凡庸嗎？」

「凡庸？是啊，碧漆先生，那是鬼怪的陰謀，是你床底下的怪獸幹的。」

「是、凡、庸、嗎。」貝茨重複道。

尼可迪穆笑著搖搖頭。「是你們之中的一個人，」他說，「不過他的名字不值得我用命去換。我不告訴你們的話，你們可能會殺了我——但如果我說了，那就真的必死無疑了。」

貝茨叼著菸，讓魔杖從袖內滑到手中。「我有辦法逼你說出來。」

「那是禁咒。」尼可迪穆說。他說得沒錯，我們都禁止使用強迫法術。

「還很危險。」他說。又被他說對了。

「你要是施了禁咒，巫師集會會對你怎麼樣啊，泰朗斯．貝茨頓？」尼可迪穆冷笑著，「你以為他們會願意原諒你這種東西嗎？」

「我真該馬上殺了你。」貝茨挺起胸膛說，「我不認為會有任何人制止我，也不會有人為你哀悼。」

我一隻手搭著貝茨的肩膀。「我們先走吧。」

「他什麼都還沒告訴我們。」貝茨用氣音對我說。

「我已經說得夠多了。」尼可迪穆說。

「走啦。」我邊說邊把貝茨往後拉。

「對啊，你去吧。」尼可迪穆對貝茨說，「跟你朋友走吧，你總有一天會回到這裡的。」

貝茨把菸蒂丟到撞球桌上。尼可迪穆整個人往後一跳，第一次露出驚慌的表情，手忙腳亂地拿起飲料潑在菸蒂上。貝茨已經邁開腳步走了。

我看著尼可迪穆。「你妹妹很想你。」

然後我轉過身，加快腳步去追貝茨。他在樓梯頂端等我。（一副和我是好朋友的樣子——他應該是想讓吸血鬼以為我們關係不錯吧。）他的表情和冰一樣冷，穿過樓上的酒吧，走出了門。

到了戶外，我才發現夜間的倫敦明亮到刺眼的地步。

我們找到了車——是他父親的捷豹車，我還沒打開副駕駛座的門，貝茨就已經發動了引擎。我一上車他就猛然退出停車位，猛踩著油門用最快的速度開下熱鬧的街道，超車一輛計程車以後猛力換到隔壁車道。

「喂。」我說。

「雪諾，閉嘴。」

「你聽我說——」

「閉嘴！」他的話中帶了魔法，但他沒有握著魔杖，所以魔法沒有生效。他一把抓起魔杖，我還以為他要詛咒我，結果他是把魔杖指向一輛公車。「好狗不擋路！」公車換了車道，但前面還有另一輛車，貝茨又指著它施了一次法術，真是白白浪費魔法。

「再這樣下去，我們還沒出東區你就要累昏了。」

他不理我，魔杖指著前面，油門踩了下去。他又要施咒時，我一隻手搭在他的上臂，把一些魔法推過去給他。「讓開！」他說，前面的車子全都切到了左邊和右邊，前方整條路都為他清空了——我從來沒看過這樣的畫面。

從來沒有過這樣的感覺。

每次遇到紅燈，我都閉上眼睛希望它變綠。貝茨一腳把油門踩到了底。

我們飛馳而去。

只要我碰著貝茨的手臂，魔法就不會斷線。

我感覺好乾淨。

我感覺像一股電流。

我不曉得貝茨是什麼感覺，他的臉像岩石刻出來的，車子駛出倫敦之後，他開始流淚。他沒有把淚水擦掉或眨掉，就這麼任其滾落臉頰、掛在下巴處。

開到鄉村地區以後，他就不用靠我的魔法開道了，我放開他。他不停轉上越來越小的路，直到車子開到一片樹林旁邊，碎石被輪胎輾飛、彈到車底。

貝茨突然駛離小路，踩下煞車，一個甩尾後，半臺車都卡到了水溝裡，然後一副剛在路邊停好車的樣子下了車，朝樹林走去。

我打開門準備跟過去，然後跑回去把引擎熄火、拔下車鑰匙。我追著他在雪中的腳印跑過林木線，直到在黑暗中再也找不到他的腳印了。

「貝茨！」我大喊，「貝茨！」

我繼續往前走，差點被樹枝絆倒，下一秒就真的絆倒了。「**貝茨！**」我看見一股亮光——火光——就在前面的樹林深處。

「雪諾，你滾開！」我聽到他大叫。

我朝火光和他的聲音跑去。「貝茨？」

又是一束火焰噴出去，點燃了樹枝——照亮了抱頭坐在樹下的貝茨。

「你在幹嘛？」我說，「快把火弄熄啦。」

他沒有回應。他全身在抖。

「貝茨，沒事的，我們找別人問問不就好了嗎？調查還沒結束，我們會完成你母親交代的事情的。」

他揮著魔杖，幾乎是在呼號，火焰噴得到處都是。「白痴，『這』就是我母親要我做的事。」

我在他面前跪下來。「你到底在說什麼啊？」

他對我獰笑，露出滿口牙齒——所有的牙齒都露出來了，犬齒和狼牙一樣尖銳。「我母親是在滅殺吸血鬼時死的。」他說，「她被咬到之後就自裁了，那就是她死前做的最後一件事。如果她知道我變成了什麼東西……她不可能會讓我活下來。」

「怎麼可能，」我說，「她很愛你啊，她還說你是她的『玫瑰花蕾』耶。」

「她愛的是『從前』的我！」他高喊，「我已經不是以前那個小男孩了，我現在是他們的一分子了。」

「你不是。」

「你不是從我們還小時就一直想證明我是怪物嗎？克勞利的，你現在拿到證據了，去告訴大法師啊——去跟所有人說你猜對了！」他的臉上閃爍著火光，我還能感覺到背後的熾熱。「雪諾，我就是吸血鬼！這下你高興了吧？」

「你不是。」我不知道自己為什麼說這種話，也不知道自己為什麼突然哭了。

貝茨一臉驚訝，然後一臉煩躁。「啊？」

「你從來沒咬過人。」我說。

「給、我、**滾**。」

「不要！」

他又垂下頭，把臉埋進臂彎。「我是說真的。你走吧，這場火要燒的不是你。」

我抓住他雙手的手腕，用力一拉。「沒錯，」我說，「你不是說哪天解決我的時候，一定要選在有人圍觀的地方嗎？」我繼續拉他，「**走啦。**」

貝茨沒有抵抗，就只是整個人往前倒。一團火星散落在他附近，我對它們低吼，把火星吹熄。

我抬起他的下巴。「貝茨。」

「雪諾你走開。」

「你不是怪物。」在我的手裡，他的臉和屍體一樣冰冷。「我錯了——這些年來，我都說錯了。你是惡霸沒錯，還是自大狂，還是超級機掰人，但你不是他們的一分子。」

貝茨想把臉轉開，可是我偏不放手。他張開眼睛，雙眼成了兩汪灰色、黑色的痛苦水池，我真的看不下去了。我又低吼一聲，大火對我吼了回來。

「這是我罪有應得。」他說。

我搖搖頭。「我可不是罪有應得。」

「那就**走啊**。」

我看到他眼裡閃爍的火焰，表示我們已經被火包圍了。

「不要。」我說，「我從來沒有背對你過，也不打算現在把背後讓給你。」

61

貝茨

幹，看來我只能用法術把這個智障趕走了。我這輩子做的最後一件事會是拯救賽門．雪諾的小命，讓我的全家人蒙羞。

他捧著我的臉，以為自己叫我活下去，我就會乖乖聽話——就憑自己是該死的賽門．雪諾，只要吼得夠大聲就能稱心如意。

在我把他彈飛之前，可能會先一口吻上去。

（有辦法在不打到他骨折的情況下把他趕走嗎？我能用什麼法術確保他不回來，確保他被噴飛之後不會再跑回火堆裡？）

我可能真的會吻下去。他就在我面前，嘴唇開著（白痴，都不會閉上嘴巴嗎），眼中充滿了生命力。滿滿的、滿滿的生命力。

賽門．雪諾，你的生命力如此旺盛。

你是連著我的份一起活著對吧。

他搖著頭、說著話，我滿腦子想著要吻他。因為，我從沒吻過任何人。（我一直擔心自己會不小心咬下去。）也從沒想過要吻他以外的人。（我不會咬他，不會傷害他的。）

我只想吻他一下，然後離此而去。

「賽門……」我說。

結果，是**他**吻了**我**。

賽門

我只想讓他閉嘴，別再說這些奇奇怪怪的話了。我只是要他趕快起來，趕快跟著我離開這個鬼地方。我只想回到我們在華特福的寢室，只想知道他就在那裡，他沒傷到任何人，也沒有任何人傷到他。

貝茲

他吻得好嗎？我不知道。

雪諾的嘴好熱，一切都好熱。

他往我這裡擠來，於是我擠了回去。

他的十字架令我的舌頭、下顎都震顫不已，他的脈搏在我喉頭鼓譟，他的嘴消滅了我腦中所有的思緒。

賽門．雪諾。

賽門

貝茲的嘴唇比阿嘉莎冰冷。

因爲他是男的。我心想，然後又想到：**不對，因爲他是怪物**。

他不是怪物，就只是壞蛋而已。

他不是壞蛋，就只是個男孩子而已。

我竟然在吻一個男的。

我竟然在吻貝茨。

他好冷，但全世界都好熱。

貝茨

我會吻著賽門．雪諾死去。

阿萊斯特．克勞利啊，這真是奇妙的一生。

賽門

貝茨要是以為我會放開他，那就大錯特錯了。我喜歡他這樣，喜歡把他抓在手裡、把他捧在手裡，這樣他就沒辦法跑去搞什麼陰謀詭計還有跟吸血鬼說話了。

我逮到你啦，我心想，**你再也別想溜走了。**

貝茨

賽門比我有經驗。

他的動作真好，下顎上下移動、歪著頭，繼續把我往後推。

我沒有試著模仿他，就只是放任他吻下去。

我會吻著賽門．雪諾死去……

賽門．雪諾會吻著我死去。

賽門

貝茨抓住我的肩膀，把我從身上推開。

他能成功，完全是因為我沒預期他會這樣做。

他伸手從袖子裡抽出魔杖，指著我身後高喊：「許個願吧！」我們四周都是火，火舌從草地上步步逼近。

貝茨的法術起了一點效果，一棵樹上的火被撲滅了，但很快又燒了起來。貝茨吸一口氣，我雙手搭在他的胸口，讓他自己把我的魔法拿去用。

「許個願吧！」他大喊，聲音和雷鳴一樣響亮。

火焰一口氣熄滅，不像是被吹熄，反倒像是被吸走了。我的耳朵裡「啵」了一聲，附近的樹木直冒濃煙。

我看向貝茨。

這樣就好了嗎？只要我吻他一下，他就不想再鬧自殺了嗎？

他拋下魔杖，抬手抓住我的毛衣（是他的毛衣），把領口往下拉，另一隻手扯開襯衫領子，把最上面那顆釦子扯爆了。他抓住我的十字架，看了看鍊條，然後用力一扯——鍊條斷了——他直接把十字架抛開。

然後貝茨看著我，一副準備攻擊我的樣子。

貝茨

賽門・雪諾還是會吻著我死去。

但不會是今天。

62

賽門

結果我面對著貝茲坐在地上，坐在那裡吻他。他抓住了我的領口兩側，不肯放開。

老實說，我不太確定我們在幹什麼——但至少火都熄了，我們好像也解決了某種問題的樣子。不過這應該算是新的問題吧。

我稍微想到了阿嘉莎，突然覺得自己是個渣男，然後又想到我們已經分手了，這也不算是劈腿嘛。接著我又想到，現在發生的這件事到底是什麼意思……難道我是同性戀？我跟貝茲躲在樹林裡，沒有人看到我們，那這個問題晚點再來思考好了。我現在除了抓著貝茲以外什麼都不用做，這就是我唯一必須做到的事。

我還是捧著他的臉，臉頰被我碰到的地方已經沒那麼冰了，我啜吻他的嘴唇時，它們還會暫時被吮成粉紅色。

他是不是從很久以前就想這樣做了？

我是不是從很久以前就想這樣做了？

我很想說「不是」，這是我第一次想到要對他做這些。但假如這真的是我第一次產生這種想法，那為什麼腦子裡會有一張「我一直想對貝茲做的事」清單？例如：

我的手指埋入他的髮間，絲滑的頭髮溜過我的指縫，我抓著他的頭髮握拳，他的臉往我的臉擠過來——然後他突然整顆頭往後一扯。

「對不起。」我說。（我喘不過氣來，太丟臉了。）

貝茨放開我的毛衣，扶著額頭搖了搖頭。「不是，我只是……你的十字架呢？」

我在附近的地面摸來摸去，找到以後把它舉到我們兩個之間。

「把它戴上。」他說。

「為什麼？你要咬我嗎？」

「不是。我有咬過你嗎？」

「沒有，可是你也沒吻過我。」

「雪諾，是『你』吻了『我』。」

我聳聳肩。「所以呢？你到底想不想咬我？」

貝茨站了起來。「不想……我只是不想一直惦記著那件事。我需要進食，已經過——」他環顧四周，但森林裡太黑了，什麼都看不見。

「——太久了。」他又看我一眼，然後一臉難為情地別過頭。「那個，我必須……狩獵了。可以等我嗎？」

「我跟你去。」我說。

「克勞利啊，」他說，「你想都別想。」

我跳了起來。「什麼都可以嗎？」

「什麼？」

「只要是有血的東西都可以嗎？」

「什麼？」他又說，「對。」

我握住他的手。「你召喚看看。應該有狩獵法術可以用吧？」

「有是有，」他皺起眉頭說，「但只能近距離使用。」

我握緊他的手。

他拿起魔杖，像在看大笨蛋似地看著我。「花鹿在奔跑！」他用魔杖指著樹林說，我的魔法在周遭閃爍顫動。

不到一分鐘後，一隻鹿從焦黑的樹叢之間走過來。

貝茨全身一抖。「你不能每次都這樣。」

「每次都怎樣？」

「展現出神蹟般的魔法。」

「為什麼不行？」我說，「很酷耶。」

「很恐怖。」

我笑嘻嘻地看他。「很酷啦。」

「別看。」他邊說邊往那頭鹿走去。

我繼續笑嘻嘻地看他。

他轉頭對我說：「別看。」

貝茨

我領著鹿走進樹林，到雪諾看不見的暗處。結束之後，我將屍體丟進深谷。

我已經不記得上次喝得這麼飽是什麼時候了。

我回到原處時，雪諾還坐在那圈灰燼裡。我知道他看不到我，於是我出聲喊他，以免嚇到他。「雪諾，是我。」

「你之前不是叫過我賽門？」

我觀察他的眼睛，找到他終於辨識出我的形影的瞬間。我在手心點亮火焰。（也不是在手心——是在手掌上方。）「並沒有。」

「明明就有。」

「我們回車上吧。」我說，「鄰居想必都以為我們在這裡舉行了黑暗儀式。」

「我們真的沒有嗎？」他一面說，一面跟著我前行。

回到車上時，雪諾十分安靜。我也沉默不語，因為我還真不曉得接下來該怎麼辦。在「我們得暫停接吻，讓我去吸血」過後，我們該怎麼接續下去？

「你是吸血鬼。」雪諾終於說。（好吧，看來就是這樣接續下去。）

我沒有回答。

「你真的是耶。」他說。

我發動汽車引擎。

「應該說，我一直『知道』——我從好幾年前就知道了。可是你真的是……」他摸了摸我的臉頰。「你變溫暖了。」

「是喝了血的緣故。」我說。

「那你會變重嗎？如果我把你抱起來的話？」

「想必會吧。我可是剛把一頭鹿吸乾了。」我瞥了他一眼，他看上去還是像我恨不得吃乾抹淨的東西。「你別想抱我。」

「那是什麼原理啊？」他問道。

「不知道……魔法、血咒、病毒、魔法病毒……我也不知道是什麼原理。」

「那你多久要喝一次血？」

「如果要維持舒適的狀態，那每晚一次。如果只是要保持理智，那就每幾晚一次。」

「你有咬過什麼人嗎？」

「沒有。我不是殺人犯。」

「一定要每次都把人弄死嗎？咬人的時候？不能只喝一些血，然後把人放走嗎？」

「雪諾，你連三明治只吃到一半都做不到了，竟然會問這種問題。」

「所以你不知道囉？」

「我沒試過。我不是……那種東西，我若是碰了人類，父親就會殺了我。」（我如果咬了人，他應該真的會大義滅親——至少，他應該這麼做。）

「喂，」雪諾皺起額頭對我說，「別這樣。」

「別怎樣？」

「想事情。想東想西的。別在那邊亂想。」

我煩躁地呼出一口氣。「你就不煩惱嗎？」

「煩惱啥？」

「我可是『吸血鬼』。」

「我以前是會煩惱啦，」他說，「我還想說哪天晚上就會被你吸乾——或是被你變成殭屍之類的。可是這幾天我學到了不少嘛。」

「那你現在知道我確實是吸血鬼了，你就不在意嗎？」

「我現在知道你都只是偷偷摸摸地吸一些寵物跟可以合法狩獵的動物，那還有什麼好煩惱的？我又不是那種超極端的素食主義者。」

「你還是不相信我是死人。」

他搖一下頭，動作堅決。「我不相信你是死人。」

我們開到了我家車道前，我轉了進去。「我會被陽光晒傷。」

他聳聳肩。「我也會啊。」

「雪諾，你這個白痴。」

「你之前明明叫過我賽門。」

「並沒有。」

賽門

我也不知道我在開心什麼，情況明明就沒變。

沒變吧？

接吻那個部分是不一樣沒錯。還有想要接吻的部分。

還有看著貝茨，想著他的頭髮落在額頭上，形成懶洋洋的波浪……

嗯，不對，這我以前就想過了。

貝茨是吸血鬼；這也不是什麼驚天動地的新消息。

貝茨顯然是全世界當吸血鬼當得最不甘願、也最不喜歡吸血的傢伙——這我倒是沒料到。

他顯然還是最帥的吸血鬼。（我今天看了好幾個吸血鬼，有得比較了。）

我竟然想吻一個男的。這部分真的不太一樣，可是我還沒做好現在想這件事的心理準備。

……還想。我還想再吻他。

我們把車停在改建成車庫的舊穀倉裡，然後從廚房的門悄悄進屋，免得吵醒別人。「會餓嗎？」貝茨問我。

「嗯嗯。」

他在冰箱裡摸來摸去，就是個普普通通的青少年吸血鬼，半夜在廚房找宵夜吃。

他把一鼎烤鍋塞到我懷裡，然後拿了兩根叉子。「牛奶？」他問道，「還是可樂？」

「牛奶。」我笑嘻嘻的，止不住臉上的笑容。他把牛奶罐放到烤鍋上，從抽屜拿了幾張餐巾紙，然後朝他的房間走去，我端著食物勉強跟在他後面。

好想知道他在想什麼喔……

貝茨

我不知道我在想什麼。

賽門

回到他房間後，貝茨開了檯燈——燈罩是暗紅色的，所以光線不是很亮——明明房裡到處都是可以舒舒服服坐著的家具，他還是在床尾的地板上坐下。

我在他身邊坐下，他從我手裡接過烤鍋，快速施了句「熱氣騰騰！」，然後打開鍋蓋。是牧羊人派。

「你是『需要』吃飯嗎？」我問他，「還是只是喜歡吃東西而已？」

「我必須吃東西。」他邊說邊挖起一口派，避開我的視線。「只是不用吃得和其他人一樣多。」

「你怎麼知道你不能長生不老？」

他把一根叉子拿給我。「別再問東問西了。」

我們把貝茨放在腿上的那鍋牧羊人派吃完，他咀嚼時會用一隻手遮住嘴巴。我努力回想自己有沒有看過他吃東西……我把牛奶喝完了，他不想喝。

我們吃飽喝足以後，他把餐盤放到房門外，然後用魔杖在壁爐裡生火。

我爬過去坐在他旁邊。「你真的是縱火狂耶。」

他盯著火焰聳了聳肩。

「你不會想把整棟房子都燒了吧？」

「不會的，雪諾。我沒有自殺傾向——如果有就好了，那一切就簡單多了。」

「拜託別再說這種話了。」

他沉默了一下，然後突然轉過來。「你是為了這個吻我嗎？為了防止我自殺？」

我搖搖頭。「不算是。應該說，我是想防止你自殺沒錯啦。」

「那不然是為什麼？」他問我。

「為什麼吻你？」

「嗯。」

「可能是因為我想吧。」我聳肩說。

「什麼時候開始的？」

我又聳了聳肩，惹得他不爽了。他又把一根木柴塞進火爐。

「你要我吻你嗎？」我問他。

「不要。」他說，「我怎麼會想要？我怎麼可能產生那種想法？『現在無論是吸血鬼、母親、戰爭或魔法世界衰退的狀況都無比糟糕，這時候解決問題的方法是什麼？對了，可以和我的白痴室友接吻，就是有天可能會他媽的毀了我人生的那個白痴室友。是啊，這樣就能完美解決問題了。』這什麼智障想法？」

「你幹嘛一定要這麼機車，」我說，「我們站在同一邊耶。」

「目前是站在同一邊。」貝茨說，「你會幫我查出害死我母親的凶手，我會殺了那個人，然後你就會確保我因為殺人被關進大牢。你已經贏了——一旦你將我是吸血鬼的事告訴大法師，他就會拔了我的牙齒、折斷我的魔杖，到時我只能去柯芬園求尼可迪穆收留我。那還是『運氣好』的狀況。」

貝茨真的以為我會告訴大法師嗎？都發生那麼多事了，他還這麼看我嗎？「那些吸血鬼都很佩服你耶。」我說，「他們都巴不得讓你當他們的王。」

「你是建議我投靠他們？」

「不是，我只是說，你今天表現得超棒的。」

「你根本沒在聽我說的話，對吧。」

「**我有啦**。」我說，「可是你錯了，我們以後不會恢復正常了。都發生這麼多事了，還怎麼可能恢復正常？」

「因為我們現在是朋友了？」

「因為我們已經是超越朋友的關係了。」

貝茨拿起火鉗，戳了戳爐火。「才吻一下而已，你就以為世界顛倒過來了。」

「是兩下。」我說，然後我勾著他的後頸把他拉了過來。

貝茨

我不知道現在幾點了。

房裡的黑暗悄然變色，晨曦似乎躡手躡腳地溜了進來。我們躺在壁爐前的地上，在餘火的微光中手牽著手。

雪諾嘆息一聲，握緊我的手——聽到我痛呼一聲，他皺著眉頭拉起我的手查看。我昨晚扯下他的項鍊，那東西在掌心留下了十字形狀的灼傷。（他的十字架現在在房間另一端的角落，這次是被賽門自己丟了出去。）

他將我的手掌拉到面前，吻了下去。

「我都不知道你是同性戀。」我說，聲音很靜。

他聳了聳肩。雪諾幾乎用聳肩取代了大半言語。

「那是什麼意思？」我悄聲問道。

「不知道。」他闔上眼眸說，「我可能從來沒花時間思考自己是什麼吧。我可是有很多事情要忙的。」

我忍不住笑了，是小孩子嗤鼻子的那種笑聲，雪諾也跟著笑了起來。「很多事情要忙？」我重複道。

「那『你』是同性戀嗎？」他問道，仍然笑著轉過來看我。

「是啊。」我說，「完完全全是。」

「所以你常常做這種事囉？」

我白了他一眼。「沒有。」

「那你怎麼知道你是同性戀？」

「我就是知道。你怎會不知道？」

「誰曉得啊。」他和我十指相扣，鬆鬆地握著我的手。「我都盡量不去思考。」

「思考自己是不是同性戀？」

「思考任何事情。我都會把不能想的事情列成清單。」

「為什麼？」

「因為，」他說，「想那些你得不到或沒辦法改變的事情，只會讓自己難過而已，還是不要去想比較好。」

我用拇指來回摩娑他的手背。「你的清單上有我嗎？」

他又笑了，搖了搖頭，頭髮掠過我的髮梢。「最好有可能啦。」他的聲音帶著睡意，「怎麼可能不去想你的事……那就像是有大象踩在我身上，你要我不去想牠一樣。」

我思索片刻。

想著雪諾想著我。

我露齒一笑。「我分不出這究竟是褒是貶……」

「我也分不出來。」他說。

「所以，你都不『思考』。」我說。

「沒意義嘛。」

我用一隻手肘撐起上半身，低頭注視著他。「我不懂你。你是世上最強大的魔法師——也許還是有史以來最強大的魔法師，你要什麼都能弄到手，為什麼想這些會沒有意義？」

雪諾用雙手手肘撐起身體，頭往我的方向傾斜。「因為那都不重要，反正我去做大家要我做的事情就對了。凡庸來找我麻煩，我就跟他戰鬥；他派龍來，我就屠龍；你騙我去找奇美拉，我就暴走。我沒得選，也沒得做計畫，照單全收就對了。有一天我會反應不過來，或是遇到打不過的東西，不過我還是會戰鬥，一直到再也戰鬥不下去為止……所以說，有什麼好『思考』的？」

賽門又倒回地板上。我伸出手，非常、非常小心地撥開他額前的鬈髮。他閉上雙眼。

「我一直以為你會殺我。」我說。

「我也是。」他說，「我也都盡量不去想這個。」

我讓手指纏在他的頭髮之中，他的頭髮比我多，也比我捲，在火光下閃爍著金光。他的臉頰上有顆痣，我從十二歲就一直想親吻它，現在終於不用忍耐了。

「好久。」我說。

「……嗯？」他撐開一邊眼皮。

「我想這樣做，想了好久。幾乎從我們剛見面開始……」

雪諾再次闔眼，微微一笑，彷彿在努力壓抑自己的笑容。

我也露出笑容，因為他沒在看我。「還以為我會活活憋死。」

63

阿嘉莎

潘妮洛普用掀開毯子的方式叫醒我，我一把將毯子扯回來。

「阿嘉莎快起來，我們該出發了。」

「我晚點再走。我還沒睡飽。」

「不行，我們現在就要出發了。快點啦。」

我躺在她的床尾，我們就這樣睡了一整夜，過程中我的背不知道被她踢了幾腳。

「走開啦潘妮洛普。」

「我也想走啊，但我需要妳開車載我。」

我睜開眼睛。「載妳去哪裡？」

「我不能告訴妳——還不能告訴妳。妳等等就知道了。」

「是倫敦的什麼地方嗎？」

「不是。」

「潘妮，今天是平安夜，我必須回家。」

「我知道啊！」她正在穿衣服，頭髮綁成了蓬亂的大馬尾。她如果稍微整理一下，頭髮就會是漂亮的波浪捲了——唉，抹乳液、塗刮鬍泡，什麼都好啊，她偏偏不肯整理頭髮。「妳可以回家啊，阿嘉莎，但我需要妳先載我到鄉下。」

「為什麼？」

「這是驚喜。」她說。

「不要。」

「那冒險呢？」

「我要回家了。」

潘妮嘆了口氣。「我們一定要幫幫賽門啊。」

我閉上雙眼，翻身背對她。

「阿嘉莎？來嘛……妳同意了嗎？不同意的話，富豪車能不能借我？」

64

貝茨

我至少比雪諾早了一個小時醒來。

要我不盯著沉睡中的他，實在太難了。

我不是沒做過——而且都看得入迷——然而在過去，我一直深信那就是自己能得到的極限。在當時，像變態跟蹤狂一樣偷看雪諾，感覺就如同我這一生的安慰獎。

我仍然不確定我們之間究竟是何種關係。我們昨晚接過吻，今早也是。吻了好幾次。這表示我們今天也能相吻嗎？他連自己是不是同性戀都無法肯定。（真是傻得可憐，但雪諾畢竟是傻子。也怪不得他。）

他躺在我的沙發上，我坐在沙發另一端，旁邊是他的雙腳。他翻身將臉埋入沙發墊。「我們只是接吻關係而已，」他說，「誰說你可以看我睡覺的。」

「我們只是『接過吻』而已。」我糾正他，「還有，我並不是在看你，而是在思考該怎麼叫醒你，你才不會對我刀劍相向。」

「我起來了啦。」他一面說，一面用沙發墊蓋住頭。

「快點，班思已經在路上了。」

他移開了坐墊。「啊？為什麼？」

「我聯絡過她了，說我們有新情報——她也查到了一些東西。我們要來開會。」

他坐起身。「所以她要過來？」

「是。」

「來你的哥德豪宅？」

「這不是哥德風，是維多利亞風格。」

雪諾撥了撥亂髮。「這是陷阱嗎？你是想把我們引誘過來，然後一網打盡嗎？」他似乎是打從心底懷疑我。

「你說，我是怎麼『引誘』你來的？分明就是你自己大老遠跑來我家的。」

「是你先邀請我過來的啊。」他回嘴。

「是是是，我的邪惡計畫被你看穿了，我就是大壞蛋。」我站起身來，「等你洗漱完畢，來圖書室集合。」

我盡量克制住跺腳的衝動——等到走出房間，我才踩著重重的腳步下樓。

我也不知自己是抱持何種預期心理，莫非以為雪諾睜開雙眼、看見我坐在身邊，就會把我拉過去，又給我一個熟練的吻，對我說「寶貝，早安」？

賽門．雪諾永遠不可能會叫我「寶貝」。

但他說我們是接吻關係……

我們家沒有黑板，但廚房有我繼母的大白板，她平時用來記錄弟弟妹妹的課程進度與體育活動。

我用手機拍下白板上的內容，然後將它擦乾淨、從牆上取下。

七歲的妹妹看著我完成這些動作。「我要去跟媽媽講。」她說。

「妳要是打小報告，我就把煙囪全都堵住，不讓聖誕老人進來。」

「煙囪那麼多，哪可能都堵住。」她反駁道。

「我不嫌多。」我說，「我願意花時間報復。」

「那他從門進來就好了啊。」

「茱黛莉亞，妳別傻了，聖誕老人從不走門的。就算他從門走進來，我也會跟他說他來錯地方了。」我小心翼翼地將白板搬出廚房門。

「我要跟媽媽講！」她對我喊一聲。

我在圖書室架起白板，正在畫表格——「我們已知部分」與「其他未知部分」兩欄——雪諾就走了進來。我沒理他。

「我不是覺得你會背叛我們。」他說。

我發出恐怕像是「哼哼」的聲響。

賽門用一隻手亂撥自己那頭髮髮。「我只是……那個，我們的關係還是很奇怪嘛。」

我繼續無視他。

「我的意思是……你還沒說……你沒說現在狀況對你來說已經不一樣了。我都說過我不會殺你了。」

「騙誰啊。」我說。

「那應該有暗示過吧。」

「並沒有。」

「呃，好吧。」他清了清喉嚨，「貝茲。我不會殺你，也完全不會跟你對著幹。這樣可以了吧？」

「很好。」我後退一步，欣賞我在白板上畫的表格。「如此一來，事情就容易多了。」

「什麼事情？」

「克勞利啊，我哪知道？古老世家幫我想到的陰謀吧。既然你相信我了，他們說不定會叫我在你的利賓納[18]裡頭下毒。雪諾，我倒是能保證我會趴在你的屍體上痛哭。」

「可以不用啊。」他說。

「好啊，那等那一天來了，我就在私底下痛哭。」

「不是啦，」他堅持道，「我是認真的。我們不用這樣。」

我回頭瞅他一眼。「你想表達什麼？」

「我們不一定要戰鬥。」

「你養父光是這個月就來我家突襲檢查過兩次，這你不會不曉得吧。」

「是沒錯——不對，我還真的不曉得——不過重點是，又不是『我』來你家突襲檢查。不然這樣吧，」他踏近說，「我陪你查出害死你媽媽的凶手，你陪我打敗凡庸，剩下的就算了吧。」

「『剩下的』就算了？」我回身說，「十年來的腐化與濫用職權，哪有這麼容易一筆勾消？」

「你是在說大法師嗎？」

「沒錯。」

他的神情苦惱。「可以不要說這個嗎？」

「我在和『大法師的繼承人』對話，能不提到大法師嗎？」

「你都是這樣看我的嗎？」

「你不是這樣看自己的嗎？啊，我都忘了呢——你根本就不會思考。」

賽門哀嘆一聲，開始亂抓頭髮。「老天，你一定要用最傷人的方式說話嗎？你就不會偶爾想說：『說不定現在不要把最殘忍的話說出來比較好』？」

「我是講求效率。」

18 利賓納（Ribena），英國常見的黑醋栗風味飲。

他靠上我架設白板的書架。「很凶耶。」

「雪諾，你也好意思怪別人太凶？你不是每次都直接取人性命？」

「那是在戰鬥的時候嘛，我們現在又沒在戰鬥。」

「我們一直都在戰鬥。」我說完，走回白板前。

我面對白板，他面對圖書室站在我身旁。他往我這邊微微靠來，沒有看我，手臂輕碰我的手臂一下，毀了我的板書。「**可以不用啊。**」他說。

我擦掉那個字重寫，這是「其他未知部分」的其中一點。我很想寫下「所有重要的情報」，以及「賽門．雪諾究竟是不是同性戀」，還有「我能不能長生不老」。

「我會幫你找出害死你母親的人，」他又說，彷彿在制定完整的計畫，「你跟我一起阻止凡庸——這是我們共同的目標吧？——剩下的晚點再說。」

「你都是這樣幹的嗎？你以為一直重複同一句話，最後就能得償所願？」

「法術不就是這個原理嗎？」

我握著白板筆的手垂了下來，我無奈地轉向他。「賽門——」

「哈！」他呼喊一聲，指著我跳上前，嚇得我魂飛魄散。我可是親眼看過他用類似的動作弄死一條狗。（他說那是狗人，我看那條狗只是稍微興奮了點而已。）「你說了！」

「說了什麼？」我拍開他指著我鼻子的手。

他舉起另一隻手指我的臉。「你叫我賽門了。」

「不然你要我怎麼稱呼你——天選之子嗎？」

他的手微微下沉。「其實我比較喜歡聽你叫我賽門。我……我滿喜歡的。」

我嚥了口唾沫，緊張的情緒想必是全表現在臉上了，他垂下眼簾，改而盯著我的頸子。「賽門，」

我說，接著又吞了吞口水，「你這樣很蠢。」

「很蠢是因為我不想戰鬥，想跟你這樣嗎？」

「沒有『這樣』這回事！」我抗議道。

「你在我懷裡睡著了耶。」他說。

「睡得非常不安穩。」

他放下指著我的手，我接住了他。因為我太懦弱，因為我時時令自己失望，因為他就站在我面前——一身麥色肌膚、滿身是痣，還有滿口剛睡醒的口臭。

「賽門。」我說。

他握緊我的手。

「我不是不喜歡『這樣』，就只是……」我嘆息一聲，「我連想像都做不到。我的家族無法認同大法師，我們唾棄與他相關的一切。」

「我知道啊。」他特別強調道，「可是我覺得我們有比這些更嚴重的問題。如果查出害死你媽媽的凶手，然後再一起去打凡庸——那說不定大家就會發現還是團結起來比較好，然後——」

「然後，全魔法世界都會發現團結合作的力量，我們會全體合唱一首齊心協力的歌。」

「我是想說在那之後我們就不會一直互相詛咒，」他說，「也不會把別人關進大牢了。」

「意思不是一樣嗎？」

他拉了拉我的手臂，我稍微往前傾，但也可能是我被情緒沖昏了頭——昏頭轉向對我而言還不算委屈。（不過，我是不可能委屈自己站到和雪諾相等的高度的，他可是隨時隨地都比我低等——至少矮了三英寸。）

「你怎麼能這樣？」我輕聲問道，「事到如今，你怎麼還能信任我？」

「我也不敢說我有多信任你。」他悄聲回道，另一隻手伸過來摸我的腹部，我感覺有什麼東西一路落到地上。（我指的是我的胃。）「可是……」他聳了聳肩。

他在撫摸我的腹部，我不禁闔上雙眼——因為感覺好舒服。（真的好舒服。）也是因為我希望他再吻我一次。

昨晚，雪諾吻我吻到我嘴唇腫痛，吻我吻到我開始擔心他會因為我的唾沫而變異。他用雙手、雙膝撐在我上方，逼我自己湊上去吻他——結果我做了。還有機會的話，我會再做一次。我願意為他越過所有的界線。

我好喜歡他。

他也說了，比起戰鬥，他更喜歡這樣。

65

賽門

如果潘妮洛普也在，我會跟她說她錯了——她覺得我凡事都用劍解決，不過我顯然還會用嘴巴解決問題。目前為止，我每次往貝茨那邊靠過去，他都會乖乖閉嘴、閉上眼睛。

如果潘妮洛普也在，她一定會叫我好好解釋自己在幹什麼。

還好她還沒來。

我的手指鑽到貝茨的襯衫釦子之間，他的皮膚溫度和室溫差不多。

這時候，有人清了清喉嚨。貝茨突然站直，從我唇上扯開，我也快速退後，快到我都懷疑自己瞬間移動了。

他的女僕還是保母還是什麼人站在拱門下，她穿著黑色連身裙和白圍裙。「碧漆先生。」她的工作範圍應該包括「假裝沒注意到怪事」這一項，不然她怎麼可能連眨也不眨一下眼睛？在這棟屋子裡，兩個男孩子吻在一起大概沒什麼大不了的——她搞不好還不小心看過誰被嚴刑拷打，或是看過他們家把山羊抓去犧牲獻祭之類的。「有客人來找您，」她說，「是兩位小姐。」

「謝謝妳，薇拉。」貝茨說，語氣絲毫不帶歉意。「請她們進來吧。」他整理了一下上衣，把頭髮壓平。

「兩位？」我說，「哪來的兩位？」

「阿嘉莎，」貝茨對著我身後的人說，「歡迎。妳好啊，班思。」

我猛然轉身。

潘妮洛普跟阿嘉莎站在圖書室門口，應該是沒等女傭就自己進來了；潘妮還沒打招呼就開始一臉貪心地環顧圖書室，阿嘉莎則直直盯著我。

「妳們來幹嘛啊？」我說。

「是貝茨叫我們來的。」潘妮說。她走進房間，將一盤包了保鮮膜的薑餅遞給我。

「『你』又是來做什麼的？」阿嘉莎問我。

「阿嘉莎來我家玩，」潘妮解釋，「剛好她有車，所以——」

「阿嘉莎，請進。」貝茨邀請道，「妳們想喝什麼飲料？」

「我要喝茶。」潘妮說。

「沒問題。」貝茨越過阿嘉莎走出門。

「這是怎麼回事？」阿嘉莎說，「潘妮洛普死都不肯把我們的目的地告訴我。賽門，你到底在這裡做什麼？」

我對著潘妮皺眉。

她拆開盤子上的保鮮膜，拿起一片餅乾。「我不知道什麼能說、什麼不能說嘛！如果把目的地告訴她，她可能就不肯載我來了。賽門，你們兩個趕快想辦法和好，你都能和貝茨和解了，有什麼理由不和阿嘉莎和解？」

「我們只是暫時和解而已。」貝茨說。他已經端著茶和一盤水果回來了，一定是用了魔法。

「我來倒吧。」潘妮說。

「暫時和解？」阿嘉莎問道。潘妮遞一杯茶給她。「你們都被附身了吧？」她把茶杯推了回去，「這東西我才不喝。」

貝茨看著我。「雪諾，你來決定。你信任她嗎？」

阿嘉莎氣壞了。「他信任『我』嗎？」

「當然信。」我說。這在某種程度上是真話，我相信阿嘉莎不是壞人，但我不敢放她跟貝茨獨處——好吧，從最近的狀況看來，我可能得重新想想這個問題了。「阿嘉莎，呃——」

「我們在調查害死貝茨母親的凶手。」潘妮洛普插嘴說。

「是凡庸害死了她。」阿嘉莎說。

潘妮舉起茶杯，用杯子比手畫腳。「她本人可不是這麼說的。」

阿嘉莎一臉困惑，看起來也有點火大。

我看向貝茨，這部分應該讓他來解釋才對吧，看他想透露多少。可是貝茨又回去寫白板了，他在填「我們已知部分」那一欄：鬼魂、返魂、吸血鬼。一看到貝茨把「尼可迪穆」四個字寫上去，潘妮就跳了起來。

我坐到潘妮原本在沙發上的位置，旁邊就是阿嘉莎。

「這一切是什麼時候開始的？」阿嘉莎問我。

「靈紗開始升起的時候。」我說，「娜塔莎．格林—碧漆回來找貝茨，結果遇到了我，她要貝茨把殺她的凶手找出來。貝茨回學校以後，我就說我會幫忙調查。」

阿嘉莎兩邊的眉毛都快相碰了，鼻子也皺了起來。「為什麼？」

「因為那感覺是正確的做法。」

「真的假的？」

我聳了聳肩。「對啊。凶手攻擊了華特福，還殺了人耶。」

「那大法師對這一切的看法是？」

「那個……他沒有看法。」我低頭看著自己大腿，搔了搔後頸的頭髮。「潘妮跟貝茨覺得我們不該告訴他。」

「潘妮**跟貝茨**？」

「那是貝茨的媽媽嘛，」我說，「所以我覺得還是尊重他的想法比較好。」

「可是貝茨恨你入骨耶！」

我點點頭。「我知道。我們算是……在休戰？」

「賽門，你到底在說什麼鬼話——『休戰』是什麼狀況？」

「你們竟然去了吸血鬼酒吧！」圖書室另一頭，潘妮高呼一聲，應該是在聽貝茨說明近況。「你們兩個莫名其妙的大笨蛋！有沒有拍照啊？」

「吸血鬼是照不出來的。」我說。

「白痴，是鏡子裡照不出來啦。」貝茨說。

「你在鏡子裡看不到自己喔？」

貝茨不理我，繼續跟潘妮說尼可迪穆的事。

「可是……」阿嘉莎盯著他們兩個，「貝茨是黑魔法師，他很『邪惡』耶。」

「我還以為妳都不信。」我說。

「我完完全全相信啊，」她說，「賽門，你還說他是『吸血鬼』呢。等等——」她轉向貝茨，又轉回來盯著我。「——他剛剛是不是承認他真的是吸血鬼了？」

我拉了拉後頸的頭髮，知道自己臉上的表情一定很蠢。「事情其實沒那麼簡單……」

「你說貝茨是吸血鬼的部分？」

「他絕對是吸血鬼沒錯，」我說「好吧，事情好像就是很簡單。可是阿嘉莎，妳不能告訴別人。」

「賽門，全世界都已經聽『你』說過了，你從三年級開始逢人就說他是吸血鬼。」

「是沒錯，可是沒有人相信我啊。」

「我相信你。」

「『你們之中的一個人』？」潘妮洛普大聲說，「尼可迪穆這句話是什麼意思？是另一個法師放吸血鬼進去的嗎？還是你們碧漆家的人——」

「不可能是我們家族裡的人。」貝茨否定了，「絕不可能。」

「你的宗族親戚都是出了名的叛徒，」潘妮反駁道，「一七〇〇年代的某段時期，你們家的人甚至都不准簽署契約。」

「也是，但我們從不背叛『自己人』。」

貝茨繼續把尼可迪穆的事告訴潘妮，連厄本的部分也說了。「是賽門解開了這個謎團，」他說，「連一本書都沒看就解開了。」

「他就是這樣。」潘妮說。

貝茨沒有說尼可迪穆對他的威脅或嘲諷，也沒說太多費歐娜的事。他沒有說他在酒吧裡表現得有多他媽的酷，也沒有說他一走出酒吧就崩潰，還有被我用一個吻救下小命的部分——還有我沒事就是想吻他，所以就吻上去了的部分。（現在想想，我好像可以用別種方法救他的命……）

「所以，你寒假來住在這裡？」阿嘉莎說。她在對我說話。

「不是，我只是來把尼可迪穆的事告訴貝茨，結果就沒有人送我回去了。」

「你說的尼可迪穆是誰？」

「知道叛徒身分的人。」潘妮替我回答，然後轉向我。「我真不敢相信，你們明知他掌握了所有的答案，居然就這麼走了！如果能從他口中問出想委託他的人是誰，我們現在就可以收工了。」

「我們又不能對他用強迫法術，」我說，「也不能用打的逼他說出來——那時候我們周圍滿滿都是吸血鬼耶。」

潘妮洛普雙手抱胸。「也是啦……」

「班思，妳還真有道德感。」

「那潘妮，妳發現了什麼？」我問道。

「和你們相比，我查到的不多。」她靠上旁邊的書架，雙腿交叉。「我找我爸問了凡庸的事，他說確實是在事發多年後，人們才將華特福慘案歸咎於凡庸。在事發當時，人們只以為那是尋常的吸血鬼攻擊事件。對了，阿嘉莎，妳都惡補完了嗎？也許我們該問問妳爸媽——妳爸說不定記得當初的——」

「我還沒惡補完。」阿嘉莎說。

「那就趕快啊。」潘妮說，「都寫在白板上了。我必須說，妳能回來真是太好了。」

「我有沒有回來，連自己都不敢肯定了。」阿嘉莎咕噥。只有我聽到了。

「跟貝茨合作其實滿棒的喔，」我告訴她，「也不用跟他打架。」

「在城牆上那晚，你是為了這件事找他嗎？」她問道，「是因為他母親返魂了嗎？」

「算是吧……」

潘妮和貝茨繼續在白板上補充筆記，還開始搶白板筆了。我總覺得該繼續陪阿嘉莎坐在這邊，好好回答她的問題，但是她什麼都不說了。她還是不肯喝茶。

潘妮拉著貝茨問東問西，問出了費歐娜的華特福回憶冊的事，她堅持要親眼看看照片。在那之後，潘妮跟阿嘉莎花了一個小時看照片。

貝茨的後媽端了三明治來給我們，她走進圖書室時，貝茨和潘妮用身體擋住了白板——貝茨一臉無所謂，潘妮則一副藏了天大的祕密的模樣。

我告訴他們，把筆記寫在別人看得到的地方太危險了，我們該趕快把白板擦乾淨……可是他們兩個都對那東西上癮了。

貝茨的爸爸下班回來了，他看到我出現在他家還是滿頭問號，不過他看到潘妮和阿嘉莎時簡直樂壞了——他不是跟她們爸媽都處不來嗎？可能只是對客人的禮貌吧。貝茨白眼翻個不停。

到了傍晚，我們都吃了奶油餅乾，還是沒什麼進展，就連潘妮也拋下白板不管了。

我還是陪阿嘉莎坐在沙發上，貝茨坐在我們對面的扶手椅上。我跟阿嘉莎好像都盯著他，可是他很少往我們這邊看。

潘妮洛普癱坐到貝茨那張椅子的扶手上，我看到貝茨張了張鼻翼，但他沒有退開。既然他這麼多年都沒有吃人，我應該沒什麼好擔心的吧。

「我們必須回去找尼可迪穆。」潘妮說，「這是格林—碧漆校長給我們的任務。」

「我們沒辦法逼他說話，」我說，「他又不打算把真相告訴我們。」

「你們可能是沒用足夠『誘人』的方式問話吧？」她意有所指地動著眉毛。

「真是個優秀的主意呢，潘妮洛普。」貝茨說，「那就交給妳『色誘』他了。」

「**不行**。」我說。

「我是想說讓阿嘉莎去……」潘妮說。

「我不在這裡。」阿嘉莎說，「你們哪天被巫師集會抓去審判，我就說我當時不在場。」

「我們又沒有違法。」我抗議道。

「你以為會有人在乎這些嗎？」她說。

「說得太有道理了。」貝茨同意道，「老實說，我一直相信巫師集會有天會對我發起不公的審判，卻從沒想過和我一同被問罪的人會是在場諸位。」

「我們才不會去『色誘』吸血鬼。」我說。

貝茨對我皺眉。

「除非，」我說，「我們想辦法說服你阿姨——」

「不行。」

「你們連貝茨剛開學那兩個月去了哪裡都問不出來，」阿嘉莎語調平板地說，「怎麼可能說服那個吸血鬼認罪？」

「他生病了啊。」潘妮說，她轉向貝茨。「我沒說錯吧？你說你病了，看樣子也真的是生了什麼病。」

「他不是生病。」阿嘉莎說，「戴福說他失蹤了。」

貝茨不屑地捲起唇角。「戴福怎麼會告訴妳？」

「我就說吧，你的親戚都是叛徒。」潘妮說。

貝茨繼續冷笑。「他會告訴阿嘉莎，完全是因為他暗戀她。」

「我就說吧。」潘妮說，「我們可以用阿嘉莎色誘人。」

「你不是說你生病了嗎？」我對貝茨說。

他看著我，眼睛瞇起來瞪我，然後別過頭。「我是生了病沒錯。」他邊說邊翹起一條腿，順了順深色褲管。「但同時也失蹤了。」

「那你去了哪裡？」我追問道。

他又對上我的視線，繼續瞪我。「我真的不認為這和目前的討論有任何關聯——」

「一切都是相關的。」潘妮說。

「我——」他清了清喉嚨，低頭盯著自己的膝蓋。「——被綁架了。」

我突然坐直。「被綁架了？」

「被綁架了。」他重複道，然後又清了清喉嚨。「被愚石怪綁架了。」

「愚石怪？」潘妮說，「那是意外嗎？牠們該不會是把你當成了熱水瓶吧？」

「其實是我在離開俱樂部時，被牠們用布袋套住了頭。」

阿嘉莎跟著坐直了。「你是在『俱樂部』被綁架的？」

「那你怎麼不跟別人求救？」我問他。

「我試過了，」他說，「可能是隔著棺材，沒有人聽見吧。」

我手裡還拿著三明治，它掉了下去。「愚石怪把你關在棺材裡？關了兩個月？」

「六個星期。」他咕噥道，「牠們可能是以為把我放在棺材裡算是優待了……」

潘妮推了他的肩膀一下。「貝茨頓，你怎麼沒告訴我們？」

「我怎麼沒告訴你們？」他惡狠狠地瞪著潘妮，「妳自己想想看，有誰會買通愚石怪，綁架碧漆家的繼承者？現在有誰和我的家族有仇？過去這個月，是誰兩度來我家突襲檢查——還把我的親戚關進牢裡？」

「不會是大法師。」我說。

「當然是大法師了！」貝茨雙手都插在口袋裡，手肘往外彎，翹著腳靠上前。「他想必是以為這招能嚇到我父母，逼他們配合他最近的行動。他看到我去學校，知道我逃出了他的陷阱，一定氣瘋了吧！我為什麼沒告訴你們？我難道要說：『喂，賽門，你的絕地大師想對我不利，我們還要繼續休戰嗎？』」

「那你是怎麼逃出來的？」我問他。

「是費歐娜找到我的。她真的很猛。」

「難怪你那麼瘦，」我說，「還很蒼白。而且你到現在還在跛腳，是被牠們打傷了嗎？」

他又往後靠著椅背，低頭看自己的雙腿。「我猜不是故意的。牠們在抓我時傷到了我的腿，結果這條腿一直沒機會復原。」

「你該請我爸爸幫你治療。」阿嘉莎說。

「他幾時開始收吸血鬼病人了？」

「對方有要求你們家付贖金嗎？」潘妮問道。

「有。」貝茨說，「我的家人不肯付錢；碧漆家從不向綁架犯妥協。」

「我如果哪天在俱樂部被人綁架了，」阿嘉莎說，「請叫我爸媽幫我付贖金。」

「我阿姨用改良版的搜索法術找到了我。」貝茨說，「倫敦的大部分地區都被她搜了一遍。」

「她怎麼不找我幫忙？」我說，「有我幫忙的話，她才不需要找那麼久咧。」

貝茨一臉不屑。「你怎麼可能幫我的家族。」

「明明就有可能！我那時候不曉得你在哪裡，都快把自己搞瘋了，整天疑神疑鬼地擔心你會突然從角落跳出來。」

「不會是大法師的……」潘妮說。她若有所思。

「『這』就是為什麼我不想告訴你們。」貝茨說，「我就知道你們不會相信我，你們都把大法師當成英雄——」

「不是的。」潘妮打斷他，「貝茨，犯人不是『大法師』——是一開始的凶手！」

「不是愚石怪嗎……」阿嘉莎說。

「就是最初派吸血鬼去攻擊你母親的人！」潘妮跳起來說，「那人知道靈紗即將升起，你媽媽很有可能回來找你，這是典型的返魂事件：危險的祕密、有違正義的犯罪。叛徒擔心娜塔莎．碧漆返魂，也『確信』她會回來找你，於是他——好吧，我們還不確定叛徒是男是女——把你藏了起來。這種事以前可是常常發生的！蘇格蘭有個家族每二十年就死一個人，那就是凶手一個個殺掉了最有可能為之前的被害人報仇的人。貝茨，其實犯人的目的根本就不是什麼贖金——對方只是想把你藏起來，等靈紗再度降下再說而已。」

貝茨看著她，舔過嘴唇。「所以不是大法師？」他問道。

「是『殺人犯』。」潘妮說——她那麼高興真的可以嗎？殺人凶手現在還逍遙法外耶。

「假如妳說對了，」阿嘉莎說，「那我們就必須『立刻』把這一切告訴大法師。」

66

潘妮洛普

好吧，看來我不該帶阿嘉莎來的。

但她和賽門的緊張關係持續了那麼久，我甚至擔心他們一直到畢業都不會和好了。

我也以為有趣的懸疑推理能令她分心，讓她不再注意……呃，其他所有事情。我早該想起來的，阿嘉莎根本就對有趣的懸疑推理不感興趣。

而且，她還是全世界最愛打小報告的傢伙。

「我們非告訴大法師不可。」她雙手抱胸、翹著腳說，「這你們都很清楚吧。」

她非常努力不看在場兩個男孩子……嗯，把阿嘉莎拖來貝茨家之前，我還該考慮到他們尷尬的三角戀的。可是他們的三角關係實在是蠢得離譜，我不願意記住也是無可厚非啊。

「阿嘉莎，」我說道，「我們才剛整理出頭緒耶。」

「什麼頭緒？」她問道，「你們打算混入愚石怪群落嗎？」

「我們可以找牠們問幾句啊。」賽門提議，「愚石怪會說話嗎？」

「勉強會。」貝茨說，「那我們要問牠們什麼？『最近有沒有把什麼東西搞丟啊？』這樣？」

「我們去問牠們，唆使牠們綁架你的人是誰。」我說。

「牠們應該不太想配合我們。」貝茨說，「我阿姨上次殺了幾隻愚石怪。」

賽門露出無比驚恐的表情。「你阿姨竟然狠心殺了愚石怪？」

「那是正當防衛！」

「牠們有攻擊你阿姨喔？」

「是『為了我』的正當防衛。」貝茨說，「你要選擇站牠們那一邊嗎？牠們可是把我關了整整六個星期。」

「你阿姨應該找我幫忙的啊！」

「雪諾，你當時若在場，愚石怪就連一隻也不會剩了。」

「是有可能。」賽門抬起下巴，「可是至少不用花六個禮拜找人。」

「總之，我們去拷問還活著的愚石怪吧。」我說。

「才不要，」阿嘉莎說，「我們去告訴大法師，把事情交給他處理——處理這些事務不就是他的職責嗎？這可是綁架案！還有謀殺案！」

「維彼羅妳聽著，」貝茨說，「我們不可能去告訴大法師，這是已經定案的事。」

「我可沒同意。」阿嘉莎氣鼓鼓地說，看似受盡了委屈。對了，她好像兩個小時前就該回自己家了。

賽門一隻手搭著她肩膀。「貝茨，她說得有道理，現在情況跟之前很不一樣了，我們現在知道尼可迪穆是誰，也把你媽媽的謀殺案跟你的綁架案連結在一起了——」

「不行。」我說，「我們不能告訴大法師。」

賽門一臉驚訝。「潘妮，別這樣嘛。為什麼不行？」

「因為貝茨說得對啊，賽門，大法師現在可沒興趣幫助碧漆家。更何況，貝茨說得沒錯，這已經是我們拍板定案的事了，我們早就說好不要讓大法師知道了。」

阿嘉莎氣呼呼地短嘆一聲。

「阿嘉莎，我知道妳沒有同意要保密，」我說，「但妳也不必加入我們的行動。」

她又呼出一口氣。

「應該說，妳『從現在開始』不必加入我們的行動了。對不起，我不該把妳牽扯進來的。」

「我必須回家了。」她說，「今天是平安夜。」

我瞄了手錶一眼。「幹，我媽一定會氣炸。我們得走了，節禮日再來開會討論吧？」

兩個男孩子都盯著地板，點點頭。

我們沒什麼東西需要收拾，貝茨去幫我們拿外套。這次沒好好探索他家，甚至連圖書室都沒仔細研究過，真是太可惜了——我是去了幾次廁所，但它就在這條走廊上，而且看樣子是近代新建的設施。（他們裝了日式免治馬桶，除了有暖座功能之外還會播輕柔的音樂。）

阿嘉莎戴上柔軟的白帽和搭配的圍巾。「賽門，走吧。你沒帶外套嗎？」

賽門還坐在沙發上，苦苦思索著什麼，也許是在考慮殺愚石怪的事吧。他抬起頭，「什麼？」

「走啦。」阿嘉莎說，「我們得走了。」

「走去哪裡？」

「我們是來接你的啊。」她說道。

賽門依然困惑不已。「妳們要送我回華特福喔？」

阿嘉莎皺起眉頭。（以後她眉間會冒出深深的皺紋，我等著笑她。）「反正……快點啦。」她說，「今天是平安夜，我爸媽看到你會很高興的。」

賽門露出大大的笑容，彷彿剛收到一份大禮。貝茨表情怪怪地站在他身後（他們的三角關係也太討人厭啦）；賽門說得沒錯，有時候我真的能看見貝茨臉皮下吸血鬼尖牙的形狀。

貝茨清了清喉嚨，賽門回頭看向他。

「我……」賽門說，「呃，那個，其實我想繼續調查愚石怪什麼的。」

我的摩根勒菲啊，賽門莫非發現自己真的不該和阿嘉莎復合了？

「**賽門**。」阿嘉莎死死盯著他，但我不確定那個眼神是什麼意思。阿嘉莎自己應該也不想復合，她可能只是累了，不想再和賽門冷戰下去了。

也許在平安夜將賽門丟在碧漆宅，她會良心不安吧。我自己就有些良心不安了，這地方的氛圍十分詭譎，整幢宅第彷彿在說：**我們來做處子血祭，自己寫一張齊柏林飛船專輯。**（不過圖書室非常漂亮，貝茨的後媽感覺也很親切。）（對了，賽門現在還是處子嗎……？）（不會吧。）（可能還是？）

「妳不是——」賽門開口。

「走啦。」阿嘉莎堅持道，「你不來的話，誰來負責吃光所有的剩菜，還有逼我們看《神祕博士》？」

賽門又回頭瞄貝茨一眼，貝茨仍舊一臉不爽。他們的休戰協議中有沒有關於阿嘉莎的條款啊？她也許是禁飛區吧。

但這樣並不公平——阿嘉莎不只是完全不適合賽門的前女友，她還是賽門少少的幾個朋友之一。即使休戰期結束了，他們依然會是朋友。

「走啦，賽門。」我說，「我們聖誕節過後再繼續調查。」

「好喔……」他轉向我，「嗯，好喔。我去拿外套。」

67

貝茨

我拿著小提琴沒在拉，父親剛好在這時走進圖書室。

「小法師都走了。」他說。

我點點頭。他走進房間，在賽門坐了一個下午的馬毛長沙發上坐下。父親為晚餐打扮過了——我們家都會特地為週日與節日的晚餐換上正裝，今晚他穿著微泛紅光的黑色西裝。在母親死時，父親的頭髮一夕間白了，但還是和我一樣有微微的波浪捲，頭髮茂密，還有明顯的美人尖。看來我不必擔心自己的髮線後退了。

所有人都說我長得像母親——我們出身碧漆家族的埃及分家——不過我平時會有意識地模仿父親的言行舉止。光看父親的表現，你絕對猜不出他腦中的想法，而我自己也對著鏡子練過。（我當然能看見自己在鏡中的倒影了，賽門．雪諾還真是個傻子。）

此時此刻，我在假裝自己不在乎雪諾是否離開了。我假裝自己根本就沒注意到他不在了。

他離開時，我也不知自己為何驚訝——過去二十四小時，我一而再、再而三提醒他，我們雖然接過吻，但終究不是朋友關係。如此說來，他和兩個真正的朋友離開我家，我有什麼好震驚的？有什麼好失落的？對方是從我認識他以來，他就一直喜歡著的女孩子啊。

父親清了清喉嚨，泰然自若地翹起一條腿。「貝茨頓，你不會陷得太深吧？」

從沒有人稱呼我「泰朗斯」；是母親堅持要為我取碧漆家族傳統的名字，但其實父親很厭惡這個稱法。

「不會。」我說。

「這又是你阿姨的瘋狂計畫嗎？」他的語氣無聊，一隻手擺弄著褲管，將折線拉直。

「不是。」我不帶情緒地說，「這真的是學校作業，我想扮一回好人，看看會有什麼結果。」

他揚起一邊眉毛。圖書室裡寧靜無聲，我甚至能聽見他手錶的滴答聲。

「現在不適合單獨採取任何行動，」他說道，「我們古老世家已經制定了計畫。」

「有我該扮演的角色嗎？」

「目前還沒有。我希望你先完成學業，等完全康復了再說。我和你母親討論過——她認為你可能會想和誰談談……你的狀況。」

他都稱黛芙妮為「你母親」。我不介意。

「醫師嗎？」我問道。

「應該說是諮商師那類的人。」

「**心理師？**」我語調中的無聊瞬間消失無蹤。我讓臉部表情沉澱下來，清了清喉嚨。「父親，」我稍微冷靜點說，「我的情況應該沒有任何一部分適合和凡人諮商師『談談』的吧。」

「你母親……她說你已經習慣謹慎地談論自己的狀況了，可以對細節避而不談。」

「我不用。」我說。

「你母親——」

「我會再考慮。」

他站起身，動作依舊優雅。他調整了襯衫與西裝外套的袖口。「晚餐就快準備好了，」他說道，「你該去換身衣服了。」

「好的，父親。」

黛芙妮幫我買了套過節穿的灰西裝——但我在學校只能天天穿灰衣服，還有我這身肌膚，這是還嫌我不夠灰嗎？於是我穿上了自己買的深綠色西裝，那是摻了少許銀絲的墨綠色。正在繫血粉色領帶時，茉黛莉亞開了我的房門。

「敲門。」我對著鏡中的她說。

「你——」

「出去，先敲門再進來。妳不敲門，我就不理妳。」

她發出抱怨聲，又走了出去，還重重摔上我的房門，接著大力敲打。她若是碧漆家的孩子，我應該會對她絕望；這也完全不是格林家的人應有的表現，我繼母的血脈實在是稀得可以。

「請進。」我說。

茉黛莉亞打開門，探頭進來。「你朋友回來了。」

我轉頭看她。「什麼？」

「那個天選之子。」

「賽門？」

她點點頭。我從她身旁擠出房間，嘀咕一句「別那樣叫他」，接著跑下樓。他既然回來了，就想必是出了事，他們或許在路上遭到了攻擊……我跑進前廳時，腳步慢了下來。

賽門站在門廳，滿身是雪泥。又來了。

我雙手插進口袋。「這個情景似曾相識啊，雪諾。」

他一隻手撥過頭髮，弄得滿頭是泥。「從大馬路來你家的路就這麼一條啊。」

「你還是連最基礎的防雪法術也記不得是吧。兩個女孩呢？」

「在回倫敦的路上了。」

「你怎麼沒一起去？」

他聳了聳肩。我走了最後幾步踏進門廳，抽出魔杖。

他舉起一隻手阻止我。「可以的話，我比較想洗澡換衣服。」

「你為什麼回來？」我問他——我放輕了聲音，以免茉黛莉亞躲在附近偷聽。

「你們不歡迎我的話，我可以離開。」

「我不是那個意思。」

「我以為我回來了，你會比較開心。」

我跨步走近，壓低的語音多了幾分威嚇。「你怎麼會這樣認為？你以為我們可以卿卿我我、纏綿擁吻，假裝是開開心心的一對男朋友？」

他搖了搖頭，彷彿理智已經到了極限，然後大大翻了個白眼。「嗯……應該吧。**對**，就是這樣。我們就這樣幹吧？」

我雙手抱胸。「把鞋子脫了，我去幫你找衣服。你要害我們兩個晚餐遲到了。」

賽門穿上灰西裝的模樣，真是人間絕色。

賽門

我回來，是怕不回來會發生很糟的事。

貝茨可能會假裝我們從沒發生過什麼，讓我以為這都是我自己幻想出來的——他會讓我覺得自己是瘋瘋癲癲的智障，他怎麼可能對我有過任何感情呢？

我跟潘妮還有阿嘉莎一起坐在車上時，就已經覺得自己是瘋瘋癲癲的智障了。阿嘉莎一直罵個不停，她幾乎從不這樣罵人。（通常只有在我們困在荒郊野外、被什麼東西綁架了，或是困在水位不停上升的井底時，她才會這樣說話。）可是，她很明顯受夠了我們兩個。

「你到底在想什麼啊？」她凶巴巴地問我，「他們可是『碧漆家』。他可是『吸血鬼』。」

「妳既然知道他是吸血鬼，怎麼還和他在搖曳之森幽會？」潘妮對她說。

「那只發生過『一次』而已。」阿嘉莎說，「而且那不過是青少女對男孩子的暗戀罷了。」

「是喔？」我說。

「我只是想被吻一下而已——又沒有背著大法師圖謀不軌！」

「是喔？」這種情況下，我到底是嫉妒貝茨還是嫉妒阿嘉莎啊？可能兩個都有吧。

「我們又不是在圖謀不軌！」潘妮反駁道，「只是……沒把我們的計畫告訴大法師而已。」

「就我所知，」阿嘉莎說，「你們根本連自己在做什麼都不清楚。」

不忍說，她可能說對了。

一切都顛倒過來了，我們竟然跟貝茨合作，還瞞著大法師。阿嘉莎要是知道我跟貝茨接過吻，不知道會怎麼說？

「賽門，你根本就不是同性戀啊。」

我用手掌揉了揉眼睛。

「預言又沒說賽門非得聽大法師的話不可，」潘妮接著說，「只說他是為了『魔法世界』而戰，貝茨的媽媽也是這個世界的一部分啊——」她回頭看我一眼，「賽門，你還好嗎？」

「頭痛。」我說。

「你不是同性戀，」她會這麼告訴我，**「他則是連活人也算不上。」**

「要我幫你縮小嗎？」潘妮邊說邊從前座之間湊過來。

「把什麼縮小？我的頭嗎？」

「頭痛啦。」

「梅林啊，不用啦。我沒事。」

「你又不是同性戀，他連活人也算不上，而且這還不是最糟糕的部分——要是大法師知道了，他會怎麼說？」

「你們沒有調查謀殺案的義務。」阿嘉莎說，「你們又不是警察。」

「這倒是個有趣的主意。」潘妮說，「魔法執法單位——如果有魔法社會福利也不錯，最好再成立衛生福利部門。」

「魔法士團就是我們的警察啊。」阿嘉莎說。

「他們比較像是大法師的私人軍團吧。」

「妳說的是妳哥哥吧！」阿嘉莎邊喊邊抓著方向盤往前靠。

「我知道啊！」潘妮直接喊了回去，「我們迫切需要改革！」

「大法師不就是大改革家嗎！」

「嘖，誰都可以自稱『大改革家』好不好。而且啊，阿嘉莎，我知道妳覺得大法師是個看不慣上流階級、老愛到處課稅的亂入者，別以為我沒聽過妳這樣說。」

「我母親是這麼想沒錯，」阿嘉莎說，「但無論如何，他終究是『大法師』啊。」

「停車。」我勉強擠出話來，「快停車。」

潘妮轉過來看我。「你還好嗎？想吐嗎？」

「沒有。」我說，「可是我一定要下車。拜託停車。」

阿嘉莎猛然把車停到路邊，激起一朵沙土和碎石的塵雲，然後轉過來看我。「賽門，你怎麼了？」

「我得回去。」

「為什麼？」

我的手已經搭上門把了。「我……有東西忘了拿。」

「也不急著現在拿吧？」她說。

「一定要現在。」

「那我載你回去。」

「**不行。**」

「賽門，」潘妮嚴肅地說，「這是怎麼回事？」

我打開車門。「我得回去確認貝茨沒事。」

「貝茨不是很好嗎？」我下車的同時，阿嘉莎堅持道。

「他才不好！他剛說他在棺材裡關了六個星期耶。」

她們都湊到了前座中間的空隙，轉過身來對我喊叫。

潘妮：「他『現在』沒事啦！」

阿嘉莎：「快上車！」

我一隻手搭在門上，彎腰對她們說：「他現在不該自己一個人。」

「他又不是自己一個人！」她們異口同聲說。

「我該去看著他。」我又直起身。

「那我們載你回去。」阿嘉莎說。

「不用，不用，妳們還要回去吃平安夜晚餐。妳們先走吧。」我關上車門，轉身就跑。

原來有錢人家真的會這樣吃飯啊。長長的餐桌上鋪著紅色與金色的桌布，厚厚的餐巾綁了聖誕紅，餐盤上甚至還有沉重的銀蓋。

搞不好有錢人家真的不是這樣生活的，是碧漆家故意要作秀給別人看。平安夜就弄得這麼鋪張了，不知道他們明天打算怎麼慶祝？

「抱歉，母親，我們遲到了。」貝茨拉開椅子說。

「雪諾先生，這真是大驚喜啊。」他爸說。他面帶微笑，可是看到他那個表情，我開始後悔特地跑回來了。

「謝謝你，格林先生。對不起，打擾你們過節了。」

貝茨的後媽也露出笑容。「怎麼會呢。」看不出來她是真心這麼覺得，還是禮貌地說說而已。

「是我邀請他的，」貝茨對父親說，「反正他聖誕節也無處可去。」看不出來貝茨是真的在偷嗆我，還是做做樣子而已。他們家每個人的表情我都讀不懂——連那個小嬰兒也只是一臉無聊。

我還以為會有更多格林家還有碧漆家的親戚來過節，但餐桌邊就只有貝茨爸媽和他的幾個弟弟妹妹：年紀比較大的茉黛莉亞、兩個可能是雙胞胎的小女孩——看不出來年紀多大，至少可以自己坐著、自己啃火雞腿了，還有個坐在華麗雕木嬰兒椅上的小嬰兒，正在用玩具敲他（或她？）的托盤。

弟弟妹妹們都長得像貝茨的後媽：深色頭髮（但不是貝茨那種全黑）、圓嘟嘟的臉頰，還有會稍微露出門牙的嘴唇，有點像比莉．派柏的嘴型。

他們長得不夠危險，你不說我還不知道他們是貝茨的弟弟妹妹，或是他父親生的小孩。潘妮說格林家沒有碧漆家那麼愛玩政治遊戲，也沒那麼危險，不過貝茨爸爸看起來就像是穿著細條紋西裝的響尾蛇，連他那一頭白髮都有點可怕。

「要吃填料嗎？」貝茨邊問邊把一個盤子遞過來。他們家的傭人似乎今天都放假了。（我從剛來到現在看過至少四個傭人，除了薇拉以外還有兩個清潔女工，跟一個在門口車道上剷雪的男傭。）

我挖了一大匙栗子填料，同時注意到貝茨的盤子上幾乎沒有食物。餐盤和醬料碗都繞著餐桌傳了兩圈，貝茨每次都直接遞給我——他該不會是有厭食症之類的吧？

我吃了兩人份的食物，他們家的菜竟然比華特福的好吃。

「你相信過聖誕老人的存在嗎？」貝茨問我。他正在幫我用枕頭還有毯子鋪沙發；貝茨說我不想睡客房之後，他繼母就幫我把寢具拿上來了。他對後媽說的是：**「他怕幽靈。」**

妹妹們聽了都在偷笑。她們急著早早上床睡覺，讓聖誕老人早早送禮物來。**「你有跟聖誕老人說你在這邊嗎？」**茉黛莉亞問我，**「這樣他才可以把你的禮物也送過來。」**

「我沒說耶。」我告訴她。**「早知道就通知他一聲了。」**

「應該沒有吧，」回到現在，我對貝茨說，「應該說，兒童之家有時候會找人打扮成聖誕老人的樣子，發一些爛爛的禮物給我們，可是我印象中從來沒相信過世界上有聖誕老人。那你咧？」

「我信過。」貝茨說，「結果在我母親死後那年，他沒有來……」他把一個枕頭丟給我，走向一個高高的五斗櫃。「我以為是自己太不乖了，但現在想來，應該就只是我爸太過憂鬱，都忘了要過聖誕節了。費歐娜那天來了，她送我一隻巨大的柏靈頓布偶。」

「柏靈頓熊喔？」

「柏靈頓熊錯了嗎？給你。」他把一套睡衣遞過來，是他的睡衣；我拿了過來。他在他的床尾坐下，靠著一根床柱說：「所以……你回來了。」

我在他身旁坐下。「嗯。」

他身上還穿著深綠色西裝，頭髮還維持著吃晚餐前梳的油頭——我不太喜歡這個髮型，頭髮散散地垂在臉邊比較好看。

「我們可以明天去找愚石怪問話。」他說。

「聖誕節當天？愚石怪有在過聖誕節嗎？」

「不曉得，」他歪過頭，「我之前也沒機會認識牠們。書上說牠們除了吃東西和取暖之外不太會做什麼。」

「那愚石怪吃什麼？」我問他。

「就人們對牠們的觀察，似乎是碎石……」他說，「但牠們也可能只是嚼一嚼就吐掉。」

「那你覺得潘妮說對了嗎？你覺得真的是害死你母親的凶手找愚石怪綁架你嗎？」

貝茨聳聳肩膀。「那的確合理——而且班思說的通常都沒錯。」

「你確定你有辦法回去找愚石怪嗎？」

他低頭看著自己膝蓋。「我寧可找愚石怪問話，也不要回去找尼可迪穆。重點是，我們現在也就只有這兩條線索而已。」

「如果我們知道凶手的動機就好了……」我說，「怎麼會有人想傷害你母親啊？」

「其實，我就連凶手是不是真的想傷害我母親也不清楚。」貝茨說，「說不定對方的目標根本不是我母親，而是幼兒園？他們又不可能確定到場救人的會是她。也許吸血鬼的目的是將孩子們奪走——他們可能想讓我們所有小孩都變異成吸血鬼。」他一隻手在大腿上摩擦；他的腿比我長，身高都長在腿上了。

「我不是什麼好男友。」我說。

貝茨的手在褲管上靜止下來，扯了扯布料，身體坐得直了些。「雪諾，我懂的。相信我，我可沒有和你去哪裡度假的打算——我甚至不會把我們的事告訴任何人。」

「不是啦，」我稍微轉向他說，「我不是那個意思。我的意思是……我從以前當別人男朋友就當得很糟糕，所以阿嘉莎才要跟我分手。我基本上就是覺得她要我做什麼就去做，可是每次都做錯了，也沒有一次把她放在第一順位去考慮。我跟她在一起三年，從沒覺得自己哪次做對過。」

「那你們為什麼在一起那麼久？」

「我又不能沒來由就跟阿嘉莎提分手，這又不是『她』的錯。」

他又在來回摸自己大腿了。貝茨穿這套西裝真的好好看。

「我只是想說，」我又往他的方向多轉一點，接著說，「我不知道要怎麼當你的男朋友，也不覺得你會想要跟我變成那種關係。」

「好啦，」他說，「我明白了。」

「我也知道你覺得我們沒救了——像羅密歐和茱麗葉那樣。」

「正解無誤。」他對著膝蓋說。

「我也不覺得自己是同性戀。」我說，「應該說，我可能是，至少有一部分是，那個部分現在好像聲音最大……」

「沒有人在乎你是不是同性戀。」貝茨冷冷地說。

我現在整個人面對他的側臉坐著，他瞇著眼睛，嘴巴抿成了一條直線。

「我想說的是……」說著說著，我的聲音就快消失了。我真的很不擅長這個。「我喜歡看你。」

他的視線閃了過來，眉毛皺了起來，但他沒有轉頭面對我。

「我喜歡這樣。」我接著說，「也喜歡我們這幾天做的這些。」

他不理我。

「我喜歡『你』，」我說，「就算你不喜歡我，我也不管——反正我習慣了，你要是喜歡我，我反而會很不適應。可是貝茨，我喜歡『你』，喜歡『這樣』。我喜歡幫助你，喜歡看到你好好的，你今年秋天沒回學校時，你行蹤不明的那段日子……我還以為自己要瘋了。」

「你以為我是在暗中搞鬼。」他說。

「對啊。」我說，「而且我很想你。」

他搖了搖頭。「你這人真的很有問題——」

「**我知道**，可是你願意的話，我還是想跟你這樣。」

貝茨終於轉過來正眼看我了。「雪諾你說，『這樣』是哪樣？」

「**這樣**。」我說，「我想當你的男朋友。你糟糕的男朋友。」

他揚起一邊眉毛，盯著我看，一副不管花多少時間都想不通我到底是出了什麼問題的模樣。

這時候，有人輕輕敲了房門。

貝茨站起身，理了理西裝，然後走過去開門。他彎腰拿起放在地上的托盤之後端回床邊，托盤上有一壺牛奶和滿滿一盤晚餐的剩菜。

「是誰給你的啊？」我問他。

「我繼母。」

「你幹嘛不在晚餐時間吃就好？」

「我不喜歡在別人面前吃飯。」

「為什麼？」

「你為什麼一定要問東問西的？」

「是厭食症嗎？」

「雪諾，這並不是厭食症——你真的知道厭食症是什麼嗎？」他在床的另一頭坐下，抖開餐盤上的餐巾。「我吃東西時尖牙會冒出來，」他說，「太惹人注目了。」

我爬到床的那邊，坐在他身旁。「上次你在我面前吃東西，我也沒注意到啊。」

「那是你觀察力不佳。」

「也可能是牙齒沒有你想像中那麼惹人注目嘛。」

貝茨抬臉看我，臉頰看上去比平常飽滿，他微笑時我看到了——長長的白色尖牙，嘴唇幾乎遮不住了。

「**好酷喔**。」我小聲說，還想看得更仔細。他把我推開，但沒有推得很遠。「再張開嘴嘛，」我說，「讓我看看。」

他嘆了口氣，咧開嘴唇。他的尖牙超大的，看起來也很尖銳。「它們是從哪裡冒出來的啊？你沒在用的時候，它們都藏在哪裡？」

「我哪知道。」他說話有點含糊，像是戴著牙套講話。

「我可以摸嗎？」

「不行。它們很尖，而且有毒。」

「哇，你居然有需要用到的時候才會長出來的身體部位，就跟變種人一樣耶。」

「我是吸血鬼。」貝茨說，「你到底有沒有聽到自己在說什麼鬼話啊？」

我往後靠坐。「嗯啊。」

原本以為他會露出煩躁的表情，他也確實露出了煩躁的表情，但他也算是在微笑。那是一種繞開了尖牙的微笑。

我把他的餐盤遞給他——火雞肉、火雞填料、培根、肉汁。他接了過去。

「雪諾，你還會餓嗎？」

「我還能吃。」

「那就來吧。」他把叉子拿給我，自己用湯匙吃，反正火雞肉嫩到用湯匙切也完全沒問題。他咬一大口，我看到尖牙完整的長度了。「好酷喔。」我又說。

貝茨搖了搖頭。「白痴。」他滿嘴食物地說，然後低頭看著餐盤。「不過……我們『這樣』也不是不行。如果你要的話。」

嗯，我要。

68

阿嘉莎

回倫敦的車程有足足三個小時。潘妮施了句：「快樂的時光總是過得特別快！」問題是我們兩個都不快樂，所以法術沒有生效。

我有點想直接開去華特福，將一切都告訴大法師，但我早在好幾個鐘頭前就該回到家了，父母還在等我——而且老實說，我並不想獨自和大法師交談。他不能說是平易近人的人，平常都打扮得像彼得．潘，還隨身佩戴一把劍，我每次看到他都是那身裝扮。我記得有一次他三更半夜來敲我們家的門，手裡還拿著自己的其中一隻耳朵，請我爸幫他縫回去。

我在就讀華特福前就認識大法師了，他和我爸從以前就都是巫師集會的成員，但大法師可能連我叫什麼名字都不知道，至少我從沒聽過他叫我的名字。他其實沒真正對我說過話。

潘妮說他歧視女性，不過實際上大法師在華特福幾乎不會對任何人說話，就連賽門也很少有和他交談的機會。他究竟為什麼想當校長？他感覺也沒特別喜歡小孩啊。

也許這就是露西和他分手的理由。

或者反過來說，可能是「因為」露西和他分手了，他一直過不了心裡那道檻，現在才會這麼機車。

那張照片到現在還放在我的包包裡。希望潘妮媽媽不會發現照片被我偷走了……我是真心希望她別將我偷東西的事情告訴我父母。

我十四歲那年有段時期喜歡在逛街時偷東西，後來父母發現了我那堆沒開過的眼線與指甲油，我被整整禁足了一個暑假。

「妳要化妝品，我們可以買給妳啊。」父親說。

「妳沒用魔法嗎？」母親問道，**「妳是直接用拿的？」**接著她又說：**「唉，阿嘉莎，怎麼會是紫色指甲油呢？太庸俗了。」**

潘妮只讓我無視她二十分鐘左右，然後就受不了了。「我想說妳會希望我們讓妳加入調查嘛，阿嘉莎！」

「妳明明就沒這麼想。」我說道。

「我有！我看得出來妳很想賽鬥，也看得出來妳很難過。妳難道真的希望我們排擠妳，一直到畢業都無視妳嗎？」

「我沒有！」

「那阿嘉莎，妳到底想怎樣？」

「我是想當朋友沒錯，」我說，「但我不想和你們當什麼戰友啊。我不想參與祕密會議！我只想普普通通地和你們待在一起，一起烤餅乾、看電視，做些正常朋友會做的事嘛！」

「賽鬥必須和凡庸戰鬥，貝茨都被愚石怪綁架了，妳還想像沒事一樣看電視？」

「不是！」我向前傾，雙手緊握著方向盤。「在我說的情境中，不會發生戰鬥和綁架那類事件！」

「但這些事情就是發生了。」

「嗯，那好啊，我還是待在家裡就好，反正我也沒辦法幫上忙。潘妮洛普，妳倒是說說看，我們什麼時候真正幫上忙了？我是說『真正』的幫忙。我們就只是……目擊證人，還是人質，是未來的附帶損失。假如我們是電影裡的角色，那我們兩個其中一人就會在賽鬥面前死去，這就是我們唯一的功用。」

「妳自己這麼認為，別把我也算進去！」她高聲說。

「好啊，我就是這麼認為的，妳愛怎麼說就怎麼說！」我也提高音量回嘴。

但回程這一路上，我們都沒再開口了。

我在潘妮家門口放她下車，她還沒消氣，下車時用力摔上車門。我已經遲到了非常久，不過父母忙著為派對做準備，幾乎沒注意到我走進家門。

他們每年平安夜會和朋友合辦移動派對，從其中某戶人家辦起，接著去到下一個人家繼續吃喝，接著又去下一家……最後所有人都喝得酩酊大醉，只能施咒讓車子把大家載回家。

在往年，我父母會要求我和賽門向客人打招呼，那之後我們兩個就會躲在休息室裡看電視、吃派對小點，最後在火爐前睡著。

只有四年前的平安夜，我們偷溜出門去蘇豪區追蹤狼人，他們似乎偷了某種鑰匙——還是寶石？真是的，我都不記得了，只記得我這輩子從沒那麼冷過。我們險些死在了利柏提百貨公司門外，結果事情終於結束後，潘妮還硬要我們待在戶外收集狼人毛，她想拿去做經前護身符，噁心死了。我後來把我的護身符丟給貓玩了。等等，我想起來了——是月之石，被狼人偷走的東西是月之石。嘖嘖，莫名其妙。幸好那次在我父母到家前，我們就先趕回來了。

（我該現在將自己掌握的情報告訴媽媽嗎？該把賽門的計畫告訴她嗎？）（不，賽門不會有事的，賽門每一次都平安地活下來了。潘妮也是，她到時想必會興高采烈地將他們找愚石怪的冒險故事告訴我，對我大肆誇耀一番。也許現在換貝茨當他們的電燈泡了——賽門，你好好享受和吸血鬼共處的時光喔！真是的，為什麼沒事要把自己的人生搞得更麻煩、更危險呢。）

「妳今晚可以和我們一起跑趴吧。」我母親說。她和管家海倫正在做準備，我們家今年是平安夜派對的第一站。「反正妳不必在家招待賽門。」

「**媽**。」

「阿嘉莎，別抱怨了。」我父親一面說，一面從餐盤上選了一隻蟹爪。他在和病人通電話。「沒有，沒有，我在聽啊，巴爾薩。你的狀況聽起來相當平凡——不是凡人，是真的很平凡。」

我嘆一口氣，跟著母親走進廚房。「我這身打扮不適合參加派對。」

「那就去打扮一下啊。」

「媽，我快累死了。」

她整個上半身都探進了冰箱。「妳等等就會恢復精神了。那賽門明天會來嗎？」

我皺起眉頭，擺弄著一盤大蝦冷盤。「可能不會……」

我將賽門要在華特福過聖誕節的事告訴她了，但不知為何，媽媽仍舊滿腦子以為他會在聖誕日來我們家。可能是因為我們已經習以為常了吧。

我取消了對賽門的邀請，是不是應該有些罪惡感？但是我並不會愧疚——我今晚已經試著收回那句話了，是賽門自己不來的。

媽媽端起一盤晶瑩剔透的果凍塔，直起身來。「他和大法師一起過節也好，」她說道，「就我所知，大法師都是獨自在華特福過聖誕節。他對我說過，聖誕佳節這段時期如此祥瑞，不該浪費在慶祝活動上。」

「那是什麼意思？」我問她。

「誰曉得呢。」她邊說邊將果凍塔交給海倫，「希望他不會逼賽門在月光下齋戒，否則我們明天就只能用糖果填飽賽門的肚子了。」

「祥瑞……」我重複道，「大法師怎麼這麼奇怪？」

「阿嘉莎，別亂說話，禍從口出啊。」

「我不是在說他壞話，就只是覺得……他從以前就是這樣嗎？」

「我也不清楚。」她說，「我們走跳的圈子向來不同，我甚至不記得他以前在學校是什麼樣的人了。」

我伸手拿大蝦，盤子卻被海倫移開了。「那妳還記得學生時期的班思教授嗎？」我問媽媽。

「哪一個班思教授？」

「他們兩個。」

「馬丁和蜜塔莉比我小幾屆，」媽媽說著又從冰箱取出一道甜點──是一大碗乳脂鬆糕，「不過他們有個年紀比妳大的兒子吧？他們很早就開始生出一個個孩子了──想必是受了班思家的影響。我在華特福求學時，學校裡可是有『一整窩』班思家的人，他們沒有任何一個人擁有足夠強大的力量，華特福真不該讓他們入學的。妳也知道，有時魔法師家族生了太多小孩，法力就會稀釋掉。」

母親特別執著於力量，誰法力強大、誰缺乏力量，她都非得弄得一清二楚不可。她自己倒是法力不強，她將此事歸咎於自己母親委身嫁給力量不如自己的對象，表示：**「我父親連在暴風雨中點燃火柴也做不到。」**

以法力而言，我的力量還算堪用。我比不上賽門，或貝茨，或潘妮洛普，不過至少上課都沒問題。我知道父母在生了我之後沒再生第二胎，就是擔心我的力量被稀釋──但爸爸也常說，兄弟姐妹平分法力之說不過是迷信。

我也知道，父母希望我和比自己強大的人成婚，振興家族。

在和賽門交往之前，我曾暗中交了個凡人男友──沙夏。這件事若是被母親知道了，她可能會將我囚禁在高塔裡。（她應該會沒收我的愛馬。）不知道沙夏後來怎麼了……

「所以，妳也不認識他們學生時期的朋友囉？」我問道，「班思教授提到了一個叫露西的女孩子，還拿了照片給我們看——」

「露西．戴伊嗎？」

「不確定耶……」

「還是露西．麥坎納？」

「她以前是班思教授最好的朋友，」我說，「留了奶油黃色的及腰長髮，打扮得有點像新波西米亞風格。」

「親愛的，」媽媽邊說邊幫海倫端鬆糕碗，「在九〇年代，所有人都打扮成那樣啊。」

「她長得像艾瑪．邦頓，」我又說，「只是肩膀很寬。」

「喔，露西．薩利斯貝里啊。地獄咒法啊，我已經好幾年沒想到她了。」媽媽在冰箱前停下腳步，雙手叉腰。

「妳認識她嗎？」我問道。

「我聽過她這個人，她比我小五六屆，不過她的家族也會去俱樂部。親愛的，妳也認識薩利斯貝里女爵啊，她是我的黑瑪莉亞牌友，今晚也會出席。」

我確實認識薩利斯貝里女爵，她和我祖母差不多歲數，平時卻和我母親那個年紀的朋友同進同出。她喜歡說些黃色笑話，也總是鼓勵大家多吃幾塊蛋糕。

「妳覺得她會跟我分享女兒的故事嗎？」

「我的魔法啊，阿嘉莎，那怎麼可能？這什麼問題嘛。所有人都知道她女兒令她蒙羞，她兒子又不成材！」

「她女兒怎麼令她蒙羞了？」

「露西從華特福畢業幾年後就跑了；她本是薩利斯貝里家最優秀、最寶貝的千金，卻和某個男人跑了，我聽說對方是凡人，甚至可能是美國人呢。盧絲——薩利斯貝里女爵——有次在慈善活動上崩潰了，還記得那是為口吃患者辦的草地滾球賽……她對娜塔莉．布雷恩坦承，她很擔心女兒是有了孩子所以才私奔的，是『未婚生子』的狀況呢。那之後，盧絲就絕口不提女兒的事了，而在露西畢業後，也沒有人在英國的魔法界見過她了。」

「露西失蹤了嗎？」我問道。

「不，情況比失蹤更糟。」媽媽說，「她離家出走，離開了魔法界。很不可思議吧？」

「可以想見，」我說，然後又改口：「真的很不可思議呢。」

母親拍了拍沒沾到任何糕點屑的雙手。「親愛的，去換身衣服吧，客人馬上就要來了。」

我跨步要走出廚房，媽媽交給我一疊手繡餐巾，要我順道拿給在飯廳的海倫。我默默將餐巾交給海倫，滿腦子想著……

「我認識露西．薩利斯貝里。」海倫說，「我和她是老同學。」

海倫習慣等到我母親離開再對我說話；母親偏好較正式的僱傭關係，不過海倫向來將我視為家人。（不是太親的家人，我在她眼裡應該比較像姪女；她似乎更喜歡賽門。）

「露西比我大幾歲，」海倫接著說，「還記得她離家出走的消息傳開時，我們這一屆的女生都激動得要命，覺得那真是太浪漫又太恐怖了。」

「她真的離家出走了嗎？」

「我們都是這樣聽說的。據說她和一個男人好上了，後來私奔出國——去加州了。」

「加州！」

「我以前常常想到她，」海倫說，「想像一頭金色長髮的她，躺在加州的沙灘上。」

我沒換上派對服裝便爬上床，拿出偷來的相片，舉在面前。

露西・薩利斯貝里離開了魔法界。

她當時和即將接手魔法世界、世上最強大的大法師交往——結果卻選擇離家出走。

班思教授說，露西自己也是個強大的魔法師。她完全能當魔法界的第一夫人，甚至和大法師並肩統治魔法世界……結果，她卻選擇離開這一切。

她真的有了私生子嗎？她把孩子帶走了嗎？

也許她現在就在凡人世界扶養那個孩子，也許那就是露西・薩利斯貝里給自己與孩子的贈禮——能遠離這一切紛亂、平平安安地長大，那該有多好。那個孩子好幸運，不必把大法師當爸爸，也不必繼承這個戰亂的世界。

那孩子逃出生天了。

結果，是賽門接下了這份重擔。

69

露西

我那時很幸福。

很愛他。

他心中好的部分也總是多於壞的部分。

即使到了現在，我相信他依舊是善良多於邪惡。由此可見，一個人能同時容納的好與壞，其實多得超乎我們想像。

從華特福畢業時，我們已經在一起了。阿衛從祖母那裡繼承了一棟小屋，我跟他住了進去。我對父母撒了謊——他們從以前就不喜歡阿衛。

那段時期，他大部分時間都用在看書上，還有寫信與寄小冊子給魔法界的學者，從不想和朋友見面或出門。

還記得有一回，我們去倫敦和蜜塔莉與馬丁吃飯，以及見見他們剛出生的兒子——那天我穿了條寬襬長裙，施咒將鮮花編到了頭髮之中，難得能和蜜塔莉見面，我真的好開心。

一開始，我們喝著紅酒聊得很愉快，我舒舒服服地蜷坐在帕帕桑椅上談天。結果，阿衛對蜜塔莉提到了巫師集會——蜜塔莉當時在競選集會成員。

「妳改變不了什麼的。」他說道，「什麼都不會變的。」

「你的想法我很清楚，」她回道，「我讀過你的文章。」

「是嗎？」阿衛聽了眼睛一亮，整個人往前傾，酒杯懸到了雙膝之間。「既然如此，妳也該知道，問題唯一的解法就是革命。」

「我知道，當好人為重要的議題奮戰，事情必然會有好的成果。」

「妳以為巫師集會在乎『好人』和『重要的議題』嗎？妳以為娜塔莎．格林—碧漆在乎妳的理念嗎？」

「我不這麼認為，」蜜塔莉說，「但我若加入集會，就會握有和她對等的表決權。」

阿衛笑了。「巫師集會成員的姓氏已經兩百年沒變了，變的就只有各大家族的代表而已，而華特福校長的寶座可以乾脆刻上『碧漆』兩個字了。他們那群人只在乎自己的權力，想守護的也就只有自己那份力量而已。」

蜜塔莉絲毫沒有退讓，還記得她當時穿著寬口牛仔褲和酒紅色天鵝絨西裝外套，蓬亂的深色髮髮落到了肩胛，乍看下「她」才像激進分子。「他們是在守護我們所有人的力量。」她說道，「他們是在守護整個魔法世界。」

「是嗎？」阿衛回道，「妳去問問娜塔莎．格林—碧漆對於低等魔法師的自殺率有何看法，去問問妳的巫師集會，他們究竟關不關心精靈恙和其他那些不會影響到他們兒女的魔法疾病。」

「那你說，革命對小精靈有什麼幫助？」蜜塔莉氣沖沖地說，「假如照你說的那樣一舉拋開數百年的傳統、制度與知識，對我們有任何好處嗎？」

「我們會建構更好的傳統！」阿衛高呼。他似乎沒注意到自己的聲音變得有多大。

「你想用鮮血寫下新的規則？」

「必要的話，就讓血流成河吧！蜜塔莉啊——妳聽了會怕嗎？」

那之後不久，我們就告辭了。我說我頭痛。

阿衛喝了酒，仍然面紅耳赤，卻不願意讓我開車。他沒注意到坐在副駕駛座的我對他施一句「不偏不倚」。

那之後，我們就再也沒去倫敦了。

我們極少離開小屋，屋子裡沒有電話，也沒有電視。我向住在這條路上的農民買了兩隻雞，用法術防止牠們跑遠。我寫了好幾封長信給母親，信中全都是虛構的內容。大部分時日，阿衛都在屋內埋首讀他的書。

我說是「他的」書，但其實都是從華特福偷出來的，每當他需要新書就會自己回去偷。他的力量強大到幾乎能完全隱形。

有些時候，阿衛會連續外出數日，和魔法界其他激進分子會談，卻每次回來都無精打采的。

他放棄革命了。沒有人讀他的文章。

除了最強法師之外的一切，他都放棄了。阿衛想必是魔法史上最瞭解最強法師的學者了吧，每一則預言他都瞭然於胸，抄寫在我們小屋的石牆上，一句句排成了圖表。

我送三餐給他時，他也許會問問我的意見：在我看來，這句譬喻是什麼意思？我有沒有考慮過那樣的詮釋？

還記得一天早晨，我打斷他的研究，送了雞蛋與燕麥粥去給他吃。克勞利啊，我們吃了好多燕麥粥呢——我餵雞吃的也是燕麥片。

必要時，你可以用魔法增加食物的量，可以將枕頭與蠟燭變成食物，也可以從天上呼喚鳥類、從郊外召喚鹿群。但有時候，你就是沒得選。

有時候，你就是一無所有。

「露西。」他雙眼放光，昨夜一晚沒睡。

「阿衛，早安。吃點東西吧。」

「露西，我似乎找到辦法了。」他一隻手攬著我的腰臀，將我拉到椅子邊——那一刻，我真的好愛他。

「也許先知一再看見相同的預言，是因為那些根本就不是預言，而是指示。露西——也許先知們並不是預知了未來，而是在引導我們改變世界呢。我們一直在這裡乾等著，等待別人來拯救我們，卻一直沒想到那些預言正是自救的指示！」

「那要怎麼自救？」

「用最強法師。」

他又出門了，然後帶著更多書籍回來。

他還帶了一瓶瓶精油與不是紅色的血液。我不確定他都在何時睡覺休息，只知道他夜裡不會和我同寢。

我花了好多時間在原野散步，想著要寫信給蜜塔莉，但我很清楚，若將實情告訴她，她想必會騎著掃帚殺過來。我還不想離開。

我永遠都不想離開阿衛。

後來發生的種種，有一大部分都是他的錯——我「希望」你生他的氣。但是我呢，我一次也沒提過要離開，一次也沒要求他放我走。

我當時想著……我當時想的是，無論接下來發生了什麼事，有我在他身邊應該會比較好。我以為他能維持和我的連結，像是繫著風箏的線繩，這樣對他也好。我以為只要我在，他就不會完全失控。

我的兩隻雞都被他殺了。

一夜，他爬上了我們的床，滿身飄著泥濘與塑膠的焦味。他撩起我的頭髮，親吻我的後頸。「露西。」

我翻身看他，只見他笑容滿面，看上去好年輕，彷彿過去的苦澀都被人用溫熱的毛巾從臉上抹去了。

「我找到答案了。」他一面說一面親吻我的臉頰，接著吻上我的額頭。「露西，我知道要怎麼讓最強法師降世了。我們可以自己將他帶到這個世界。」

我笑了——看到他如此開心，我自己也高興了起來，沉浸在他的關注下。「要怎麼做呢，阿衛？」

「就這麼做。」

我搖了搖頭，聽不懂他的意思。

他推著我讓我平躺在床上，沿著我的頸項吻了下去。「我們兩個，就由我們來製造他。」

他的吻從我的領口鑽進了睡衣。

「阿衛，你是說要生小寶寶嗎？」

他抬起頭，粲然一笑。「有誰比我們更適合將救世主養育成人嗎？」他說道。

第四部 BOOK FOUR

70

尼可迪穆

她不會和我對話的。從那之後，我們就沒再交談過了，因為那違反了規定。

我們還小時，她沒這麼在意規則啊，我們不都自己定自己的規則嗎？我們這麼強大，又有誰能阻止我們？

我永遠忘不了那一次，厄本厄則施咒拉下了吊橋，我們三人一起進城喝得大醉。校長逮到親妹妹搖搖晃晃地溜回學校時，那個表情真是太棒了！（費歐娜每次喝蘋果酒都會醉。）還記得碧漆校長氣得七竅生煙——她穿著睡袍、挺著懷孕九個月的大肚子站在大草坪上，惡狠狠地瞪著我們。

那次因為是厄本施咒溜出去，他們沒收了她的魔杖——她的木杖——整整一週。結果呢，隔天晚上，厄本用我的魔杖施法把吊橋放了下來。（我們從小就能用對方的魔杖。）幹，她是真的有種。

我們當然又被逮到了。

有沒有被逮到不是重點。

重點是，當時的我們年輕自由，充滿了法力。碧漆校長又能怎麼辦？難道要把自家妹妹和最強的兩個魔法師踢出華特福？

他們才不會把厄本厄則踢出去呢，他們可是生怕她失控，擔心她發現自己的法力除了把書桌黏在天花板上——或是像吹笛手那樣把郡內每一隻流浪狗都召喚到華特福——以外，還有別的用途。

我發現了。我發現了厄本能用魔法做到的事，以及我自己能做到的事。

我來到我們那條街，切過小巷，自己進了後院，院門吱呀響著。我早了幾分鐘——厄本應該還在屋裡。我走到柳樹下，在老媽的長椅上坐了下來。

好想抽根菸。

當初投靠吸血鬼，我就戒了菸……那已經是快二十年前的事了呢。結果被碧漆家那個小鬼吹了口煙，我的癮頭又死灰復燃了。

我跟阿費以前都用薄荷紙自己捲菸。

厄本厄則最受不了我們抽菸了，她說菸草會害她的魔法阻塞住。

「你妹想禁欲呢，」費歐娜老是這麼挖苦她，「像運動員一樣。像黛安娜王子妃一樣。」

我們以前都會笑厄本是處女，幹，她現在應該還是處女吧。（和其他女孩子摸來摸去算數嗎？）

屋子後門開了，我抬起頭，但那個人不是厄本，而是我不認識的別人。那人踏到屋外抽菸，我閉上眼睛深呼吸，好好善用吸血鬼靈敏的嗅覺。

厄本很快就會出來了，她會走進後花園，靠著鐵門。她不會對我說話——那是約定，也是規定。

她會自言自語。

她會把自己的近況說給風兒聽，把家中大小事告訴聖誕節的月亮，有時還會施一點魔法——不是為了我，純粹是為了施法。就算在隆冬時節，附近的活物都會出來和厄本打招呼，去年還有頭鹿大搖大擺地從巷子裡走來，頭靠在厄本厄則手上。厄本一回屋子裡，我就一刀斃了那頭鹿，將牠吸得一乾二淨了。她應該也知道我會這麼做吧——也許那是她送我的禮物，也許她想讓我跟著禁欲一天。

總之，事後我只能扛著鹿屍走了一英里，好不容易才找到大到能塞下整具屍體的垃圾桶。

厄本很快就會出來了，她會自言自語，我會默默聆聽。我沒有一次開口——厄本大概不會想聽到我說話吧，那就太像是對話、太接近違規了。

更何況，我又能對她說什麼？我這邊的近況她應該一句都不想聽吧，聽了也只會反胃。厄本厄則其實就只是想知道我還在，還以這種形式存在著。

大部分時候，我妹妹說的都是學校：校園、山羊、孩子，還有她從六年級就偷偷喜歡的那個森林仙女。她不會提到大法師；厄本從以前就不喜歡政治，她平常應該都盡量不去妨礙大法師吧——不過我記得她有一次說過，大法師的狼魚吃了她其中一隻山羊，他們因此大吵了一架。

我沒親眼看過那些狼魚，只聽厄本提過牠們，狼魚是她在這世上唯一不喜歡的動物。她說牠們會試圖跳上吊橋，孩子們與山羊群過橋時，吊橋都搖搖晃晃的。有一回，甚至有頭狼魚爬出了護城河，拖著身體在大草坪爬來爬去、大聲咆哮，最後是厄本施法把牠弄回水裡。**「我對牠們施了法術，現在吊橋一放下，牠們就會沉到水底睡覺。」**她這麼對我說。

出來抽菸的陌生人回屋裡去了，紗門「砰」一聲摔上。

我是來得早了一些，但厄本厄則遲到了。遲到很久了。

屋內靜了下來，孩子們都回房睡了吧；厄本說，我們那幾個兄弟和我們的妹妹現在都有了自己的小孩子。在成為吸血鬼以前，我從沒想過要自己生小孩。我現在想了一下，想像我跟阿費生一兩個小屁孩，但她以前要是跟我結了婚，家族裡一定會鬧得雞犬不寧吧。看她那樣子，她這輩子是不會結婚了……我知道阿費的動向，如果我願意，我們還可能相見。「她」大概也不會想聽我說出口的話吧。

厄本遲到了。

她可能是忘了。

她不會忘記啊。這麼多年了，她沒有一次忘記過。

沒辦法打電話給她，我連她現在有沒有手機都不曉得。

我站起身，在樹下來回踱步。平常厄本都會幫我施咒，不讓其他人看見我。

我坐立難安，偷偷溜到離屋子近一點的地方，只要有人醒著，我就能聽見他們的聲音。屋子裡一片黑暗，廚房有一扇窗戶開了條縫，不過我嗅不到晚餐的氣味。厄本說她現在都會跟老媽一起做菜，她們做的應該會是烤火腿吧，還有英式麵包布丁；厄本通常會端一盤出來給我吃。

我走上後門臺階，從門上的玻璃往內望。廚房空無一人，我什麼都聽不到。

我轉動門把，本以為它不會動，沒想到門就這麼開了。我躡手躡腳踏上前，不確定自己究竟有沒有辦法進屋，但房子接受了我；我在原地站了半晌，一個人站在老媽的廚房裡，只覺得自己也太可憐了。

還沒看到那孩子，我就先聞到她了……

她躲在門後偷看我。「阿姨，是妳嗎？」

「阿姨？」我重複道，「我看起來像妳阿姨嗎？」

「我以為你是我的厄本阿姨，你長得跟她好像喔。」

她是個一頭金髮的小女孩，身上穿著紅彩格睡袍，看樣子是我妹妹拉文妮雅的孩子。我上次看到文妮，她還是和這個女孩子差不多的歲數呢。

「我是妳的親戚。」我說，「我是來找厄本的——可以幫我把她叫來嗎？她不會生氣的。」至少，她不會生這個小女孩的氣。

「厄本阿姨走了。」小女孩說，「她跟大法師走了，外婆還在哭。我們連聖誕節都不能過了。」

「大法師？」我重複道。

「大法師喔。」女孩說，「我聽大人說的，媽媽說厄本阿姨被逮捕了。」

「被逮捕了！為什麼？」

「我不知道，她可能違規了吧。」

我盯著那孩子，她也睜著眼睛盯了回來。我轉身朝後門走去。

「你要去哪裡？」身後傳來女孩的問句。

「去找妳阿姨。」

71

賽門

醒來時，我感到飢腸轆轆。

直到真的清醒了，我才發現飢餓的人並不是「我」。

周遭的空氣很乾燥，讓人又癢又不舒服，它在拉扯我的皮膚，像千百根細針扎在我身上。

我坐起來，搖了搖頭，奇怪的感覺還是沒消失。我深吸一口氣，那種感覺也進到我肺裡了，我的肺感覺像是裝滿了沙子，或是裝滿了玻璃渣。

是凡庸。

我望向貝茨的床鋪——被單和毯子都掀開了，他不在床上。我跌跌撞撞地爬起來，出了房間，站在和漆黑如血的走廊上。「貝茨。」我小聲呼喚。

沒有人回應。

我跟隨不祥的感覺走下走廊，下了樓梯，來到豪宅的前門口——外頭的夜空和白雪亮得刺眼，光芒灑進了門廳。我打開門，跑到雪地上。

到了戶外，那種感覺更強烈、更嚴重了，幾乎像是站在凡庸創造的死角裡，但我還是能召喚體內的魔法。魔法湧到我的皮膚表面，在指尖顫動，聚積在嘴裡。

我試著把它吞回去。

我跟著乾癢的感覺前進。（我應該回屋裡的。我應該穿上鞋子的。）一回神，我已經跑向了碧漆大宅旁邊、像窗簾一般的私有樹林。

我身上穿著貝茨的金紅條紋睡衣，大腿以下的布料都溼透了。每往前一步，飢餓的感覺就變得更強烈，吸扯著我，我感覺到法力從體內溜出來，在皮膚表面滑動。一根樹枝刮過我的皮膚，就這麼燒了起來。

我繼續往前跑。

我不知道這是什麼地方——我沒進過這片樹林，而且林子裡的樹木之間沒什麼空隙，這裡沒有小徑，也沒有林中空地。

聽到他的笑聲時，我猛然停下腳步，動作突然到我的法力沒及時煞車，從身體兩旁溢了出來。

他就在那裡，靠著一棵樹站在哪裡。

就是他。鬼祟的凡庸。

就是我。

「嗨。」他邊說邊把皮球拋到空中，接住後皺著眉頭看我一下，然後把球收進牛仔褲口袋。

「你會說話。」我說。

「現在可以了。我現在可以做各種事喔。」他抬頭看著那棵樹，一隻手伸向最細的一根樹枝，手掌穿了過去。他皺起臉又試了一次，這回他的手握住了樹枝，樹枝被他「啪」一聲折斷。他又抬頭看我，露出大大的笑容，一副我該為他驕傲的樣子。

「你為什麼長得像我？」我問他。不知道為什麼，我還是覺得這是最重要的問題。

「我就長這樣啊。」他笑了，「我為什麼不要長得像你？」

「可是你不是我。」

「不是。」凡庸皺起了眉頭，「你看看你，我每次看到你，你都長得不一樣，可是我都一直長這樣。」

樹枝還被他握在手裡，他把樹枝折成兩半後拋開，往我這邊走來。「你還可以做各種我不能做的事。」

我後退一步，踩到糾結成一團的樹枝。「你來這裡幹嘛——你到底想從我這裡得到什麼？」

「沒有。」他說，「沒有，沒有，沒有。重點是，『他』想從你那裡得到什麼？」

我聽到某個人的呻吟聲，有東西在樹林裡移動……如果能看得清楚一點就好了。才剛許下這個願望，我的魔法就變亮了——我整個人都在發光。凡庸又哈哈大笑。

「**賽門？**」有人在喊我，好像是貝茨的聲音，但他聽起來不太對勁，像是喘不過氣或痛到沒辦法正常說話。

「貝茨？你還好嗎？」

「不，不……**賽門！**」

然後我看到了，貝茨就在我前方二十英尺左右的位置，身體斜斜靠著一棵樹。凡庸不知什麼時候到了我們上方，坐在一根矮枝上看我們。貝茨低低垂著頭。

我跑上前。「貝茨！」

他抬起頭，可是他的臉也很不對勁，整張臉都扭曲了。他雙眼瞳孔放大、一片漆黑，嘴裡滿是森森利齒——他的嘴唇已經容不下這麼多尖牙，咧得很開。

這時候我應該退開，但我還是努力從樹木之間擠過去，試著跑到他身邊，反而是貝茨退了開來。

「情況不太對。」他說，「我好餓。」

「貝茨，你不是平常都很餓嗎？」

「不，這不一樣。」他像動物一樣甩著頭和肩膀，「我剛才在森林裡看到你，」他說，「但你年紀很小——和我們第一次見面時長得一模一樣。」他口齒不清，像是硬從牙縫擠出了這句話。「那一瞬間我還以為你『死了』，以為你返魂了。」

「那不是我。」我朝他的方向走了一步，「你看到的是凡庸。」

「你摸了我，」他說，「我彎下腰看你，結果你摸了我的臉。」

「那不是我。」我又說。

「然後，你把一股力量推了過來。」他跌跌撞撞地倒退，和我保持一步的距離。「賽門，那就像你之前做的，只不過這次推過來的不是魔法，而是虛無。你將虛無推到了我體內，為了容下它，其他的一切都離我而去了。」

「貝茨，別這樣，讓我幫你。」

他繼續搖頭，我瞬間聯想到那頭來回搖頭的紅龍。

「控制魔法生物很簡單。」凡庸說。他現在站在貝茨身後，他伸出一隻手，貼在貝茨躬著的背脊上。「我只要把自己有的東西送給牠們就好了。」

貝茨嗚咽一聲，整個人往後折，背部彎成了弓形。

「**什麼東西？**」我大聲問，「你給了牠們什麼？」

凡庸聳了聳肩。「沒有。我把我的一些『沒有』給了牠們。」

貝茨抬頭看我，瞳孔擴散到眼睛全黑，滿口都是尖牙利齒。他往前跨了一步。「賽門，快走。我好餓。」

「我把我的一些『沒有』給牠們，」凡庸又說，「然後牠們就會被最多的『有』——被『你』——吸引，然後啊，你就會給我更多『沒有』。這個遊戲是不是很好玩？」

貝茨繼續朝我走來，我沒有退縮。

「賽門，快走！我太餓了！」

「貝茨，你需要什麼？」

「你！」他大喊，「需要魔法，鮮血，魔法——全部。**需要你。需要魔法。**」

他大力搖著頭，速度快到臉都模糊掉了。

一棵樹擋在我們之間，貝茨把它一把拔了起來，拋到一邊。

「酷喔。」凡庸說，「我都沒試過控制這種的。」

貝茨像鋼鐵獅鷲似地撲了過來，我抱住他滾倒在地上。

他比我強壯太多了——但我現在滿身都是魔法，他不可能打敗我。我們在地上扭打，我雙手抓住他的頭，把他的嘴巴推開。

「我好餓。」他痛苦地說，「你好滿。」

「那就給你。」我盡量看著他的眼睛說，「貝茨。你要的話，我一定會給你。」

我推著他的下巴，抓住了他的頭髮，不讓他靠近——而在同時，我讓法力自由地流了過去。

我讓魔法從身上每一個毛孔湧出來，流到他體內，貝茨啜泣一聲後立刻停止掙扎。我感覺像在往枯井裡倒水。

我倒了好久。

好久。

貝茨在我身下癱軟了。

「哇……」凡庸說，「這比打架更棒耶。」他感覺近在咫尺。我抬頭一看，發現他就站在我們上方，在月光下看起來再扎實不過。「你是什麼時候學到這招的？像是開了水龍頭一樣耶。」

「你把他的魔法奪走了嗎？」我對凡庸怒吼。

「我把他的魔法奪走了嗎？」他重複道，彷彿這是非常好笑的問題。「沒有，我什麼都不會奪走。我就只是你結束後剩下的東西而已。」他露出大大的笑容，像是剛吃了金絲雀的貓，我從沒在自己臉上看過那種表情。

「賽門！」被我壓在地上的貝茨高呼。我低頭一看——他也開始發光了，尖牙不見了，但他還是一臉痛苦，雙手緊緊抓著我的手臂。「夠了！」

我放開他、滾到一旁，可是魔法還是不停從我體內湧出來，透過我流到空氣中，還真的像水龍頭一樣。我集中精神想把水關上，終於感覺到魔法乖乖待在我體內——我也不再發光時——我用雙手和膝蓋撐著身體爬起來。「貝茨？」

「我在這邊。」他說。

我朝他的聲音爬去。「你還好嗎？」

「應該沒事。」他還躺在地上，「我只是有種……燒焦的感覺。」

「你著火了嗎？」

「不是。」他說，「不是，是內部燒焦了的感覺。」

我左顧右盼，卻沒看見凡庸、沒聽到他的聲音，也沒感覺到空氣中的吸力了。

「他走了嗎？」貝茨問道。

「好像是。」我軟倒在他旁邊。

「那你還好嗎？」

「我沒事。」

貝茨伸手摸索，摸到我時攬住我的肩頸，虛弱地把我拉了過去。我移得近一些，直到頭靠上他的胸口。

「你還好嗎？」他又問。

「嗯。你呢？」

「非常好。」貝茨咳嗽一聲，我把臉埋進他的胸口。「剛剛那是什麼啊？」他問道。

「凡庸。」

「賽門，鬼祟的凡庸就是『你』嗎？」

「**不是。**」

「你確定嗎？」

貝茨

我感覺自己烤焦了。

燒成了焦炭。

那個小孩子——那真的是賽門——不知怎麼地將我吸空了，我的魔法彷彿被他擠了出去或壓了下去……

然後，賽門用熊熊烈焰再次填滿了我的空虛。

我感覺似是有鳳凰在我腹中浴火重生了。

賽門的臉埋在我胸口，我收緊了攬著他的手臂。

那「確實」是賽門，是我們初見面那天的他。廉價牛仔褲與髒兮兮的T恤，脆弱的皮膚、飢餓的眼神，今晚看見他從松樹後方走出來時，我心中萌生了一腳踹在他膝蓋上的念頭，那絕對是賽門沒錯。

賽門——長大的賽門——不住發抖，於是我伸出另一條手臂，緊緊抱住他。我的手臂感覺空洞無力，但賽門的身軀十分扎實。

賽門．雪諾就是凡庸。

或者說……凡庸就是賽門．雪諾。

賽門

「我把他的魔法奪走了嗎？沒有，我什麼都不會奪走。我就只是你結束後剩下的東西而已。」

我靠著貝茲躺在地上，他雙手抱著我。我一直努力從腦子裡甩脫凡庸那張臉。（好想把我的臉從他頭上甩下來。）

「我把我的一些『沒有』給牠們……然後啊，你就會給我更多『沒有』。」

我坐起來，揉了揉眼睛。「還需要狩獵嗎？」

「不用。」貝茲說，「他找到我時，我才剛吃飽。」

我從坐著改成蹲著，然後站了起來，對貝茲伸出一隻手。「他有說什麼嗎？在攻擊你之前？」

貝茲握住我的手，拉著我站起來，沒有放開。「他說『用你也行』。」

我閉上眼睛，垂下頭。「他利用了你。他利用你對付我。」

「所有人都是這樣的。」貝茲輕輕地說。我感覺到他的手臂很慢、很輕地摟住我的腰。

我無精打采地靠著他。「對不起。」

貝茲

假如賽門．雪諾是凡庸……那他就是反派了。豈止是反派，他可是超級大反派。

我能喜歡一個超級大反派嗎？

賽門

貝茨在抖，我以為他在哭——發生了這麼多事，他哭一下也不奇怪。我張開眼睛，抬頭看他。

他沒在哭——而是在笑。

他笑得好誇張，都快站不穩了。

「你是怎樣？」我問他，「該不會嚇傻了吧？」

「你就是凡庸。」

「我不是。」我邊說邊推他的肩膀，想把他推開。

「雪諾，我死是死了沒錯，但我可沒瞎。你就是『凡庸』。」

「那不是我！你在笑什麼啦！」

貝茨還是笑個不停，同時對我露出嘲諷的笑容。「我在笑你是天選之子，」他說，一副笑到昏了頭的樣子，「但同時也是對魔法世界最大的威脅。你是大反派啊！」

「貝茨，我發誓。那真的不是我。」

「長得像你，聽起來像你，還像你一樣拋著那顆讓人火大的紅皮球。」他抱我抱得更緊了。

「我如果是鬼祟的凡庸，那我本人不會不知道吧。」我說。

「賽門，這就沒那麼好說了，畢竟你傻得要命。而且還帥到犯規喔——這我有說過嗎？」

「沒有。」

他像要咬我似地靠過來，卻吻了我。

感覺好棒。

每一次都好棒喔。

我退了開來。「我不是凡庸啦！可是為什麼你覺得我是凡庸，反而想吻我？」

「無論是什麼都會讓我想吻你，你到現在還不明白嗎？克勞利啊，你真的很蠢呢。」他又吻了我一次，接著又哈哈大笑。

「我不是凡庸。」終於有機會說話時，我又重複了一次。「如果是的話，我一定會知道的。」

「賽門．雪諾，你這個人就是場他媽的悲劇，已經不可能比現在更悲慘了。」

他又想親我，但我不讓他靠近——「你覺得我這麼悲慘，那還喜歡？」

「我超愛。」他說。

「為什麼？」

「這樣的我們不是很相配嗎？」

我們走出了樹林，貝茨認得路。

林子裡還真的養了專門給他吃的鹿，而且我發現這點以後完全不驚恐——看樣子，我什麼都能適應。

他顯然也一樣。

「那個東西，」我又試了一次，「它真的不是我。」

「可能是過去的你。」他說，「你說不定是時空旅人。」

「那假如他是小時候的我，我不會記得這件事嗎？」

「我哪知道時空旅行的規則。」貝茨說，「這又不是魔法。」

「你沒有跛腳了耶。」我說。

他低頭一看，抖了抖腿。「我的腿感覺好多了。」他說，「克勞利啊，雪諾，你竟然把我治好了。我莫非還從吸血鬼變回人類了？」

我揚起眉頭，他笑了。「別激動啊，奇蹟男孩，我還是吸血鬼——你聞起來仍然是培根和手工肉桂捲的氣味。」

「我怎麼可能同時有培根『和』手工肉桂捲的氣味？」

「你聞起來像我恨不得一口吃下肚的東西。」貝茨忽然停下腳步，舉起一條手臂擋住我。「等等，你有感覺到嗎？」

我跟著停下腳步，那種感覺很微弱，但確實存在。乾燥的感覺，喉嚨底部的乾癢。

「是凡庸。」貝茨說，「他回來了嗎？」

前方傳來叫喚聲，有人在喊貝茨的名字。

我把手伸到腰側，試著召喚法師之劍，它卻沒有出現。我完全感覺不到我的魔法。

貝茨的魔杖被他塞在了睡衣裡（不愧是他），他抽出魔杖試著施咒，但是什麼也沒發生。他又試了一次。

「死角。」我低聲說，「這裡是凡庸的死角。」

「**貝茨頓！**」貝茨的後媽尖叫著朝我們跑來，她披頭散髮的，身上還穿著睡袍。「**麥肯，他在這裡！**」

「什麼？」

「凡庸……」貝茨轉頭看我。我從沒看過他臉色這麼蒼白，在月光下毫無血色。「雪諾，快跑。」

「快走。」他說，「這是你做的。」

72

賽門

要徒步去倫敦也不是不行。

可是我沒穿鞋。

而且地上都是雪……

貝茨叫我走的時候，他把死角生成怪在我身上的時候，我真的好想反駁，但他爸媽已經驚慌地朝我們跑來了，我也搞不清楚到底是什麼狀況。新的孔洞該不會吞了他們整棟房子吧？該不會把他們家那整片土地都吞噬了吧？

我轉身想跑回樹林裡——可是林子起火了，是我害的，是我的魔法引起了大火。我現在沒有魔法可用，連滅火都做不到。

「快走啊！」貝茨又說，於是我照他說的拔腿就跑。

我跑到了車道上，雙腳凍到發麻，但還是繼續跑了下去。我順著長長的車道一直跑，跑到了大馬路上，遠離了他。

我現在還在跑。

我的魔法突然一股腦恢復了，害我全身顫抖著摔倒在地上。如果我有把魔杖帶在身上就好了，或是有手機也好……

我可以搭便車——會有人願意載我嗎？會有人三更半夜開車經過鳥不生蛋的漢普郡，剛好開在這條路上嗎？今天可是平安夜耶？（很抱歉，世界上並沒有聖誕老人，只有牙仙子。）

我跪在路邊的雪地裡。**我可以的，**我心想，**之前就做過一次了。我只要用力許願，只要「需要」它就可以做到。**

我想著要離開，想著要去找潘妮，我想像魔法充滿我全身、從肩膀噴射出去。然後，我感覺到它們撕破貝茨的睡衣——

寬大的骨翅撐了開來。

這次的翅膀沒有羽毛，我應該是想像了上次那頭龍。這對翅膀是紅色的，摸起來像皮革，關節處還有灰色的骨刺。我一想到翅膀，它們就突然撐開，帶著我飛離雪地。

我撕掉法蘭絨上衣剩下的幾塊布，連怎麼飛都不去想，就只想著要去的地方——**往上。離開。**——願望就這麼實現了。上空比地面還要冷，我想著要暖起來，皮膚就開始閃過一陣陣的熱意。

貝茨家就在我下面的遠處，我引起的大火還在燒；我看著濃煙從樹林湧上來，想飛得近一點……但我做不到。我現在是魔法做的，那下面已經沒有魔法給我用了。

我停留在空中。

我想滅火。天上的雲滿載著冰雨——我用意念把它們往樹林「推」過去，它們就乖乖去了。

然後我想到貝茨叫我離開，於是我乖乖離開。

然後，我什麼都不去想了。

73

潘妮洛普

應門的人是我妹妹——普莉亞，她想熬夜等聖誕老人上門，而且幾乎要成功了，竟然到凌晨四點都還沒睡著，甚至可能贏過了爸媽。

普莉亞聽到敲門聲，以為是聖誕老人登門來訪了。我們家沒有壁爐或煙囪，她想必是認為聖誕老人會走前門進來。她開門時，賽門摔了進屋，她嚇得放聲尖叫。

我也不怪她，賽門那副模樣簡直像撒旦降世，背後是一對巨大的黑紅翅膀，還有一條末梢是黑色黑桃形狀的紅色尾巴。他不知對自己施了什麼法術，周身散發橘黃色光芒，全身都是雪泥，下半身還穿著無比骯髒、無比「華麗」的睡褲。

爸媽聽見普莉亞的叫聲，三步併作兩步跑下樓來。媽也尖叫了，接著爸開始大叫，他似乎還得阻止媽亂施詛咒——媽以為賽門是被附身或被施了某種邪咒，甚至是完全妖魔化了。

這時，我們其他人都跟著跑下樓（只有普瑞莫除外，他根本沒回家過聖誕節）——我看見賽門時衝了過去，片刻也沒想過要擔心他會傷害我。

爸媽是因此恢復鎮定的。

媽開始施加溫法術，爸弄了一盆熱水與毛巾幫賽門擦身體，最後我們將他抬進了淋浴間。他疲憊到幾乎站不穩，連之前去了哪裡都說不出來；我猜他下車後成功回到了貝茨家，但我不想讓爸媽知道我們在平安夜將賽門遺棄在了鄉村路邊。

我和爸媽合力幫賽門沖了個澡，根本沒有人在意他一絲不掛的身體被我看光光。那之後，我們幫他穿上媽的運動褲，她還試著將尾巴也一起塞進褲管。

我不停對賽門施「天方夜譚！」，直到媽叫我閉嘴。

「潘妮，沒有用的。」

「但上次有效啊。」

「這也許不是法術效果，」爸說，「他可能是真的變身了。」

「說不定他進化了，」站在浴室門口的普莉亞說，「像寶可夢一樣。」

「普莉亞，去睡覺。」爸說。

「我在等聖誕老人耶！」

「去睡覺！」媽罵道。

媽也在施咒：「一如往常！」以及：「從頭來過！」

「蜜塔莉，小心點，」爸說，「別把他變回小嬰兒了。」

然而，我媽施的法術對賽門都沒有效果，就連她用印度語施的法術也無效。（她不會說印度語，但外曾祖母會。）賽門就是沒有變回原樣。

他們把賽門扶上我的床，爸想打給大法師，但媽說我們該等賽門發表他的意見。

（賽門看似有意識，卻一直沉默不語，也不肯對上我們的視線。）

爸媽離開我房間，在帶上房門時仍爭論不休。「普莉亞，還不快去睡！」我父親喊道。

我爬上床，坐在賽門身邊，戴著戒指的手放在他的紅色翅膀上。

「天方夜譚！」我悄聲說。

「天方夜譚！」

74

賽門

聖誕節早上，我在潘妮的床上醒了過來。

她坐在我身旁，盯著我直看。

「怎麼了？」我說。

「謝天謝地、謝魔法！我還怕你再也說不出話了。」

「為什麼？」

「因為你昨晚一直沒說話。天上的魔蛇啊，賽門，你到底怎麼了？」

「我……」我趴在床上。我試著翻身仰躺，卻做不到——應該是翅膀還在背上吧。我光是想到它們，翅膀就用力撐了開來，把潘妮撞倒。

「賽門！」

「對不起！」我邊說邊努力把它們收回來，「對不起。」

潘妮捏住一隻翅膀的一角，用拇指和食指摸了摸。「這是永久的嗎？」

「不知道耶。」我說，「我不是故意讓它們留下來的。」

「我們昨天對你施了好幾層法術，全都沒有效果。」

「『我們』是誰？」

「我和我爸媽。你該不會連自己是怎麼來到這裡都不記得了吧？」

「多少記得吧……我記得我在天上飛，可是不認得從天上看下去的倫敦，所以我只好飛去倫敦眼，然後再半飛在路上來找妳家。我以前來都是搭地鐵嘛。」

「不知道你有沒有被人看見。」

「不曉得耶，我是有盡量想著要隱形啦——」

「什麼？」

我閉上眼睛，想著背上的翅膀，想著自己不需要它們了。我感覺到魔法從體內湧上來。（近來魔法老是動不動就湧上來，每次都滿到了喉頭。）我想著自己不想飛，然後再想著要把翅膀收回背裡。

我睜開眼睛時，潘妮愣愣地盯著我，本來捏著翅膀的手裡現在什麼都沒有了。她一臉驚恐，「你做了什麼？」

「把翅膀變不見啊。」

「那尾巴呢？」

我伸手一摸，還真的有一條摸起來像皮革的粗壯尾巴。「老天。」我努力想著要它消失，它就「咻」地從我手裡抽走，縮回體內時還刮傷了我的手掌。

「你怎麼會有『尾巴』啊？」潘妮問我。

「不知道耶，」我坐起來回答，「可能是想到之前那頭龍了吧。」

「賽門……」她搖著頭，「昨晚『到底』發生了什麼事？」

「凡庸，」我說，「凡庸跑去貝茨家攻擊我，還想利用貝茨對付我。」

「他可是生成了全英國最大的死角啊！」

「啊？」

「我爸今早接到了電話，全漢普郡都淪陷了。」

「**什麼？**」

「爸和研究隊員都去現場了，但碧漆家不讓我爸踏上他們的土地，他們說那是對碧漆家明目張膽的攻擊。」

「他們覺得凡庸要對他們開戰喔？」

「他們覺得『大法師』要對他們開戰。」潘妮說，「他們說是他在控制凡庸——他們甚至可能認為大法師『就是』凡庸。古老世家都不知去哪開備戰會議了，我媽說大法師在找你，但除非你希望她說，否則她才不要把你的所在處告訴大法師。你要我媽告訴他嗎？」

「我不知道，可能還是說一聲比較好吧……碧漆家怎麼會把這件事怪在大法師頭上？」

潘妮咬住嘴唇，低下頭。「賽門，好像是因為『你』的緣故。所有人都說你在平安夜去了碧漆家，用某種黑暗儀式扼殺了他們的魔法。」

「我是在和凡庸戰鬥啊！應該說，我是在想辦法對付他。凡庸不曉得對貝茨做了什麼——他像在控制黑魔物一樣，派貝茨來攻擊我。」

「所以你和『貝茨』打了起來？」

「不是！我把我的魔法給了他，讓他抵抗凡庸。那感覺就像法術一樣。潘妮，凡庸去了他家，他還是長得像我——而且這次他還對我說話了，用我的聲音對我說話。他在旁邊看我們，然後……然後他就不見了。會不會是因為我打敗了他，他不爽才偷了貝茨家的魔法？」

潘妮還是咬著嘴唇。「我還是不懂，你為什麼會有尾巴……」

「我——我非得離開那地方不可啊。」我雙手抓著頭髮，努力清楚地回想當時發生的事。「貝茨恢復正常以後，我們一起走出樹林，就直接走進了死角。他爸媽都嚇到發狂了，貝茨叫我走，所以……我就走了。我要來妳家，也沒別的辦法嘛。」

「所以，你就飛過來了。」

「嗯。」

除了我們被綁架那次以外，我還真沒看過她這麼憂心的表情。「賽門，你施了什麼法術？」

「潘妮……那就是跟上次一樣啊，我沒有施咒，就只是——就只是做了我不得不做的事而已。」

她看著自己的雙手在腿上扭來扭去。

「潘妮？」

「嗯？」她沒有抬頭。

「我該怎麼辦？」

她嘆了口氣。「我也不知道啊，賽門。也許阿嘉莎說對了，」她終於對上我的視線，「也許真的是時候找大法師談談了。」

潘妮決定先吃午餐再說——是很晚的午餐。我已經在床上躺了一整天。

她爸媽都出門了，冰箱裡除了一隻生的火雞以外什麼都沒有，潘妮又沒有用法術把火雞烤熟的自信，所以我們吃了麥片、吐司和聖誕節的小零食。

她妹妹晃了進來。「聖誕老人沒有來，都是你害的。」她對我說，「你把他嚇跑了。」

「普莉亞，聖誕老人還是會來的。」潘妮說。他們家有五個小孩：普瑞莫、潘妮、佩西、普莉亞和皮普。（潘妮說她母親幫五個小孩都取了「ㄆ」開頭的名字，這是虐待兒童，她還嫌父親根本沒在照顧他們。）

「聖誕老人是假的。」佩西的聲音從客廳傳來，「上帝也是假的。」

我跟佩西不熟，他在華特福讀五年級，可是他和潘妮感情不好。潘妮和她的兄弟姐妹動不動就要吵架，他們好像沒有別的溝通方式。

我還是覺得身體狀況很差，明明身體是乾的、身上穿著佩西的衣服，還是有種又溼又冷的感覺。（剛醒來時，我發現自己穿的是女生運動褲。）剛剛有奇怪龍尾的時候我沒什麼感覺，可是現在尾巴不見了，我反而有點疼痛。維多麥麥片一直從胃裡湧上喉頭，我只能一次次用力吞回去。

我很努力不去煩惱或思考接下來的行動。潘妮說得沒錯，我們還是直接去找大法師好了，讓他來決定下一步怎麼辦。

有人敲門時，我還以為一定是他。普莉亞正要去開門，潘妮阻止了她。我站起來、召喚了法師之劍，以防萬一。

是貝茨。

他站在潘妮家門口，又穿著那套墨綠色西裝了，身上飄著隱隱的煙味。他一隻手插在口袋裡，瞇著雙眼，下巴抬了起來。「班思，讓我進屋。沒時間寒暄了。」

「你不是需要別人邀請才能進屋嗎？」潘妮說。

貝茨冷笑一聲，潘妮揮了揮手讓他進來。「來吧。」

貝茨推開她進屋，環顧潘妮家客廳。「妳爸的辦公室在哪？」

「我爸不在家——他去你們家了。還有，你怎麼會覺得我會讓你進他的辦公室？你究竟是來做什麼的？」

「我來這裡，」貝茨邊說邊朝我看過來，上下打量我，「是因為我們制定了協議。」

潘妮洛普跨步擋在我們之間。「貝茨頓，我警告你，你要是在我家對賽門有任何攻擊的行為——不管是多小的動作——信不信我宰了你全家。我會讓他們死得不能再死，死到連靈紗都找不著。那件事不是賽門做的。」

他繼續對潘妮冷笑。「妳這就說錯了——帶我去妳父親的辦公室，那裡有地圖吧？他應該有地圖吧。」

我們都盯著他，我是忍不住盯著他，潘妮則是一臉震驚。

「我們還在休戰！」他說，「我們還在休戰期間，你們別這樣行不行。動作快！」

我點點頭。「好吧，潘妮，帶我們上樓吧。」

她嘆了口氣，放下抱胸的雙手。「好吧，但到了辦公室裡什麼都不准摸，你們兩個都一樣。」

我們跟著她上樓，貝茨用肩膀和手肘碰我一下。「雪諾，還好嗎？」他輕輕地問。

「嗯。你呢？」

「沒事。」他說。

「你的魔法呢？」我小聲說。

「也沒事。」

他很輕、很輕地碰了我的背一下，我都懷疑那是不小心碰到的了。

我們爬上最後幾步，走進閣樓，這裡是潘妮爸爸的辦公室。我從沒進來過——這整間房間滿滿的都是地圖，牆上有好幾張布滿線繩和圖釘的地圖，高高的桌子上也鋪滿了地圖，用空馬克杯壓著。一張黑板占據了一整面牆，上頭寫滿了數字和片片斷斷的句子。

「太棒了。」貝茨說，「班思，妳還真得到了妳父親的真傳。」

他繞了房間一圈，找到了他要的東西。「就是這個，」他說，「已經標記好了啊。」我走到他身後看，那是張英格蘭東南部的地圖，漢普郡被紅線圈了起來，大頭針上的小旗子寫著：二〇一五年，平安夜。

「昨夜，凡庸攻擊了賽門——那之後，英國出現了史無前例的大孔洞。」貝茨回頭看我們一眼，

「那頭龍攻擊華特福是什麼時候的事？還記得是哪一天嗎？」

我聳了聳肩。

「是咒語課考試過後，」潘妮說，「十一月中旬。」

「是嗎……」貝茨在辦公室裡走來走去，檢視一面面小旗子，最後在一張蘇格蘭地圖前面停下腳步。「就在這裡。」他說，「十一月十五日，斯凱島。」

「你想表達的是，凡庸和孔洞的生成有關嗎？」潘妮問道，「這我們已經知道了。」

「班思，我快說到重點了……我問妳，孔洞最初是在什麼時候形成的？」

「我們非得用蘇格拉底反詰法討論嗎？」

貝茨皺著眉頭看她。

潘妮嘆了口氣。「沒有人知道確切的時間，畢竟我們是從一九九八年才開始記錄孔洞的位置與生成，而那時全國各地已經出現不少小孔洞了——」

他快速點頭，打斷了潘妮。「賽門，你是什麼時候出生的？我似乎該知道你的生日才對，但我一次也沒見過你慶生。」

我又聳聳肩，然後清了清喉嚨。「我也不知道。應該說……沒有人知道我是什麼時候出生的，找到我的人也只能用猜的。」

「但你現在應該十八歲了吧，或是十九歲？」

「他們在我的證件上寫一九九七年生。」

貝茨點點頭。「很好——一九九七年，也就是孔洞被發現前不久。那麼，你是在什麼時候發現自己是魔法師的？」

現在潘妮也開始專心聽了。我們兩個從沒討論過這件事，我也不喜歡討論這件事。

「不是我發現的。」我說，「是大法師告訴我的。」

我感覺像是被貝茨用目光釘在了牆上。「那大法師又是怎麼知道的？他是怎麼找到你的？」

我清了清喉嚨。「我暴走了。」他們都知道我暴走是怎麼回事，不過十一歲的我什麼都不懂；某天半夜我作了場超恐怖的惡夢——我是餓著肚子入睡的，結果夢到自己的胃著火了——我上氣不接下氣地醒來時，魔法從體內湧了出來、噴了出來。兒童之家被燒成了灰，原本在屋子裡的所有人都在離那裡好幾條街的地方醒了過來，雖然沒有人受傷，可是大家竟然移動到了「好幾條街」外的地方。（我看過一個關於美國龍捲風的電視節目，有看到龍捲風把放在院子裡的家具捲到了好幾英里外，家具竟然沒有損壞。我當時的狀況就有點像那樣的龍捲風。）

「你像聖誕樹一樣，點亮了魔法大氣層。」貝茨說。

「像地毯式轟炸一樣。」潘妮跟著說，「事發時，我媽甚至吐了。」

「**什麼時候？**」貝茨說，「那是什麼時候發生的事？」

「八月。」我知道，這些他都已經知道了。「我們進華特福的那一年。」

「八月。」貝茨說，「二〇〇八年八月。」他又繞了房間一圈，「這裡。」他指著地圖上一塊死角說，「還有這裡。」他又指向另一個區域。

我和潘妮一起盯著地圖。

然後她踏上前，指著用紅線圈起的一塊地區。「還有新堡……」她輕聲說，「還有海岸邊一系列的小孔洞。那年，孔洞的生成方式變了，我爸說它們像癌症一樣轉移了。」

「可是——可是那些地方我都沒去過啊！」我結結巴巴地說，「我『從來』沒去過新死角生成的現場，只有昨晚例外。」

貝茨轉向我。「你似乎不用在場，也能使死角生成。」

「賽門，」潘妮問我，「你對奇美拉暴走是什麼時候的事？」

「我們五年級那年。」貝茨說，「二〇一二年秋季。」

「在這裡。」潘妮指著地圖說，「還有那邊一大塊。」

「你們覺得我是凡庸嗎？」我從他們身邊退開，「**我**『**不是**』**凡庸**。」

貝茨對上我的視線。「我知道，我知道你不是凡庸。但賽門你聽著，凡庸『告訴』我們了——他說他並不會奪取別人的魔法，他說自己是『你結束後剩下的東西』。」

「貝茨，我根本就不知道他在說什麼啊！」我感覺自己隨時可能暴走，充滿了魔法的指尖都開始顫抖了。

「意思是，奪取魔法的人並不是凡庸——而是你啊，賽門。」

潘妮倒抽了一口氣。「**賽門**，你第一次暴走的時候，你十一歲的時候——」

「沒錯。」貝茨說，「那時你應該是穿著一件破破爛爛的T恤和二手牛仔褲——還整天在玩那顆該死的皮球吧。」

他們看著彼此。「賽門暴走之後，」潘妮說，「吸走了太多魔法——」

貝茨興奮地點點頭。

「——結果他撕破了魔法大氣，形成了孔洞！」潘妮說。

「形成了賽門形狀的孔洞……」貝茨同意道。

我雙手抱頭，但還是搞不清狀況。「你們的意思是，我創造了自己的邪惡雙胞胎？」

「比較像一種印象吧。」貝茨說。

「或是回音。」潘妮一臉驚嘆地說。

貝茨又試著解釋給我聽，「你一口氣吸走了太多魔法，留下了指紋……你整個人的紋路。」

「可是——」我說。

「可是……」潘妮搖了搖頭，「魔法大氣可以接受其他強大的魔法師，為什麼不能接受賽門？它理應是平衡的系統啊。」

「地球也是平衡的系統，」貝茲說，「但如果一次剷平一片森林，生態系統不可能馬上恢復原狀。」

「沒道理啊！」我說，「假設我真的在魔法大氣弄出了『我』形狀的孔洞，它怎麼可能活起來？它怎麼可能變成怪物？」

「它真的活著嗎？」潘妮問道。

「還有，它真的是怪物嗎？」貝茲也若有所思。

「它可是鬼祟的凡庸耶！」我大聲說。

「它可是一個『孔洞』。」貝茲冷靜地說，「你想想看，孔洞最渴望什麼？」

「被填滿？」我猜道。我聽不懂他在說什麼。

「克勞利的，不是被填滿。」他說，「而是『成長』。世間萬物都渴望成長，假如你是孔洞，你只會希望自己變得更大。」

「貝茲，一定是這樣！」潘妮激動地抱住他，「你是天才吧！」

一秒過後，貝茲推開她。「小心點，我還是吸血鬼。」

我無力地靠上一面牆，幾枚圖釘被我撞掉了，「我還是不懂。」

「賽門，」潘妮說，「你太強大了，每次使用魔法都會用掉太多，魔法大氣根本受不了——你暴走時，大氣會直接崩塌。」

「理論上。」貝茲說。

「理論上。」潘妮同意道。

「可是……」我又說。一定還有別的「可是」吧？「凡庸幹嘛殺我？他幹嘛派全英國的黑魔物來攻擊我？」

「他不是想殺你，」貝茨說，「而是想刺激你暴走。」

「讓你使用更多魔法。」潘妮說。

貝茨舉起雙手，示意他身後的一張張地圖。「讓你創造出更大的孔洞。」

我盯著他們。

他們盯著我。

他們到現在還一臉得意——興奮得要命——根本沒有「我正盯著魔法世界有史以來最危險的東西」的自覺。

「我們一定要跟大法師說。」我說。

貝茨垮下了臉。「你想都別想。」

75

貝茨

「如果你們說的是真的，」雪諾說，「就算只有一小部分是真的——那我們不能瞞著大法師，一定要告訴他。」

我就知道。

我就知道他想到的解決方法一定是這個。

打從一開始我就明白，在情勢變得嚴峻時，賽門必然會直接去通知大法師。

「幹，我們才不能告訴他。」我說道，「我們得去找愚石怪。」

「**愚石怪**。」雪諾重複道，彷彿不敢相信我說出口的話。「你剛說我會毀了魔法世界，現在還想去找愚石怪？」

「這是我們的協議。」我語調急迫地提醒他，竭力不讓聲音透出心中的焦急。

雪諾神情古怪地看著我——彷彿我說的是我們的男男朋友關係。現在那還重要嗎？

我苦澀地嘆息。「不是那個協議啦，白痴——你答應要幫我查出害死我母親的凶手。」

「我會幫你查出凶手啊，」雪諾說，「可是要先找到阻止這個的方法。」他無力地仰頭，「應該說，如果我到時候還有辦法幫忙的話，如果我還活著的話。如果大法師沒有乾脆解決我的話。」

「**賽門**。」班思責備道。

「還輪不到他來解決你。」我說，「一旦我的家族發現實情——一旦魔法世界得知真相——古老世家已經篤定你和大法師密謀奪走他們的魔法了，等他們發現真相以後還得了？誰殺死了你，接下來就能當魔法世界的王了吧。」

「**貝茨**。」潘妮說。

「你覺得要當王的人就是你吧。」雪諾瞇起眼睛說。

「我們正在休戰。」我越說越大聲，「事情已經急轉直下了，我們再不解開我母親被害的謎，就再也沒機會查出真相了。賽門，你答應過我的。**我也答應過你的。**」

「可是現在有更重要的事情等著我們去做啊！」雪諾對我喊道。

「世上沒有任何事情比我母親更重要！」

76

貝茨

之所以記得愚石怪的住處，完全歸功於費歐娜將我拖上車時的那句碎念：**「老天啊，眞是亂七八糟，居然在黑衣修士橋下——這座城市眞的瘋了。」**

豪恩斯洛到黑衣修士區的車程不長，聖誕節當天路上的車也很少。我停了車，在雪地中清出一條通往橋頭的路。

心中萌生了些許的恐慌。

我知道自己不該獨自前來，但能找來幫忙的人都必然會將我拖回去處理較急迫的問題：我們家在魔法界流離失所的問題。今天即使是費歐娜也不會聽我的。

賽門和潘妮又回去拯救世界或毀滅世界，或兩者皆是了。那也無所謂，我從一開始就知道自己在賽門心中的地位——我比世界上其他所有人都矮一級，比大法師更是矮了不知道幾百級。

沒關係。沒關係的。

我很怕——但那也是情有可原。你要是被關在棺材裡好幾週，都忘了外頭的光長什麼樣子，那你想必也會打死都不願意回到那個地方吧。

不過比起上回，我的狀態好太多了。我不但清醒著，手裡還有魔杖，腦子也能正常運轉。

通往愚石怪巢穴的門並不難找，它基本上就是棺材中的一個洞。我踩著泥濘滑了下去，潮溼紙張與腐爛的氣味令我胃部翻攪，可見我來對地方了。

洞穴裡暗到連我也看不清楚，於是我舉起一隻手、在手心點亮了火球，照亮周圍一圈空空如也的黑暗。

我讓火焰燃得更旺……只看到更多空無一物的空間。我身在滿是垃圾的空間裡，地上有一塊塊破碎的柏油、大塊大塊的岩石。這些我都沒印象，畢竟我是在無意識的狀態下被帶來，離開時也幾乎沒有意識，我甚至連愚石怪長什麼模樣都不太清楚。

我清了清喉嚨。什麼事都沒發生。

我又清清喉嚨。「我的名字是貝茨頓．碧漆。」我高聲說道，「我是來找你們問話的。」

其中一塊岩石模樣的大東西開始顫動，我將火焰與魔杖都往牠的方向舉著。

岩石像變形金剛般展了開來，變成了更大的岩石東西，牠似乎穿著一件燕麥粥色的巨大毛衣。

「你。」牠隆隆的聲音令人聯想到道路施工。

那隆隆語音相當熟悉，我彷彿感覺到牆壁從四面八方擠過來，口中充斥著不新鮮的血液味道。（不新鮮的血液會開始凝固，變得濃稠。）

「你，」那東西說，**「你殺了我們一些同類。」**

「是你們先綁架我的。」我說道，「難道你們忘了？」

「又沒殺你。」牠說。更多岩石物體「嘎吱嘎吱」作響地聚了過來，看不出是哪裡來的，不過四周的垃圾與石塊似乎少了些。我試圖看清牠們的臉——牠們全身上下都是黃灰色，長得像一堆堆溼水泥。

「你們沒殺我，我也差不多要被你們弄死了。」我說道，「但我來這裡並不是為了殺你們，而是要和你們說說話。」

我被牠們包圍了，彷彿站在巨石陣中央。

「**不喜歡說話。**」其中一隻喀喀作響地說，也許是穿著毛衣的那隻，也可能是我身旁這隻裹著電熱毯、插頭拖在地上的愚石怪。

「**太冷了，不要說話。**」又一隻沉聲說，「**該休息。**」

啊，我都忘了愚石怪會冬眠，牠們想必是被我吵醒了。「你們要休息可以，」我說，「我等等就會離開。但在那之前，先回答我一個問題……」

牠們語音低沉地竊竊私語。

「是誰派你們來綁架我的？」

愚石怪群沒有回答。即使看不清楚，我還是隱隱感覺牠們朝我挪近了些。

「是誰派你們來抓我的？」我高聲問道，握著魔杖的手臂舉在肩後，隨時準備出擊。也許我這時該開始施咒了，但殺死牠們對我毫無益處，我不僅得不到我要的答案，還可能和牠們打起來。

牠們莫非已經對我展開攻擊了？

忽然間，我感覺自己被擠在岩壁之間，牠們聚集在我周圍，夾著我的左手臂……圍著我手中的火焰……原來是『火焰』啊。

「你們若是把我擠死，」我高呼，「火焰就會熄滅！」

擠壓停止了，牠們似乎靜止不動，軟趴趴地在我——我的手——附近停了下來。牠們以為我能這樣站多久？（牠們為什麼不乾脆搬去熱帶地區？）

「告訴我，」我令道，「是誰派你們來抓我的？」

「**不說。**」其中一隻應道。那像是岩石被打成砂礫的聲響。

「為什麼不說？」

我後方的岩壁移得更近了。「**叫我們別說。**」

我站得挺一些。「我現在不就叫你們說了嗎？」

「**讓我們暖了**。」最大隻的愚石怪說。

「你們看起來可不暖。」

「**讓我們暖了一下**。」牠說。

「**叫我們別說**。」又一隻沉聲說。

「**不喜歡說話**。」

我讓手裡的火焰熄滅，牠們立刻發出數萬顆牙齒咬牙切齒的聲響。

「**還要火**。」我聽見牠們的呼喊，「**還要火**——」

「你們回答我的問題，我就給你們火！」牠們開始顫動，不知是出於憤怒、不耐煩，或是別的緣故。

「派你們去抓我的人是誰？是誰收買了你們？」

「**讓我們暖了**。」我聽見一道聲音。

「是誰？」

「**你們的人**。」

「**魔法的人**。」

「我們的哪一個人？是男人嗎？他長什麼樣子？」

「**像人。軟軟的**。」

「**暖暖的**。」

「**柏油路上的溼水**。」

「**綠綠的**。」

「綠綠的？」我重複道。

最大隻的愚石怪舒展開來，在岩石碰撞聲中在我面前落成一堆，逼得其他幾隻退開。「**你們的基石！**」

「**你們的人。**」

「**暖暖的。**」

「**把吸血鬼小子帶走，**」大愚石怪在摩擦聲中說道，「**把他關在黑暗中，給他血。**」

「**關住他，直到寒冷來了、留下來了。**」

「**火。溫暖。你說好的。**」

牠們又擠得近一些了。「**你說好的。**」

我重新點燃火焰，但牠們非但沒有退開，反而還擠得更近，我連自己的手腕都看不到了。

「退開！」我高呼。我的左手被拉離肩膀，舉著魔杖的手被困在耳邊。「退開！」

「施『剪刀、石頭、布』。」有人喊道。那不是愚石怪——是人類！

「什麼？！」

「『剪刀、石頭、布』——快點。」

我高喊：「剪刀、石頭、布！」洞穴中爆發了神奇的混亂。

有人跳到了愚石怪身上，像在玩打地鼠般用報紙拍打，牠們試圖遠離，卻在被那人拍到時靜了下來。是真的靜止不動了。我周圍的壓力頓時消失無蹤。

我抬頭一看，站在最大隻的愚石怪身上喘息的人，居然是尼可迪穆。

「你他媽來這裡做什麼？」我問他。我想必是瞠目結舌地盯著他。

他冷笑一聲。「我是來救你的。」

「你該不會是用《衛報》把牠們弄昏了吧？」

「是啊，你怎麼沒這樣對付牠們？」

尼可迪穆穿著廉價西裝外套與白T恤、掛著皮夾鏈的黑牛仔褲，以及一雙老舊無比的鋼頭馬丁鞋。果然是我那個莫名其妙的阿姨喜歡的類型。

他伸手拉住我的手腕，將我的魔杖指向困住我另一條手臂的岩壁。「『乾乾脆脆』。」他說。

「什麼？」

「照著說。」

「為什麼？」

他一捏我的手腕。

「乾乾脆脆！」我施完咒語，卡著我雙手的岩石就崩裂了。「怎麼會有效？」我甩著手說。

雖然身體的一些部位被我弄碎了，愚石怪還是沒醒過來。

「別抱怨了，」尼可迪穆說道，「快跟我來，報紙只制得了牠們一時。」

他對我伸出手臂，即使他身上帶有酸血與蘋果酒的氣味，我還是握住了他的手。他將我往上拉，扶我站到愚石怪群身上。

我們從一隻愚石怪跳到下一隻，最後落到地上。「往這邊。」尼可迪穆打開了大手電筒。

我跟隨他爬上泥土小徑，回到陽光下。一回到地表，我便一把推開他。

「注意點。」他說，「我可是救了你的小命！」

「你毀了我的計畫——牠們還沒把綁架案主謀的身分告訴我！」

「牠們已經告訴你了。」尼可迪穆惡聲說，「是大法師！」

大法師。綠色的男人。我們的基石。**是大法師？**

尼可迪穆齜牙咧嘴，我看見他缺了犬齒的齒縫。「是大法師命牠們綁架你。」他一面說一面朝我逼近，我只能一步步倒退。「是大法師放吸血鬼進了華特福。」

「什麼？」我在雪地中踉蹌兩步，勉強穩住腳步。

「他和他們做了交易，」尼可迪穆湊到我面前說，「只要他們入侵華特福、把所有人嚇得半死，他就會放任他們在倫敦生活。他原本是希望我當中間人幫他談交易的，但我不肯配合，他才找了別人。」

「是大法師派吸血鬼去殺我母親？」

「我警告過她了，不過梅林的誓言從我嘴裡說出來，她還是不信。」尼可迪穆聳了聳肩，「老實說，大法師應該沒有要害死你母親的意思——但你母親死了，他應該也不怎麼介意，這樣他的事情就更好辦了。」

我又後退一步。「你為什麼現在告訴我？之前怎麼不說？還有，你來這地方做什麼——你是在跟蹤我嗎？」我猛然環顧四周，尋找其他吸血鬼的蹤影。這是陷阱嗎？

「我之前又不能說，」尼可迪穆說道，「他會殺了我啊！但現在他做什麼都無所謂了，他可是逮捕了我妹——你們的大法師，他把厄本厄則抓走了。我需要你幫忙把她救回來。」

是大法師。始作俑者就是他，一直都是他。

我一直都認為是他，卻從沒認真相信過凶手是他。他怎麼可以？他可是「大法師」耶，怎麼可以——？

我發出類似雪諾的那種低吼，聲音從腹部深處滾上喉頭，尖牙都冒了出來。我轉身往我的車子跑去。

尼可迪穆跟著跑來，抓住我的手臂。「等等！我也要去！」

「你別想跟著我。」

「我就說了——他把我妹妹抓走了！」

「那又如何？」

「我會幫你戰鬥。」

「我才不要你這個怪物幫忙。」

「管你去死。」他扯著我的手說，「我就是要幫！」

一陣急切的吠叫聲打斷了我們。一個凡人牽著狗從旁經過，那隻鬥雞眼的查理斯王騎士犬對我和尼可迪穆很感興趣，朝我們的方向狂叫不停。

「黛拉，走啦。」凡人拉著牠的牽繩，小狗卻硬要朝我們跳過來，險些勒死了自己。**汪、汪、汪。**

那聲音怎麼有點像是「貝茨！貝茨！貝茨！」？

我不再看著尼可迪穆，轉頭仔細端詳那隻狗。「妳在叫我的名字嗎？」

「貝茨！」小狗又吠叫一聲，「感謝魔法啊！是我，潘妮洛普！」

「班思？」那確實像是她的聲音，只不過是從小狗嗓子裡發出的尖銳吠聲。「妳是被誰變成小狗了？」

「我是狗嗎？」她尖聲說，「我怎麼沒見過這種狀況？貝茨，你快來接我！」凡人彎腰想抱起小狗，彷彿我會對他的狗造成威脅。

我確實會。我搶先抓起小狗，舉到自己面前。

「喂，搞什麼？」凡人說。尼可迪穆對他發出威脅性的噓聲，男人嚇得放開了牽繩。

「班思，妳在說什麼啊？」

「貝茨，我們不能讓賽門獨自去找大法師——我有種非常非常糟糕的預感。你快點來接我！」

賽門。和大法師獨處。和我的殺母仇人獨處。

「我馬上過去。」我用手臂夾起小狗，抬頭對那個凡人說：「你的狗借我一下。」

「哪有人這樣——」

我舉起魔杖。「非禮勿視！」凡人看了看我們，又低頭看了看自己的雙手，然後從口袋掏出一根菸。

我拔腿奔向車子。

尼可迪穆緊跟在我身後。「我也要去！」

我沒有停步。他又想抓我的手臂，我猛然旋身，在掌上點火，嚇得他連忙往後跳。

班思小狗對他尖聲吠叫。

「我得去救我妹。」他說，「我可以幫你們。你也知道，我自己是沒辦法進學校的。」

我抬起下巴。「你『的確』可以幫助我們；厄本如果當真被逮捕了，她也的確需要你的救助。但是，我寧可下地獄也不會放吸血鬼進學校——即使是拔了毒牙的吸血鬼，也別想進到華特福。」

77

阿嘉莎

「啊，感謝魔法。」媽媽說。她穿著睡袍站在我的房門口。

我從枕頭上抬起頭。「怎麼了？」我昨晚沒換衣服就癱在毛毯上睡死了，不知道現在幾點了？

「蜜塔莉．班思剛來了電話，說賽門和潘妮洛普不知跑哪去了，我還擔心妳跟他們一起跑出門呢。」

「我沒——他們跑出門了？」

「她希望他們是自己跑出門，而不是被綁走的。」媽媽說著說著還破音了，「畢竟昨晚發生了那件事。」

「媽，發生什麼事了？」

「又發生攻擊事件了，」她說道，「那個可惡的凡庸——他居然攻擊了『碧漆家』，把那兒的魔法都吃光了。真的太可惜了，他們家可是全魔法世界最雄偉的宅第呢。」

「可是賽門他——」我開口。

「親愛的，怎麼了？他有對妳說什麼嗎？」

他們一定是去找愚石怪了。他們就是那種人，不和父母商量、也不找人幫忙，硬要自顧自地跑去找一群怪物……

我考慮將事情告訴母親：賽門昨晚就在碧漆家，他和潘妮——還有「貝茨頓．格林—碧漆」——在密謀些什麼。

但我說了，媽媽只會問我為什麼沒早點告訴她吧。

然後呢？她應該會叫我別說出去，說現在被捲進去沒有好處，魔法世界的大戰即將開始，甚至已經開打了。

媽媽說爸爸去參加巫師集會的緊急會議了，大法師則是關在自己的塔樓裡，也許是在和天上的星辰密談吧。

發現我沒和賽門、潘妮一起溜出門，她顯然鬆了一口氣，卻也出奇地擔心。「阿嘉莎，你們，那個，賽門的事都還好嗎？」

「妳是指他行蹤不明以外的部分嗎？」

「親愛的，別裝傻了。我是說你們『之間』，你們兩個之間的事。」

「我們沒事。」我告訴她。

我可不打算將分手的事告訴她。我現在連賽門的死活都不確定了，除非真的有必要，我是不打算把自己失去了「大好前程」的事告訴母親的。

我弄了些派對吃剩的食物——健怡可樂和一些軟爛的朝鮮薊烤麵包小點——回自己房間吃。昨晚我在爸媽的派對開始前睡著了，他們想必是認為我需要休息，所以沒把我叫醒吧。

我吃了一口麵包。無論現在發生什麼事，我都愛莫能助。沒錯，愛莫能助。

我甚至連賽門確切的所在處都不曉得，「出去找愚石怪了」這句話並沒有任何幫助。那我還掌握了什麼情報——

他可能和貝茨在一塊？他和貝茨現在可能是朋友了？那又不是線索。

到了現在，我還是不敢相信他們成了「朋友」。

賽門終究是賽門，只要是願意和他當朋友的人他都願意結交，前提是對方不介意和人形落錘作朋友。

可是貝茨呢？貝茨能從中得到什麼利益？

打從一開始，貝茨對賽門就只懷有滿滿的惡意，只要能剷除賽門，他什麼事都做得出來。

什麼事都……

這會不會全都是他的詭計？

貝茨會不會是想「引誘」賽門去找愚石怪？就像那晚引誘我走進森林一樣……

好吧，不是他引誘我，是我自己跟過去的。話是這麼說錯，但是……

貝茨是吸血鬼。

貝茨是壞人。

貝茨是「碧漆家」的人。

我的手機放在床頭櫃上（我在家可以用手機），我拿起來傳了封訊息給潘妮。

妳媽媽在找妳，大家都很擔心。

還有：你們在和愚石怪戰鬥嗎？需要幫忙嗎？我可以去找人幫忙。

還有：你們是和貝茨一起行動嗎？我覺得這可能是他的陷阱，他可能想傷害賽門。

最後是：要去至少也留一張紙條嘛，那不是基本的禮貌嗎？

我將手機拋到床上，開了可樂罐。露西與阿衛的照片還塞在我的枕頭下，我把照片拿了出來。

勇敢無畏的露西．薩利斯貝里若遇到了這種無望的狀況，會怎麼做呢？

嗯，她會明智地選擇遠走高飛，逃到美國加州去。這邊的爛攤子，就留給英雄們處理吧。

假如貝茨真的陷害了賽門，我也幫不上什麼忙啊……

可惡，我總不能乾坐在這裡，什麼事都不做吧！（「他」真的很可惡耶。）（他們全都可惡得要命。）即使我沒加入他們愚蠢的愛恨糾葛，還是脫不了身——我還是必須扮演自己的角色……

而戲劇演到了這裡，就輪到我的角色尖叫求助了。

我溜出門時，母親正在講電話。我開了富豪車就走。

78

貝茨

我花了好一些時間才發現班思只是附身在狗身上而已——她並不是困在小狗的身體裡。這種狀況我倒是頭一次聽說，她絕對違法了。

真正的班思——可怕的法師班思——躲在豪恩斯洛一片樹籬後面，等著我去接她。

我在路上了。

「要不是你神祕兮兮的，打死不把手機號碼給我，我也不用附身在狗身上啊！」她在後座不悅地吠叫。

潘妮洛普

我躲在鄰居家的花園裡。我不能回家，要是我媽在家，她肯定不會讓我離開——我「必須」離開，總不能讓賽門獨自面對大法師吧？他可能已經到華特福了，他可能光是「想著」要瞬間移動，就能瞬間移動到學校了。

這次是我搞砸了。

貝茨氣沖沖地離開後，賽門原本似乎打算讓我和他一起去找大法師，我不該勸阻他的——我不該對他「講理」的。

「也許貝茨說得對。」我說道。

賽門在我房裡揮著劍來回踱步，聽我這麼說，他停下腳步、投了個不屑的眼神過來。「潘妮，不會吧？妳也想去找愚石怪嗎？」

「不是啦，不是愚石怪——可是賽門，你想想看，其他人發現你的真相之後會怎麼做？」

「其他人怎樣我才不管！」他低吼。

我叫他安靜，弟弟妹妹們還在樓下。「大法師怎樣你總不能不管吧？」我說，「他發現你偷了魔法之後，會怎麼做？」

「**我沒有偷魔法！**」他用氣音說。

「**反正他發現了你做的這些以後！**」我也用氣音回應，「你覺得他會怎麼做？」

「我哪知道！就讓大法師去決定啊。」

早知道就在這裡放棄了，但我沒有放棄，而是踏到他面前，握住他的手。他讓我握住他的手。

「賽門，」我說道，「我們還是走吧。」

他神情困惑，另一隻手緊握著劍。「對啊潘妮，我就說該走了。」

「不是。」我緊緊握著他的手，踏得近一些。「我覺得，這可能是我們……離開這裡的唯一一次機會了。」

他看瘋子似地盯著我。

我說了下去：「其他人已經注意到你和凡庸的關聯了，等他們發現實情，就算是關心你的人也……賽門，你對所有人都構成了威脅，你威脅到了我們整個魔法世界。一旦他們發現真相……這可能是我們『離此而去』的最後一次機會了，我們可以趁現在……**離開**。」

他搖了搖頭。「潘妮，我們能去哪？」

「想去哪都可以。」我對他說，「離開這裡就好。」

賽門

離開這裡就好。

並沒有「離開這裡」這個選項好嗎。

我們就只有「這裡」和凡人世界而已，潘妮洛普難道以為我可以逃到凡人世界去，逃得離魔法遠遠的就好？

那應該不可能吧。

我就是魔法，不管我現在是什麼狀況，逃跑都不會有幫助。

「我一定要解決問題。」我說，「這是我的責任。」

「我覺得，這可能不是你能解決的問題。」她說。

我放開她的手。「我非做不可。我在『這裡』就是為了解決這個問題啊。」

但說不定我「在這裡」不是為了解決問題，而是為了把一切都搞砸……

不管怎樣，我接下來該做的事都不會變。

潘妮洛普

「我要去跟大法師說。」他說道。

「賽門，」我央求道，「拜託別去。」

但他已經不再聽我的了，暗紅色骨翅從他肩頭舒展開來，箭頭形狀的尾巴也鑽了出來，捲落他大腿後側。

他咬緊牙關看了我一眼，而後展翅飛去。

我是在這時呼喚貝茨的。

他開著紫紅色跑車駛來，我從樹叢後方爬出去，貝茨已經靠過來幫我開這一側的車門了。

汽車後座有隻鬥雞眼小狗，我解除附身法術時，牠尖銳地吠了一聲。

79

露西

我們在秋分溜回了華特福。

「我們的兒子會在夏至誕生。」阿衛一面說，一面拉著我爬上地板的洞口，進入白教堂頂樓過去供先知使用的房間。

「也可能是女兒。」我說道。

他笑了。「也可能是呢。」

我爬到木地板上。「先知都是怎麼上來的啊？」

「以前有梯子。」他說。

這是間圓形房間，有著彎曲的彩繪玻璃窗與繪著繁複壁畫的拱形天花板——畫中，一群男人女人牽手圍成了圈，仰望一整片金屬葉與華麗黑文字構成的星野。我只看得懂其中幾個字……「時光之胎」。是莎士比亞啊。

「你是怎麼找到這個地方的？」

阿衛聳聳肩。「探索時找到的。」

沒有人比阿衛更瞭解華特福；我們其他人忙著談情說愛與讀書時，他可是忙著探索校園的每一寸。

我看著他用鹽、油與深藍色血液在地板上畫陣形。（那不是五芒星圖，而是別種陣形。）我攏了攏披肩，裹好肩膀與雙腿。我們什麼都沒帶，沒有毯子、枕頭，連睡墊也沒有。

阿衛手邊有一疊筆記，他不停回去參考筆記。

「你真的確定嗎？」我又問，這週應該問二十次了吧。自從我同意他的計畫，他就對我寬容許多。

我「確實」同意了。

我怕……

我怕即使我不同意，阿衛也會繼續執行下去。我怕他找到執行計畫的別種方法。

我以為只要自己在場，就能防止他做得太過火。

我還以為……以為阿衛也想要小孩。其他一切都不論，計畫的核心終究是個「孩子」，他是請我懷他的孩子，改變我們的人生。

我也很想要孩子。

「我確定。」阿衛說道，「我比對了三處資料來源，三處描述的儀式與咒語能互相補全，差異也很小。」

「別人怎麼都沒嘗試過？」我問道。

「喔，我相信一定有人試過，」他輕快地說，「但『我們』沒試過。妳自己也說了，沒有人像我這般認真鑽研儀式，這些學者也沒能參考其他人的研究。」

他和我分享過其中幾句咒語，有些出自《貝武夫》，有些出自聖經。我把披肩裹得更緊了。「所以沒有風險──」

「一定有風險的。我們這是在創造生命。」

「是創造孩子。」我說道。

他站起身，跳過地上的圖文走來，在我面前蹲下。「是啊，露西，是我們的孩子，魔法世界有史以來最強大的魔法師。」

七支蠟燭照亮了房間。

每一句咒語，阿衛都念了七次。

爲什麼非得用「七」這個數字不可？我躺在冰冷的木地板上，思索道。

如果我們帶了音樂來播就好了……但外頭傳來了歌聲，今天是秋分的篝火晚會，學生們聚集在大草坪上。

這一夜比我預期中嚴肅許多，原本溜進華特福、尋找隱藏的房間還有幾分嬉耍的意味，現在阿衛卻專心致志、沉默不語。

該怎麼確認儀式有沒有成功呢……

要怎麼知道我們的孩子是不是全世界最強大的法師呢？他會長得與眾不同嗎？他的眼睛會發光嗎？

阿衛說在儀式進行時我們不能說話，所以我注視著他的眼睛，他顯得興奮又開心。

因為他終於採取「行動」了，而不是徒勞地對天吶喊。

我盡量不說話，很靜、很靜地躺著。

在事情發生的瞬間，我明白了——我明白了，魔法與幸運果然是站在我們這一邊的。

我腹部深處產生了一股拉力，彷彿一顆恆星在裡頭坍縮了。周遭的世界忽然一片雪白，我全身的魔法都限縮至骨盆內一顆小小的球。

恢復視力時，我只看見阿衛金黃色的臉撐在我上方，看見他臉上無與倫比的喜悅。

80

阿嘉莎

抵達華特福時，只見校門開著，雪地上只有一組車輪印。很好，這表示大法師在校內。我跟著輪印駛了進去，開進主庭院，將富豪車停在大法師的吉普車旁。亂停車也沒關係——這畢竟是緊急狀況。

我不擅長應付緊急事件，已經等不及把問題交給大法師處理了。我只需將自己所知的一切告訴他，就能躲到離這片混亂遠遠的地方去了。

也許可以去敏蒂家，和她一起看《辣妹過招》，她媽媽會幫我們調無酒精莫希多。我們可以做凝膠美甲——敏蒂家有一臺美甲機。

敏蒂絲毫不在乎魔法。

她甚至連奇幻小說都不看。**「我就是沒辦法在乎書裡那些，」**她這麼說過，**「那都太假了。」**

（我曾試著和潘妮洛普一起做美甲，結果她弄到一半就分心了，開始想辦法用魔法美甲。）

我穿過雪地奔往濟然塔，爬上樓到大法師的辦公室。我敢發誓，那座塔的樓梯一定不下一千階；塔樓是有電梯沒錯，但我不知道該用什麼法術驅動。

我不太敢敲大法師的門，沒想到辦公室的門大開著，我走進去就發現裡頭亂成一團，簡直像是潘妮過境：到處都是一疊疊書本，還有些書攤開來躺著，一面牆上滿滿都是被撕下來貼在那裡的書頁。（不對，那不是用貼的——是用法術黏在牆上。）（我最受不了這種東西了，為什麼沒事要發明將紙張黏在牆上的法術？為什麼不用膠帶就好？膠帶明明就很方便。）

總之，大法師不在。我可以留紙條給他，但他不太可能在這混亂的房間裡看到紙條吧？如果他沒能及時回來怎麼辦？大法師有那麼多事情得處理，怎麼不僱個祕書？我硬是闔上他的其中一本書，靠上窗框，開始思考接下來該怎麼辦。

這時，我看見了白教堂內的閃光。

賽門

我不確定自己是怎麼找到華特福的。

我可能根本不算在飛，只是「想著」要去華特福而已。

我現在做的這些、用的這些魔法，會不會在魔法大氣層撕出新的孔洞，或是讓現有的洞變得更大？說不定他們——他們所有人——對我的想法都錯了。

阿嘉莎

我不喜歡白教堂，每次在那裡開朝會或什麼典禮，薰香的氣味都會緊緊黏在我的頭髮上，怎麼也洗不掉。

今天的氣味比起薰香更像是煙味，是煙與用盡的魔法的氣味，有點像考試結束後的教室。

等我進去找到大法師、把我所知的情報都告訴他之後，就打算離開此處。

（敏蒂家可能不夠遠，也許我可以去蘇格蘭讀大學，去凱特和威廉王子讀過的那間好了，他們不就是在大學認識的嗎？）

教堂前廳空無一人，我循著煙味深入教堂——這感覺是很愚蠢的行為，像是賽門會做的事，但要找到大法師的話，這應該就是最有效率的做法了。

我繼續前行，開啟一道道門，走到建築物深處。這裡的煙比外面更濃，空間也比外面昏暗，我似乎聽見大法師的念誦聲，也許打斷了他高深的法術。他可能是在找賽門吧。

「老師？」我喊道。除了「老師」以外，我也不知該怎麼叫他——我沒聽過任何人當面稱他為「大法師」。

木材相撞的聲音響起，不知是從哪裡傳來的，我什麼都看不見。我到處找電燈開關；華特福有幾間年代久遠的建築沒有電燈開關，你只能用魔法開燈，但我的魔杖現在躺在車子的副駕駛座上，因為我的外套口袋塞不下。

又有碰撞聲傳來，我靜靜站在原地傾聽。

金屬聲，某人的叫喊聲，朝我接近的腳步聲——奔跑、喘息聲。

有人撞上了我，將我一把推開後繼續跑走，接著有另一個人抓住我、把我壓在了牆上。「就叫妳別跑了！」他低吼道。

「你沒有啊，」我說，「你沒叫我不要跑。」

他緊緊抓著我的雙手手臂，我還以為自己要骨折了。「神說要有光！」他說道。

於是，有了光。

我盯著大法師的眼睛，他發現是我之後將我推了開來。

「她去哪了？」他喝問道。

「老師，您說的是誰？」

他到處揮著魔杖。「出來呀出來玩！」他咬牙切齒，「妳也知道我沒時間玩這些了，時辰就快到了！」他舉著魔杖用力一劈，「求！」（劈。）「求！」（劈。）「妳！」（劈。）「讓我，讓我，讓我！[19]」

我不確定他是在對什麼施咒，但我被他的咒語拉得整個人往前倒。

「妳……」大法師說，他又注意到我了。他的短袍開著，看得到他汗流浹背，胸口抹了某種藍色的東西。「小丫頭，妳在這裡做什麼？」

「老師，我是來找您說賽門的事。」

「賽門！」他狂亂地說，「賽門在哪？」他舉起一隻手，「等等——」大法師似乎想跑走，似乎在側耳傾聽；我退離他一步，卻被他抓住了手臂，「賽門在哪裡？」

「老師，我不知道。」我回答，「但我是來告訴您——他昨晚和貝荻頓・碧漆在一起，他們說要去找愚石怪。我認為那是陷阱！請您務必去救他！」

我在車上練過的語句一股腦脫口而出。

大法師呻吟著抱住頭，在陰暗的室內來回踱步，一再進出我的視線範圍，他施法召喚的光仍懸浮在我身邊的空氣中。我朝門口跨出一步。

「愚石怪。吸血鬼。那幾個『小鬼』。我沒空搞這些了！」他煩躁地低吼一聲，我聽見某樣物品沉重地倒地，像是書架倒下時震耳欲聾的聲響。他可能分心了吧，我轉身想逃出房間，沒想到大法師擋住了我的去路，一把抓住我。

「只能用妳了。」他說，「只能先用妳頂替了。」

我雙腿一軟，他拖著我往前走。

「妳能給的不多，」他說，「但我還是先取走好了。」

19 原文為 Please! Please! Please! Let me, let me, let me，取自英國搖滾樂團史密斯（The Smiths）的代表作《Please Please Please Let Me Get What I Want》的歌詞。

貝茨

班思在咬指甲，她一直試著對車子施咒，但我已經催油門催到極限了，她緊張地念出的咒語沒有起作用。

她擔心大法師發現是賽門造就了凡庸，便會殺死賽門。

我擔心她發現我想搶先殺了大法師。

潘妮洛普

我不信任貝茨。

之所以請他幫忙，完全是因為他有車。

應該說，我也很想信任他——他是傑出的魔法師，談吐也十分風趣——但我不能相信他。

我能信任的人只有四個：我父母、麥卡與賽門，沒有多餘的信賴可以給別人了。而且即使有，我也不會給泰朗斯．貝茨頓．格林—碧漆。他那個人憤世嫉俗、狡詐又不擇手段，只想得到他要的事物，也只想保護自己人。

還有，他看著賽門的那種眼神……

我不認為貝茨真的放下了過去七年的敵意，每當他看著賽門，眼中都閃爍著瘋狂的精光。如果有機會從背後捅賽門一刀，我相信他不會任機會白白溜走。

我必須帶賽門遠離大法師。

然後，我必須帶賽門遠走高飛。

阿嘉莎

我該感到害怕的。我確實非常害怕——已經嚇得魂飛魄散了。

但與此同時，我心裡也想著：**幹，我果然會這樣死掉！就是因爲有人要找賽門，結果抓到的卻是我。我會就這麼被一個連我叫什麼名字都不知道的人——一個滿腦子想得到力量的瘋子——弄死。**

我沒有掙扎，掙扎又有什麼用？我全身癱軟，開始哭泣。雖然早就知道自己會這麼死去了，我還是沒做好心理準備。早知道今天會死，我早上就對媽媽好一點了；早知道今天會死，我就不會穿緊身褲和 Ugg 雪靴了……我一直認為自己就算死了也要成為美麗的屍體。

大法師將我拖進另一個房間，天花板有一扇活板門開著，光線從上方灑了下來。

他用魔杖指著自己施咒：「遠走高飛！」這句咒語不能隨便施在人身上，一不小心可能就會把對方的肺臟拔出來，但咒語在大法師身上生效了，我們開始往上飄。

這時，另一句法術——「我們都將墮落！」——將我們兩人都撞倒在地，施咒的人自己也摔倒了，我聽見她倒地的聲音。

「阿衛，不行。」她說，「放她走。」

一定是露西。她來救我了。

賽門

我在黃昏時降落在大草坪上，走過吊橋。我看到大法師的吉普車和維彼羅醫師的富豪車，不知道他們是不是在校園裡，還是到其他地方打仗去了——我是說那種拿著刀劍和魔杖、貨真價實的打仗。如果不是在華特福的話，我也不知道他們能去哪裡打仗。

正要去大法師辦公室的時候，我看到白教堂頂樓發出亮光。

我從來沒看過那座塔裡點燈，甚至沒注意過那裡有彩繪玻璃——現在望去，它長得像王冠，像一簇星星。

在我的注視下，塔樓窗戶射出了強光。

阿嘉莎

大法師用雙手與膝蓋撐起身體，開始施咒。「求、求、妳！讓我，讓我，讓我！」

「最毒婦人心！」女人高喊。火焰從她的木杖激射而出，命中大法師胸口。我從沒看過那樣的法術，就連賽門也沒用過。火光終於照亮了女人的臉——是厄本，牧羊人厄本。

「阿嘉莎，快跑！」她說。

但大法師倒在我身上，我被壓住了。「我跑不了！」我哭喊道。

大法師舉起魔杖想對她施咒，我用全力拍打他的手，將他的魔杖打飛。他從我身上滾遠，去撿魔杖了。

「快逃命啊！」厄本喊道，我乖乖照做了。我手腳並用地爬起來，像是穿戴了噴射器般飛奔出房間。

我從煙霧與黑暗中跑到了明亮的雪地上，然後繼續跑遠。

81

厄本

他會殺了那個女孩子。

我也只能回來，沒有其他選擇了。

大法師

沒時間了。

凡庸將吞噬我們所有人。

今日就是行動的日子——在這一天，我的魔法有機會成功。

節日是祥瑞的時日，冬至的力量也還未消散。

就是今天了。

就是現在了。

如果賽門在這裡就好了……

露西，我還以為我們成功了——即使付出了慘痛的代價，我仍以為我們成功誕下了最強法師。

他就是最強的法師。

我將他藏在了凡人世界，以免他被任何人發現，以免任何人問起他。我讓他藏身凡人堆，直到他做足了準備，直到他如所有預言所說，將我召喚到他身邊。

然而，我並不知道他損壞了。

我不知道他是破損的容器。

也許那份力量太過強大，已然超越了一個嬰孩能容納的極限——也許那就是我犯下的錯誤。

如果他也在，我便能導正過錯。我現在有了不同的法術。（我一直在久遠的過去尋找法術，沒想到新的力量理所當然會源於新的詩歌。）我現在有機會解放他了。

但賽門不在此處，我也等不了他了。

凡庸不會等我們，碧漆家也蠢蠢欲動——

只能用這個女人頂替了，她是全魔法世界最明亮的一顆星，力量強過她的人就只有賽門一個。

我們的賽門。

我可以汲取她的力量。

只要先殺死她就行。

厄本

我一直以為自己有不同的路可以選，可是看樣子，我好像從一開始就別無選擇。

大法師

她盡是一身蠻力與九〇年代的流行用語。

我見過她以高超的技藝對山羊與校園編織咒語，然而在戰鬥中，厄本就如亂入劍術較量的炮彈，難怪賽鬥會像迷途的羔羊般到處跟著她。

這些年來，我一再思索是否該解僱她——華特福養那麼多山羊做什麼？——但她的力量十分強大，足以在我外出時守護學校。

若不是天秤另一端懸掛著我們這個世界的命運，我也不會選擇犧牲她。

厄本

我太久沒練習，都生疏了。

這種法術我本來就沒有熟練過。要我把水變成威士忌，我可以講出十句咒語，要我用一句話把山羊叫回來也沒問題，可是我從以前就覺得戰鬥法術很沒意思。

就算是跟尼可打起來的時候，我通常也能用「別擔心，快樂點」或是「小寶寶別哭」安撫他。想活下去的話，我現在就只能想辦法壓制阿衛了。

我施了「頭下腳上！」和「擲地有聲！」，這些是我在酒吧跟人打架用的法術，沒想到大法師做了我從沒看過的動作——他不是讓法術撞上他，而是選擇順從法術的力量。

他看上去像瘋子一樣，上衣被撕破了，滿身都是泥，天曉得他是在施什麼黑魔法——他到現在還沒說到底要把我怎樣呢。我們像兩匹狼，繞著對方轉圈。

「厄本，妳贏不了我的。」他說完大喊：「舉旗投降吧！」

我吸收了他的法術；我有時候可以直接吸收別人的法術，讓那份力量在我的法力之中燃燒殆盡。「鐵板橋！」可以說話時，我焦急地喊道。

大法師像橡膠人般整個人往後仰——然後嘆息著直起身來。

大法師

我被她那招嚇了一跳，整顆頭都嗡嗡作響。

「厄本，抱歉了，我沒時間陪妳玩這些。我需要妳的力量——魔法世界需要妳的力量。」

「我不是戰士。」她說道。

「我知道，但我是。」我踏進一步，「為妳的同胞犧牲小我吧。」

「阿衛，你到底要我怎樣？」她很怕，我為此感到歉疚。一綹金髮遮住了她的一隻眼睛。

「妳的力量。我要妳的力量。」

「那我給你啊，我也不想要這些力量。」

「妳沒辦法給我。」我說道，「我必須從妳身上奪走那份力量。」

她咬緊牙關，牧羊人的木杖舉到了我們之間。「天旋地轉！」她尖叫道——緊接著，整間房間都陷入狂亂。

木板從地上剝了下來，紙帶似地在我們周遭狂舞，每一扇古老的玻璃窗都應聲碎裂。

這是小孩子的法術，是鬧脾氣的法術，是亂砸棋盤、亂丟彈珠的法術。

這個女人與生俱來的力量……

真是浪費。

我在混亂中踉蹌向前，一劍刺入她的胸口。

厄本

好吧，雖然他話說得跟瘋了沒兩樣，但說不定大法師還是說對了。

這應該是最好的結果吧。這應該有某種意義吧。

希望有誰能記得幫我把母羊帶回家。

82

賽門

我跑到白教堂門口時，教堂的每一扇窗戶都瞬間爆裂，聽起來像是玻璃拼成的世界要毀滅了。

希望我沒來得太晚……

希望還能阻止我必須阻止的事。

幫助需要幫助的人。

我跑進教堂，來到講道壇後面，然後心裡想著大法師、找到後面的一間房間，看到天花板上有一道活板門開著。我拍拍翅膀——翅膀還在背上——抓著洞口的邊緣把自己往上拉。

那個圓形房間現在全毀了，大法師閉著眼睛跪在房間中央，肩膀一次又一次發抖。有人倒在他身邊的地上——在那一瞬間，我還以為是貝茨，可是我很肯定貝茨去找愚石怪了，他不會在這裡。

不管倒在地上的人是誰，這代表一定是戰爭開打了。

我清了清喉嚨，一隻手靠在腰間，沒等召喚法師之劍就自動出現了。全世界好像都在對我做出反應，我連思考的功夫都可以省下了。

我不用思考。

大法師雙手按在那個人胸口，喃喃念著咒語，他們周遭飄著濃濃的魔法霧氣。我花了一點時間才認出那首歌……

「來得快，去得快。有時喜悅，有時傷悲。[20]」

我小聲踏上前，免得打斷他的法術，要是害他治療失敗就不好了。

「繼續下去，繼續下去吧。[21]」大法師唱道。

我又安靜地往前踏一步，這時才發現倒在他面前的人是厄本——我忍不住喊出聲來。

大法師轉過頭來，嘴巴還不停念著皇后樂團的歌詞。

「賽門！」他說，驚訝到雙手離開了厄本。

「別停。」我跪倒在地上說，「快救救她。」

「賽門。」大法師又說。

鮮血從厄本胸口流了出來。

「快幫她啊！」我說，「她快死了！」

「我做不到。」大法師說，「但賽門，你來了，我還有機會幫助你。」

他朝我伸出手，手上沾滿了厄本的血。我很清楚，一定要現在告訴他。我突然站起來，從他身邊退開。

大法師撿起他的劍——劍刃也血淋淋的——跟著站了起來。他耳朵上面的頭皮受傷了，血液流到了脖子和肩膀上。

「老師，你受傷了。我可以幫你。」

他搖了搖頭，盯著我後面，可能是被我的翅膀嚇到了吧，但我現在可能沒辦法把它們收起來。

「賽門，我沒事。」他說。

20 原文為 Easy come, easy go. Little high, little low，取自皇后樂團（Queen）代表作《波西米亞狂想曲》的歌詞。

21 原文為 Carry on, carry on，同為《波西米亞狂想曲》歌詞，也是本書原文書名。

他說得太遲了，我已經想到要治療他，他的傷口從內往外癒合了。

他摸著自己的頭，瞪大了雙眼。「**賽門**。」

我的下巴忍不住發抖，我只能用力捏著劍柄阻止自己發抖。我試著用意念治好厄本——我應該是從進房開始，就一直想著這件事了——可是她沒有好起來，而是躺在哪裡不停流血。

大法師朝我走近，像在接近什麼動物。「你來得正是時候。」他輕聲說，還舉起一隻手摸我的臉。

我感覺到血液順著我的臉頰流下。「我該對你道歉。」他說，「我都搞砸了。」

我看著他的眼睛，我們兩個的身高差不多。「沒有的，老師。」

「力量的部分沒有錯，」他又說，「賽門，你『確實』是有史以來最強大的法師。你……你是奇蹟啊。」他用溼黏的手掌貼著我的臉，「但你不是天選之子。」

我不是天選之子。

當然不是了。

我不是天選之子。

謝天謝地，謝魔法啊。我今天還是第一次聽到這麼有道理的一句話，但這還是沒有改變事實——

我還是得告訴他。

我吞了吞口水。「老師，我有事情要跟你說。貝茨跟潘妮洛普——」

「他們不是現在的重點！他們那些人，碧漆家與他們的戰爭，那些現在全都不重要。如今全『魔法世界』都岌岌可危！大吞噬者已經兵臨城下了！」

「**老師**——」

「我還以為我救得了你。」他悄聲說。他站得離我好近，捧著我的臉，像在對嬰兒說話……或是在對小狗說話。「我還以為自己能信守承諾，好好照顧你，找到正確的文句、缺失的詩詞。我還以為能將你『修補好』……然而到頭來，你終究不是正確的容器。」他自顧自地點點頭，一副還是沒專心看我的樣子。「這部分被我搞砸了。」他說，「你被我搞砸了。」

我低頭看看厄本，又抬眼看著大法師。「凡庸他——」我說。

他整張臉都扭曲了。「你永遠不會有足以和他抗衡的力量！賽門，你的力量永遠不夠對付他——但這不是你的錯。」

「是我的錯！」我搖著頭，他堅定地抓住我的臉。「老師，我的力量好像跟凡庸有關，我覺得凡庸是我造成的！」

「胡說八道！」他的口水都噴到我嘴上了，「凡庸是先知們預見的存在——『有史以來對魔法世界最大的威脅』。他就和最強法師一樣，是數百年前便出現在預言中的存在。」

「可是貝茨說——」

「你不能聽那小子的鬼話！」他放開我的臉、後退一步，舉著雙手亂揮被血染紅的劍。「他和他母親如出一轍。難道真有人認為華特福在她的管理下比現在好？當時的學生人數寥寥無幾，只有最富裕、最受優待的魔法師得以學習施咒！娜塔莎．格林——碧漆愛死了她的權力與財富——她愛死了過去的傳統——絕不可能允許華特福改變。」

大法師在房間裡來回踱步，對著地板說個不停。我從沒看過他這個樣子，他好像一動就停不下來，一開口就停不下來了。

「難道我該為她的死哀悼？」他用太大的聲音問道，「她死後，魔法世界新一代的孩子才終於有機會學習使用力量的方法，難道我該為此抱憾？我完全不抱憾！這難道不是世間的『大義』嗎？」

他突然轉向我，一隻手掐住我頸根和肩膀的交接處，直直注視著我的眼睛。「我。完全。不。抱憾。」

然後他湊得更近，頭髮都碰到了我的頭髮。「倘若能回到過去，我仍會走上同一條路，什麼也不會變。只有你除外……賽門，我無法將你修好。」他搖了搖頭，咬牙切齒地低吼著，「我修不了你——但我能讓你『解脫』，並且實現預言。」

我不知道該說什麼才好，只能點點頭。

我從一開始就知道自己是假貨了，現在終於聽到大法師這麼說，我真的大大鬆了口氣。他不但認同我的想法，還有了「計畫」，那真的是太好了。我等著聽他的下一步指示。

「賽門，把你的魔法給我。」

我倒退一步——應該是太驚訝的關係——但大法師還是抓著我的脖子。他右手按在我的心臟上方。

「我可以把你的魔法取走，我終於找到方法了；不過，我聽說你已經比我先找到訣竅了。你現在可以憑自己的意志將力量交給我了，對吧？就像之前給碧漆那小子一樣？」我感覺到他五指指尖壓著我的皮膚，「賽門，別逼我強取那份力量……」

我又看了看厄本，她的血在上臂和肩膀周圍積了一灘，剛沾到了她金髮的髮尾。

「你想想看，」大法師低聲說，「我擁有你永遠不可能習得的控制力，以及智慧……經驗……有了你的力量，我便能消滅凡庸，一舉解決所有的紛爭——**我終於能完成我發起的一切了。**」

「你發起的一切？」

「我的改革！」他嘶聲說，然後他垂下了頭，一副精疲力竭的樣子。「我還以為顛覆他們的權勢、改寫規則就夠了，但那些人就和蟑螂一樣，你一關燈，他們便會摸回來暗算你。

「有凡庸在，我怎麼可能專心對付敵人？」他的頭往右歪，「這麼多人吵吵鬧鬧的，我怎麼可能專心對付凡庸？」他的頭又往左歪，「事情不該演變至此的。」他又抬頭看我，「你本該是一切的解答。」

「我不是最強法師。」我說。

「你就只是個孩子而已。」他失望地說。

我閉上眼睛。

大法師掐緊我的脖子。「把它交給我。」

「老師，我怕傷到你。」

他粗暴地抓住我的雙手。「賽門，你『現在』就把力量交給我。」

我張開眼睛，低頭看著我們的四隻手。我是可以把力量給他，要全部給他也可以，到時候就變成是「他」把世界上的魔法吸乾，要想辦法解決問題的人也會變成是「他」……

我握緊一隻手，把一小把魔法交給他。

大法師捏緊我的手指，全身緊繃，但他沒有放開。「賽門！」他眼睛放光——是真的在發光，「我覺得這樣可行！」

「真的『可行』喔。」我的聲音說，不過說話的人不是我——凡庸就站在我們旁邊，他腳邊就是厄本的身體。

大法師整個人都靜止了，一瞬間目瞪口呆。對了，他還沒見過凡庸的樣貌。「賽門。」大法師說，「是你。」

「是凡庸。」我說。

「是我找到你那一天的你。」他眼睛睜得很大，眼神變得溫柔。「我的孩子——」

「我不是他。」凡庸說，「我不是什麼人的孩子。」

「你是我的影子。」我對凡庸說。我現在不怕他了。

「比較像穿透傷，」他說，「或是你排放的廢氣——我花了很多時間想這件事喔。」

「鬼祟的凡庸。」大法師悄聲說。

「這個名字超爛的啦。」凡庸拍著皮球說，「是你取的嗎？」

大法師轉向我，抓住我雙手的手腕。「賽門，快點，快點給我。他就在那裡啊。」

「你是什麼時候長翅膀的？」凡庸問我，「我永遠都不會有翅膀，也不會有劍。我連一顆真正的球都沒有——我想要足球啦。」

大法師還是盯著凡庸，他一扯我的手腕。「**賽門，快一點！**我們就此了結他！」

「快啊，」凡庸說，「他說得對，快解決一切吧。把所有的魔法——**所有的魔法**——都給他。」

凡庸把球丟給我，我推開大法師，接住那顆球。

「賽門！」大法師說。

我把紅皮球塞進西裝外套——這套灰西裝是什麼時候被我用意念變出來的？——然後低頭看著凡庸。只剩這一個辦法了。

我搭住他的兩邊肩膀。

他笑了。「你想怎樣？要打我嗎？對我暴走嗎？沒有用的啦。」

「不是。」我說，「我想結束這一切。對不起。」

「『對不起』？」

「對不起，好事都是在我離開你以後才發生，你都沒體驗到。」

凡庸一臉納悶。我閉上眼睛，想像自己敞開每一扇門、每一扇窗，每一個水龍頭都開到最大——然後讓一切都湧向他。

他沒有退縮。我睜開眼睛時，發現他還是看著我，表情沒有剛剛那麼疑惑了。

凡庸兩隻手搭在我的手上，對我微微點頭。他咬緊了牙關，眼神很堅定，就算到了現在還是有種小小流氓的感覺。

我也對他點頭。

我把一切都給了他。

我完全放開了手。

大法師試著把我們兩個分開——他在對我叫喊，咒罵個不停——但是我整個人定在了地心，大法師的手又無法碰到凡庸，直接從他的身體穿了過去。小男孩開始消失了，我越來越沒辦法摸到他的肩膀了。

我好像沒有傷到他，沒有傷害到凡庸。他就只是露出疲憊的表情。

他是孔洞，是我結束後留下的東西。

有時候孔洞會想變得更大，可是貝茨說錯了——有時候，孔洞就是想被填滿。

我把自己的一切都給了他，然後感覺到他在拉我。原本是我把魔法推出去，現在變成我的魔法被吸走，全部倒進了真空。

我的手穿過了凡庸的肩膀，魔法卻持續湧進他的身體。

我跪倒在地上，魔法湧得更快了。

我的指尖開始發麻，我聞到火焰的氣味，火花在我的皮膚上竄來竄去。

我不是要爆發，我心想，**而是快熄滅了。**

83

貝茨

我們想必來得太遲了。

而且除了這一切之外，除了完完全全的失敗之外，我還渴到能吸乾一匹克來茲代馬。

我真該喝了那條不停亂叫的小狗，讓牠早早解脫。

也許我也該讓班思解脫。

我們駛上山丘，學校就近在眼前，我恨不得直接開進敞開著的校門，捷豹車卻選擇在這時候卡在雪裡。我和班思下了車，飛奔過大草坪。

結果震驚地看見維彼羅像受驚的兔子般，從反方向朝我們跑來。

潘妮洛普

阿嘉莎上氣不接下氣地哭著——還像田徑選手潔西卡．恩尼斯那般在雪地上狂奔。華特福沒有田徑校隊，實在太可惜了。

她看到我們也沒有停，而是抓著我的手就試圖拖著我一起跑。「快逃，」她說道，「潘妮快逃——是大法師！」

「大法師怎麼了？」我抓住她的另一隻手，她繞著我原地跑，拉得我跟著她轉圈。

「他很邪惡！」她說，「我怎麼都沒想過！」

貝茨試著抓住她的肩膀。「賽門也在嗎？」

阿嘉莎小跑步倒退遠離他，然後又小跑步回來。「他才剛來。」她說道，「但大法師是壞人，他在和牧羊人戰鬥。」

「厄本？」我問道。

「他還想傷我，他想做什麼——拿走什麼東西。他要賽門。」

「快走！」貝茨高呼。

「跟我們來吧。」我對阿嘉莎說，「來幫我們。」

「我不行。」她搖著頭說，「我不行。」

說罷，她轉身跑遠。

貝茨

維彼羅往一個方向跑去，班思則往另一個方向奔去。

學校傳來某種聲響——像是人造的雷聲，像是擊打錫皮屋頂的颶風。

我追著潘妮奔過吊橋，一進庭院就立刻知道了賽門的所在處。白教堂的每一扇窗戶都碎裂了，濃煙從教堂中湧出，建築的牆壁似乎都在閃爍，如同水波般的海市蜃樓。

空氣中彌漫著濃濃的魔法，那綠色植物焚燒的氣味是賽門的魔法。

班思咳嗽著踉蹌兩步，我拉住她的手臂靠著她，撐起她的身體。她現在可能連一句陳詞爛調都施不出來。「班思，還好嗎？」

「賽門。」她說。

「我知道。妳受得了嗎？」

她點點頭，推開我，堅決地一甩馬尾。

我們越是接近白教堂，空氣中的沼氣就越是濃稠。教堂裡黑得不自然，彷彿除了光之外還缺了別的東西，我似乎感受到了凡庸的存在，感覺到那乾癟的吸力，但手裡的魔杖並沒有失去力量。

有東西滾過了我——宛如空氣中、魔法中的波浪——班思又往前一摔。我接住了她。

「我們不一定要繼續前進。」我對她說。

「不行，」她說道，「我們非去不可。我非去不可。」

我點點頭，這次沒有放開她。我們一同走向魔法最濃厚的位置，穿過一道道門、走下一條條走廊，來到了教堂深處。

我胃中不停翻騰。

這裡沒有空氣了，只剩下賽門的魔法。

班思又推開一扇門，我們同時舉起手臂遮住眼睛。室內亮得彷彿在燃燒。

「那上面！」班思高呼。

我盡量往她指的方向看去，只見光線斷斷續續地暗去又復明，似乎源自天花板上的一個洞口——天花板離我們至少有二十英尺。

班思舉起一隻手想施法，卻改而抱住自己的腹部。

我左手抱住她，舉起魔杖指向活板門。「乘著愛情的輕盈羽翼！」

這是句艱澀的古老咒語，只有熟悉十六世紀元音大推移——而且深深墜入了愛河——的人才用得出來。

我和班思飄向活板門，我沒有嘗試護住我們，因為沒有任何盾牌擋得下上方強大的法力。

我們爬進了聲響震耳欲聾、光線明暗閃爍的房間，跪在碎玻璃上竭力支撐自己的身體。班思開始嘔吐。

光線沒有太亮也沒有完全消失的那短短瞬間，我看見跪在房間中央的賽門，只見他搭著凡庸的雙肩，彷彿想訴說無比重要的事情。

賽門背上又長出那對紅翅膀了，翅膀大大撐了開來。

大法師也在，他徒勞無功地拉扯賽門——但每當賽門聳著肩膀、咬緊牙關，就沒有任何人能撼動他。

班思雙手和膝蓋都撐在了地上，努力想抬頭。「他在做什麼？」她啞聲問道，然後又吐了出來。

「我不知道。」我說。

「我們該想辦法阻止他嗎？」

「妳覺得我們有辦法阻止他嗎？」

光線沒有方才那麼刺眼，黑暗也變得沒那麼濃稠了。

我幾乎看不見凡庸的身影了，賽門卻依舊緊緊抓著某個東西。

房間裡的聲音也開始改變——變得更高亢了，從吼聲變成了即將消失的尖鳴。

聲音消失時，我的耳朵「啵」了一聲，賽門頹然倒地。房裡的光芒消失無蹤，只剩從破碎窗戶灑落的月光。

賽門倒地不起。

潘妮洛普

那一剎那，房裡唯一的聲音就是貝茨的吼叫。

接著，大法師倒在了賽門癱軟的身上。

「你做了什麼？」他搖著賽門，拍打著他的翅膀。「快給我啊！」

賽門舉起手臂想推開大法師，那微小的生命跡象瞬間解放了貝茨。貝茨的動作快到眼睛幾乎跟不上了，直到他抓住了大法師的胸膛，尖牙停滯在男人頸邊，我的目光才再次聚焦在他身上。

「不可以！」賽門用氣音說。他試圖抓住他們的腿，拉自己起身。

大法師用尖端鑲銀的魔杖指著貝茨，但賽門抓住了魔杖，用它指著自己的心臟。「不可以。」他對貝茨——還是對大法師？——說，「住手！」

他們三人扭打了起來。大法師鮮血淋漓，貝茨露出了滿口利牙。

「快給我啊！」大法師對賽門呼喊。他指的是魔杖嗎？

「已經沒了！」賽門喊道，扶著魔杖支撐身體。「全部都沒了！」

大法師用魔杖抵著賽門胸口。「還不快給我！」

貝茨一扯大法師的頭髮，將他往後拉。

「住手！」賽門高喊，「已經沒了！都結束了！」

沒有人聽進去。

我舉起戴著戒指的手，竭盡全力清晰又大聲地念咒，讓我的法力從空空蕩蕩的腹部湧上來——「老師說，說什麼！」

賽門的下一句話帶著濃厚的魔法，朗聲說了出來：「住手，別再傷害我了！」

大法師猛然從他身邊退開，軟倒在貝茨懷裡。

貝茨不解地退開，任由大法師癱倒在地。接著，貝茨朝賽門伸手，但賽門跪在了大法師身邊，抓著他的胸口。

「他……他好像死了。潘妮！我好像殺了他！天啊，」賽門哭著說，「梅林啊，潘妮！」

我仍在瑟瑟發抖，但還是爬向了在房間另一頭的他們。「賽門，沒關係的。」

「有關係啊——大法師死了。他怎麼會死？」

我也不知道他為什麼死了。

我什麼都不明白了。

「也許，他只有死了才能停止傷害你。」我說道。

「可是我不是故意要殺他的啊！」賽門哭喊著抱起大法師，雙手環著他的背。

「技術上而論，殺死他的人是班思。」貝茨說道，但他語音輕柔，眼裡盈滿了淚水。

「他死了。」賽門說，「大法師死了。」

84

露西

起初，我並不知道狀況有異，畢竟我從沒懷過孩子。而且啊，賽門，從沒有人懷過你。

書上說我該感覺到蝴蝶鼓翅般的動態，感覺到腹中的胎動，我感覺到的卻遠遠不只那些。

我感覺到你在我體內明亮又忙碌的存在，宛若一股震顫，令我從腹部到指尖都充滿了熱意。

阿衛片刻也沒離開我，他為我下廚，還替我們兩個施了祝福。

你也許會以為那份溫柔純粹是為了儀式，但我相信他在乎我，也在乎你……

我相信他希望我們兩個能和他一同邁向他所建造的明亮未來，一同生活在新的魔法世界裡。

孕婦感到疲憊很正常。

她們頻頻作嘔、感到身體不適與頭暈目眩，全都是正常現象。

有一天，我出門餵新買的雞，卻發現自己回不了屋，連多跨出一步的力氣也沒了。

我跪倒在地上，緩緩向前倒，在倒地的同時也盡量護著你。然後，我感覺到自己的光明黯淡了下去。

阿衛在屋內睡午覺，他醒來時找到了滿臉通紅、喉嚨乾渴的我，將我抱進了屋子，碎念著問我為什麼沒施法求助、要是發生了什麼不測怎麼辦。然而，我的法力已經變得無比稀薄，上回施咒已經是數週前的事了，近來嘗試施法，我都只覺得自己敲著裡頭空無一物的箱子。原本在我體內的魔法，全都消失了。

懷孕時，每個人的魔法都會變得捉摸不定嘛。

隔天一早，我就感覺好些了。

再隔一天，狀況又惡化了。

腹中的拉力逐漸增強，宛如不停收緊的曲軸，我在木屋裡坐立難安，卻沒力氣走到自家門口。

「他需要新鮮空氣。」我對阿衛說，他也沒有反對。

他帶我去到空空蕩蕩的花園裡，讓我躺在草地上。我好需要感受到身下的大地、周遭的空氣與陽光。

「好多了。」我對阿衛說，但同時也感覺到曲軸繼續盤緊。

獨處時，我會對你說說話。

我對你說起你的親人、你的外公外婆、這棟小木屋。我對你說起了華特福，那是我和你父親相識的地方。

我為你取了名字。

「賽門。」我告訴阿衛。那時，我們已經知道你是男孩子了。

「好喔。」他說道，「為什麼？」

「這是個好名字，也是睿智的名字。」

「是配得上救世主的名字嗎？」

「如果他是最強法師，那無論我們幫他選什麼名字，那不就會是救世主的名字嗎？」

「有道理。」他說，「賽門。」

「賽門．雪諾。」

「雪諾？」

「那是他的中間名。賽門．『雪諾』。」

「為什麼取這個中間名？」

「因為我喜歡。因為每個人都該有個可愛又好笑的中間名。」

「那妳的是什麼？」

「溫妮菲。」

我們笑了起來，笑到我受不了為止。

懷孕時，所有人都會感到疲倦，所有人都會感到不適與異常。

「妳感覺如何？」阿衛常這麼問我。

「很好。」我都如此回答。

「我們的兒子呢？」

「很餓呢。」

我從沒對阿衛說過實話——即使我說了，他又能幫上什麼忙？假若我告訴他：

「阿衛，我感覺像條空空蕩蕩的走廊，像一條風聲呼嘯的隧道，彷彿體內有什麼東西，那東西不僅在啃食我，還在啃食其他的萬物。不對，『啃食』這個詞不夠貼切，比較像是在吞噬、吸收、吞沒。一顆恆星崩毀需要多少時間？需要幾兆年？」

倘若我這麼對他說，他又能怎麼辦？

也許我不該對你說這些。我不是為了說這些回來的。

我不希望你為此自責。

賽門，無論如何，你本來就是我們會一起生下的孩子，各個方面都是我們的寶貝兒子。這一切都不是你的錯，是我們讓你變得如此強大——我們彷彿在森林中央點了火。是我們讓你如此飢餓的。

到最後，我只剩下看看你這個簡單的願望了。

我也心想，也許——也許等你出生之後，我就能稍許恢復自我了。

臨盆時，我應該請阿衛去找人來幫忙的，但我們擔心儀式的事被人發現。

你是在夏至出生的，生產的過程很順利，你想必是不想再對我造成更多痛苦了吧。

你父親將你抱到我面前，在我們兩個的臉上印下了好多個吻。在你出生之前，他可是全世界最強大的魔法師，他為我們施了自己所知的每一種守護咒。

我看到你了。

我抱到你了。

我真的很想要你這個孩子。

我回來就是為了對你說這些。早在見到你之前我便愛著你，而在將你抱進懷裡的那一刻，我對你的愛滿溢了出來。我真的沒想那麼早離你而去。

我不是故意離你而去的。

賽門，賽門。

我的玫瑰花蕾。

85

潘妮洛普

我們一起坐在那裡，不知坐了多久，三人都早已超脫了哀傷、疲勞與寬慰的範疇。

然後，賽門脫下西裝外套——布料被翅膀扯破——蓋在了大法師的身軀上。他又哭了起來，貝茨將他拉入懷抱，賽門也沒有抗拒。

「沒事了，」貝茨說道，「都沒事了。」一隻手緊抱著賽門的背，另一隻手撥開垂到賽門面前的頭髮。「你這不是做到了嗎？」貝茨輕聲說，「你擊敗了凡庸。幹，你這個勇敢的傢伙竟然拯救了世界，你還真是恐怖。」

「貝茨，我把我的魔法都給他了。我現在什麼都沒了。」

「誰需要魔法嘛。」貝茨回道，「我這就把你變成吸血鬼，逼你永遠跟我在一起。」

賽門的肩膀不住顫抖。

貝茨說了下去：「賽門你想想看，吸血鬼可是有巨力，還有透視眼喔。」

賽門抬起頭來。「你哪有透視眼。」

貝茨揚起一邊眉毛。他的頭髮都垂到了面前，雙手都在流血。

「我殺了他。」賽門說。

「沒關係的。」貝茨雙手抱住他，「沒關係的，寶貝。」

喔，我好像理解了什麼。

終幕 EPILOGUE

潘妮洛普

我派了一隻小鳥去通知我媽。附近有好幾隻小鳥，牠們從破碎的窗戶飛了進來，在大法師的身體周圍亂飛。

我、賽門和貝茲都已經精疲力竭，我甚至累到當場在兩具屍體之間睡著了。

賽門試著救醒厄本，但她的屍身已經涼了，她也已經走了。

賽門沒有對她施任何法術——就連蓋住她身體的法術也沒用——我還以為他和我、和貝茲同樣體力與法力都透支了，這輩子第一次耗盡了魔法。一直到好一段時間後，我才明白他的魔法是徹徹底底消失了。

貝茲又累又渴，地上的血液——應該是厄本的血吧——令他瀕臨瘋狂，最後他直接抓了小鳥就吸。

那個畫面相當詭異，但相較於今天發生的一切已經算還好了，我和賽門都沒有要阻止他的意思。

過一陣子我媽來了，而且居然是帶著普瑞莫趕來；普瑞莫在幫她找我。那時我們都昏睡過去了，媽和普瑞莫還以為我們「都」死了，當我坐起身來，就發現媽的臉色和返魂的死者同樣慘白。這似乎是她最害怕的狀況，她還以為我已經沒救了。

看見大法師時，普瑞莫哭了出來。

我媽只看了大法師一眼，施了法術保存他的遺體以供後續調查，然後就再也沒看他了。

她撥了電話給爸和維彼羅醫師，以及其他幾個巫師集會成員，然後將我、賽門與貝茨帶到了賽門他們在塔樓裡的寢室。（我能進伶人宿舍都是多虧了媽，以前爸住在這裡時她破壞了結界，現在班思家的女性都能自由進出。）普瑞莫幫我們弄了些茶和餅乾，我們三個吃完之後又睡死了。

我醒過來時將阿嘉莎的事告訴了媽，我擔心她還在雪地裡狂奔。

貝茨醒過來時打了電話給他父母。

賽門醒過來時什麼都不肯說，只把我們給他的茶都喝下肚，然後一直緊抱著貝茨的手臂不放。

不知道史書上會怎麼記載我們的事？人們會說是賽門殺了大法師嗎？還是，他們會說是我殺的？

希望人們將戰爭的終結歸功於貝茨。

貝茨回家時，即使大法師已死、賽門失去了力量——當時還沒人知道凡庸也消失了——古老世家都已經迫不及待要開戰了。

媽還以為格林家與碧漆家會趁機奪取魔法世界的主導權。

然而，貝茨回家後，巫師集會再次舉行會議、開始了新一輪選舉，戰爭一直沒有開打。

媽現在正式當上了華特福校長，是巫師集會指派的。

她試著說服我回華特福讀完最後一學期，至少拿到畢業證書。如果賽門想回去，我也許還會為他努力復學，但那裡不好的回憶實在太多了，每次要過吊橋我都感到噁心想吐，都不知道貝茨是怎麼若無其事地過橋的。

阿嘉莎說她再也不回去了。

「我死也不要回去。」她說，「我要是沒逃走，一定也會死在那個鬼地方。」

貝茲

今天是畢業典禮，我是全年級第一名——班思退學後，已經沒有人能撼動我的地位了——所以由我上臺致詞。

我叫賽門不要來。他現在連魔法都感覺不到了，成天和魔法師生活在一起想必很不舒服。

我不希望他回華特福後勾起太多回憶，想起自己不再是大法師的繼承人，就連法師也不是了。

除此之外，他和過去沒有兩樣，依舊勇敢、誠實、帥到掉渣（即使多了那條該死的尾巴也一樣帥），但他似乎不想聽這些。

而且老實說，我也不太說得出口。

有時……我們會有一些……交談上的困難。近期啦。我不怪他，畢竟人生沒能信守對賽門．雪諾立下的承諾，他會鬱鬱寡歡也是正常。有時我還會思索是否該挑釁他，以爭吵的方式讓他稍許恢復原本的平衡。

總之。我想，他不會想回來的。

我母親畢業那年，就是她代表畢業生致詞，她的講稿收錄在學校的檔案庫裡，被我找了出來，我今天就是要照著念。她那份講稿談到了魔法、魔法這份天贈之禮，以及與之相應的責任。

此外，她也談到了華特福，說起自己深愛這所學校的理由，還將她以後會懷念的事物列成了清單，例如酸櫻桃司康與演說課，以及大草坪上的幸運草。

我不敢說自己和母親同樣深愛華特福。

這一直都是硬生生地從她身邊被奪走的地方，也是她從我身邊被奪走的地方，我彷彿天天來被敵方占領的地區上學。

儘管如此——即使少了潘妮與賽門，我也知道自己一定會回來讀完最後一學期。我可不想成為碧漆家史上第一個從華特福退學的人。

我們在白教堂發表演說。有人修復了彩繪玻璃。

我的費歐娜阿姨坐在第一排，主席邀我上臺致詞時她高聲歡呼，我看見父親眉頭一皺。

近來，費歐娜的心情好到了不可思議的地步。在大法師死後，她似乎一時失去了方向，我猜她只想再殺死大法師一次。（殺完以後再殺一次。）後來巫師集會任命她為吸血鬼獵人，那之後一切都變了，她現在不知道和神祕小組在執行什麼計畫，很多時候都隱姓埋名在布拉格執行任務。

等我畢業後，我會搬進費歐娜的公寓；父母暫時住在我們家位於牛津的獵人小屋裡，他們本來希望我一同搬去牛津，但我沒辦法搬去離賽門那麼遠的地方。我父親至今仍未做好心理準備，仍然不肯承認我交了男友，要我和父母同住，假裝自己「不是」吸血鬼也「不是」無可救藥的同性戀，那只會把我活活累死。

我的演說到了最後，只見費歐娜淚如雨下、對著手帕擤鼻子，父親沒有哭，但在儀式結束後他太過哽咽，甚至無法正常地和我交談，就只是不斷拍著我的背說：「很好，很好。」

「貝茨頓，來吧，」費歐娜說道，「我帶你回切爾西，今晚不醉不歸！請你喝最高級的酒喔。」

「我沒辦法。」我回道，「今晚是畢業舞會，我對校長說過我會出席的。」

「你這小子，就是不想錯過穿西裝打扮成小帥哥的機會嘛。」

「也許是吧。」

「好吧，那我們明天不醉不歸。我下午茶時間回來接你，小心別被愚石怪綁走啊。」

現在費歐娜每次和我道別都是說這句，我聽了就火大。

舞會開始前還剩幾個鐘頭，我快速在學校圍牆後方的山丘上散了步，採了一束緞子花與鳶尾花，然後又走過吊橋回到如今空無一人的白教堂。

我沒有點燃火把便直接進到了塋窟，上回在塋窟裡迷路已經不知道是多少年前的事了。

既然不趕時間，我每看到老鼠就停下來吸乾。等我離開了，老鼠大軍想必會大舉占領這所學校吧。

母親的墓位於孩童之墓內，那條地道兩旁都擺滿了頭骨，母親所在的石門前放了一塊青銅牌。

假若我在那天死了，就會和她合葬在此處。

應該說，假若我在那天真正死了的話。

我在石門前坐了下來——門上沒有把手或門鎖，它就只是塊嵌在牆內的石板——放下花束。

「有一部分妳聽了會覺得耳熟，」我拿出講稿說，「但我自己也加了幾段。」

一隻老鼠從角落注視著我，我決定無視牠。

講稿念到最後時，我向後靠著石板。「我知道妳聽不到我的聲音，」

一兩分鐘後，我開口說，「我知道妳並不在這裡……

「妳回來看我，我卻錯過了妳。然後，我完成了妳要我做的事，所以妳應該再也不會回來了吧。」

我闔上雙眼。

「不過——我只想告訴妳，我會作為現在的我，繼續活下去。

「無論我怎麼想，也無法想像妳希望我——**允許我**——這樣活下去。

「但換作是妳，我相信妳也會這麼選的。妳似乎是個永遠、永遠不會放棄的人。」

我粗重地吐息，站了起來。

然後我轉向石門、垂下了頭，輕聲將不想讓其他骨骸聽見的話語告訴了她。

「我知道我平時下來都是來對妳道歉，不過今天我想告訴妳，我會好好活著。

「母親，別讓我成為妨礙妳安息的事物之一。我不會有事的。」

我等了數秒鐘，以……以防萬一。然後我默默爬出塋窟，拍掉了長褲上的塵埃。

今年的畢業舞會氣氛特別凝重，我在華特福所剩無幾的朋友都帶著舞伴來了，不然就是在躲著我。戴福與奈爾至今仍不能諒解我和賽門的友情，戴福怪我浪費了他們的童年，他們在學期間為賽門擬定的種種陰謀全都白費了。

「喔？那不然你原本打算拿你的童年做什麼？」我問道。

戴福根本懶得回答。

最後，我只能站在潘趣酒碗旁，和班思校長聊拉丁文字首。這個話題有趣歸有趣，但我似乎沒必要特地繫上黑領帶來和她聊這些。

班思教授大概是為潘妮洛普沒來的事感到難過吧，我考慮安慰她，說潘妮洛普即使沒退學，應該也不會來參加舞會……不過校長已經自顧自地晃到了庭院另一頭，查看自己的電子信箱去了。

「我還以為會有三明治的說。」

一旁傳來某人的怨言。

我不理睬他，我來華特福可不是為了交朋友或和人閒聊，更何況我很快就要離此而去了。

「怎麼連蛋糕也沒有嘛。」

我旋身看見站在潘趣桌對面的賽門．雪諾，只見他穿西裝打領帶，頭髮居然也整整齊齊地梳了個旁分油頭。

原本他是不可能在沒被發現的情況下來到我身邊的，但他現在的氣味與以往不同，變得甜蜜而近似咖啡色，不再是過去那種翠綠火焰與硫磺的火爆氣味了。

「派對好玩嗎？」他問道。

「和喪禮沒兩樣。」我回答，「你是怎麼來的？」

「飛過來的啊。」

我頓時目瞪口呆，他笑了起來。

「不是啦，」他說，「是潘妮載我來的，她在校門口放我下車。」

「你的翅膀呢？」

「還在，只是變隱形了。剛剛已經有人被我的尾巴絆倒了。」

「都跟你說要塞進褲子了。」

「那樣褲子穿起來很卡嘛。」

我忍不住笑了。

「不要笑我啦。」他說。

「不笑你的話，我還有什麼機會可以笑？」

雪諾翻了個白眼，接著緊張地向旁一瞥，目光投向白教堂。

「你不必來的。」我對他說。

「不行。」他急急地說，「我一定要來。」他清了清喉嚨，「我不想讓你自己一個人離開。」

賽門・雪諾不會跳舞。

那條尾巴只讓他的動作更加彆扭，最後我用左手拉起尾巴末端，將它纏在手腕上，然後左手搭在他後腰上。

「我們其實不必做這些。」方才走上被當舞池使用的石造露臺時，我對他說道，「不讓別人知道也沒關係。」

「知道什麼？」雪諾輕聲問道，「你說我滿腦子想著你的部分嗎？大家從很久以前就知道了好不好。」

我拉著尾巴的左手貼著他的背，右手握住他的手。他將自己的左手舉到了空中，接著不知所措地垂下了手。

「搭在我肩膀上。」我告訴他，他照做了。我揚眉盯著他。「維彼羅都沒教過你怎麼跳舞嗎？」

「她試過。」他說，「她說我沒救了。」

「真是句至理名言啊。」我說道。

至少現在這首歌還有救，是尼克．凱夫[22]的《我的懷抱》，費歐娜最愛聽的歌曲之一。這首歌的節奏十分緩慢，我們幾乎不用動。

雪諾身上穿了套價值不斐的西裝：黑長褲、黑背心、黑領帶，以及奢華的深藍色天鵝絨外套，外套翻領則是黑色。這想必是維彼羅醫師的衣服，肩膀的寬度很合身，但我看得見翅膀被藏起的位置。他顯然被人施了乾淨整齊的法術。

我自己抬頭挺胸地站著，所有人都注目著我們——

所有在跳舞的人，所有站在庭院裡喝潘趣酒的人，麥克教練、米諾陶、波西貝夫老師都瞠目結舌地盯著我們，忘了舉在手中的酒杯。

「他們都知道了。」我說道，「他們會閒言閒語。」

「什麼？」他心不在焉地問。近來，他總是心不在焉。

---

22 尼克凱夫（Nick Cave），澳洲歌手、創作家，《我的懷抱（Into My Arms）》是他的代表作之一。

「他們都知道我們是同性戀了。」

「看來我以後找不到工作啦。」賽門語調平板地說，「要是被我家人發現了，不知道他們會怎麼說？」

他是在開玩笑嗎？

他看著我的臉，無奈地呼出一口氣。「貝茲，我現在有可能失去的東西就只剩你一個了，只要你不因為我們在公共場合做同性戀的事而討厭我，那我就都無所謂。」

「我們不過是跳支舞罷了。」我回道，「這哪算是同性戀的事？」

「跳舞本來就是同性戀會做的事啊，」他說，「就算不是兩個男的一起跳也是。」

我皺眉注視著他。「你還有班思。」

「可以一起跳舞？」

「不是。你還有可能失去班思。」

他的臉垮了下來。

我將他拉得近一些。「不是，我的意思是，你身邊不是只有我一個人，還有班思啊。」

「她以後會搬去美國。」

「也許會，」我說道，「也許不會，總之不是現在。更何況——去美國又不是得失憶症，她以後還會是你的朋友。班思的朋友就只有那兩個半而已，她不會忘記你的。」

雪諾張口欲言，然後搖頭一次，低頭看著自己的雙腳。幾綹鬈髮垂到了他額前。

「怎麼了？」我握緊他的手問。我對他的手越來越熟悉了；和賽門．雪諾交往並不等同我過去想像中色情的那種關係，目前為止，我們時常默默坐在一起凝望虛空，但我們現在幾乎隨時都牽著手。

雪諾簡直像個怕在市場走丟的小孩子。

他握了回來，但還是沒抬頭。

我決定不要強迫他開口。他至少來了，至少克服了重重障礙、繫了領帶和我在這裡跳舞。這樣已經很好了。

我正想靠上他的頭——他陡然抬頭，險些撞上我的鼻子。我整個軀幹都往後仰，險險避開。「克勞利的，雪諾！」

他面紅耳赤。「我只是——」他搭著我肩膀的手緊了緊。

「只是怎樣？」

「你們不用這樣的。」

「不用怎樣？」

他瞇著眼睛，咬緊了牙關。掛在庭院裡的妖精光照在他身上，在他髮梢閃爍。「你們——就是說——那個——」

「賽門，好好說話。」

「你跟潘妮不用這樣的。我不是……我跟你們不一樣。我從來就不是——我是冒牌貨。」

「不是的。」

「貝茨，我不是法師。」

「你是失去了力量。」我更正道，「你犧牲了自己的力量。」

他的尾巴從我手中抽走；他情緒激動時尾巴總是會亂甩。「我覺得那從一開始就不是我的力量。」他說道，「我不知道大法師是怎麼做到的，反正你跟潘妮說對了，你們不是一直說魔法師沒事不會把自己的小孩送走嗎？我其實就是凡人。」

「雪諾。」

「我以前魔法那麼爛，就是因為我本來就不該有魔法啊！今晚校門還不讓我進來，是潘妮幫我開門的。」

一對舞者悄悄接近我們，很明顯是在偷聽——是凱莉絲和她該死的小精靈女友。我對她們冷笑，她們又默默飄遠了。

雪諾幾乎要捏碎了我的肩膀，雖然我力氣比他大得多，但還是讓他捏著我。「**賽門**。別這樣，別胡說了。」

「我是在胡說嗎？全魔法世界最關心魔法的人就是你跟潘妮，你們喜歡我就是因為我有力量吧？現在那個力量都沒了，它從一開始就不是我的東西。」

「它是！」我反駁道，「你曾是有史以來最強大的法師，那是真的。」

「你不是跟我說過好幾次嗎？我這麼可悲，根本就沒資格自稱是法師。」

「我會那麼說，是因為我嫉妒你啊！」

「好啊，那你現在不用嫉妒我了！」

我放開了他。「你為什麼要說這些？」

賽門握緊雙拳，像頭即將暴衝的公牛似地聳起肩。「因為我不想再**等**下去了。」

「等什麼？」

「等你們不再可憐我！」

「無論過了多久，我都會一直可憐你！」這是實話。他失去了魔法，此事無論何時都會令我心碎。

「我也不想要被你可憐啊！」他咬牙說，「我已經不是你們的同類，不該跟你們在一起了。」

「錯。」我再次握住他的手，再次摟住他。「是熔爐將我們帶到了彼此身邊。」

「熔爐？」

「當時我十一歲，失去了母親與靈魂，是熔爐將你帶給了我。」

「它不就是逼我們當室友嗎？」他說。

我搖了搖頭。「打從一開始，我們的關係就不只是室友那麼簡單。」

「我們是敵人啊。」

「你可是我的宇宙中心。」我說道，「其他萬物都繞著你周轉。」

「貝茨，那是因為我以前的身分，因為我以前有魔法。」

「**不是**。」我幾乎和他同樣失去了耐心，「是。克勞利的，我的意思是——雪諾，那『的確』是一部分原因，以前看著你就宛如直視太陽。」

「我永遠都不會變回以前那樣了。」

「是啊，感謝魔法。」我大力嘆息，「你以前那樣子……賽門．雪諾，我沒有一天相信我們能一起存活下來。」

「什麼存活下來？」

「在『生命中』存活下來。你就像太陽，而我是撲火飛蛾，每早醒來想的都是：『這一切都會在烈焰中終結。』」

「我是燒了你們家的樹林沒錯啦——」

「但那並不是終結。」

「貝茨。」他的臉皺了起來，這次卻不是因為憤怒，而是出於哀傷。「我跟不上你們了。我是凡人。」

「賽門，你可是有『尾巴』的人。」

「反正你知道我的意思啦。」

「聽著。」我將我們交握的手舉到兩人中間，抬起他的下巴。「你看著我，我可不想天天說這個，這本該是心照不宣、冥冥中自有美感的事情……」他對上我的視線，「你還是賽門．雪諾，還是這則故事的英雄——」

「這又不是故事！」

「這世上的『一切』都是故事，而你就是故事中的英雄。你為我犧牲了一切。」

他露出羞窘的神情。「也不能說是為了你啦——」

「好吧，那就是為了我，還有其餘的魔法世界。」

「貝茨，我只是在幫自己擦屁股而已啊。我要是吐了以後自己清掉，也不會有人說我是英雄嘛。」

「你很英勇。你表現得英勇、無私又機智，賽門，你就是這樣的人，我永遠不會覺得你無趣。」

他仍然注視著我，昂著頭、咬著牙盯著我，就如數月前盯著紅龍時的神情。「我不是天選之子。」

我對上他的目光，露出了冷笑，手臂宛若環著他腰背的鋼條。「我選你。」我說道，「賽門．雪諾，我選你。」

雪諾沒有皺眉或軟化，在那一瞬間，我還以為他會對我揮拳——或用他堅硬的腦袋撞我。沒想到他沒有撞我，而是猛地湊到我面前吻我，動作仍充滿了挑釁意味。

我吻了回去，放開他的手攬住他後頸。他猛撞了過來，我全盤接受，一英寸也不肯退讓。（老實說，情況相當混亂，他若不慎被我的牙齒劃破皮膚就麻煩了。）

我們分開時，他一時喘不過氣。我抵著他的額頭，感覺到他頸部與背部的緊繃逐漸逸散。

「你可以改變心意。」他說。

「我不會的。」我抵著他的額頭，搖了搖頭。

「我以後永遠都比不過你。」他悄聲說。

「我知道，那可是我夢寐以求的情境呢。」

他忍不住笑了，笑得很可笑。「話是這麼說沒錯，」他說，「但你還是隨時可能改變心意。」

「我們都可能變心。」我回道，「但我不會的。」

我早該知道，和賽門．雪諾共舞就是這種感覺，我們是在原地纏鬥，雙方同時投降。

他雙手環住我的頸項，軟軟地靠在我胸前，不是忘了其他人的目光就是不再介懷了。「貝茨？」他說。

「嗯？」

「你最近跟佩查德廚師的關係還行吧？」

「還行吧。」

「那個——我還以為會有三明治可以吃的。」

阿嘉莎

加州每天都豔陽高照。

我和兩個女同學合租了一間公寓，我們有個小陽臺，我下課回來就會和露西一起坐在陽臺上，享受溫暖的陽光。

露西是我的查理斯王騎士犬，我當初是在華特福校園外的雪地裡找到牠的，起初還以為牠死了，但我不想停下來處理問題，就只是一把抱起牠、繼續向前奔。

我知道潘妮不可能原諒那天逃跑的我，但我就是無法回去，我就是做不到。在那天，我百分之百確信，逃跑才是活下去的唯一方法。

我不得不跑。

技術上來說，地球上離華特福最遠的位置是在紐西蘭東方的太平洋海上，不過加州感覺比太平洋更遠。

所有的舊衣服都被我留在家裡了。

我現在都穿洋裝，還有繫著腳踝的綁帶涼鞋。

我的魔杖也被我留在家裡了，母親若是知道了想必會嚇暈。她一直問我有沒有認識美國魔法師，她說加州很受魔法世界的人歡迎，棕櫚泉甚至還有魔法俱樂部呢。

我才不在乎。我住在聖地牙哥，朋友都在餐廳與商圈辦公建築上班，和我交往的男生即使在熱天也都戴著深色毛帽。我平日晚間讀書，週末就和朋友一起去海邊，父母給的錢我都花在了學費與塔可餅上。

一、切、都、如、此、平、凡。

除了父母和海倫之外，魔法師之中我只和潘妮洛普保持聯絡。她不時會傳訊息給我，我之前試著不回她，但對她毫無效果。

她將賽門的近況告訴了我，將審判的結果告訴了我——我還以為巫師集會會要求我回國作證，沒想到將證詞寫下來就可以了。

除此之外，我沒將那天發生的事告訴任何人。

我看到的一切。

厄本的事。

我和厄本不熟。她從以前就是賽門的朋友，我一直認為她是傻子——怎麼會有人想住在那間破屋裡，成天和山羊待在一起？

但現在，我對她的認識深了一些。

她生前是強大的魔法師，卻沒走上強大魔法師走的路，她不想掌權、不想控制他人或戰鬥，就只想在華特福照顧她的羊群。

他們卻連這樣的生活也不肯給她。

他們就是不肯讓她自由自在地活著，結果她死在了一場和她毫無瓜葛的戰爭之中。沒有人能選擇退出魔法世界，我們沒有「不用，謝謝」這個選項。

我不知道她為什麼會回去救我，我根本沒和她說過幾句話。

潘妮說我該幫忙建造更好的魔法世界，報答厄本的救命恩情……

但也許我報答厄本的方式，應該是轉身離開才對。

是她叫我逃命的啊。

大法師與露西的照片仍在我這裡，被我貼在了房門的鏡子上。有時我對著鏡子穿衣服，就會想一想她。

她成功逃走了。

不知她現在是不是也在加州，會不會也建立了自己的家庭。也許我哪天會在喬氏超市巧遇她。（我不會把小狗被我取名為「露西」的事告訴她的。）

也許哪天我會把這張照片寄去給賽門。

我還沒做好和賽門聯絡的心理準備，也不確定他會不會想打開信箱看到大法師的照片……

但我相信，真正愛過大法師的人可能就只有賽門一個。我知道是他殺了大法師，不過最捨不得大法師的人也是他。

賽門

我明明是這裡唯一沒有魔法的人，卻沒有人幫我把箱子扛上四樓。

「你，」我讓箱子落到沙發上，對貝茨說，「甚至還有巨力耶，這些東西你應該沒幾趟就能搬完了吧。」

「是沒錯——」他打開星巴克的杯蓋，直接舔了口鮮奶油。「——但到時候你的凡人鄰居懷疑我們怎麼辦？他們可是已經對我這個日日夜夜來訪的英俊青年很感興趣了喔。」

「鄰居都去上班了，他們連我們要搬進來都不曉得好不好。」

「那等他們看到我們，就會開始懷疑了。我們又酷又神祕，還是世上絕無僅有的帥哥情侶。」他抬眼看我，把杯子從唇邊移開。「說到這個，雪諾你過來——你一邊翅膀露出來了。」

我還以為我把魔法都給凡庸以後翅膀會漸漸消失，甚至是從我背上掉下來，可是潘妮說它們是我用魔法做出來的，我雖然把魔法送走了，之前用魔法做的事情並不會恢復原樣。

我的尾巴也還在，貝茨動不動就拿這件事取笑我——

「它連龍尾都不是——你這是像卡通裡那種惡魔的尾巴。」

「我應該可以想辦法把它弄掉吧。」我說，「我可以去問問維彼羅醫師。」

「喂，別衝動啊。」

潘妮現在每天早上對我施「這不是你要找的機器人[23]」，以免凡人注意到我的龍族部位，但她的法

---

23 原文為These aren't the droids you're looking for，出自《星際大戰四部曲：曙光乍現》電影臺詞。

術效果沒辦法維持一整天，我擔心哪天上課上到一半尾巴和翅膀會突然蹦出來。

「跟別人說這是你表演用的服裝就好了。」貝茨這麼建議我。

「什麼表演？」

「我哪知道？費歐娜阿姨說過，如果有人注意到我的尖牙，我就該這麼告訴他們。」

時間回到現在，我在貝茨面前的茶几上坐下——茶几是我自己搬上樓的喔。他把杯子交給我，我啜了一口。「這什麼啊？」

「南瓜摩卡布列夫，是我自己發明的。」

「怎麼像在喝巧克力棒一樣。」我說，「我們不是要喝茶嗎？」

「班思不是買了茶壺嗎？雪諾，你必須學會照顧自己，自給自足啊。」他用魔杖指著我肩膀後面，敲了翅膀一下。「非禮勿視！」

「哎唷，貝茨，我最討厭『非禮勿視』了啦，這樣其他人動不動就會撞到我耶。」

「人家好心幫你，你還不領情——我不會用班思那句機器人咒語。」

潘妮從她房間走出來。「賽門，你有看到我的水晶球嗎？」

「我該看到它嗎？」

「它裝在箱子裡，還寫了『水晶球，小心輕放』。喔，嗨，貝茨，你怎麼來了？」

「我以後可是會天天來喔，班思，你們想趕我走也沒辦法。」

「你是來幫我們搬家的嗎？」

他把飲料重新蓋上。「這個嘛，不是。」

我跟貝茨討論過要不要在他畢業以後一起租房子。他回華特福把八年級下學期讀完了，但我沒辦法——應該說，雖然我理論上被軟禁了，可是我要的話潘妮媽媽還是會讓我去上學，不過我不想去。

我只有回去過一次，那是在春天，我回去參加貝茨的畢業舞會。說不定哪天那些事情感覺離我遙遠一點了，我可以再回去一次，去森林深處幫厄本掃墓。

阿嘉莎也沒有回華特福了，她爸媽也沒有要逼她回去上學的意思，所以她現在去加州讀書了，潘妮說她還養了狗。我還沒跟她聯絡過；有好一陣子，我除了貝茨和潘妮洛普以外，完全沒跟別人說話。

巫師集會花了三個月調查大法師的死亡事件，他們最後沒有起訴我，也沒有起訴潘妮。潘妮施法的當下不可能知道我會說什麼話，我當時也不可能知道自己說的話會害死大法師。

我還以為大法師死後魔法世界會分崩離析，可是事情已經過了七個月，戰爭還沒開始。戰爭可能永遠都不會開始了。

沒有人取代大法師。

巫師集會做了決定，他們覺得魔法世界不需要由一個人領導，至少現在還不需要這樣的領袖。維彼羅醫師建議我參選大法師，我差點像瘋子一樣笑出來。

可是，我好像真的是……瘋子。

一定是吧。

我有在找人諮商——對方是芝加哥一位魔法心理學家，包括她在內，全球好像就只有三個魔法心理學家。我都透過 Skype 找她諮商，我也很希望貝茨能跟她聊聊，不過目前為止我每次提到這件事，他都會快速轉移話題。

他全家都搬去他們在北部的另一棟房子了。

漢普郡和其他死角的魔法還沒有復原——但從聖誕節過後，魔法大氣就沒有再出現新的孔洞了。（那天又多了好幾十個新孔洞，我真的覺得很抱歉，那些明明是可以避免的。）潘妮爸爸常常打電話來安慰我，跟我說情況沒有惡化，我還跟著他去田野調查過幾次。我跟其他魔法師不一樣，去魔法孔洞看看也沒關係，反正我沒有魔法可以失去嘛。應該說……這對我來說很有關係，只是理由跟別人不一樣。

潘妮爸爸覺得過一段時間以後，死角的魔法都會漸漸復原。他讓我看過車諾比核災過後的研究，那裡的植物還是慢慢長回來了，而美國原本少得可憐的加州神鷲也在保育行動過後越來越多隻了。我跟他說我要去讀大學，他說我可以考慮讀恢復生態學。「你讀了之後也許能得到一些心靈上的療癒呢，賽門。」

我還不確定要不要讀那個，總之先修一些基本科目，再看看自己喜歡什麼好了。

貝茨過幾個禮拜就要去倫敦政治經濟學院讀書了。他爸媽以前都讀牛津大學，可是貝茨說他寧可被木樁穿胸也不要離開倫敦。

「那真的有用嗎？」我問過他。

「什麼有用嗎？」

「木樁啊。」

「雪諾，不管是誰被木樁插爆心臟都活不了吧。」

他現在偶爾會叫我賽門，但通常都是我們在講些甜言蜜語的時候。（嗯，我們還是會說甜言蜜語。我可能真的是同性戀吧，不過諮商師說我現在該處理的問題太多了，『自己是不是同性戀』這個疑問還排不上前五名呢。）

總之，我跟貝茨考慮過一起租房子，不過我們一致覺得都當了七年的室友，換換室友應該會比較好。而且，我從以前就跟潘妮說好要一起找房子了。

我只是一直以為那是不可能實現的夢想。

我從沒想過自己會走上一條通往這個地方的路，沒想到自己會住進一間五樓的兩房公寓，家裡有茶壺，還有個坐在沙發上玩新手機的灰眼吸血鬼。

我從沒想過這條路走到了盡頭，我們兩個都還會活得好好的。

這麼看來，我放棄魔法也沒什麼了不起的嘛。我賺到了貝茨的生命，還有我自己的生命。

有時候，我會夢到自己還有魔法，夢到自己不小心暴走——然後我會氣喘吁吁地醒過來，滿心害怕自己真的暴走了。

但現在作惡夢醒來，房間裡不會有濃煙，我喘氣的時候不會覺得口鼻灼熱，皮膚也不會閃爍發光了。我不再覺得有星星在胸中爆炸了。

現在我半夜醒來，只會滿身大汗、心臟撲通撲通亂跳、心裡驚慌得要命——芝加哥那位心理醫師告訴我，這些對我這樣的人來說都很正常。

「『我這樣的人』是指超級反派嗎？」我這麼問她。

她都會隔著一段專業的距離，對我微微一笑。「我是指受過創傷的人。」

我不覺得自己是受了創傷的病人，反倒像是被火燒過的房子，有時候也會覺得自己像個死了以後沒離開身體的人。有時候，我會感覺是「別人」死了，感覺好像是別人犧牲了一切讓我過上正常生活。

有翅膀。

有尾巴。

有吸血鬼。

有魔法師。

抱著的不是女生而是男生。

有幸福結局——雖然不是我想像中的幸福快樂結局，也不是我原本期望的結局。

有機會繼續走下去……的正常生活。

「現在幾點了？」潘妮問道，「現在喝下午茶會太早嗎？其中一個箱子裡有餅乾，我可以用魔法把它們找出來。」

剛剛在滑手機的貝茨抬起頭來。「天選之子要用凡人的方式幫我們泡茶。」他說，「這是他的職能治療。」

「我本來就知道怎麼泡茶好不好。」我說，「還有，可以不要再那樣叫我了嗎？」

「你真的是天選之子啊，」潘妮說，「你被選去終結魔法世界呢。雖然你最後沒有成功，被選中還是事實嘛。」

「那個預言完全在胡說八道。」我說，「『一者將招致終結。一者將使其殞落。』所以是我讓自己殞落了嗎？」

「不是。」貝茨說，「讓你殞落的人當然是我了。」

「你又是怎麼讓我殞落的？我明明就是自己阻止了凡庸。」

貝茨一臉無聊地繼續滑手機。「我不是讓你墜入愛河了嗎？」

潘妮發出怨聲，貝茨很努力板著臉，卻還是哈哈大笑了起來。

「別再談情說愛了啦！」潘妮邊說邊坐倒在她爸媽送我們的扶手椅上。（那也是我自己搬上樓的喔。）「我已經被你們兩個閃瞎了啦。賽門，我餓了，去把餅乾找出來。」

貝茨露出大大的笑容，靠過來親了我的脖子一下。（那裡有一顆痣，他都把痣當成標靶。）

「去吧。」他說，「繼續下去吧，賽門。」

致謝

我和喬伊・德利拉（Joy DeLyria）從未在現實生活中見過面，也不曾通過電話，有時甚至好幾個月都不會透過電子郵件聯絡，但在寫這本書時，當我「每一次」感到迷惘或困頓，她都會寄信問我：「賽門最近好嗎？」

而她每一次都能助我走過難關。

喬伊，謝謝妳如此熱情地為這些角色加油打氣，也謝謝妳如此慷慨大方地分享種種良好建議。

另外感謝莉・巴度格（Leigh Bardugo）與大衛・利維森（David Levithan）當我的好朋友與好讀者。（不過你們其中一個人嚴厲到害我哭了。）（莉，就是妳。）

感謝蘇西・戴伊（Susie Day）認真聽完所有的對話並和我討論，也謝謝凱莉絲・史坦頓（Keris Stainton）為我回答無數關於英國生活的問題。如果讀者嫌這些角色聽起來像美國人——甚至更慘——那你必須知道，她們已經非常耐心地幫我做過許多修改了。

謝謝我丈夫——凱（Kai）——給我的愛與鼓勵，也感謝他源源不絕地提供各種俗話與諺語。

感謝堅持要增加傷亡人數的克利斯托福・雪林（Christopher Schelling）。

感謝莎拉・古德曼（Sara Goodman）提供我作為作者的自由，並作為朋友支持我。

另外感謝聖馬丁出版社超棒的各位，謝謝你們一再提供驚人的創意與熱忱。

最後——謝謝妮可拉・巴爾（Nicola Barr）、瑞秋・佩提（Rachel Petty）與麥米倫兒童圖書（Macmillan Children's Books）的所有人讓我在英國度過愉快的時光，也謝謝你們出版如此精美的書本。

後記

如果你讀過我寫的《凱瑟和她的小說世界》（Fangirl），就會知道賽門・雪諾原本是那部小說中的虛構人物。

他是故事內一套虛構作品中的虛構人物，算是結合了一百個虛構的天選之子的故事。

在《凱瑟和她的小說世界》中，一個名為潔瑪・T・雷斯利的作家寫了一套兒童冒險故事，賽門就是那套故事的主角——他也在《凱瑟和她的小說世界》的主角凱瑟寫的同人故事裡粉墨登場。

我寫完《凱瑟和她的小說世界》後便和凱瑟、她男友利維，以及他們的世界道別了，我感覺他們的故事寫完了……

然而，我怎麼也無法對賽門說再見。

我透過其他角色寫了好多關於賽門的故事，滿腦子想著：假如他不是凱瑟或潔瑪筆下的人物，而是「我」的故事中的人物，那我會怎麼寫他呢？

換作是「我」，會怎麼寫下賽門・雪諾的故事呢？

我會怎麼寫貝茨？還有阿嘉莎？還有潘妮？

我讀過、愛過這麼多天選之子的魔法故事——輪到我自己寫一部這樣的故事時，我會怎麼寫呢？

這，就是《預言之子》的由來。

我想自己寫下一個在我腦子裡徘徊不去的角色，自己寫下「這樣的」角色、這樣的旅程。

賽門與貝茨在《凱瑟和她的小說世界》中仍只存於角色的幻想世界，我感覺自己欠他們一則故事，而這就是我給他們的故事。

高寶書版集團
gobooks.com.tw

CRS010
預言之子 I 餘燼森林
Carry On

作　　者　蘭波・羅威（Rainbow Rowell）
譯　　者　朱崇旻
繪　　者　馬洛循環
編　　輯　林雨欣
美術編輯　林鈞儀
排　　版　彭立瑋
企　　劃　方慧娟

發 行 人　朱凱蕾
出　　版　朧月書版股份有限公司
　　　　　Hazy Moon Publishing Co., Ltd.
地　　址　臺北市內湖區洲子街 88 號 3 樓
網　　址　www.gobooks.com.tw
電　　話　(02) 27992788
電　　郵　readers@gobooks.com.tw（讀者服務部）
傳　　真　出版部　(02) 27990909　行銷部 (02) 27993088
郵政劃撥　19394552
戶　　名　英屬維京群島商高寶國際有限公司臺灣分公司
發　　行　英屬維京群島商高寶國際有限公司臺灣分公司
初版日期　2022 年 6 月

國家圖書館出版品預行編目 (CIP) 資料

預言之子 . I, 餘燼森林 / 蘭波 . 羅威 (Rainbow Rowell) 著 ; 朱崇旻譯 . -- 初版 . -- 臺北市 : 朧月書版股份有限公司出版 : 英屬維京群島商高寶國際有限公司台灣分公司發行 , 2022.06
面 ;　公分 . --

譯自 : Carry On

ISBN 978-626-95739-6-7(第一冊 : 平裝)

874.57　　111004298

GOBOOKS
& SITAK
GROUP ©